# ROLLENSPEL

# Rollenspel

## Hoe overleef je als ex

### Debby Holt

H&W

**VAN HOLKEMA & WARENDORF**
Unieboek BV, Houten/Antwerpen

ROMAN *je blijft lezen*

Oorspronkelijke titel: *The Ex-Wife's Survival Guide*
Oorspronkelijke uitgave: Simon & Schuster UK
Copyright © 2006 by Debby Holt

Copyright © 2006 Nederlandstalige uitgave:
Uitgeverij Unieboek BV,
Postbus 97, 3990 DB Houten

www.unieboek.nl

Vertaling: Parma van Loon
Omslagontwerp: pinkstripedesign.com
Opmaak binnenwerk: ZetSpiegel, Best

ISBN-10: 90 269 8569 X
ISBN-13: 978 90 269 8569 0
NUR: 340

Voor Joan, de beste tante ter wereld

# Alcohol is niet bevorderlijk voor helder denken

Sarahs vader zei altijd dat amateurtoneel een gevaarlijk tijdverdrijf was.

Het gevaar, toen het eindelijk zijn intrede deed, kwam in de vorm van Hyacinth Harrington, sinds jaren het eerste nieuwe lid van de Ambercross Players. Audrey Masterton, de zelfbenoemde directeur van het gezelschap, wierp één blik op haar vlasblonde haar en haar baby-blauwe ogen en gaf haar de hoofdrol in de komende productie van *Dear Octopus*, wat een diepe belediging was voor Harriet Evans die de afgelopen achttien jaar in elke productie de romantische hoofdrol had gespeeld en verwacht had dit de volgende achttien jaar te blijven doen.

Sarah had zich, ondanks de ernstige twijfels van haar vader, nooit zorgen gemaakt over de gevaren die op de loer lagen voor haar echtgenoot. Andrew was al vijftien jaar lang lid van de Players en had nooit enige neiging getoond van het huwelijkspad af te dwalen, zelfs niet toen de afgrijselijke vrouw van Martin Chamberlain haar uiterste best had gedaan hem in haar web te lokken met de inmiddels legendarische uitnodiging: 'Martin en ik hebben een open huwelijk, als je begrijpt wat ik bedoel.' Alsof, zoals Andrew tegen Sarah zei toen hij haar over die episode vertelde, die arme ouwe Martin zou weten wat een open huwelijk was.

Toen Andrew thuiskwam en Sarah vertelde dat hij eindelijk een plausibele hoofdrolspeelster had, was Sarah blij dat hij zich niet langer hoefde te ergeren aan Harriet Evans' onnozele imitatie van een jeugdige vrouw. Toen Andrew thuiskwam van de repetities, vol enthousiasme over Hyacinths charismatische verschijning op het toneel, zei Sarah in alle oprechtheid dat ze haar dolgraag wilde ontmoeten. Toen Andrew in de vroege ochtenduurtjes thuiskwam van de repetities, vertrok ze geen spier. Toen ze naar de opvoering keek, was ze ontroerd door de intensiteit van Andrews scènes met Hyacinth, en toen ze dat op de party na de voorstelling tegen Martin Chamberlain zei, nam ze aan dat zijn onbehaaglijke reactie het gevolg was van pijnlijke herinneringen aan het spel van zijn inmiddels ex-echtgenote in dezelfde rol twaalf jaar geleden. Sarah liep op Hyacinth af en vertelde haar dat Andrew haar zo geweldig vond en Hyacinth vertelde haar dat het gevoel wederzijds was, en dat, dacht Sarah later, ineenkrimpend bij de herinnering, was tenminste de waarheid.

Sarah kreeg een flauw vermoeden dat er iets niet in de haak was toen ze na de party naar huis reden en Andrew vroeg waarom de tweeling eigenlijk niet was gekomen. Hij klonk alsof hij hun afwezigheid nu pas gemerkt had, wat vreemd was omdat het de eerste keer was dat ze ooit een van de voorstellingen van hun vader hadden gemist. Sarah zei dat ze het vreselijk vonden dat ze de première niet konden bijwonen, maar vergeten waren dat het de achttiende verjaardag was van een van hun vrienden. De jongens hadden er, met hun karakteristieke verstrooidheid, pas een uur voor de aanvang van de voorstelling aan gedacht, en Sarah had ertegenop gezien het Andrew te vertellen. Het was een familieritueel dat Andrew als een zegevierende krijger terugkeerde naar huis, waar ze het allemaal zouden vieren met een fles champagne. Andrew vroeg slechts of ze die avond weg zouden blijven. Sarah bevestigde het verontschuldigend. Andrew knikte. Hij was niet kwaad, hij keek zelfs niet teleurgesteld. Op dat moment nam Sarah hem even aandachtig op en vroeg zich af wat de reden kon zijn van zijn ongewone gelijkmoedigheid bij zo'n provocatie.

Ze kwam erachter tijdens haar tweede glas champagne. Hij was, zei hij, blij dat ze met z'n tweeën waren. Hij moest haar iets moeilijks vertellen, iets wat hij niet had gedacht ooit te hoeven zeggen en hij wilde dat ze besefte hoeveel hij nog om haar gaf en dat hij dat altijd zou blijven doen en dat...'

'O, mijn god!' riep Sarah uit. 'Niets zeggen! Je wilt beroepsacteur worden! Ik wist dat je daar op een dag mee zou komen! Andrew, natuurlijk sta ik achter je! Als geld een probleem is, dan weet ik zeker dat ik een manier kan vinden om meer te verdienen.'

'Sarah!' viel Andrew haar geïrriteerd in de rede. 'Waarom denk je in vredesnaam dat ik beroepsacteur wil worden?'

'Nou, dat heb je zelf gezegd,' zei Sarah. 'Na *Move Over, mrs. Markham*, zei je dat je dat wilde.'

'Dat is acht jaar geleden! Toen was ik nog geen partner! Nu maak je dat ik ben vergeten wat ik wilde zeggen.'

'Je zei dat je nog steeds om me geeft en dat,' Sarah gaf een liefdevol kneepje in zijn hand, 'je dat altijd zult blijven doen.'

'Ja. En natuurlijk doe ik dat. Je bent niet alleen een echtgenote maar ook een geweldige vriendin voor me geweest en ik hoop dat we altijd vrienden zullen blijven...'

'Natuurlijk zullen we dat,' zei Sarah. Een afschuwelijke gedachte kwam bij haar op. 'Andrew, je probeert me toch niet te vertellen dat je een of andere vreselijke ziekte hebt?'

'Nee! Hoeveel heb je gedronken op de party na de voorstelling?'

'Meer dan mijn bedoeling was. Die lieve ouwe Adrian bleef mijn glas maar bijvullen. Hij is zo'n lieverd!'

'Hij is een ouwe zeur,' zei Andrew harteloos. 'Dit valt me erg moeilijk, Sarah, en je maakt het er niet gemakkelijker op door me voortdurend in de rede te vallen.'

'Sorry.'

'Wat ik wil zeggen is dat ik, zoals je weet, de laatste paar maanden heb gerepeteerd met Hyacinth...'

'Ze was geweldig vanavond,' zei Sarah peinzend, 'maar ze maakt dat ik me oud voel. Weet je dat ze onze dochter zou kunnen zijn?'

'Doe niet zo belachelijk,' zei Andrew, en voegde er toen zonder enige reden aan toe: 'Ze komt uit Surrey.'

'Het zou best kunnen. Ze kan niet veel ouder zijn dan drieëntwintig.'

'Ze is zesentwintig.'

9

'Precies. Als jij en ik kinderen hadden gehad toen we zeventien waren, had ze onze dochter kunnen zijn.'

'We kenden elkaar niet toen we zeventien waren. Werkelijk, Sarah, je gewoonte om plotseling een hypothetische gedachtesprong te maken, is uiterst irritant. Wil je alsjeblieft even je mond houden en luisteren? Wat ik wil zeggen... er is geen gemakkelijke manier om je dit te vertellen... Feitelijk is er in je huidige toestand geen enkele gemakkelijke manier om je wat dan ook te vertellen... maar wat ik bedoel is dat Hyacinth en ik aan elkaar gehecht zijn geraakt.' Hij keek naar Sarah die bemoedigend glimlachte. 'We zijn erg aan elkaar gehecht geraakt.' Andrew keek Sarah veelbetekenend aan. Sarah keek uitdrukkingsloos terug. Andrew wreef met zijn handen over de achterkant van zijn nek. 'Begrijp je wat ik je vertel?'

Sarah zei niets. Er was niets anders te horen dan het gebrom van de oude ijskast. Ze staarde haar man strak aan.

'Mijn god!' riep ze uit, toen het muntje eindelijk was gevallen met de doeltreffendheid van een in cement verpakt lijk dat van grote hoogte omlaag wordt gegooid. 'Je hebt een relatie met Hyacinth!'

Andrew verbeterde haar met een ernstig gezicht. 'Ik hou van Hyacinth.'

Sarah, die zich voelde alsof ze een stomp in haar maag had gekregen, nam een slok van haar champagne. 'Is dat niet hetzelfde?'

'Nee,' zei Andrew. 'Het ene is een kortstondige ervaring gebaseerd op seksueel verlangen, het andere is een samenkomen van geest en lichaam.'

Sarah staarde hem een paar ogenblikken aan en glimlachte toen. Ze voelde de opluchting door zich heen stromen. 'Andrew Stagg, ik had je bijna geloofd!'

'Sarah,' zei Andrew, 'ik meen het!'

Sarah keek hem ongelovig aan. 'Ik weet niet wat erger is,' zei ze ten slotte. 'Het feit dat je een relatie hebt of het feit dat je al die dingen gelooft die je net zei.'

Andrew glimlachte. Het was een bijzonder ergerlijke glimlach, die het verlangen bij Sarah wekte hem haar glas champagne in zijn gezicht te gooien. Maar omdat de drang om de champagne te drinken nog groter was, zei ze niets en vulde haar mond met bubbels.

'Sarah,' zei Andrew kalm, 'ik verwacht dat je verbitterd bent. Ik begrijp dat je gekwetst bent en kwaad, en geloof me, ik weet dat je er alle recht toe hebt.'

Sarah staarde hem aan. 'Dat is heel grootmoedig van je,' zei ze.

Andrew knikte vol medeleven, wat nog ergerlijker was dan zijn ergerlijke glimlach. 'Ik heb één vraag,' zei hij en boog zijn hoofd naar haar toe. 'Hou je van me?'

'Gek genoeg,' zei Sarah, 'op ditzelfde moment, absoluut niet.'

Andrew zuchtte. 'Als je er de spot mee drijft, komen we nergens.'

Sarah sloeg haar armen over elkaar. 'Wáár wil je komen? Wil je dat ik zeg dat ik van je hou? Wil je dat ik zeg dat ons huwelijk een farce is, een passieloze farce? Nou, neem me niet kwalijk, maar toen we verleden week samen vrijden, gaf je een nogal overtuigende opvoering van een man in een passieloze farce.'

Andrew hief zijn handen en liet ze weer vallen. Hij had precies hetzelfde gebaar met veel effect gebruikt in akte één, scène twee van *Dear Octopus*. 'Zie je nou, ik praat tegen je over liefde en jij reageert met een obscene opmerking over seks. Dat is nou precies wat ik je duidelijk probeer te maken. We spreken niet meer dezelfde taal.'

'Dat ben ik met je eens,' zei Sarah. 'Je praat alsof je elk romantisch boek in de bibliotheek hebt verslonden en inwendig verteerd. Is dat Hyacinths invloed? Praat zij op die manier?'

Andrew plantte zijn ellebogen op tafel en drukte zijn vingertoppen tegen elkaar. 'Hyacinth en ik houden van elkaar. Ik wist dat je dat belachelijk zou vinden. Je hebt nooit graag over liefde gesproken, hè, Sarah? Begrijp me niet verkeerd. Je bent een uitstekende echtgenote geweest en je bent een voorbeeldige moeder.'

Sarah fronste haar wenkbrauwen. Het ene moment was ze een obscene sloerie en het volgende was ze een kwartaalrapport van school. Ze slikte haar commentaar in met nog meer champagne en nam een houding aan van beleefde belangstelling.

'Waar het om gaat...' Andrew zweeg even alsof hij tijdelijk de draad kwijt was en wachtte tot die weer tevoorschijn zou komen. 'Waar het om gaat... en ik wil in geen enkel opzicht afbreuk doen aan jouw bijdrage aan ons gezamenlijke leven...' Wat natuurlijk betekende dat hij probeerde afbreuk te doen aan haar bijdrage aan hun gezamenlijke leven. 'Ik geloof niet dat je ooit echt van me gehouden hebt.'

De stuitende onrechtvaardigheid van die opmerking sneed als een mes door Sarahs benevelde brein. Dit was een sterk staaltje van herziene geschiedschrijving.

'Zal ik jou eens wat zeggen?' stoof ze op. 'Je bent net Stalin! Ik bedoel, je bent niet precies Stalin, want je hebt geen kunstmatige hongersnood veroorzaakt of mensen naar concentratiekampen gestuurd of een rare snor laten groeien, maar verder ben je in ieder opzicht net Stalin!'

Andrew staarde naar Sarah en toen, betekenisvol, naar de fles champagne. 'Sarah,' mompelde hij medelijdend, 'wat probeer je te zeggen?'

'Toen Stalin aan de macht kwam, liet hij Trotski verwijderen uit alle foto's van de Russische revolutionaire leiders. Hij liet het voorkomen of Trotski er nooit geweest was. Dat is wat jij doet, alleen ben jij een eigen revolutie begonnen, een revolutie met jou en Hyacinth, en jullie wissen me uit, jullie schrappen me uit jullie verleden, en dat sta ik niet toe, want het is niet waar!'

'Misschien,' zei Andrew, wiens meewarige toon klonk als een stuk plasticfolie dat te ver is uitgerekt, 'kan ik beter met je praten als je nuchter bent.'

'Als je met me praatte als ik nuchter was, zou ik je voor elk jaar de bewijzen kunnen leveren die weerleggen wat je hebt gezegd. Wees maar blij, heel erg blij, dat ik niet nuchter ben. Hoe dúrf je te zeggen dat ik niet van je gehouden heb! Hoe kún je zeggen dat ik niet van je gehouden heb!'

'Ik denk,' zei Andrew behoedzaam, 'dat je dacht dat je dat deed en ik denk dat ik dat ook dacht. Pas sinds ik Hyacinth heb leren kennen besef ik dat ik niet wist wat liefde was.'

Sarah, wetend dat het hem zou ergeren, schonk nog een glas champagne in. 'Dat treft dan bijzonder goed,' zei ze. 'En wat ben je nu van plan?'

Voor de eerste keer die avond leek Andrew met zijn mond vol tanden te staan. 'Nou?' vroeg ze uitdagend. 'Ga je me verlaten?'

Andrew aarzelde. 'Het spijt me,' zei hij, 'maar ik denk het wel.'

# Wees bereid om nieuwe uitdagingen aan te gaan

Sarah en Andrew namen hun intrek in Shooter's Cottage toen de jongens drie waren. Ze waren op zoek geweest naar een dorp met zijn eigen school, speelplaats en winkel. Ambercross voldeed aan die drie vereisten. Jammer genoeg was het enige huis dat te koop stond bij Finn Street, een straat die recht door het dorp liep en deel uitmaakte van een belangrijke verkeersader naar het zuidwesten.

De makelaar verontschuldigde zich bijna toen hij Shooter's Cottage noemde. De eigenaresse, een tachtigjarige weduwe, leefde praktisch als een kluizenaarster in het L-vormige huis met zes katten. Beneden was een groezelige kleine keuken en een donkere eetkamer met een boogvormige toegang tot een andere kleine kamer die het domein was van de dieren. Er was een lange zitkamer met een enorme open haard. Op de dag dat Sarah en Andrew het huis bezichtigden lag er een dode kraai op het haardrooster.

De overige kamers beneden waren een badkamer met het bruinste bad dat Sarah ooit had gezien, een kleine slaapkamer waar de weduwe sliep, en iets wat de makelaar eufemistisch de bergruimte noemde. Het vertrek was van onder tot boven volgepropt met dozen, kapotte meubels, tuingereedschap dat eruitzag of het daar al had gelegen toen de Romeinen Engeland binnenvielen, en een paar gordijnen waarin een massa insecten huisden.

Boven waren vijf slaapkamers en een toilet. Toen de makelaar de deur van het toilet opende, verbleekte hij en met een blik waarmee hij zijn cliënten om hun goedkeuring vroeg en deed hem snel weer dicht.

Inmiddels waren Andrew en de makelaar klaar om te vertrekken. Maar Sarah had een paar heel belangrijke voordelen ontdekt. Het huis mocht dan ruiken als een gigantische kattenbak, het was veel groter dan een van de andere huizen die te koop stonden in hun prijsklasse. De tuin was een jungle, maar in haar ogen veilig genoeg om de kinderen daar te laten spelen terwijl zij en Andrew het huis bekeken. Shooter's Lane liep evenwijdig met Finn Street, maar was ervan gescheiden door een maïsveld. Er reden weinig auto's door Shooter's Lane omdat het niet meer was dan een verbinding tussen de twee straten aan weerskanten van het maïsveld, en het huis van de weduwe was het enige huis in het straatje. Aan de achterkant van het huis bood de tuin zover het oog reikte uitzicht op velden en bossen.

Andrew vond het krankzinnig dat Sarah er zelfs maar over wilde denken, maar liet zich ten slotte meeslepen door haar enthousiasme. Toen ze erin trokken, had Sarah drie maanden nodig om de stank van de katten weg te krijgen. Toen ze de zware taak van het schoonmaken achter de rug had, ging ze aan het werk om het huis op te knappen en in te richten.

Nu was het huis bijna zoals Sarah het zich oorspronkelijk had voorgesteld. In plaats van de overwoekerde oprit en verwarde slingerplanten was er een stevig wit hek en een stenen pad met gras en rozenstruiken aan beide kanten. Een van de kamers boven was verbouwd tot een grote badkamer en de drie kamers van het onderstuk van de L waren nu een reusachtige keuken met een rood kachelfornuis aan de ene kant en een enorme keukenkast tegenover de deur naar de achtertuin. Het beste van alles was dat de oude eetkamer en kattenkamer waren verbouwd tot een atelier voor Sarah, met een eigen houtkachel.

Sarah had vaak tegen Andrew gezegd dat ze nergens anders zou willen wonen. Ze hadden de bouw van een serre gepland in het voorjaar, en dan zou het huis perfect zijn. Hier in Shooter's Lane vertoefden ze in hun kleine privéwereld met slechts koeien als gezelschap.

Nu had Sarah zelfs het gezelschap van de koeien niet meer, omdat die uit de wei waren gehaald en voor de winter op stal gezet. In de drie dagen sinds Andrew was vertrokken, had ze het gevoel of alles wat haar zo dierbaar was geweest aan het huis op zijn kop was gezet. De vredige eenzaamheid was een geïsoleerde kluizenaarshut geworden, waarvan Sarah weldra de eenzame bewoner zou zijn. Misschien zou zij ook wel een rare ouwe kluizenaarster worden, omringd door katten.

De royale ruimte van de cottage leek nu te spotten met haar bestaan als single. Gisteravond hadden zij en de jongens voor een laaiend vuur gezeten en naar een *Die Hard*-video gekeken. De zitkamer rook nog naar dennenappels. Zou ze zelfs wel de moeite nemen een vuur aan te steken als de jongens weg waren? Hoe zou ze zich voelen, alleen in dit huis, avond na avond na avond? Zelfs haar mooie atelier was nu een bron van onrust geworden, omdat Andrew op de een of andere manier samen met zijn kleren ook haar enthousiasme en inspiratie had ingepakt.

Het huis was niet langer haar toevluchtsoord en zijzelf was ook veranderd. Meer dan twintig jaar had ze gelukkig en tevreden in Andrews knappe schaduw geleefd, haar zelfvertrouwen aan hem ontleend. Andrew Stagg hield van haar en als Andrews geliefde was ze zelfverzekerd, extravert en vrolijk. Zonder Andrew was ze Assepoester na middernacht. Haar enige zelfbeeld was gebaseerd geweest op een illusie, een illusie die anderen hadden gedeeld omdat zij er zo van ganser harte in geloofde. Misschien hield Andrew allang niet meer van haar. Misschien vond hij haar saai en oninteressant. Was het toeval dat hij haar een paar maanden voordat de jongens uit huis gingen in de steek liet? Raakte hij in paniek bij het idee dat hij de rest van zijn leven moest doorbrengen met alleen haar als gezelschap? Als hij naar haar keek, vroeg hij zich dan af hoe hij haar ooit aantrekkelijk had kunnen vinden? Ze staarde gespannen naar zichzelf in de spiegel en een bleke vrouw met haar van een onbestemde kleur, hangborsten en een taille die kon worden aangeklaagd omdat hij niet beantwoordde aan de productbeschrijving, staarde terug.

En toch... De laatste paar dagen had dat 'en toch' haar het gevoel gegeven dat ze een spelletje ping-pong speelde in haar hoofd. Ze kende zichzelf niet meer. Ze leek de emoties te hebben van een windwijzer. Het ene moment was ze des duivels over de onbeschaamdheid waarmee Andrew haar aan de kant had gezet, het volgende moment kreeg ze een onbedwingbare huilbui. Ze kon de keren niet meer tellen dat ze de telefoon had opgepakt om hem te bellen. In ieder geval was ze tot nu toe verstandig genoeg geweest om te beseffen dat elke poging om kalm en zakelijk met Andrew te praten, na een paar seconden zou ontaarden in een afgrijselijke aanval van hysterie. Het enige constante gevoel was angst: angst voor de toekomst, angst voor het donkere gat waarin haar man haar had laten vallen.

Het was allemaal zo onlogisch. Ze waren altijd zo gelukkig geweest. Hoe kon Andrew het over zijn hart verkrijgen al die gezamenlijke ervaringen en herinneringen te vergooien? Ze kende hem beter dan wie ook. Hij kende haar beter dan wie ook. Waarom zou hij met een meisje willen samenleven dat Hyacinth heette en nooit de Andrew zou kennen die zij kende? Dit kon toch niet anders zijn dan een misstap, een paniekerige reactie op de opdoemende donkere wolk van de middelbare leeftijd? Zij en Andrew hadden samen gepraat over de volgende periode in hun leven. Voor hen geen lege-nestsyndroom, o nee. Ze zouden hun huis renoveren, ze zouden gaan reizen, ze zouden plezier maken! Nu had Andrew plezier en liet haar met haar vleugels fladderen tegen de muren van Shooter's Cottage terwijl de rest van de wereld druk bezig was met zinvolle dingen.

De rest van de wereld wist niet dat Andrew haar had verlaten. Sarah klampte zich vast aan een, zoals ze heel goed wist, irreële overtuiging: als ze het niemand vertelde, zou Andrew zich misschien bedenken en thuiskomen voor het nodig was iets te zeggen. Je kon nooit weten.

REACTIE VAN DE REST VAN DE WERELD

*1. De dominee*
Sarahs penseel bewoog aarzelend over haar palet. Moest ze nu wel of niet de oogleden van haar cliënte de kleur geven van diepvries-

erwten? Aan de ene kant had de cliënte haar ogen voorzien van diepvrieserwten-oogschaduw, dus kon je aannemen dat ze diepvrieserwten-oogschaduw ongelooflijk aantrekkelijk vond. Aan de andere kant deed de kleur van diepvrieserwten het niet goed tegen de mosterdgele achtergrond van de bank waarop ze zat en ze had erop gestaan dat de mosterdgele bank in al zijn glorie te zien zou zijn omdat het de bank was waarop zij en haar man hadden geschapen wat ze beschreef als het pronkstuk van hun leven. Het drie jaar oude pronkstuk had een neus die recordhoeveelheden snot produceerde, waarvan de kleur exact die van de bank evenaarde, een feit dat Sarah nogal eng vond en esthetisch bijzonder onaantrekkelijk.

Sarah was net tot de conclusie gekomen dat als de cliënte haar drie jaar oude zoon werkelijk als een pronkstuk beschouwde, ze waarschijnlijk zou willen dat haar diepvrieserwten-make-up op het doek vereeuwigd zou worden, toen de bel van de voordeur ging op het moment dat ze haar penseel in smaragdgroen doopte.

Het was de dominee. De eerwaarde Michael Everseed had als geestdriftige jonge kruisvaarder, met een frisse jonge vrouw en twee lieve zoontjes, tien jaar geleden de parochies Ambercross en Gassett onder zijn hoede genomen. Zijn vrouw was nu een vinnig kijkende wiskundelerares, zijn zoons waren een stel gevaarlijke roofdieren, de grootste bedreiging van de vrouwelijke deugdzaamheid in Wiltshire, maar dominee Michael had zowel zijn geestdrift als zijn geloof behouden. Hij was een knappe man wiens evidente goedheid hem beroofde van alle sexappeal. Sarah was ermee opgehouden met Andrew naar de kerk te gaan toen ze, tijdens een opvallend stimulerende voordracht uit het Nieuwe Testament door haar man, had beseft dat ze allang niet meer geloofde in het hiernamaals. Dominee Michael had haar nooit een verwijt gemaakt over haar afvalligheid, maar zijn aanwezigheid wekte in haar altijd een Pavlov-reactie van schuldbesef. Dat gevoel manifesteerde zich onveranderlijk in een overdreven hyperactief gebabbel. Dus begroette Sarah hem nu alsof hij het antwoord was op gebeden waarmee ze al lang geleden gestopt was.

'Dominee, wat geweldig u te zien! Kom binnen. Neem me niet

kwalijk dat ik er zo vreselijk uitzie! Ik heb een weeklang niet gewerkt en ik ben ontzettend achter met alles, vandaar dat ik als een razende heb staan schilderen! Ik wilde net water opzetten. U drinkt toch een kopje thee met me? Ik vrees dat het een bende is in de keuken, ik wilde juist gaan opruimen, maar u weet hoe het gaat als je begint te schilderen, je verliest elk besef van tijd... nou ja, ik neem aan dat u dat niet weet, maar geloof me, het is waar. Ik zal even mijn tas en de krant weghalen, dan kunt u zitten. Is het de bedoeling dat Andrew zondag de bijbellezing voor zijn rekening neemt? Want als u daarvoor komt, is er wel een probleem...'

'Sarah,' viel de dominee haar vriendelijk in de rede. 'Ik weet het van Andrew.'

'O!' zei Sarah. In de afgelopen paar weken hadden een paar kwaadwillige dassen stenen opgegraven uit de glooiing in haar straatje. Twee dagen geleden hadden ze de linkervoorband van Sarahs auto lek geknaagd. Ze wist precies hoe die band zich gevoeld moest hebben. 'Van wie weet u het?' vroeg ze zwakjes.

De dominee keek hoopvol naar de ketel die een verstijfde Sarah omhooghield alsof ze poseerde voor een schilderij. 'Andrew vond dat ik moest weten waarom hij niet langer kon figureren op de lijst van bijbellezers,' zei hij. 'Het was goed van hem om aan zijn verantwoordelijkheid jegens de kerk te denken in zijn crisisperiode.'

Verontwaardiging deed Sarah ontdooien. Ze zette de ketel op het fornuis en liep naar de kast om er twee bekers uit te halen. 'Ik zou maar niet te veel medelijden hebben met Andrew,' zei ze bits. 'Als hij aan zijn verantwoordelijkheid jegens zijn gezin had gedacht, zou hij nu geen crisisperiode doormaken.'

De dominee trok zijn jas uit, wikkelde de lange sjaal rond zijn hals los, en hing alles zorgvuldig over de rug van een stoel. Hij ging aan de tafel zitten en schraapte zijn keel. 'Je moet je heel kwaad voelen op dit moment,' zei hij, 'en je moet jezelf die gevoelens niet verwijten.'

'Dat doe ik niet,' mompelde Sarah, terwijl ze de theezakjes pakte. 'Geloof me, dat doe ik niet.'

'Zulke gevoelens zijn een gezonde reactie op een vreselijke situatie.' De dominee zag een verschrompelde wortel op de grond liggen. Het ding zag eruit als een buitenaardse hondendrol. Hij pakte hem op en legde hem op tafel. 'Weet je, Sarah, in jouw situatie zou ik precies hetzelfde voelen.'

'Heus?' Sarah zette de koekjestrommel voor hem neer. 'Wilt u een koekje?'

De dominee tilde het deksel op en zag het enige overgebleven chocoladekoekje. 'Eigenlijk,' zei hij verontschuldigend, en probeerde niet te kijken naar het witte poeder dat de chocola bedekte, 'heb ik liever alleen thee.'

Sarah haalde snel de aanstootgevende trommel weg. 'Het spijt me,' zei ze. 'Mijn zoons doen de trommel nooit goed dicht. Kent u dat van tieners? Ze doen het deksel nooit goed op de trommel, dus worden al mijn biscuitjes zacht en mijn cakejes drogen uit, maar ze eten ze toch, ze eten alles. Gisteren nog deed James kaas en banaan op zijn boterham. Hij zei dat het verrukkelijk was.'

'Ik zou het niet weten,' verzuchtte de dominee. 'Mijn zoons zijn opvallend weinig avontuurlijk in hun keus van voedsel. Ze houden van pizza's, burgers en frieten. Angela kan fantastisch koken, ze maakt heerlijke gerechten met peulvruchten, maar denk je dat ze het waarderen? O, nee. We laten ze artikelen lezen over de gevaren van junkfood maar...' Hij hief zijn handen met spottende wanhoop. 'Tieners! Ik zeg altijd tegen Angela, we mogen niet vergeten dat we allemaal tieners zijn geweest!'

'Precies,' zei Sarah, en pakte de melk uit de ijskast. Ze kon zich de dominee niet voorstellen als een tiener.

Dominee Michael schraapte zijn keel. 'Sarah, ik ben gekomen om je te zeggen dat, wat je nu ook mag voelen, dit niet het eind van de wereld is.'

'Nee,' zei Sarah, en goot kokend water in de bekers. Ze wilde dat ze verder konden praten over tieners.

'Feitelijk,' zei de dominee, 'heb ik goed nieuws voor je. Ten eerste hebben we deze week in de kerk voor je gebeden.' Hij zweeg en keek naar Sarah als een hond die een bot aan haar voeten had gedeponeerd.

'O, ja?' zei Sarah, denkend aan haar bezoek aan de dorpswinkel gisteren. Ze had zich afgevraagd waarom iedereen plotseling had gezwegen toen zij binnenkwam.

'Ten tweede,' de dominee boog zich naar voren, zijn ellebogen op zijn knieën, zijn handen tegen beide kanten van zijn gezicht. 'Ik weet dat je je verlaten, verraden en in de steek gelaten voelt op een moment in je leven dat het niet gemakkelijk is om nieuwe vrienden te maken en je beseft dat je jeugd voorbij is. Maar, Sarah, nu is de tijd gekomen om je te realiseren dat er belangrijkere dingen in het leven zijn dan een gave huid of een perfect lichaam. Ik heb vaak gevoeld dat je een innerlijke schoonheid en spiritualiteit bezit. Laat die tot bloei komen! Geef je niet over aan verbittering of haat! Andrew is zwak geweest en egoïstisch... Dat heb ik hem ook verteld, maar hij is niet slecht of onmenselijk. Begrijp je wat ik je wil vertellen?'

Sarah slikte een mondvol thee door. De thee was gloeiend heet en deed haar ogen tranen, maar in ieder geval voorkwam het dat ze in tranen uitbarstte. 'Ja,' zei ze. 'Ik begrijp het. U zegt dat ik oud en lelijk en eenzaam ben, maar dat het er niet toe doet, omdat ik van binnen mooi ben. Alleen kan niemand ter wereld dat zien, dus vind ik dat niet bepaald geruststellend. U zegt dat als ik me dwing aardige dingen te denken over die hufter van een man van me, ik me beter zal voelen. Als dat uw idee is van goed nieuws,' Sarah zweeg even om haar neus te snuiten, 'dan wil ik niet weten wat uw slechte nieuws is.'

De dominee lachte. 'Zie je nou! Je lacht door je tranen heen! Je bent een sterke vrouw, Sarah, en een goed mens! Met jouw leven komt het wel goed!'

Hij ontkende niet, merkte Sarah onwillekeurig op, dat hij haar oud en lelijk vond. Haar enige sprankje hoop was dat hij het mis had dat ze sterk en goed was, dus misschien ook dat ze oud en lelijk was. En hij zat er beslist naast als hij dacht dat het met haar leven goed zou komen.

'Ik zal je nóg wat vertellen,' zei hij. 'Je leeft in een zorgzame en liefhebbende gemeenschap. Het hele dorp staat achter je!'

## 2. Clementine Delaney

Sarah zat met drie dozen diverse kerstkaarten voor zich. De kaarten waren niet bepaald mooi te noemen: een mengelmoes van roodborstjes, kerstbomen, sneeuwpoppen die niemand kon maken en hulst die niemand ooit kon vinden. Sarah had twintig minuten geleden de eerste kaart gepakt. Een afbeelding van een grote baby Jezus en een verschrikt kijkende maagd Maria. Ze had twintig minuten aan de tafel gezeten, pen in de aanslag, zich afvragend wat ze moest schrijven. Vroeger had ze altijd geschreven: 'Veel liefs van de familie Stagg.' Wat moest ze nu schrijven? Misschien 'Veel liefs van Sarah, Ben en James maar niet van Andrew want die heeft de benen genomen' of 'Veel liefs van Sarah en de kinderen en Andrew kan zijn eigen verdomde kaarten schrijven' of 'Veel liefs van Sarah en de jongens en tussen haakjes, Andrew heeft ons verlaten' of wellicht 'Veel liefs van het grootste deel van de familie Stagg'. Ze had net besloten tot 'Veel liefs van Sarah en de jongens' toen de telefoon ging. Het was Clementine Delaney.

Sarah mocht Clementine niet en het feit dat ze wist dat haar antipathie meer voortkwam uit haar eigen tekortkomingen dan die van Clementine, vergrootte slechts haar afkeer. Clementine was een knappe vrouw. Lang en slank, met donkerblond haar dat altijd strak naar achteren gekamd was in een wrong. Ze deed Sarah denken aan een volbloed renpaard. Dat had minder te maken met haar lange neus en hoge voorhoofd dan met haar uitstraling van geloof in zichzelf. Ze was ontegenzeggelijk een goede vrouw. Ze zorgde voor de bloemen in de kerk, maakte strooptochten door het dorp om geld in te zamelen voor het Britse Legioen, de kinderbescherming en het plaatselijke hondenasiel. Ze ging geregeld op bezoek bij de oude mevrouw Cruickshank en deed boodschappen voor haar. Ze was een van de voornaamste organisatoren van het midzomerdorpsfeest en de kerstbraderie. Ze was een waardevol en gewaardeerd lid van de dorpsgemeenschap, in tegenstelling tot Sarah die morgen kon vertrekken zonder dat iemand haar zou missen. Sarah wist dat een van de redenen waarom ze een hekel had aan Clementine was dat Clementines goed ontwikkelde gemeenschapsgevoel alleen maar de nadruk legde op haar eigen apathie. Maar Clementines omgang met Sarah had ook vaag iets van superioriteit, wat haar des te meer irriteerde omdat het terecht was. Het feit dat haar man en kinderen erg charmant waren, maakte het er ook niet beter op. Bovendien kon ze fantastisch koken. En tuinieren. En ze maakte haar eigen gordijnen.

'Sarah,' zei Clementine, 'met mij. Ik zal je niet lang ophouden, maar ik moest je even bellen om je te zeggen hoe erg ik het vind... Ik kan gewoon niet geloven dat Andrew zoiets heeft kunnen doen. Ik was volkomen van de kaart toen ik het hoorde.'

Dat geloofde Sarah graag. Andrew had altijd buitensporig geflirt met Clementine, maar ook al herinnerde Sarah zich Clementines blos na een van Andrews overdreven complimentjes, ze wist dat ze niet eerlijk was. Clementines ontzetting was oprecht.

'Je moet het me zeggen,' zei Clementine serieus, 'als ik iets voor je kan doen, wat dan ook.'

'Dat is heel aardig van je,' mompelde Sarah, 'maar...'

'Ik weet het. Stomme vraag. Kan ik echt niet iets doen? Wat doe je met Kerstmis?'

Sarah kreeg een afschuwelijk vermoeden dat ze op het punt stond uitgenodigd te worden om Kerstmis door te brengen met de Delaneys. Haastig probeerde ze dit te voorkomen. 'Mijn ouders komen logeren,' zei ze. 'Ze willen de jongens nog een keer zien voordat die op reis gaan.'

'Natuurlijk, je jongens gaan een trektocht maken, hè?' Clementine slaakte een diepe zucht. 'En dan, o, arme Sarah, dan ben je helemaal alleen!'

'Ja,' zei Sarah opgewekt, 'ik neem aan van wel.' Ze wilde dat iedereen ophield haar attent te maken op onaangename feiten.

'Sorry dat ik zo onbeleefd spreek over je man,' zei Clementine bruusk, 'maar ik zou nooit hebben geloofd dat hij zo'n egoïst kon zijn. Jou alleen laten op het moment dat de kinderen het nest verlaten is te gemeen voor woorden.'

'Je hoeft je niet te verontschuldigen,' zei Sarah. 'Je kunt zo onbeleefd zijn als je maar wilt.' Ze begon Clementine zelfs aardig te vinden.

Clementine lachte verlegen. 'Ik vind je fantastisch. Ik zou een compleet wrak zijn als het mij overkwam. Luister, Sarah, je bent het waarschijnlijk vergeten... ik weet dat ik dat zou doen onder deze omstandigheden... maar we hadden jou en Andrew zaterdagavond te eten gevraagd. Ik vond dat ik je moest bellen om te zeggen dat ik het volkomen begrijp als je niet wilt komen. Ik was net bezig met mijn boodschappenlijst en ik wilde het even bij je checken.'

Sarah sloeg haar hand tegen haar voorhoofd. 'Het spijt me, je hebt gelijk, ik was het vergeten. Ik denk dat ik wel kan zeggen dat Andrew niet zal komen.'

'En jij ook niet, dat begrijp ik. Het laatste wat je zou willen is met drie gelukkige echtparen gezellig aan tafel te zitten. En ik zal je schrappen van de lijst voor mijn party op tweede kerstdag. Die dagen zul je rustig thuis willen doorbrengen met je familie.'

'O, dat weet ik niet,' mompelde Sarah, die de party had gezien als een gelegenheid om, zij het voor korte tijd, te ontsnappen aan ouderlijke verplichtingen. 'Ik denk dat ik het wel kan regelen...'

'Nee, nee, geen sprake van. Geloof me, ik begrijp het. Niets is deprimerender dan je te omringen met vrolijke feestgangers als je... nou ja, als je gedeprimeerd bent. Ik streep je naam nu meteen door. Zo! En nu heb ik genoeg tijd van je in beslag genomen, maar als je ooit behoefte hebt aan een meelevend luisterend oor, bel me dan gerust. Dag, Sarah!'

De verbinding werd plotseling verbroken. Sarah staarde naar de telefoon in haar hand en legde hem op tafel. Het beeld van Clementine die haar naam doorstreepte was verkillend. Werd er van haar verwacht dat ze zich voortaan in rouwkleding hulde? Moest ze als een geest door het dorp waren, met een bel in haar hand en een bord waarop stond: VERLATEN VROUW. BLIJF UIT DE BUURT? Het feit dat Clementine zo abrupt had opgehangen kon op verschillende manieren geïnterpreteerd worden: één, ze was zo overmand door zusterlijke solidariteit dat ze bang was om nog meer te zeggen; twee, gevoelig voor Sarahs verdriet had ze niet langer beslag willen leggen op haar tijd dan nodig was; drie, ze had gebeld om te voorkomen dat een in de steek gelaten vrouw Clementines huis teisterde met haar sombere aanwezigheid en de andere vrouwen angst aanjoeg met visioenen van een lot dat erger was dan de dood. Het feit dat Clementine had opgehangen zodra ze zich verzekerd had van Sarahs afwezigheid, scheen erop te wijzen dat de derde optie de juiste was. Het was bijna voldoende om Sarah ertoe te doen besluiten naar die verdomde party te gaan. Bijna.

## 3. Jennifer Upton-Sadler

Elke ochtend sinds begin september was Sarah om zes uur opgestaan om haar zoons een goed ontbijt te geven voor ze naar hun werk gingen. Ben bracht zijn broer weg in de gammele klassieke auto waaraan hij het opgespaarde geld van twee jaar vakantiebaantjes had besteed. Hij zette James af bij de kippenfabriek waar hij zijn dag sleet met het ontmantelen van poten en botten, een activiteit die hem in minder dan veertig minuten had veranderd van een opgewekte carnivoor in een overtuigd vegetariër. Daarna reed Ben verder naar Bath, waar hij een baan had als kelner, waarvoor hij wat zijn vriendin de meest sexy stoppelbaard in Wiltshire noemde had opgeofferd.

Sinds Andrews vertrek hadden de jongens Sarah behandeld alsof ze een terminale ziekte had. Ze hadden tegen Sarah gezegd dat ze heel goed in staat waren hun eigen ontbijt klaar te maken, maar, zoals Sarah hen verzekerde, in een tijd als deze vond ze de routine geruststellend. Het feit dat James altijd een stuk brood op zijn bord liet liggen en Ben altijd melk morste op de tafel, was vertroostend in zijn voorspelbaarheid. Dus glimlachte Sarah die ochtend, tien dagen voor Kerstmis, toen Bens auto het gebruikelijke gekraak liet horen voor hij hotsend over het pad reed. Ze keek naar de tafel met de dagelijkse restanten en voelde zich even overstelpt door liefde voor haar knappe zoons. Toen herinnerde ze zich dat ze het schilderij van de gele bank vandaag af moest maken. Het was bedoeld als kerstgeschenk voor de echtgenoot van haar cliënte en Sarah had beloofd het vóór het eind van de dag af te leveren.

Ze vroeg zich net af of ze nog een kop koffie zou drinken voor ze aan het werk ging, toen ze de voordeur open hoorde gaan. Een stem riep: 'Sarah?' en voegde er volkomen overbodig aan toe: 'Ik ben het!'

Jennifer Upton-Sadler had een lage hese stem, die klonk alsof ze voortdurend op het punt stond te gaan hoesten. Zij en haar man, George, woonden in het mooiste huis in het dorp, een groot achttiende-eeuws gebouw tegenover de kerk. Hun tuin, een landelijke idylle met sierlijke treurwilgen, een grote spiegelgladde vijver en golvende gazons was een Mekka voor plaatselijke hoveniers.

Sommige vriendschappen, net als sommige liefdesrelaties, zijn onverklaarbaar. Sarah en Jennifer hadden weinig gemeen behalve het feit dat ze allebei in Ambercross woonden. Toch hadden ze zich tot elkaar aangetrokken gevoeld vanaf het moment dat ze elkaar vijf jaar geleden in de dorpswinkel ontmoetten, ondanks het feit dat Jennifers jaegar rok en kasjmier twinset onverenigbaar leken met Sarahs spijkerbroek en Greenpeace-sweatshirt. Jennifers idee van een perfecte zondag was kerk in de ochtend gevolgd door een steeplechase in de middag. Dat van Sarah was een paar uur met de zondagskranten en een oude film op de televisie na de lunch. Toch voelde Sarah zich altijd opgevrolijkt door Jennifers gezelschap.

Jennifer duwde een bos lelies in Sarahs armen en zei: 'Die zijn voor jou. Ik kon niet eerder komen omdat mijn suïcidale zus bij me logeerde. Ze zeurt maar door over de doelloosheid van het leven en ik zeg: "Waarom moet alles een doel hebben? Kun je je niet amuseren zonder een doel te moeten hebben?" Maar natuurlijk kan ze dat niet en het put me heel erg uit en na een tijdje merk ik dat ze me zover heeft gekregen dat ik erover ga piekeren dat ik een doel moet hebben, dus vond ik dat ik niet bij jou in de buurt moest komen voor mijn zus weg was en ik weer mezelf kon worden. En nu ga ik met de meisjes een paar dagen naar mijn moeder voordat Georges ouders voor de kerstdagen komen, dus is het allemaal heel hectisch, en ik heb gisteravond deze voor je gekocht, maar de meisjes zeiden dat het begrafenisbloemen zijn, dus dat heb ik weer helemaal verkeerd gedaan, vrees ik. Ik moet je eerlijk bekennen, Sarah, dat ik Andrew altijd een beetje een ingebeelde kwast heb gevonden, al zal ik als jullie weer bij elkaar zouden komen, ontkennen dat ik dat ooit gezegd heb.'

Sarah ademde de zoete geur in van de lelies. 'Ze zijn prachtig,' zei ze. 'Waarom vind je Andrew een ingebeelde kwast?'

'Ik weet het niet.' Jennifer kneep haar ogen tot spleetjes. 'Ik denk omdat hij zo'n mooie jongen is. Mooie jongens als Andrew worden altijd verwend en het feit dat de Ambercross Players hem behandelen alsof hij een tweede Rudolph Valentino is, maakt het er niet veel beter op. En dat een man van zijn leeftijd er vandoor gaat met een vrouw van Hyacinths leeftijd is niet origineel maar eigenlijk ook niet verrassend. Begrijp je wat ik bedoel?'

'Ik begin het te begrijpen, ja,' zei Sarah. 'Heb je nog even tijd voor koffie?'

'Ik zou graag willen, maar ik moet terug om de meiden wakker te maken. Ze doen er twee uur over om zich toonbaar te maken, en ik heb mijn moeder beloofd dat we er met de lunch zouden zijn. Ik bel je als we weer terug zijn. Ga je naar de kerstparty van de Delaneys?'

'Blijkbaar niet. Clementine zegt dat ik het deprimerend zou vinden.'

'Heus? Vreemd, hoor. Al moet ik zeggen dat ik Clementine ontzettend deprimerend vind. Ik moet weg.' Jennifer verschoof haar schoudertas. 'Beloof me dat je nu niet gaat denken dat dit op de een of andere manier allemaal jouw schuld is. Ik ken je. Je bent een perfecte echtgenote geweest voor Andrew. George zegt altijd dat je veel te goed voor hem bent.'

'George,' zei Sarah vertederd, 'is een liefje.'

'Nou, hij is erg dol op je. Hij zegt dat er eentje op de loop is bij Andrew dat hij jou heeft laten gaan. Ik moet zeggen dat ik het met hem eens ben. Ik weet zeker dat hij op den duur zelf ook tot dat inzicht zal komen. Houd intussen de moed erin, blijf positief denken. Jammer dat je niet kunt paardrijden. Niets beter dan een paard tussen je benen om je in een goede stemming te brengen. Nou ja, denk vooral aan alle goede dingen.'

'Zijn die er dan?'

'Natuurlijk zijn die er. Weet je nog hoe vreselijk je het altijd vond om naar Andrews zakelijke bijeenkomsten te gaan, charmant te moeten zijn tegen al die afgrijselijke mensen? Hoeft niet meer! Je kunt schilderen tot je erbij neervalt, je kunt eten wat je wilt, je hoeft niet alles in de steek te laten voor Andrew, je hebt het hele bed voor jezelf, en Andrew is het soort man dat alle dekens naar zich toe trekt. En je kunt voor de verandering eens proberen egoïstisch te zijn. Ik kan je verzekeren dat het heel aantrekkelijk is. Mijn nichtje, Ariadne, zegt dat ze nooit gelukkiger is geweest dan sinds Rupert haar verliet.'

'Is dat die niet die alcoholiste is?'

'Eh, ja,' gaf Jennifer toe. 'Maar ze is een heel gelukkige alcoholiste. Lieverd, ik moet er vandoor. Denk eraan, blijf positief! Geniet van je vrijheid!'

Sarah keek Jennifer na toen ze wegreed. Ik ben een gelukkig mens, hield ze zich voor, ik heb het hele bed voor mij alleen. Gevangen tussen slaap en bewustzijn had ze die ochtend instinctief haar hand uitgestoken naar de man die er niet meer was. De meeste ochtenden was ze wakker geworden met Andrews hand tastend over haar lichaam. Soms viel ze weer in slaap; vaker reageerde ze en draaide hij zich met een grijns naar haar om en dan lachte ze en spreidde haar benen. Ze hield van die lome, bijna nonchalante vrijpartijtjes. Nu ze eraan terugdacht, had ze het gevoel dat haar keel werd dichtgeknepen. Ze knipperde tegen de voortdurend op de loer liggende tranen, slikte een paar keer en ging weer naar binnen.

## 4. De Ambercross Players

'Sarah? Met Audrey Masterton. Wees zo vriendelijk me terug te bellen. Het is belangrijk. Ik wacht op je telefoontje.'

Gebiedend, autocratisch, irritant en onontkoombaar. Sarah zette het antwoordapparaat af en zuchtte. Ze had het schilderij van de gele bank naar haar cliënte gebracht, een gênante en o zo beleefde woordenwisseling doorstaan met de cliënte die geprobeerd had dertig pond korting te krijgen om de dubieuze reden dat ze Sarahs naam had doorgegeven aan minstens drie vriendinnen die hadden gezworen van haar diensten gebruik te zullen maken. Op weg naar huis was ze in een enorme file terechtgekomen en toen ze eindelijk thuis was ontdekte ze dat ze haar sjaal bij de cliënte had laten liggen. Sarah wilde een kop thee voor ze iets anders deed, maar ze wilde ook ontspannen haar thee drinken, en ze wist dat ze dat niet zou kunnen als ze niet eerst met Audrey Masterton had gebeld. Het was ronduit zielig dat ze met haar drieënveertig jaar met dezelfde angstige eerbied opkeek tegen Audrey als vroeger tegen haar eerste schoolhoofd, juffrouw Turner. Sarah belde haar op. 'Audrey?' vroeg ze met een goed gespeeld enthousiasme. 'Met Sarah Stagg. Ik kom net binnen en hoorde je bericht op het antwoordapparaat. Kan ik iets voor je doen?'

'Heel veel, hoop ik.' Er viel even een stilte, waarna Audrey met een onkarakteristiek aarzelende klank in haar stem zei: 'Ik vind het heel erg van Andrew en Hyacinth. We konden natuurlijk zien wat er aan de hand was en ik heb Andrew gewaarschuwd dat als hij en Hyacinth niet tot bezinning kwamen, ik het moeilijk zou vinden ze in de volgende productie te regisseren. Ik vind het droevig dat hij het onmogelijk heeft gevonden naar mijn advies te luisteren.'

'Ik ook,' zei Sarah, 'maar dank je. Hoe dan ook...'

'Hoe dan ook, het punt is,' zei Audrey, die ogenblikkelijk haar evenwicht hervond, 'we worden geconfronteerd met een ramp. Onze volgende productie wordt *Rebecca*. Feitelijk was het Andrews idee. Hij had altijd de rol willen spelen van Maxim de Winter en ik moet zeggen, hij zou perfect zijn geweest. En Hyacinth zou de ideale jonge mrs. De Winter zijn geweest. Nou ja.' Audrey zweeg even en slaakte een hoorbare zucht. 'Het heeft geen zin om stil te staan bij wat had kunnen zijn. Ik ben met beiden overeengekomen dat het passend zou zijn om tijdelijk uit de schijnwerpers te tre-

29

den. Ons probleem is dat in alle programma's voor *Dear Octopus* een vermelding stond van *Rebecca* en dat heeft veel enthousiasme gewekt.

We kunnen er onmogelijk onderuit, maar we hebben geen Andrew, geen Hyacinth en sinds gisteren geen Harriet Evans meer, want om de een of andere onverklaarbare reden, waarvan ze me geen mededeling heeft gedaan, is ze overgelopen naar de Frome Operatic Society. Ik bel iedereen op, Sarah, om te vertellen dat ons gezelschap, de Ambercross Players, zich in een crisistoestand bevindt en dat het aan de bewoners van Ambercross is om één lijn te trekken en hun oudste gezelschap uit de nood te helpen. Audities worden gehouden op 7 januari en ik hoop dat ik op je aanwezigheid kan rekenen.'

Sarah ging op haar bed zitten en schopte haar schoenen uit. 'Natuurlijk zal ik heel graag de posters en programma's ontwerpen zoals ik altijd doe. Maar daarvoor hoef ik niet naar de audities te komen.'

'Sorry, Sarah, maar dat is niet voldoende. Ik begrijp heus wel dat het niet jouw schuld is dat je man je in de steek heeft gelaten, maar ik vind dat je onder de gegeven omstandigheden op z'n minst onze eerste bespreking moet bijwonen. Denk eraan! 7 Januari! Schrijf het op. Ik verheug me erop je te zien. Prettige kerstdagen!'

De verbinding werd verbroken zonder dat Sarah de kans kreeg Audrey te vertellen dat ze in geen geval aanwezig kon zijn op audities voor een toneelstuk dat gekozen was om te pronken met het talent van haar man en zijn vriendin. Natuurlijk zou Sarah het nooit gewaagd hebben zoiets te zeggen, maar ze had een of ander overtuigend excuus kunnen vinden, bijvoorbeeld: ik zou graag naar de audities komen maar jammer genoeg ben ik dan op de Hebriden. In ieder geval kon ze gewoon een excuus onder aan haar kerstkaart schrijven en dan zou Audrey haar niet om kunnen praten. 'Prettige kerstdagen en tussen haakjes, ik zal helaas de auditie moeten missen omdat ik dan een afspraak heb met mijn therapeut.' Dat was overtuigender dan de Hebriden.

Sarah had het gevoel dat ze met succes was ontkomen aan een lot dat erger was dan de dood, en dit vierde ze door een nieuw pak chocoladebiscuitjes open te maken.

## 5. Sarahs beste vriendin

De eerste die Sarah belde toen Andrew het huis had verlaten was Miriam. In het eerste kwartaal van haar eerste schooljaar was Sarah gefascineerd geraakt door de halve deuren van de wc's, waardoor je de kleine voeten van de inzittenden kon zien. Terwijl ze op de grond knielde om 'Kiekeboe!' te roepen tegen haar klasgenootje Miriam, was ze weggesleurd door een zelfingenomen oudere leerling, een zekere Monica Bennett, die Sarah als een offerlam had afgeleverd in het heiligdom van juffrouw Turners kantoor. Juffrouw Turner had Sarah gevraagd of ze zoiets thuis ook deed. Sarah antwoordde dat ze dat niet deed, omdat de wc-deuren daar tot de grond reikten. Juffrouw Turner zei dat ze een walgelijk klein kind was dat het niet verdiende leerling te zijn van een instituut als de Fairlawn School. Later trof het klasgenootje Sarah huilend aan, waarna ze het kantoor van juffrouw Turner binnen liep en haar vertelde dat ze net een paar ogenblikken eerder kiekeboe had gespeeld met Sarah, dus dat zij dan ook een walgelijk klein kind moest zijn. Sinds die tijd hield Sarah van Miriam.

Miriam was de eerste die op de hoogte was van Sarahs eerste zoen en Sarahs eerste ongesteldheid. Toen Sarah haar maagdelijkheid had verloren en tot de conclusie was gekomen dat ze niet van seks hield, vertelde ze het aan Miriam. Toen Sarah ontdekte dat ze wél van seks hield, vertelde ze het aan Miriam. Toen Sarah op de kunstacademie haar hart verloor aan de goddelijke maar helaas ongeïnteresseerde Barney Melton, vertelde ze het aan Miriam. Toen Sarah verliefd werd op Andrew, vertelde ze het aan Miriam. Hun levens namen een heel andere loop na Sarahs huwelijk. Sarahs leven draaide eerst om Andrew en toen om Andrew en haar zoontjes. Miriam reisde de wereld rond, gaf Engelse les aan leerlingen als haar geld opraakte. Al doende leerde ze Johnny kennen, gebruind en blond, met een glimlach die zelfs het hart van juffrouw Turner had kunnen doen smelten. Ze vestigden zich in Londen en Miriam werd een uitzonderlijk efficiënte lerares Engels, des te uitzonderlijker omdat ze de meeste kinderen vervelend en deprimerend vond. Toen Johnny wegliep met een al even gebruinde en blonde jongeman, Malcolm genaamd, bleef Miriam lesgeven. Tien jaar geleden was ze getrouwd met Clive, een breedgeschouderde man met een dwalend oog, die Miriam keurig in het gareel hield door met strategische tussenpozen te komen opdagen en zo Miriam er zelf vanaf te houden het verkeerde pad op te gaan. Sarah wist dat als iemand haar uit het moeras van vernedering en misère kon helpen, het Miriam was.

Miriam stelde haar niet teleur. Toen Sarah haar het nieuws vertelde, zei ze gewoon: '20 december stop ik. Dan kom ik naar je toe.'

Ze arriveerde op tijd om hartelijk afscheid te nemen van Ben en James die die avond op stap gingen. Ze omhelsden haar en waarschuwden haar hun moeder niet op het slechte pad te brengen.

'Wat een onzin,' zei Miriam. 'Waarom denk je dan dat ik ben gekomen?' en nodigde hen uit om om middernacht met hen mee te feesten. Sarah kwam naar buiten, wierp één blik op Miriam en barstte in tranen uit. Ben en James wisselden paniekerige blikken uit en sprongen eensgezind in Bens auto die na de verplichte dissonante protesten wegreed over het pad. Miriam gaf Sarah een knuffel.

'Het spijt me,' fluisterde Sarah. 'Ik verzeker je dat ik dit niet vaak meer doe.' Ze pakte Miriams handen. 'Je ziet er fantastisch uit. Ik hou van die krijtstreepbroeken.'

'Een van de plezierige dingen van het geen kinderen hebben,' zei Miriam, 'is dat ik me kan uitleven in mijn passie voor kleren. En wijn.' Ze maakte de kofferbak van haar auto open. 'Ik brand van verlangen om een fles open te trekken. De files op de M25 waren erger dan ooit. De gedachte aan de Lirac in de kofferbak was het enige dat me bij mijn positieven hield.'

Een halfuur en twee glazen Lirac later stond Sarah in de spinazie-met-gorgonzolasaus te roeren terwijl Miriam de Parmezaanse kaas raspte.

'Ik moet zeggen,' zei Miriam, 'ik heb nooit gedacht dat jullie ooit uit elkaar zouden gaan. Jullie hadden zoveel gemeen.'

Sarah knikte heftig. 'Ik weet het.'

'Ik bedoel,' ging Miriam verder, terwijl ze de laatste kaas van de rasp schudde, 'jij hield van Andrew. Andrew hield van Andrew. Het was een verbintenis van perfect onderling begrip.'

Sarah keek geschokt op. 'Wil je daarmee zeggen dat je Andrew nooit aardig hebt gevonden?'

'Natuurlijk vond ik Andrew aardig. Ik hou van hopen verwaande mannen. Ze hebben iets liefs en vertrouwds. Maar hij heeft een grote fout gemaakt door jou in te ruilen voor een jonger exemplaar. Geen vrouw onder de dertig neemt genoegen met een relatie waarin van haar verwacht wordt dat ze de exclusieve huishoudster, secretaresse, kokkin en algemene duvelstoejager is. Ik voorzie een paar interessante discussies in het liefdesnest. Ruikt verrukkelijk! Wat zit er in de saus?'

'Spinazie, gorgonzola, een beetje melk en boter. Ik hoef alleen de spaghetti nog maar te koken.'

'Wauw! Nu weet ik zeker dat hij gek was om jou in de steek te laten. Wil je hem echt terug?'

Sarah knikte. 'Ja.'

Miriam stond op en gaf de wijn aan Sarah. 'Het is niet het eind van de wereld, weet je. Toen Johnny er vandoor ging met Malcolm dacht ik dat ik het niet zou overleven, ik dacht dat ik er nooit overheen zou komen, ik dacht dat mijn leven voorbij was. Ik wilde niemand zien, ik kon niet eten, ik verloor zelfs mijn belangstelling voor The Archers. En toen drong het tot me door dat ik honger kreeg en me verveelde en op een dag besefte ik dat ik hem eigenlijk niet zo miste en op een andere dag besefte ik dat een man met me flirtte en ik het leuk vond. Het leven gaat door.'

Sarah legde de spaghetti in een grote pan kokend water. 'Toen Johnny jou in de steek liet was je een prachtvrouw van tweeëndertig met een buik zo plat als een ijzeren plaat. Het is twintig jaar geleden dat ik met iemand anders naar bed ben geweest dan met Andrew. Mijn lijf is nooit meer geworden zoals het was voordat ik

33

de tweeling kreeg. Ik heb bobbels op mijn benen. Ik heb een buik die eruitziet en aanvoelt als een ballon die op het punt staat te ont- ploffen, mijn borsten vertonen zwangerschapsstrepen, ik ben een ernstig beschadigd artikel. Ik zou nooit mijn kleren kunnen uit- trekken voor een andere man, zelfs als een andere man bijziend genoeg zou zijn om me dat te vragen. Ik ben drieënveertig. Wie moet ik in vredesnaam leren kennen op mijn drieënveertigste?'

'Je kunt op elk moment iemand tegen het lijf lopen! Mijn oud- tante trouwde voor de eerste keer toen ze tweeëntachtig was! Je bent een aantrekkelijke vrouw en je hebt mooi haar en een gave huid. En als je zegt dat je hem terug zou nemen omdat je niemand anders kon vinden, denk dan maar eens goed na. Alleen zijn is nog zo slecht niet. Soms,' Miriam zuchtte een beetje weemoedig en schonk de laatste wijn in haar glas, 'vind ik het wel plezierig.'

Sarah, die verrast en vergenoegd zag dat haar eigen glas was bij- gevuld, nam een flinke slok. 'Ik wil Andrew niet terug omdat ik het leven niet op eigen houtje aankan, hoewel ik moet zeggen dat ik op dit moment denk dat ik het leven niet op eigen houtje aankan. Ik wil Andrew terug omdat ik niet zie wat voor zin mijn leven heeft zonder Andrew. Ik heb mijn hele volwassen leven doorgebracht met Andrew. En nu is hij weg en heeft mijn verleden meegenomen. Mijn verleden is ontvoerd. Alle relaties die we samen hebben aan- geknoopt zijn veranderd en moeilijk. Zijn familie, onze vrienden... iedereen doet anders, niemand weet wat ze moeten zeggen. Ik heb geen vaste grond meer onder mijn voeten, snap je wat ik bedoel? En ik kan niet geloven, ik kan echt niet geloven dat we de rest van ons leven niet samen zullen doorbrengen. Ben ik stom? Wat denk je?'

'Ik denk,' zei Miriam peinzend, 'dat ik nog een fles wijn moet opentrekken.'

Een uur en nog een fles wijn later, zat Sarah aan tafel een sat- suma te schillen. 'Gek,' zei ze peinzend, 'maar ik heb nooit van hyacinthen gehouden. Vind je dat niet gek? Ik bedoel, ik hou van narcissen, ik hou van lelietjes-van-dalen, ik hou van irissen, ik hou van lupinen, maar ik heb nooit van hyacinthen gehouden. Een beetje griezelig eigenlijk, vind je niet?'

Miriam fronste haar wenkbrauwen. 'Waarom hou je niet van hyacinthen?'

'Omdat,' zei Sarah langzaam, 'ze gekke, valse kleuren hebben. Ze zijn volmaakt roze, prachtig blauw, sneeuwwit. En ze buigen of hangen niet zoals andere bloemen, ze staan gewoon stijf recht-op in hun bakje, net als Hyacinth Harrington.'

'Hyacinth Harrington staat niet in een bakje.'

'Nee, maar ze buigt of hangt ook niet. Ze is er gewoon. Begrijp je? Ik haat Hyacinth Harrington.'

'Ach,' zei Miriam, 'wat mij betreft kan ik geen enkele man se-rieus nemen die er vandoor wil gaan met een vrouw die Hyacinth heet. Wil je Andrew echt terug?'

'Ja, echt, heel echt. Ik wil dat hij kruipt en zich ellendig voelt en spijt heeft dat hij ooit geboren is, maar ik wil hem echt, echt terug. De dominee zei dat ik mijn innerlijke schoonheid moet koesteren, Clementine Delaney vindt dat ik een kluizenaarster moet worden, Jennifer Upton-Sadler zei dat ik mijn eenzaamheid in de armen moet sluiten en Audrey Masterton wil dat ik lid word van de Am-bercross Players. Ik wou dat iemand Andrew eens vertelde wat hij hoort te doen.'

Miriam verstijfde. 'Wie wil dat je lid wordt van de Ambercross Players?'

'Audrey Masterton. Zij ís de Ambercross Players. Ze is over de tachtig en zo sterk als een os. Ik heb het gevoel dat ze mij direct verantwoordelijk stelt voor het verlies van haar hoofdrolspelers. Blijkbaar lijkt het Andrew en Hyacinth tactvol om zich terug te trekken uit de volgende productie, zelfs al is die volgende pro-ductie *Rebecca* en vinden Andrew en Audrey dat Andrew de per-fecte Maxim zou zijn. Ik geloof dat Audrey vindt dat ik het haar verschuldigd ben om lid te worden. Misschien zou ik mrs. Dan-vers kunnen spelen? Ik kan vast wel de rol van een kwaadaardige, verbitterde vrouw spelen die de nieuwe vrouw van de held niet kan pruimen. Hoe dan ook,' Sarah schoof haar stoel achteruit en strekte haar armen, 'er is geen sprake van dat ik het doe.'

'O, maar je moet het juist wel doen!' riep Miriam uit. 'Als je zeker weet dat je Andrew terug wilt, dan moet je naar me luisteren. Als je Andrew terug wilt moet je hem laten merken dat je hem niet nodig hebt. Mannen vinden vrouwen die niet zonder hen kunnen heel onaantrekkelijk. Dus: ten eerste, je laat hem zien dat je de tijd van je leven hebt zonder hem. Ga naar hopen party's!'

'Niemand nodigt me uit voor een party. Blijkbaar zijn verlaten vrouwen geen goede feestgangers.'

'Alleen in de ogen van een onzekere gastvrouw. Doet er niet toe. Je kunt net doen of je naar party's gaat. Ten tweede, je wordt lid van de Ambercross Players. Neem de rol van mrs. Danvers, en speel die of hij je op het lijf geschreven is. Andrew zal natuurlijk woedend zijn. Je zult hem duidelijk maken dat je verder bent gegaan met je leven, dat je iemand bent geworden die hij niet meer kent. Hij zal woedend, gefrustreerd, geïntrigeerd zijn. In plaats van de droevige oude Sarah, ben je de ongelooflijke Sarah! Je moet lid worden! Je moet lid worden!'

Sarah glimlachte. 'Dat meen je niet serieus!'

'Ik ben nog nooit zó serieus geweest! Van nu af aan vertel je iedereen, ook je zoons, dat het je geweldig gaat. En doe wat aan je haar...'

'Wat mankeert er aan mijn haar?'

'Je hebt nu al dertig jaar lang hetzelfde kapsel. Leuk toen Shirley Temple het zo droeg, maar zij was een actrice van vijf jaar. Het moet korter en er moet model in komen en misschien kun je het ook laten highlighten. En maak je op en gebruik parfum en word lid van de Ambercross Players. Ik ben niet acht jaar lang getrouwd gebleven met een serierokkenjager zonder te leren hoe ik de belangstelling van een man moet vasthouden.'

Sarah beet op haar lip. 'Denk je echt dat ik Andrew terug kan krijgen?'

'Als je doet wat ik zeg. Beloof je me dat je lid wordt van de Ambercross Players?'

'Maar als ze me eens een rol geven? Ik heb een verdomd slecht geheugen, dat weet je...'

'Dan zal dit een goede leerschool voor je zijn. Beloof me nú dat je lid wordt.'

Sarah stak haar hand uit naar de wijn. 'Als je ophoudt met praten over de Ambercross Players,' zei ze, 'beloof ik je dat ik lid zal worden.'

## 6. *Andrews schoonzuster*

Elk jaar voegden Andrews broer Jeremy en zijn vrouw Rachel een gekopieerde samenvatting van hun leven bij hun kerstkaart en elk jaar wenste Sarah dat ze de moed had haar eigen nieuwsbrief op te stellen: 'Het zal jullie plezier te doen te horen dat Ben nu van de heroïne af is en James' kleine misverstand met de machete is opgelost...'

Dit jaar voelde Sarah de behoefte aan een kop sterke koffie voor ze het met hulst versierde vel A4 openvouwde. Zoals gewoonlijk begon het met een opgewekte groet.

Hallo luitjes!

We hopen dat jullie op aangename wijze de geboorte van Christus vieren. Het is zo gemakkelijk de reden voor het kerstfeest te vergeten met al die commercie tegenwoordig. We proberen Tamzin en Edward te doordringen van de ware reden voor Kerstmis en waarom we dat vieren. Met een schoolbazaar en een braderie hebben de kinderen en ik het druk met pakken en bakken. Edward en een vriend hebben besloten een garageverkoop te organiseren voor het liefdadigheidsdoel van dit jaar, namelijk om mensen met lepra te helpen. Hun directeur heeft hun toestemming gegeven die op school te houden en we hebben wat kerstdecoraties en koekjes gemaakt om te verkopen. Het is goed om te zien dat er nog steeds een paar kinderen zijn die iets willen doen om anderen te helpen. Het is geweldig om de kinderen nu om je heen te hebben, ze groeien in lengte, zelfvertrouwen en charme. Tamzin heeft de prijs van haar school gewonnen voor het Behulpzaamste Meisje van School. Ze heeft ook ontdekt dat ze talent heeft voor netbal en haar gymnastiekleraar zegt dat hij nog nooit een meisje van tien met zulke sterke armen heeft gezien. Edward won met zijn aardappelman de eerste prijs voor handenarbeid in de wedstrijd tijdens het Zomerfeest. We waren zo enthousiast! Jeremy's zaken gaan steeds beter. Hij heeft dit jaar maar drie mensen moeten ontslaan en hij is ontroerd door het feit dat de rest van zijn personeel nu vastbesloten is even hard te werken als hij. Minder positief is het trieste nieuws dat Jeremy's broer Andrew en zijn vrouw Sarah uit elkaar zijn. We bidden dat ze ertoe kunnen komen hun problemen op te lossen en de vreugde zullen ontdekken van wederzijdse, onbaatzuchtige liefde. Jeremy en ik zijn ons altijd bewust geweest van het gevaar de liefde als iets vanzelfsprekends te beschouwen en we vernieuwen geregeld onze geloften in de privacy van onze slaapkamer. De tuin ziet er fraai uit: we hebben een goede oogst gehad van spinazie, uien en sperziebonen. De bonen en wortels deden het dit jaar minder goed. We zijn van plan in de winter aan de voorkant een nieuwe border te planten met wat coniferen en winterharde bloeiende planten. Jeremy wil een heg van esdoorns aanleggen langs de voortuin. Het zal hard werken worden maar hopelijk de moeite waard!

Iedereen prettige feestdagen gewenst. Jeremy, Rachel, Edward en Tamzin.

# Selecteer nieuwe uitdagingen zorgvuldig

Miriam had haar werk goed gedaan. Op 2 januari belde ze Sarah en ze las haar de les over de Onaantrekkelijkheid Van Het Slachtoffer Zijn. Ze had een antwoord op al Sarahs protesten. Nee, het meedoen aan een auditie zou niet vernederend zijn, het meedoen aan een auditie zou laten zien dat ze niet gebukt ging onder Andrews laffe desertie. Nee, het meedoen aan een auditie zou haar niet belachelijk maken, want zij, Miriam, wist dat Sarah heel goed kon acteren, want ze was getuige geweest van haar gevoelige portrettering van de herbergierster in het Fairlawn Kerstspel vijfendertig jaar geleden. Nee, de acteurs en actrices zouden haar optreden niet in ongunstige zin vergelijken met dat van die verrekte Hyacinth Harrington omdat die verrekte Hyacinth Harrington duidelijk een typisch dom blondje was terwijl Sarah echt stijl had, en tussen haakjes, had ze haar haar al laten knippen? Op 3 januari belde Miriam Ben en James en zei dat ze ervoor moesten zorgen dat hun moeder naar de auditie ging, dat het hun plicht was zich ervan te verzekeren dat Sarah haar zelfvertrouwen terugkreeg voordat ze op reis gingen en dat de auditie de eerste stap was op de weg naar herstel. Op 6 januari belde Miriam om te zeggen dat ze haar handen van Sarah af zou trekken als ze niet naar de auditie ging. Op 7 januari ging Sarah naar de auditie.

De Ambercross Players kwamen altijd bijeen in het zaaltje boven de Fox and Hounds. Sarah liep met haar nieuwe kapsel de pub in, kocht een halve pint cider en nam een heilzame slok. Ze voelde zich afgrijselijk verlegen. Haar kapster, een opvallende schoonheid met roze haar, had haar haar zo kort geknipt dat het net haar oren be-

dekte en had de transformatie voltooid met een pony, meedogenloos de aarzelend geuite twijfel van haar klant terzijde schuivend.

Sarah herkende zichzelf nauwelijks. Ook gehoorzaam aan Miriams kritiek, had ze in de uitverkoop een marineblauwe broek
aangeschaft. Die droeg ze nu. Hij was mooi, had een goede snit en
was duidelijk nieuw. Ze wilde dat ze meer tijd had gehad om te
wennen aan haar nieuwe persoonlijkheid voor ze geconfronteerd
werd met de collega's van haar man. Met het hart in de schoenen
liep ze de trap op. Een ogenblik viel er een stilte voordat iedereen haar met veel vertoon van spontaan enthousiasme begroette.
Audreys stem klonk moeiteloos boven alle anderen uit. 'Sarah!
Kom binnen!' Ze klapte in haar handen en schraapte haar keel. 'Ik
weet dat jullie Sarah allemaal van harte in ons groepje zullen ver-
welkomen. Ik heb haar gevraagd te komen omdat we in deze cri-
sistijd iedereen nodig hebben die we kunnen krijgen.'

Sarah glimlachte flauwtjes. Ze was er 75 procent zeker van dat
Audrey niet de bedoeling had zo beledigend te zijn als haar woorden klonken. Howard Smart, een oude vriend van Andrew, zei:
'Sarah, wat dapper van je om te komen,' een opmerking waarvan
Sarah voor 85 procent zeker was dat hij bedoeld was om te inti-
mideren. Margaret Simmons, een oudere dame met onwaarschijnlijke roodbruine krullen, wier ongelukkige neiging om te spugen
als ze emotioneel werd op het toneel altijd een fascinerend effect
had gehad op Sarahs zoons, sprong op Sarah af en riep uit: 'Wat
enig om je te zien! Heb je een gezellige Kerstmis gehad?'

'Kerstmis?' herhaalde Sarah en een kaleidoscoop van recente
herinneringen tolde rond in haar hoofd: haar moeder die minstens
twee keer per dag weemoedig zuchtte: 'Zonder Andrew is het niet
meer wat het geweest is,' haar vader die het merendeel van zijn
opmerkingen tegen zijn kleinzoons liet voorafgaan door: 'Het spijt
me dat ik kwaadspreek over je vader maar...', de jongens die schuldig opgelucht keken als Sarah zei dat ze weg konden wanneer ze
wilden, Sarah en haar ouders die keken naar *De Langste Dag*, *Een
Brug te Ver* en *De Grote Ontsnapping*, en ze wist dat ze zich nooit
meer op Kerstmis zou verheugen.

'Kerstmis,' zei Sarah, 'was prima.'

Margarets goed gepoederde gezicht kon een plotselinge rode kleur niet verbergen. 'O, hemel, wat stom van me! Natuurlijk moet het moeilijk zijn geweest! O, lieverd, het spijt me zo!'

Zij en Sarah werden behoed voor wederzijdse gêne door de autoritaire stem van Audrey. 'Goed, laten we nu gaan zitten, we mogen geen tijd verspillen! De productie is gepland voor eind april, vlak na Pasen, en al denken jullie misschien dat dat nog heel ver weg is, geloof me, dat is het niet. De repetities beginnen pas in februari en er worden geen repetities gehouden in de krokusvakantie, want ik heb beloofd op mijn achterkleinkinderen te passen in Milton Keynes. Voeg daar de paasdagen bij en je zult begrijpen wat ik wil zeggen. Dus ga nu alsjeblieft zitten!'

De stoelen stonden in een halve cirkel opgesteld rond die van hun leidster. Sarah ging aan een van de uiteinden zitten en probeerde er niet op te letten dat de rest van het gezelschap zich naar de andere kant had begeven. Audrey deelde exemplaren rond van het toneelstuk, installeerde zich op haar stoel als een moederhen op haar eieren en haalde een blocnote en potlood uit de zak van haar jasje. 'Zo,' begon ze opgewekt, 'ik denk dat de beste manier om...'

Ze werd onderbroken door de komst van Martin Chamberlain die met een glas bier in de ene hand en zijn brillenkoker in de andere hand zwaaide. 'Iedereen een gelukkig nieuwjaar! Sorry dat ik te laat ben, Audrey!' Hij kreeg Sarah in het oog en zei met een voldoening schenkend enthousiasme: 'Sarah! Wat leuk je te zien! Mag ik naast je komen zitten?'

Sarah had slechts tijd voor een vriendelijke glimlach voordat Audrey geprikkeld zei: 'Ga gauw zitten, Martin, ik wil om negen uur klaar zijn als dat mogelijk is. Ik neem aan dat iedereen hier het verhaal kent van *Rebecca*, dus daar hoef ik niet verder op in te gaan, behalve dan dat Maxim de Winter, onze held, een gekwelde, seksueel aantrekkelijke man is, die niet in staat is uiting te geven aan zijn gevoelens voor zijn lieve jonge vrouw. Hij brengt haar naar zijn ouderlijk landgoed in Cornwall, dat beheerd wordt door de verbitterde huishoudster, mrs. Danvers, die het huis runt als een soort heiligdom voor Maxims eerste vrouw, Rebecca, die natuurlijk,' Audrey zweeg voor het dramatische effect, 'dood is.' Ze haalde diep adem, zette haar borst uit en ging verder.

'Aangemoedigd door de snode mrs. Danvers, raakt ons kindvrouwtje ervan overtuigd dat Maxim nog steeds van zijn overleden vrouw houdt en ontdekt pas in een aangrijpende scène, boordevol seksuele chemie, dat hij in feite Rebecca haatte. Het heeft een gelukkig einde, waarin mrs. Danvers sterft en het huis afbrandt. Dus zullen we beginnen met een scène tussen mrs. Danvers en de jonge mrs. De Winter. Zijn er liefhebbers voor laatstgenoemde rol?'

Claire Battersby hief haar hand op. 'Ik wil wel een poging wagen.'

Claire Battersby was al vijf jaar bij de Players. Een lange jonge vrouw met een mooie stem en een onberispelijke teint. Ze was ook dik, een feit waarvan ze zich niet bewust scheen te zijn, te oordelen naar de kleren die ze droeg die onveranderlijk elke vetrimpel onthulden.

'Dank je, Claire.' Audrey zette haar bril op. 'Iemand voor mrs. Danvers?'

Sarah haalde diep adem en stak haar arm op. Ze had al voor zichzelf uitgemaakt hoe ze de rol gestalte kon geven. Door Hyacinth voor ogen te houden als de jonge bruid, kon ze, dat wist ze zeker, de vereiste haat, verbittering en frustratie uitbeelden. Het zou, dacht ze, een goede therapie zijn. De volgende paar minuten verdiepte Sarah zich in het personage, ze vond het heerlijk mrs. Danvers te spelen, ze voelde zelfs dat ze mrs. Danvers wás.

Toen de scène was afgelopen, viel er een, naar ze meende, waarderende stilte. Audrey zette haar bril af. 'Bedankt, allebei,' zei ze. 'Mooi gelezen, Claire, en een heel interessante interpretatie van jou, Sarah. We gaan door...'

Sarah zag dat Howard en Claire elkaar grijnzend aankeken en wist ogenblikkelijk dat Audreys gebruik van het woord 'interessant' meer vriendelijk dan complimenteus was geweest. Ze voelde dat ze een vuurrode kleur kreeg. Het was belachelijk om te denken dat ze op deze manier Andrews terrein kon binnendringen, ze moest gek zijn geweest of onbewust masochistisch. Ze zou geen woord meer tegen Miriam zeggen. Waarom liet ze zich altijd door Miriam dwingen stomme dingen te doen en waarom hadden de jongens haar er niet op gewezen wat een idioot ze was? Ook tegen de jongens zou ze geen woord meer zeggen.

Sarah stak geen hand meer op. Ze bleef zwijgend zitten, luisterde nauwelijks, plande een snelle terugtocht en een daaropvolgend hysterisch telefoontje naar Miriam. Ze sprong bijna overeind toen Audrey haar naam afriep. 'Pagina 27, Sarah, jij kunt mrs. De Winter lezen. Howard, probeer jij Maxim.'

Weer trok er iets van een vluchtige grijns over Howards gezicht en Sarah voelde haar maag ineenkrimpen. Ze beet op haar lip, staarde naar het script en werkte zich stotterend door de volgende paar pagina's. Ten slotte hoorde ze tot haar opluchting Audrey zeggen: 'Dank je'. Audrey deed een paar ogenblikken haar ogen dicht alsof ze communiceerde met de doden. 'Goed!' zei ze. 'Ik zal jullie niet langer in spanning houden! Martin! Jij wordt mijn Maxim!'

Naast haar reageerde Martin als iemand die een elektrische schok heeft gekregen. 'Hoor eens, Audrey, ik ben geen Maxim-figuur. Je weet dat ik dat niet ben. Ik dacht dat ik Frank zou kunnen zijn. Frank kan ik spelen. Maxim wordt verondersteld romantisch en somber te zijn en romantisch is me echt onmogelijk.'

'Onzin, Martin, je zult het geweldig doen. Bovendien is er niemand anders die hem kan spelen. Howard is perfect als Jack Favell, en Adrian en Malcolm zijn te oud. Sarah, jij wordt mrs. De Winter, onze lieve jonge bruid. Claire, ik wil dat jij mrs. Danvers speelt...'

'Sorry, Audrey, hoorde ik je zeggen dat ik mrs. De Winter moet spelen?'

'Ja,' zei Audrey glimlachend. 'Jij wordt onze heldin!'

'Maar dat wil ik helemaal niet!' Sarah was ontsteld. 'Dat kan ik niet! Audrey, ik ben drieënveertig. In september word ik vierenveertig!'

'Ja, lieverd, maar dat ziet niemand als we de belichting niet recht op jou richten, en je hebt perfect de aarzeling en verlegenheid van de heldin weten te interpreteren, en je bent zo klein, dat Martin lang lijkt naast jou. Nu wat de andere rollen betreft...'

Sarah slikte wanhopig. 'Martin heeft mij niet nodig om lang te lijken.'

'Bravo!' zei Martin. 'Ik ben een meter vijfenzeventig!'

'Precies,' zei Audrey. 'Naast Sarah zul je lang lijken. En als ik nu verder mag gaan...'

Sarah en Martin wisselden een wanhopige blik. 'Wees maar niet bang,' mompelde Martin grimmig. 'Ik praat wel met Audrey.'

Sarah kon zich niet onttrekken aan het idee dat praten met Audrey zoiets was als de snelweg oversteken tijdens het spitsuur. Ze ging weer zitten en bestudeerde aandachtig de grond terwijl Audrey de rest van de rollen verdeelde. Toen Audrey eindelijk het eind van de bijeenkomst aankondigde, accepteerde Sarah de ge-lukwensen van de anderen met een gezicht dat zo rood zag als een biet. Ze zag dat Martin naar Audrey toeliep, en zodra de anderen weg waren ging ze bij hem staan.

'Serieus,' zei hij, 'ik geloof echt niet dat ik dat kan. Ik heb nog nooit in mijn leven een hoofdrol gespeeld en ik lijk in de verste verte niet op Lawrence Olivier.'

'En ik zeker niet op Joan Fontaine,' viel Sarah hem bij.

Audrey stopte haar blocnote en pen in haar tas en hees die over haar schouder. 'Dat was de film,' zei ze. 'Wij voeren het toneelstuk op. Je zult het voortreffelijk doen, Martin. Denk arrogánt. Denk aristocrátisch. Denk mysteriéús! En Sarah, ik wil dat jij denkt aan onschuld, jeugd, adoratie. En misschien moet je eens iets aan je haar laten doen.' Ze zette haar bril op en lachte. 'Ik moet hollen. Zie je over een paar weken. Leer je tekst en maak je geen zorgen!'

'Maar, Audrey,' zei Martin smekend, 'ik denk echt...'

'Laat het denken maar aan mij over,' bromde Audrey. 'Per slot van rekening ben ik de regisseur! Ik zie jullie op de volgende repe-titie. Leer die tekst!' Ze daverde de trap af als de Titanic die onbe-kommerd naar zijn ijsberg stoomt.

Martin en Audrey staarden elkaar vol ontzetting aan. 'Denk aan jeugd,' zei Sarah mistroostig.

'Denk aristocrátisch!' reageerde Martin. 'Kijk me eens goed aan! Zie ik er aristocratisch uit?'

Sarah keek. Martin had een gebroken neus en het soort haar dat eruitzag alsof een kam er spontaan op zou breken. 'Hm,' antwoordde ze. 'Zie ik eruit als jeugd?'

'Jij ziet er meer uit als jeugd dan ik als aristocratisch. Dit is vreselijk.'

'Het is catastrofaal,' verbeterde Sarah hem. 'Ik kan dit onmogelijk doen.'

'Ik ook niet.'

'In ieder geval zou jij niet het mikpunt van spot zijn. Ik bedoel, Maxim wordt toch geacht al wat ouder te zijn?'

'Maar hij is ook de held en ik zie er niet uit als een held. Andrew hoort hem te spelen... O, hemel, het spijt me, Sarah, dat was van een ongelooflijke lompheid.'

'Geeft niet.' Sarah strekte haar armen voor zich uit. 'Je hebt groot gelijk. Andrew hoort Maxim te zijn en Hyacinth hoort mrs. De Winter te zijn. Ik zou Andrew kunnen vermoorden. Het is zijn schuld dat ik hier ben.'

'Bedoel je,' vroeg Martin onzeker, 'dat hij wilde dat je vanavond zou komen?'

'Nee. Die stomme vriendin van me dacht dat ik hem terug zou kunnen krijgen door een ster te worden van de Ambercross Players. Ik weet het. Ik snap de logica ervan ook niet. Ik weet niet waarom ik naar haar geluisterd heb.'

'Ik begrijp het.' Martins kortstondige zwijgen leek op instemming te wijzen. Hij pakte zijn lege glas op. 'Weet je wat,' zei hij, 'laten we iets gaan drinken. Ik sterf van de dorst en misschien kunnen we een plan opstellen.'

Ze gingen beneden in een hoek van de pub zitten, dronken en wisten geen plan te bedenken. Sarah zuchtte diep. 'Ik zie niet hoe je hier onderuit kunt. Je zult een prima Maxim zijn en Audrey heeft gelijk: er is niemand anders dan Howard, en Howard is een geboren Jack. Wat mij betreft,' ze schudde haar hoofd, 'er valt niet te ontkomen aan het feit dat ik twintig jaar te oud ben.'

'Misschien,' zei Martin hoopvol, 'kennen de meeste mensen het verhaal niet. Misschien zullen ze denken dat het de bedoeling is dat je, nou ja, niet piepjong meer bent.'

'Het feit dat ik jong ben wordt op bijna iedere pagina vermeld! Ik kan het niet. Claire heeft die rol veel beter gelezen dan ik en in ieder geval ziet zij er niet uit alsof ze zich opmaakt voor de seniorenpas.'

Martin zette zijn glas neer. 'Kun je je voorstellen dat ik romantische scènes speel met Claire? Ik zou eruitzien als een ondermaatse dwerg! Dat kun je me niet aandoen!'

'Feitelijk,' zei Sarah verontschuldigend, 'zou ik dat wél kunnen. Trouwens, nu ik erover nadenk is het de enige oplossing, want niets ter wereld kan me zover krijgen die rol te spelen.'

Martin schudde zijn hoofd. 'Ik heb altijd gedacht dat je een aardige vrouw was.'

'Dat aardige vrouw zijn heeft me niet ver gebracht. In deze wereld,' zei Sarah gewichtig, 'is het ieder voor zich.'

'Hoor eens,' zei Martin, terwijl hij een pen uit zijn zak haalde en iets op het bierviltje krabbelde, 'hier is mijn nummer. Denk er nog eens goed over na en bel me morgen als je van gedachte mocht veranderen.

Sarah stopte het bierviltje in de zak van haar vest. 'Ik verander niet van gedachte.'

'Als jij die rol weigert, zal Claire het moeten doen en ik wil niet de held van Claires heldin zijn. Als jij het niet doet, doe ik het ook niet.'

'Zeg dat niet tegen Audrey, anders beschuldigt ze mij er nog van dat ik haar productie saboteer.'

'Ik vrees,' zei Martin op gemaakte toon, 'dat ik niets kan beloven. In deze wereld is het ieder voor zich.'

Sarah lag in bed haar favoriete Georgette Heyer te lezen toen de telefoon ging.

'Sarah,' zei een stem. 'Met mij.'

Sarah keek op haar wekker. 'Andrew? Wat is er?' Het sprankje hoop dat zoals altijd te snel ontbrandde, deed haar hart sneller kloppen.

'Er is niets. Ik bel alleen maar voor een babbeltje.'

'Het is elf uur!'

'Dat geeft niet, ik ben niet moe. Ik heb gehoord dat je vanavond naar de auditie bent geweest.'

Sarah leunde achterover tegen de kussens. 'Nieuws verspreidt zich snel.'

'Howard belde. Hij vond dat ik moest weten dat Audrey je de hoofdrol heeft opgedrongen. Ze is totaal in de war.'

'Het was nogal een schok.'

'Dat kan ik me voorstellen. Hoe kun je verwachten dat iemand als jij zo'n rol speelt. Wil je dat ik haar morgen bel om te zeggen dat je het onmogelijk kunt doen?'

'Dat is aardig van je.'

'Het is het minste wat ik kan doen. De gedachte dat jij je belachelijk maakt op het toneel en iedereen je achter je rug uitlacht... Nee, dat is niet eerlijk. Audrey mag al die paniekerige beslissingen niet nemen. En die arme ouwe Martin met de rol van Maxim opzadelen! Als Audrey het uitstelt tot de herfst, kunnen Hyacinth en ik het doen. Haar avondcursus is in juni afgelopen. Wees maar niet bang, ik neem Audrey wel voor mijn rekening. Jouw probleem is dat je nooit nee kunt zeggen tegen mensen.'

Sarah ging rechtop zitten. 'Ik dacht dat jij en Hyacinth het toneel hadden afgezworen tot alle roddels de wereld uit zouden zijn?'

'Nou ja, dat was natuurlijk een factor. Maar ik nam aan dat Audrey een ander stuk zou brengen, het was duidelijk dat ze geen cast zou hebben zonder ons. En dan jou aannemen! Je hebt nog nooit toneel gespeeld!'

'Eerlijk gezegd,' zei Sarah, 'heb ik een keer een hoofdrol gespeeld in een schoolproductie.'

'Sarah, ik ken je. Je zult doodsbenauwd zijn. Het zal een ramp worden. Ik moet er niet aan denken. Ik zal Audrey morgenochtend meteen bellen.'

'Dank je,' zei Sarah koeltjes, 'maar als iemand Audrey belt, dan ben ik het. Jij hebt hier niets mee te maken en ik zou je dankbaar zijn als je je er niet mee bemoeit. En als je me nu wilt excuseren, ik ben erg moe en ik wil slapen. Welterusten.'

Sarah smeet de telefoon op de haak en pakte haar Georgette Heyer weer op. Ze kon zich precies voorstellen hoe Andrew en Hyacinth in bed zaten. Andrew zou woedend zijn bij het idee dat zij en Martin de rollen zouden nemen die hem en Hyacinth op het lijf geschreven waren. Hyacinth zou verleidelijk tegen de kussens leunen in een of ander walgelijk zijden nachthemd. 'Maak je geen zorgen, schat,' zou ze kirren. 'Zelfs Sarah zou niet zo stom zijn om te denken dat ze mrs. De Winter kan spelen!'

Sarah legde haar Georgette Heyer neer, stak haar arm uit naar de andere kant van het bed en pakte het bierviltje uit de zak van haar vest. Toen nam ze de telefoon op en belde Martin. Ze hoorde een slaperige stem zeggen: 'Hallo?'

'O, Martin, het spijt me!' Sarah had onmiddellijk berouw. 'Ik heb je wakker gebeld!'

'Nee, hoor.' Martin geeuwde. 'De gedachte dat ik tegenover Claire op het toneel zou staan hield me klaarwakker.'

'Je klinkt niet klaarwakker. Ik wilde je alleen zeggen dat ik het doe.'

Even was het stil. 'Wat doe?'

'Je vrouw zijn. Het kan me niet schelen of ze me uitlachen.'

'Ze zullen je niet uitlachen.'

'Ik weet uit heel goede bron dat ze dat zeker zullen doen en het kan me niet schelen. Niets ter wereld kan me ertoe brengen die rol af te wijzen.'

'Mooi zo.' Martin geeuwde weer. 'Is dat alles?'

'Dat wilde ik je alleen even laten weten.'

'Mooi zo. Fantastisch. Welterusten, Sarah.'

'Welterusten, Martin.' Sarah legde de telefoon neer, pakte haar Georgette Heyer op en las het hoofdstuk uit.

# Denk goed na voor je nieuwe vrienden in je hart sluit

De jongens waren gereed om te vertrekken. Ze hadden hun inentingen gehad en hun rugzakken gekocht, waarin ze, verzekerden ze Sarah, alles konden bergen wat ze voor zes maanden India nodig zouden hebben. Ze hadden een afscheidslunch gehad met hun vader, waarnaar Sarah heldhaftig niet geïnformeerd had, en een afscheidsparty met hun vrienden, waar Sarah zich een paar keer bescheiden had laten zien alvorens zich terug te trekken in de steriele rust van haar slaapkamer.

Tijdens alle voorbereidingen verborg Sarah haar toenemende huiver achter een schild van vrolijke opwinding. Ze kocht een grote kaart van India die ze op de deur van de ijskast bevestigde en zat gebogen over de reisgidsen van haar zoons. Ze kon bijna niet wachten, zei ze, tot ze hun eerste e-mails en brieven zou ontvangen, het zou zo leuk zijn om hun reis te volgen, ze kon zich verbeelden dat ze het zelf deed maar dan zonder enig ongemak, het was zo spannend, echt opwindend.

Op hun laatste avond kookte ze hun lievelingsmaal, een vispastei met een roekeloze hoeveelheid grote garnalen. Ze maakte een van Andrews betere flessen wijn open en bracht een toast uit: 'Op India! En pas op met het drinken van water.'

De jongens hieven het glas en dronken. James zette zijn glas neer en pakte Sarahs hand. 'Jij redt het toch wel, hè?' zei hij. 'Papa zegt dat je het prettig vindt om alleen te zijn en je zult je kunnen concentreren op je schilderkunst, maar...'

'Je vader,' zei Sarah, hem in gedachten naar de hel wensend, 'heeft helemaal gelijk. Geef me een penseel en ik ben gelukkig! En geloof het of niet, ik ben heel goed in staat om voor mezelf te zorgen!' Ze kneep even in de hand van haar zoon. 'Bovendien zal ik het veel te druk hebben om eenzaam te zijn met het doen van stomme dingen als pretenderen dat ik een aardig jong meisje ben ten overstaan van het hele dorp Ambercross. En je weet maar nooit – tegen de tijd dat jullie terug zijn heeft je vader misschien net besloten thuis te komen.' Ze zag dat haar jongens een veelbetekenende blik wisselden, als twee chirurgen die zich afvroegen of ze de patiënte de waarheid moesten vertellen over haar conditie.

James zei behoedzaam: 'Ik denk niet dat je daarop moet rekenen.'

'Nee, natuurlijk niet,' zei Sarah, 'maar je vader en ik zijn ons hele volwassen leven bij elkaar geweest. We kennen elkaar beter dan iemand anders dat ooit zal kunnen. Vroeg of laat zal hij dat alles gaan missen.'

'Ja, maar mam...' James zweeg even. 'Misschien vindt hij het prettig met iemand te zijn die hem niet zo goed kent als jij... Hyacinth heeft geen flauw idee wie hij is. Ze vindt hem volmaakt.'

'Nou, dat zal niet lang duren,' zei Sarah vinnig. 'Ik neem aan,' ging ze verder, 'dat hij jullie niets heeft verteld over zijn plannen?'

'Nee, maar hij wekt niet de indruk dat hij denkt zich te hebben vergist.'

'Nee, daar past hij natuurlijk wel voor op,' zei Sarah, die een garnaal oprikte met haar vork. 'Andrew ziet er nooit uit als iemand die zich vergist heeft, daarom heeft hij zoveel succes. In ieder geval,' zei ze snel, want ze wilde niet hun laatste avond bederven met ruziën over hun vader, en ze besefte dat ze gevaarlijk dicht in de buurt kwam, 'zal ik jullie heel erg missen, maar ik heb echt een eigen leven: ik heb hopen opdrachten, ik heb mijn vrienden en ik heb dat stomme toneelstuk, waarvoor ik jullie heel onoprecht dank.'

James grinnikte. 'Het spijt me echt dat we dat mislopen.'

Sarah snoof minachtend. 'Dat zal wel, ja!'

'Ruth zegt dat zij ernaartoe gaat,' zei Ben.

'O, nou, dat maakt dat ik me een stuk beter voel! Je vriendin kan

Sarah Stagg bewonderen als eenentwintigjarige! Geweldig! Dat stuk wordt de grootste farce die Ambercross ooit heeft gezien. Je vader zal het prachtig vinden.' Nu deed ze het weer. Ze zou haar jongens zes maanden niet zien en hun laatste indruk van haar was van een verbitterd oud wijf. Ze voelde zich alsof ze een enorme vrachtwagen bestuurde en voortdurend uit doodlopende straatjes moest manoeuvreren. Ze zei: 'Die arme Ruth zal je vreselijk missen!'

Ben haalde zijn schouders op. 'Het komt wel goed met haar. In mei gaat ze naar Griekenland en de meeste weekends werkt ze in het opvangtehuis in Bath. Het gaat prima met haar.'

'Ik wed van niet,' zei Sarah. 'Hoe lang zijn jullie nu samen? Twee jaar? En nu zal ze je maanden niet zien.'

'We hebben altijd geweten dat we dit jaar elk andere dingen zouden gaan doen. Haar leven draait niet uitsluitend om mij. We kijken niet uit naar trouwen in de kerk en een lang en gelukkig leven.'

Was dat bedekte kritiek? Waarschijnlijk niet, want Ben was al bezig met zijn broer te bespreken hoe ze het morgen precies zouden regelen. Sarah was zich er heel goed van bewust dat ze in haar gevoelige, miserabele toestand geneigd was een duistere betekenis te zoeken achter de normaalste opmerkingen. Laatst nog had de postbode haar begroet met: 'Goedemorgen, mevrouw Stagg' en ze had zich zowaar een halfuur lang afgevraagd of die klemtoon soms ironisch bedoeld was. Bovendien, of Bens commentaar nu tegen haar gericht was of niet, had hij niet gelijk met zijn opvatting dat mensen die hun leven uitsluitend om hun partner lieten draaien, heel triest en zielig waren? Misschien zou Andrew als zij een dynamische in plaats van een hakkelende carrière en een spectaculair onafhankelijk sociaal leven had gehad, zijn belangstelling voor haar niet hebben verloren? Miriam zou zeggen dat ze Andrew nu liet zien dat ze wel degelijk een succesvol leven voor zichzelf kon creëren. Maar als ze Andrew toonde dat ze een succesvol leven voor zichzelf kon hebben door zich belachelijk te maken met haar bespottelijke rol in *Rebecca*, zou hij dan niet vinden dat haar succes haar nog meer van hem vervreemdde dan haar fiasco? Sarah greep naar de fles wijn.

Om elf uur ging ze naar bed en bleef genietend liggen luisteren naar de geluiden van haar zoons. Ze kon horen hoe ze elkaar goedenacht wensten, ze hoorde de muziek van Gomez uit James' kamer komen. Ben, wiens muzikale smaak blijkbaar gevormd was in de baarmoeder, speelde Abbey Road van de Beatles. Pas toen het stil in huis werd, viel Sarah in slaap.

Bezig blijven, dat was de oplossing. Zodra ze terug was van het vliegveld, trok Sarah haar overall aan, sloot zich op in haar atelier en zette op volle toeren The Ultimate Baroque Collection op. Ze was niet zo'n fan van klassieke muziek, maar vandaag had ze behoefte aan een orkest met alle fraaie bombast om haar laatste blik te overstemmen op de jongens die vrolijk naar haar zwaaiden alvorens te verdwijnen naar een ander land, een ander continent, een andere wereld. Ze wilde zich hen niet herinneren zoals ze van haar vandaan vlogen, ze zou zich concentreren op het onderwerp waarmee ze bezig was, en dat was op dit ogenblik een werkelijk opmerkelijke hond, een King Charles Cavalier spaniel, Raffles genaamd.

Raffles was de hond van een gepensioneerd artsenechtpaar; ze hadden het schilderij besteld als een gezamenlijk geschenk voor hun dertigste huwelijksdag. Raffles was Sarahs talent waardig. Volgens de artsen had hij zowel hun huwelijk als hun leven gered. Zes jaar geleden was mevrouw dokter met pensioen gegaan op voorwaarde dat haar man binnen korte tijd hetzelfde zou doen. Toen hij het af liet weten, voelde ze zich gekrenkt, schafte Raffles aan als alternatief gezelschap en plande haar vertrek uit het huwelijksnest. Maar Raffles ontwikkelde een hartstochtelijke genegenheid voor meneer dokter, die steeds meer van streek raakte door het angstige gejank van de puppy als hij vertrok naar zijn werk. Hij besefte hoe verkeerd hij bezig was en ging met pensioen.

Sarah was diep onder de indruk van het verhaal. Ze wist zeker dat als zoiets zich zou voordoen in haar huisgezin, ze een blijvende wrok zou koesteren tegen haar man en een groeiende wrok jegens haar ontrouwe hond. Maar Raffles' mooiste moment kwam drie jaar later toen beide artsen in de stromende regen naar het Lake District reden. Raffles was zonder aanwijsbare reden plotseling als een bezetene gaan blaffen. Meneer en mevrouw dokter stopten aan de zijkant van de weg en zagen toen vol afgrijzen dat de auto's die ze gevolgd hadden in een afschuwelijke wirwar van rook en metaal op elkaar waren gebotst. Intussen strekte Raffles, niet in het minst onder de indruk van zijn uitzonderlijke voorkennis, zich uit op de achterbank en viel in slaap.

Het was een fascinerend verhaal en Sarah vond het heerlijk hem te schilderen. Na twee uur gewerkt te hebben aan de heldhaftige hond, vond Sarah het welletjes en ging naar de keuken voor een kop thee. Haar blik viel op Bens wollen muts op de kast. Ze slikte een brok in haar keel weg, liep naar het theeblik en ontdekte dat ze geen theezakjes meer had. Ze had geen theezakjes meer. Dat leek plotseling een onoverkomelijke ramp. Tot haar afschuw merkte ze dat ze op het punt stond te gaan huilen, alleen omdat ze geen theezakjes meer had. Ze knipperde snel met haar ogen, pakte haar jas en tas en liep de deur uit.

De koude, felle wind deed Sarahs ogen tranen. De beuk aan het eind van het pad zwaaide met zijn armen als een fanatieke discodanser. Brede inktkleurige linten vormden patronen in de lucht. Straks zou het donker zijn. Sarah ging haastiger lopen en hield stevig de pas erin tot ze bij de dorpswinkel was.

Clementine stond er, in een geanimeerd gesprek met Amy Griggs, de eigenaresse van de winkel en de dorpsomroeper die al het nieuws in Ambercross verspreidde. 'O, Sarah, hallo,' zei Clementine, op het speciale toontje dat ze zich tegenover Sarah had aangemeten na Andrews vertrek. 'Heb je het gehoord? Er is weer ingebroken: bij John en Barbara Lintern. Terwijl ze lagen te slapen! Barbara kwam vanmorgen beneden en ontdekte dat al het zilver verdwenen was. Blijkbaar lag er een sigarettenpeuk in de open haard en hing er de geur van tabak. Ik geloof dat Barbara dat nog erger vond dan de diefstal van het zilver! Je weet hoe die arme

Barbara over tabak denkt! En ze hebben vuile afdrukken van hun schoenen achtergelaten op hun nieuwe kleed.'

'Wat erg!' zei Sarah. 'Je zou denken dat hun honden toch alarm zouden slaan.' Amy Griggs schudde haar hoofd. 'Die slapen in hun slaapkamer. Mevrouw Lintern zegt dat ze blij was dat de honden door alles heen hebben geslapen. Als ze de kolonel hadden gewekt, zou hij zijn karabijn hebben gepakt en god weet wat er dan had kunnen gebeuren.'

Clementine keek fronsend naar Sarah. 'Ik hoop dat je 's avonds je deur goed afsluit, Sarah. Je woont nogal geïsoleerd in Shooter's Lane, hè? Wanneer vertrekken de jongens?'

'Ik heb ze vanmorgen naar het vliegveld gebracht,' zei Sarah opgewekt. 'Ik verheug me al op bericht van ze! Het is zo opwindend!'

'Nou, zorg ervoor dat je vanavond je deur goed op slot doet,' zei Amy. 'Don en ik hebben een tuinhark onder ons bed liggen.'

'Heus?' vroeg Sarah, zich afvragend of zij dat misschien ook zou moeten doen.

'Arme Sarah,' zei Clementine. 'Je zult je wel alleen voelen. Je moet echt gauw bij ons komen eten. Ik geef je wel een bel.'

De laatste tijd had Clementine twee irriterende gewoontes ontwikkeld. Een ervan was telkens als ze elkaar tegenkwamen Sarahs moeilijke situatie uit de doeken doen, voor het geval Sarah die vergeten mocht zijn. De andere was aankondigen dat Sarah moest komen eten, terwijl ze allebei wisten dat ze niet van plan was haar ooit uit te nodigen. Sarah draaide zich om naar Amy. 'Mag ik wat theezakjes van je?' vroeg ze. 'Ik heb er niet één meer.'

'Goddank dat we de dorpswinkel hebben,' zei Clementine opgewekt. 'Wat moesten we zonder die winkel beginnen?'

'In mijn geval,' zei Sarah, die haar geld neerlegde op de toonbank, 'zou ik het zonder thee moeten doen! Daag!' Ze lachte stralend naar de beide vrouwen en liep snel de deur uit, in de hoop dat ze de indruk wekte van een vrouw die van alles te doen had en een hoop mensen moest spreken.

Thuisgekomen liep Sarah de trap op naar de kamers van de jongens. In beide vertrekken heerste een complete chaos met kleren op de grond, open laden en een wirwar van sweatshirts en truien. Op Bens prikbord hing zijn Far Side kalender waarop de datum van vandaag rood omkringeld was en de rest van de maand volgekrast was met dat ene woord, INDIA! Daarboven was een foto geprikt van Ben en Ruth, die in Glastonbury was genomen. Beiden lachten uitbundig naar de camera. Sarah vroeg zich af wat het was dat hen zo geamuseerd had. Ze wendde zich af en haalde impulsief de lakens en dekens van het bed, zodat de kale matras eronder te zien kwam. Onmiddellijk wenste ze dat ze dat niet gedaan had, want het veranderde de kamer in een onpersoonlijke en afschuwelijk lege ruimte. Ze ging naar beneden en schonk een glas wijn in. Beheers je, dacht ze, je bent vaak genoeg alleen geweest, je vindt het heerlijk om alleen te zijn. Maar natuurlijk vond ze het heerlijk om alleen te zijn omdat het een contrast vormde met de momenten dat ze niet alleen was.

Ze kon zich dat weekend in Glastonbury herinneren. Die vrijdagavond hadden zij en Andrew in de keuken gezeten. Ze had zich zorgen gemaakt over de regen omdat Ben zijn regenjack was vergeten.

'Lieve hemel,' had Andrew gezegd, 'het zijn grote jongens. Ze zijn nu één weekend weg. Hoe zul je je voelen als ze straks in India zijn?'

'Ik zal het vreselijk vinden,' had Sarah bekend. 'Wat moeten we zonder hen beginnen?'

'Wij moeten ook weggaan als zij zijn vertrokken,' had Andrew gezegd. 'Ons de voordelen herinneren van een leven zonder de jongens. Weggaan omdat we weg kúnnen. We zouden naar Parijs kunnen gaan, wat drinken in de Deux Magots, de wereld aan ons voorbij zien trekken. Ik vind dat we dat moeten doen. Ik heb je Parijs al altijd willen laten zien.'

Sarah ging aan de keukentafel zitten en nam een flinke slok van haar wijn. Ze wilde dat Hyacinth nooit geboren was, ze wilde dat Andrew hier was, ze wilde dat ze morgen naar Parijs gingen, ze wilde dat de jongens thuis waren, ze wilde dat ze dat gevoel kwijt kon raken dat met drieënveertig jaar haar leven definitief voorbij was, ze wilde dat ze geen tranen plengde in haar glas wijn. De telefoon ging en ze sprong op. Ze stak haar hand uit naar het toestel, gooide haar glas om en vloekte.

'Sarah?' Het was Andrew. Hij klonk bezorgd. 'Gaat het goed met je?'

'Nee, ik heb mijn glas wijn omgegooid.'

Het bleef even stil. 'Hoeveel heb je gedronken?'

'Liters,' zei Sarah. 'Ik wilde net mijn vijfde fles openmaken.'

'Ik weet zeker dat dat niet waar is.' Andrew klonk niet helemaal overtuigd. 'Ik bel alleen even om te horen of het goed met je gaat nu de jongens weg zijn.'

'Andrew, wat attent van je. Ik ben beduusd van je zorgzaamheid.'

'Niet sarcastisch doen, Sarah, dat is niets voor jou.'

'Alleen zijn is ook niets voor mij.'

'Als het je kan troosten,' zei Andrew, 'ik maak me veel zorgen over je.'

'Dat is een hele troost, ja. Dank je, ik voel me nu stukken beter.'

'Als je die toon aanslaat,' zei Andrew geprikkeld, 'zie ik niet in hoe ik je kan helpen. Ik wist dat je de jongens vanavond zou missen, ik wilde je er doorheen helpen, je de positieve kant laten zien, maar als je erop staat zo... zo negatief te zijn...'

'Zal ik je eens wat zeggen?' siste Sarah. 'Ik heb schoon genoeg van mensen die me vertellen dat ik positief moet denken, genoeg van mensen die me vertellen wat ik moet voelen, en als er één mens op deze planeet is die absoluut niet het recht heeft me wat dan ook te vertellen, dan ben jij het wel!'

'Ik ga niet proberen met je te praten als je zo doet,' zei Andrew. 'Ik wil je alleen één ding zeggen...'

'Dat dacht ik al,' mompelde Sarah.

'Alcohol is geen oplossing. Dat is alles.'

'Bedankt voor je advies,' zei Sarah. 'Ik moet mijn vijfde fles openmaken.'

Toen ze de wijn had opgeruimd, liep ze naar de ijskast. Ze haalde er het restant van de vispastei uit. Er was ook nog wat sla over, die ze op tafel zette. Ze deed de vispastei in de magnetron en ging met haar rug naar het fornuis staan. Het was zo stil in huis!

Ze liep naar de bestekla, haalde er een mes en vork uit en legde ze op tafel. Dat was het dus. Ze was alleen, en ze kon er maar beter aan gewend raken, want ze zou alleen blijven, avond na avond na avond. De jongens waren weg. Het leek of het gisteren was dat ze hun een spinaziehapje had gevoerd dat haar uren had gekost om klaar te maken.

Het waren zulke leuke kinderen geweest. Acht jaar geleden hadden zij en Andrew Sarahs laatste financiële succes gevierd. De ansichtkaartenfirma die ze al heel lang had lastiggevallen had er eindelijk in toegestemd haar laatste aanbieding, *Meisje met fluit*, te accepteren en had haar de vorstelijke som geboden van honderdvijftig pond, met royalty's van vijf procent. Zij en Andrew waren wildenthousiast geweest, er vast van overtuigd dat ze een bekendheid zou worden zodra boekhandelaren in het hele land zouden beginnen ansichtkaarten te verkopen van haar schilderij. De jongens kwamen in hun pyjama beneden en zagen hun ouders rond de keukentafel dansen terwijl The Animals bulderden 'Let The Good Times Roll'. De jongens hadden meegezongen en het slot van het liedje was dat ze met z'n vieren als gekken hadden rondgedanst en gezongen. Toen was James in zijn Superman-pyjama op de tafel geklommen en had een redevoering afgestoken om zijn briljante moeder te huldigen, terwijl Ben geestdriftig brulde: 'Bravo!'

Ze keek naar de tafel. Waarom had ze daar een mes en vork neergelegd? Ze knipperde met haar ogen en liep naar de magnetron. De vispastei was geslonken tot een onappetijtelijke klodder. Ze haalde hem eruit, liep naar de tafel en kwakte de slappe sla op haar bord. Ze vroeg zich af wat Andrew nu zou doen en wilde toen dat ze dat niet had gedaan, want ze kon het zich maar al te goed voorstellen. Hij en Hyacinth genoten nu waarschijnlijk van een diner bij kaarslicht. 'Ik maak me bezorgd over Sarah,' zou hij zeggen. 'Ik denk dat ze bezig is in te storten. Heel triest.'

'Het is niet jouw schuld,' zou Hyacinth antwoorden. 'Ze is een volwassen vrouw.'

Sarah nam een hap van de vispastei en besloot haar man en zijn maîtresse niet langer af te luisteren. Buiten kraste een uil. Sarah tuurde naar de duisternis buiten. Ze had nooit de moeite genomen gordijnen te hangen voor de keukenramen of de glazen deur naar de tuin. Er was geen ruimte om iets voor het raam boven de gootsteen te hangen en een gordijn voor de deur zou alleen maar vuil worden van het stof op de grond. Tot nu toe had het haar nooit iets kunnen schelen.

Ze zette haar bord en de rest op een blad, ging naar de zitkamer en zette de televisie aan.

Een halfuur later kwam ze tot de conclusie dat het waarschijnlijk niet zo'n goed idee was om naar een film te kijken over een eenzame, blinde vrouw die geterroriseerd werd door indringers in haar eigen huis. Ze kon beter naar bed gaan en haar Georgette Heyer lezen.

Ze liep terug naar de keuken en waste af. Toen schonk ze een groot glas water in en deed het licht in de keuken uit. Onmiddellijk begon de ijskast te zoemen als een dreigende wesp. Ze wilde juist naar boven gaan toen ze zich het gesprek in de dorpswinkel herinnerde. Ze ging weer terug naar de keuken en voor de eerste keer in haar leven deed ze de deur op slot. In de verte hoorde ze het gegrom van een dier, waarschijnlijk een das of een vos of misschien waren het wel dieven. Als ze naar buiten liep naar de schuur om haar tuinhark te halen, zouden ze inbreken en haar in de slaapkamer bewusteloos slaan. In ieder geval zouden ze niets ergers doen, omdat ze een trieste oude vrouw van drieënveertig was, tenzij het gemene, gewelddadige inbrekers waren, die geen onderscheid maakten, in welk geval ze heel goed iets nog ergers konden doen, dus was het van essentieel belang dat ze zich wapende met een hark. Sarah deed de voordeur open en liep naar de schuur, onwelluidend zingend. Als ze vrolijk en zelfverzekerd overkwam, zou ze niet klinken als een vrouw die door haar man in de steek was gelaten, maar als een vrouw wier man in huis rondbanjerde, gereed om zijn vrouw te beschermen tegen een onzichtbare dreiging. Ze vond de hark en haastte zich, nog steeds kwelend, terug naar haar huis. Ze deed de deur op slot, pakte de hark met haar ene hand en het water met de andere en liep naar boven. Ze probeerde de deur open te maken terwijl ze de hark onder haar arm stopte, voelde de hark wegglijden en de tanden in haar kuit boren. Ze gilde van pijn, liet het glas water vallen dat netjes in tweeën brak op de houten vloer, de inhoud erover verspreidend. Sarah strompelde naar het bed en liet zich erop vallen, terwijl ze haar been omklemde. Het kon verder alleen maar beter worden, dacht ze verslagen.

Ze vergiste zich. Om half zeven de volgende avond werd er aan de voordeur gebeld. Sarah hobbelde naar de deur en zag Bens vriendin tegenover zich staan. Ruth hield een supermarkttas in de ene hand en een riem in de andere. Aan het eind van de riem bevond zich de lelijkste hond die ze ooit had gezien: een gedrongen, zwart monster van onbepaalde afkomst, dat zwaar hijgde met een onaantrekkelijke kwak speeksel druipend langs zijn bek.

'Ruth!' zei Sarah. 'Wat leuk je te zien! Kom binnen.'

'Beter van niet.' Ruth keek veelbetekenend naar de Ford Escort die voor de deur stond. 'Mijn moeder wacht op me en ze voelt zich niet goed.'

'O, hemel! Toch niets ernstigs, hoop ik?'

'Nee, gewoon hoofdpijn. Jacko heeft de hele weg hierheen geblaft.'

'Jacko?' Sarah staarde naar de hond. Ze voelde dat Ruth een of andere positieve reactie verwachtte en probeerde daaraan te voldoen. 'Wat een leuke hond!'

'Ja, hè?' zei Ruth enthousiast. 'Hij is voor jou. Ben en James maakten zich ongerust dat ze jou alleen achterlieten. Ze dachten dat je je eenzaam zou voelen. Ze vroegen me een hond voor je te halen uit het asiel.'

Sarah voelde haar glimlach bevriezen. 'O, ja?' mompelde ze nauwelijks hoorbaar.

'Ik dacht dat Jacko perfect zou zijn voor je. Hij kan heel hard blaffen en ziet er zo woest uit dat hij een geweldige waakhond zal zijn.' Een glimp van iets dat op wroeging zou kunnen duiden was even op Ruths gezicht te zien. 'Eerlijk gezegd zit hij al een hele tijd in het asiel. Niemand schijnt hem te willen hebben.'

'O, nee?' vroeg Sarah. 'Hoe zou dat komen, denk je?'

Ruth aarzelde. 'Eerlijk gezegd,' zei ze weer, en de twee woorden dreunden als een onheil aankondigende klok door Sarahs hoofd, 'heeft hij een moeilijke tijd gehad. Jij bent perfect voor hem. Ik denk dat hij heel slecht behandeld is door zijn vorige eigenaren, dus heeft hij een paar problemen met mensen. Hij heeft een hoop liefde nodig.'

'Ik weet precies hoe hij zich voelt,' zei Sarah.

'Zie je nou?' zei Ruth hoopvol.

'Wat de reden is dat ik me op het ogenblik niet opgewassen voel tegen een onaangepaste hond. Bovendien weet ik niets van honden af.'

'Ik heb zijn eten in de tas en wat hondenvoer. Ben en James stonden erop dat je een troeteldier kreeg.'

Sarah keek naar Jacko. Het woord 'troeteldier' leek haar weinig toepasselijk.

'Ik vind het een heel lieve gedachte,' zei ze. 'Echt waar. Jacko is een schat van een hond, maar...'

'Ik wist dat je hem een leuke hond zou vinden! Bovendien wil mama hem niet achter in de auto hebben. Ze zegt dat hij haar een van haar migraines bezorgd heeft. En Ben zal het heel erg vinden als je hem niet wilt hebben. Bel me als er een probleem mocht zijn, maar ik weet zeker dat je het fantastisch met hem zult kunnen vinden.' Ze stopte de riem en de tas in Sarahs handen. 'Ik moet weg. Veel plezier met hem. Hij is echt heel lief. Hij heeft alleen wat liefde nodig.'

'Hebben we dat niet allemaal?' mompelde Sarah, maar Ruth was al op weg naar de wachtende auto. Sarah staarde in Jacko's ogen. Jacko had gele ogen en als er één woord was dat daarop niet van toepassing was, dan was het lief.

'Kom, Jacko,' zei Sarah. 'Zullen we naar binnen gaan?' Ze trok zachtjes aan de riem. Jacko liet een laag gegrom horen en trok zijn bovenlip iets op, zodat een uitdagende rij tanden te zien was.

Sarah beet op haar lip. Misschien kon ze hem gewoon buitensluiten en hopen dat hij de weg op zou lopen en zou worden overreden. Ruth zou het haar nooit vergeven. In de stemming waarin Sarah nu verkeerde kon ze zich daar niet druk over maken, maar de jongens kon ze dat niet aandoen. Sarah rukte weer aan de riem, deed haar best de onheilspellende geluiden te negeren die als het rommelende gedonder van onweer uit de keel van het dier opstegen en trok hem de keuken in. Hij bleef staan staren als de grote broer van de Hound of the Baskervilles. Een paar druppels speeksel vielen geluidloos op de grond. Sarah haalde de inhoud van de supermarkttas tevoorschijn. Een paar blikken hondenvoer, een blauwe plastic kom en een vel papier waarop Ruth had opgeschreven wanneer en wat hij moest eten. Misschien had hij gewoon honger. Sarah maakte een blik hondenvoer open en leegde het in de kom. 'Hier, Jacko!' zei ze, en ging zo dicht als ze durfde bij hem op de grond zitten. 'Brave hond!'

Hij staarde haar een paar ogenblikken minachtend aan, liep naar de kom, snuffelde eraan en schrokte toen de inhoud in een paar seconden naar binnen voor hij zijn kop ophief en zijn nieuwe meesteres weer met strakke en uiterst verontrustende blik opnam.

'Het is in orde,' zei Sarah. 'Ik hou ook niet van jou.' Ze deed de achterdeur open. 'Wil je naar buiten?'

Jacko verroerde zich niet. Sarah liep de tuin in, het grasveld op. Het was ijskoud.

'Kom dan,' zei ze. 'Kom onze mooie tuin eens bewonderen.'

Jacko ging schrijlings op de drempel staan. Wat moest ze doen als hij haar niet meer binnenliet? Ze zou kunnen doodgaan aan onderkoeling. Een vluchtig visioen van een berouwvolle Andrew wist het idee niet aantrekkelijk te maken. Sarah zei het met zoveel gezag als ze kon opbrengen: 'Hoor eens, Jacko, je zult toch wel iets kwijt moeten. Kóm!' Jacko boog even zijn kop en sjokte naar het midden van het gazon, waar hij even later een grote, dampende drol deponeerde. Hij richtte zich onmiddellijk op, stampte met zijn poten op het gras, deed grote kluiten aarde in het rond vliegen en waggelde toen weer de keuken in met een heen en weer schommelend achterwerk. Sarah rilde en volgde hem naar binnen. Iets zei haar dat dit niet het begin was van een mooie vriendschap.

Die avond, toen Sarah naar bed ging, begon Jacko te blaffen. Na twintig minuten ging Sarah naar beneden met de vage bedoeling hem wat troost te bieden. Uit de hoek van de keuken kwam een laag, woedend gegrom. Sarah liep haastig de trap weer op, hoorde dat het geblaf weer hervat werd en gooide een kussen over haar hoofd. In ieder geval, dacht ze, zou hij die gemene, gewelddadige dieven verjagen.

Twintig minuten later klonk de hond anders. Nu jankte hij meer dan dat hij blafte. Eigenlijk, dacht Sarah, klonk hij precies zoals zij zich voelde. Gedreven door medelijden ging ze haastig naar beneden en deed de deur open. Zij en Jacko verschilden in wezen niet veel van elkaar: ongewenst, onbemind en eenzaam. Ze knielde neer. 'Kom, Jacko, ouwe jongen,' zei ze. 'Wat zou je ervan zeggen als we vrienden werden?'

'Grrrrrrr!' gromde Jacko.

'Het is goed,' zei Sarah. 'Ik begrijp het.'

'GRRRRR!' brulde Jacko. Zijn tanden blikkerden in het maanlicht, een perfecte rij dodelijke dolken. Sarah ontsnapte snel naar de andere kant van de deur en rende de trap op. Ze hoopte, ze hoopte echt, dat die gemene gewelddadige inbrekers zouden komen en hoopte, hoopte echt, dat ze Jacko zouden doden.

# De beste vriend van een man is niet altijd ook die van de vrouw

Sarah had nooit van horrorfilms gehouden. Ze had drie keer ge-probeerd *The Shining* te zien en was nooit verder gekomen dan de eerste twintig minuten. Een vriendje had haar een keer meege-nomen naar *The Pit and the Pendulum* in een krakkemikkige oude bioscoop in Lewisham. Bij de eerste blik op de pendel had ze haar armen vol afgrijzen omhooggeheven en haar vriendje tegen zijn kin gestoten. Haar horloge was van haar pols geslagen en ze was het voorgoed kwijt, gelijk met haar vriendje.

Ze was derhalve absoluut niet opgewassen tegen haar huidi-ge situatie, waarin ze een hoofdrol had als eenzame vrouw die gekweld wordt door de kwaadaardige aanwezigheid van Jacko, wiens karakter alle angstwekkende aspecten leek te hebben van Jack Nicholson, Vincent Price en Freddy Kruger.

Overdag liet Jacko haar met tegenzin toe in de keuken, haar met onverzoenlijke ogen aanstarend. 's Nachts was de keuken van hem. Als ze uit haar slaapkamer kwam, al was het maar om naar de wc te gaan, liet Jacko een onaards gehuil horen dat de rillingen over haar rug deed lopen.

De postbode en de melkboer weigerden nu aan de deur te ko-men en lieten hun brieven en melk achter bij het hek. Als ze Jacko uitliet, staken de buren liever de straat over naar de overkant dan de afschrikwekkende tanden van de hond te trotseren. Toen ze haar lievelingsvest een paar minuten in de keuken had laten lig-gen en terugkwam, zag ze hoe Jacko het met onverholen blijd-schap verscheurde: het zou haar niet verbaasd hebben als hij die grote kop van hem achterover had gegooid en een maniakale lach had laten horen. Sarah belde Ruth en smeekte haar om haar te komen redden. Ruth waarschuwde haar dat Jacko onherstelbaar beschadigd zou worden als Sarah hem in de steek liet. Sarah probeerde uit te leggen dat zij onherstelbaar beschadigd zou worden als het zo doorging. Ruth antwoordde dat ze wist dat Sarah veel te goedhartig was om zo'n ongelukkige ziel van zich af te stoten en bovendien, zei Ruth, besefte Sarah wel dat als ze Jacko opgaf, ze hoogstwaarschijnlijk zijn doodvonnis zou tekenen omdat het asiel hem niet eeuwig kon houden? Sarah, die serieus een hekel begon te krijgen aan Jacko, beloofde wat meer geduld te oefenen.

Toen Jennifer haar uitnodigde voor de lunch, accepteerde Sarah gretig. Als iemand verstand had van honden, was het Jennifer. Ze had twee labradors en een tekkel, die Sarah begroetten met een vriendelijkheid die het psychopatische karakter van haar eigen hond nog benadrukte. Jennifer liet Sarah plaatsnemen met een glas wijn en een bord salade Niçoise en zei dat het allemaal draaide om leiderschap. 'Honden zijn in groepen levende dieren,' zei ze. 'Ze reageren altijd op gezag.'

'Het is nooit te laat om iets nieuws te leren,' zei Jennifer. 'Ik ben net met zwemles begonnen.'

'Knap, hoor,' antwoordde Sarah. 'Maar je kunt op en neer spartelen in een zwembad niet vergelijken met geterroriseerd worden door een helhond in je eigen huis. Andrew belde me gisteren in een rotbui. Hij was, toen ik niet thuis was, zijn smoking komen halen en Jacko had hem niet binnen willen laten.'

'Goed van Jacko,' zei Jennifer.

'Alles goed en wel,' zei Sarah, 'maar die hond dwingt me tot een kluizenaarsleven. Niemand wil bij me thuis komen. Ik moet hem kwijt.'

'Heeft Andrew dat gezegd?'

'Nee. Hij zei dat ik een hondentrainingscursus met hem moest volgen. Hij was blij dat ik gezelschap had.'

'O, ja?' Jennifer trok haar wenkbrauwen op. 'Wat een verrassing. Misschien vermindert het zijn schuldgevoel. Zei hij nog iets over de geurige Hyacinth?'

'Nee. Morgen is mijn eerste repetitie voor *Rebecca*, en hij vroeg me zijn smoking mee te nemen en aan Howard te geven, die vrijdag blijkbaar met hem gaat lunchen om uitvoerig verslag uit te brengen van mijn vernedering. Heb jij wel eens het gevoel dat je de controle over je leven kwijt raakt?'

'Voortdurend,' zei Jennifer. 'Wil je nog wat wijn?'

'Laat ik het maar niet doen. Ik moet vanmiddag een schilderij afmaken.'

'Ik niet,' zei Jennifer en schonk haar glas weer vol. Ze zuchtte. 'Ik maak me zorgen over George.'

Sarah keek geschrokken op. 'Wat is er met George?'

'O.' Jennifer maakte een afwerend gebaar. 'Hij is zo saai.'

'Hoezo?' vroeg Sarah, en nam een stukje brood. Ze voelde alle spanningen van de laatste paar dagen wegebben. De combinatie van het eten, de wijn, het gezelschap en de omgeving werkte sussend op haar zenuwen. Jennifers keuken was een altaar voor haar culinaire talent. De reusachtige Amerikaanse ijskast, in tegenstelling tot haar eigen antieke, bromde gezellig op de achtergrond. Twee glimmende Belfast-gootstenen bevonden zich in het midden van een authentiek granieten aanrecht boven roomkleurige gootsteenkastjes in Shakerstijl. Aan de andere kant van de keuken stond een enorme eikenhouten buffetkast met Jennifers verzameling Victoriaans porselein. Sarah keek naar de honden die vredig lagen te slapen op de gladde essenhouten vloer en slaakte een zucht van tevredenheid.

Jennifer draaide haar sla rond op haar bord. 'George is saai. Hij verveelt me. Ik vind hem saai.'

Sarah pakt de olijf op die ze zonder succes had geprobeerd met haar vork op te prikken en slikte hem door. Ze had geen idee hoe ze moest reageren op zo'n bekentenis. Ze hoopte van ganser harte dat Jennifer het spottend bedoelde.

'Ik weet niet goed wat ik eraan moet doen,' zei Jennifer. 'Ik bedoel, ik wou dat ik hem niet vervelend vond, maar het is zo. Die man is net een robot en niet eens een hoog ontwikkelde. Hij heeft een beperkt aantal reacties op elke situatie. Als ik hem zijn eten voorzet, zegt hij: "Heerlijke hap", en als we naar het nieuws kijken, zegt hij: "Idioten!" Als hij seks wil zegt hij: "Je ziet eruit of je behoefte hebt aan een goeie beurt," al zou het voor ieder ander duidelijk zijn dat ik geen behoefte heb aan een goeie beurt.'

'Ja, maar zo zijn we allemaal!' protesteerde Sarah. 'Neem mijn grootmoeder. Altijd als mijn broer en ik ruzie hadden, zei ze: "Kleine vogeltjes in het nest moeten het altijd met elkaar eens zijn".' Peinzend voegde ze eraan toe: 'Het was erg irritant.'

'Het is irritant. Ik ben constant geïrriteerd. Toen ik hoorde dat Andrew je in de steek had gelaten, weet je wat ik toen voelde? Ik was jaloers! Ik wilde dat George er vandoor was gegaan met Hyacinth.'

Sarah zuchtte. 'Ik wilde ook dat George er vandoor was gegaan met Hyacinth.'

'Zie je nou?' kraaide Jennifer. 'Je bent het met me eens!'

'Nee. George is aardig en attent en hij houdt van je en ik weet zeker dat hij diepzinnig is zonder het te laten merken.'

'Geloof me, ik heb er erg veel tijd aan besteed om die diepzinnigheid op te sporen. Na vierentwintig jaar huwelijk heb ik het opgegeven. Je krijgt wat je ziet. George is aardig. George is attent. George is saai.'

'Hij moet toch iets hebben gehad waardoor je verliefd op hem bent geworden. Waarom ben je met hem getrouwd?'

Jennifer haalde haar schouders op. 'Ik viel als een blok voor hem en mijn moeder zorgde ervoor dat hij zijn broek aanhield tot we getrouwd waren. En hij was leuk. Dat was voordat er een barst kwam in de plaat. Als hij me maar eens een enkele keer voor een verrassing stelde, zou dat al íets zijn. Maar dat doet hij nooit.'

'Verrassingen,' zei Sarah gevoelvol, 'worden overschat.'

'Arme Sarah, je vindt me natuurlijk hopeloos ondankbaar en ontevreden. Ik neem aan dat ik kan leven met het feit dat ik me vaag geïrriteerd voel als ik met hem samen ben. Aan de andere kant is het vooruitzicht van een jarenlange vage irritatie nogal deprimerend.'

Sarah legde haar handen op haar hoofd en haalde haar schouders op. 'Eerlijk gezegd ben ik niet de juiste persoon om je daarop antwoord te geven. Van mijn standpunt uit gezien lijkt voorspelbaarheid me heel aantrekkelijk. En wat is het alternatief? Je jaagt die arme, onschuldige George het huis uit, je maakt je dochter ongelukkig, je maakt George ongelukkig, alleen maar om niet meer naar zijn grapjes te hoeven luisteren. Wacht maar tot je hebt ondervonden hoe leuk het is om voortdurend alleen te zijn. Ik wed dat je hem dan zou gaan waarderen.'

Jennifer stond op en wuifde ongeduldig met haar hand. 'Het verschil tussen jou en mij is dat jij nog van Andrew houdt. En natuurlijk denk je ook dat hij terug zal komen en dus probeer je niet eens om je aan te passen aan een solitair leven. Als je dat deed, zou je het misschien heerlijk vinden.'

Sarah keek verlangend naar de fles wijn en schonk een glas water in. 'Jij gelooft niet dat Andrew terugkomt hè?'

Jennifer fronste haar wenkbrauwen. 'Ik weet het niet. Andrew is zo ijdel dat als hij dacht dat jij je belangstelling voor hem aan het verliezen was, hij ertoe gebracht zou kunnen worden om terug te komen alleen om te bewijzen dat hij het kan.'

'Dat is zo ongeveer wat mijn vriendin Miriam zei. Zij was degene die zei dat ik in dat stomme stuk moest spelen.'

'Waarin je, dat weet ik zeker, ons allemaal verbaasd zal doen staan.'

'Ja,' gaf Sarah toe. 'Dat is precies waar ik bang voor ben.'

Sarah had niet verwacht dat ze de repetitie leuk zou vinden, maar ze had ook niet gedacht dat het een volslagen ramp zou zijn. Ze had zelfs, besefte ze achteraf, een amper erkende fantasie gekoesterd waarin de Ambercross Players met ontzag naar haar verbluffend gevoelige interpretatie zouden kijken en verklaren dat er een ster was geboren.

Audrey had gezegd dat ze hun hele tekst op tijd voor de eerste repetitie moesten leren. Sarah had een paar pogingen daartoe gedaan, maar denkend aan Andrews nonchalante opvatting van die taak, had ze aangenomen dat Audrey het niet zo serieus bedoeld had. Een paar minuten na haar komst besefte Sarah de volledige omvang van haar vergissing. In alle kwesties met betrekking tot de Ambercross Players was Audrey doodserieus. Terwijl Sarah pijnlijk hakkelend een scène speelde waarin Howard en Claire hun tekst met een bijna griezelige nauwkeurigheid kenden, raakte de sfeer bezwangerd van een dreigende donderbui.

Ten slotte, ten overstaan van de hele cast, vertelde Audrey haar dat zij, Sarah, een onervaren nieuweling, meer dan een maand de tijd had gekregen om haar script te leren.

Als er een reden was waarom Sarah, als enige van de hele cast, zich van die taak ontheven voelde, zou Audrey dat graag horen. Toen Sarah haar mond opendeed om iets te zeggen, herinnerde Audrey haar eraan dat alle anderen het net zo druk hadden. Claire en Howard bijvoorbeeld hadden, anders dan Sarah, allebei zeer veeleisende fulltime banen, en de arme Claire had bovendien last van uiterst onaangename aanvallen van rinitis. Toch hadden Claire en Howard hun tekst geleerd en speelden ze de rollen van mrs. Danvers en Jack Favell met voortreffelijk gemak. Voelde Sarah zich ook zo zelfverzekerd?

Sarah, met een vuurrode kleur, zei tegen Audrey dat dat niet het geval was, maar omdat Andrew altijd zo ruim de tijd ervoor had genomen om zijn tekst te leren, had ze aangenomen dat zij dat ook kon. Audreys luisterrijke boezem leek op te zwellen en haar gezicht kreeg een uitgesproken paarse kleur. Andrew, bracht ze Sarah in herinnering, was de beproefde en ervaren ster van *Move Over, Mrs. Markham*, *Season's Greetings*, *When We Are Married*, *Pride and Prejudice*, *Salad Days* en andere opvoeringen, te veel om op te noemen. Andrew hoefde niets te bewijzen. Sarah daarentegen... Audrey liet de zin in de lucht hangen. Het maakte het er niet beter op dat Howard en Claire als een paar afgrijselijke brave kwezels stonden te grijnzen. Sarah kon bijna zien hoe Howards mentale bandrecorder vrolijk snorde in zijn gruwelijk zelfingenomen hoofd. Ze hoorde zichzelf met indrukwekkende overtuiging beloven dat ze op de volgende repetities de hele eerste akte op haar duimpje zou kennen.

'Dan zullen we er verder over zwijgen,' kondigde Audrey aan.

68

'We hebben al genoeg tijd verspild. Laten we de scène nog eens herhalen.'

Ze deden het, en elke keer dat Sarah even pauzeerde om haar plaats in het script te vinden of struikelde over een woord, nam Howard de houding aan van een man die pijnlijk en nobel zijn best doet om zijn ongeduld in bedwang te houden. Om het nog erger te maken, bleef Audrey tegen Sarah zeggen dat ze upstage of downstage, dus naar de voorkant of de achterkant moest lopen, en Sarah was te geïntimideerd om te bekennen dat ze geen idee had wat die uitdrukkingen betekenden. Het gevolg was dat ze heen en weer bleef dwarrelen over het toneel als een bij die bestookt is met insectenspray, en dat beviel Audrey evenmin.

De uiteindelijke vernedering kwam aan het eind van de repetitie toen Audrey Sarah terzijde nam. Ze liet haar stem dalen tot een onderdrukt geschreeuw, en vertelde Sarah dat het haar niet ontgaan was dat ze was aangekomen. 'Het probleem is,' zei Audrey, 'dat je geacht wordt een tenger klein ding te zijn. Ik bedoel, Maxim zou toch nauwelijks belangstelling tonen voor een kleine, dikke vrouw, wel?'

Sarah snakte naar adem. 'Vind je me dik?'

Audrey trok veelzeggend haar wenkbrauwen op. 'De tekenen zijn er. Je moet jezelf eens goed onder handen nemen. Ga nu naar huis, leer je tekst en val een paar kilo af, dan komt alles in orde.' De eenvoud van haar voorschrift vrolijkte haar kennelijk op, want ze voegde er welwillend aan toe: 'Het draait allemaal om plezier maken, Sarah, we willen dat je plezier hebt!'

Als dat plezier was, dacht Sarah, dan was ze een boon... Of liever gezegd, een appel, een dikke, vette appel. Met vuurrode wangen slaagde ze erin de cast een knikje te geven ten afscheid, pakte haar tas en vluchtte de nacht in.

Toen ze weer thuis was, zag ze dat Jacko de vuilnisbak had omgegooid en blijkbaar met de inhoud had gevoetbald. Sarah ruimde de rommel op, nam een kop thee, stak haar hand uit naar het biscuitblik en at drie chocoladebiscuitjes achter elkaar.

De volgende ochtend besefte Sarah dat ze een gedenkwaardige

ontdekking had gedaan. Voor het eerst sinds Andrew was vertrokken, was ze naar bed gegaan zonder zich bewust te zijn van zijn schrijnende afwezigheid. Misschien zou ze een artikel moeten schrijven voor vrouwen als zij.

'Dames! Bent u verlaten door uw man en uw kinderen? Hebt u het gevoel dat u voor het eerst in uw leven ontdekt hebt wat eenzaamheid werkelijk inhoudt? Welnu, wanhoop niet, want Sarah Stagg heeft de oplossing! Begin met de meest vernederende activiteit die u kunt vinden en neem een hond in huis die u haat! En presto! U zult het te druk hebben met u vermorzeld en angstig te voelen om u te bekommeren om het feit dat u alleen bent!'

Belachelijk maar waar. Ze had geen tijd om stil te staan bij haar droevige toekomst. Als ze niet bezig was aan haar volgende repetitie te denken, had ze het druk met haar pogingen het boze oog van Jacko te vermijden.

De vrijdag daarop kwam Sarah terug van een calorieënverbrandende wandeling heen en weer naar de postbus. Thuis wachtte haar een verrassing. Niet alleen was er een man in haar keuken die rustig met pen en papier aan de tafel zat, maar alle ledematen van die man in haar keuken waren intact. Aan zijn voeten lag heel lief en braaf Sarahs eigen helhond.

De man draaide zich om en glimlachte. Het was Martin Chamberlain. Waarom was hij niet dood?

'Waarom ben je niet dood?' vroeg Sarah.

'Sorry?' Martin keek verbaasd en toen verlegen. 'Hoor eens, als dit over de repetitie gaat, dan spijt het me dat ik je niet te hulp ben geschoten, maar ik weet uit ervaring dat je Audrey moet laten uitrazen...'

'En razen kan ze!' merkte Sarah op.

'Ja. Als ik tussenbeide was gekomen, zou ze de hele avond zijn doorgegaan. Maar het spijt me...'

'Daar heb ik het helemaal niet over.' Ze wees naar haar hond. 'Hoe ben je door de deur gekomen zonder in stukken te zijn gereten door Jacko?'

Martin keek verward op. 'Ik ben gewoon naar binnen gegaan. Ik was net bezig je een briefje te schrijven.'

'Gromde hij niet? Deed hij niet iets afschuwelijks?'

'Hij heeft heel hard geblaft in het begin, hè, ouwe jongen?'

Martin gaf een klopje op Jacko's kop. Jacko kwispelde met zijn staart. Sarah keek gefascineerd toe en hield haar adem in. 'Dit is niet te geloven,' zei ze.

'Wat niet?' vroeg Martin.

'Dit is de eerste keer dat ik Jacko zie kwispelstaarten. Ik wist niet eens dat hij dat kon.' Ze keek Martin vol ontzag aan. 'Misschien ben je een reïncarnatie van Sint Franciscus van Assisi of zoiets. Je beseft het misschien niet, maar ik ben zojuist getuige geweest van een wonder. Sinds ik met hem opgescheept zit, heeft die hond me de paria van Ambercross gemaakt. Niemand wil bij me in de buurt komen vanwege die hond. Hij terroriseert iedereen, hij terroriseert mij.'

'Waarom heb je hem dan genomen?'

'Dat heb ik niet gedaan,' zei ze verbitterd. 'Hij is me opgedrongen door de vriendin van mijn zoon, zogenaamd omdat de jongens me niet zonder gezelschap wilden achterlaten. Ik heb zo'n vermoeden dat de mensen van het asiel op het punt stonden hem een spuitje te geven en de enige die Ruth kon bedenken die stom genoeg zou zijn hem in huis te nemen was ondergetekende. En nu kom jij doodgemoedereerd binnenwandelen en...'

'Ik ben niet naar binnen gewandeld,' verbeterde Martin haastig. 'Ik heb eerst geklopt. De deur was niet op slot.'

'Ik dacht dat het niet nodig was de deur af te sluiten met Jacko hier. Jij wandelt naar binnen en Jacko doet niets. Weet je,' zei Sarah, hem met oprechte eerbied aanstarend, 'ik zal je van nu af aan in een heel ander licht zien.'

'Dank je,' zei Martin. 'Denk ik.'

'Nee, serieus, ik ben diep onder de indruk. Waarom ben je hier?'

'Ik had je moeten bellen. Sorry.'

'O, nee, ik ben blij je te zien. Wil je thee?'

Martin keek op zijn horloge. 'Heel vlug dan. Ik heb over twintig minuten een afspraak met een verstopte afvoer.' Hij stak zijn pen in de zak van zijn jasje en schraapte zijn keel. 'Je was gisteravond heel gauw verdwenen na de repetitie. Je leek geschokt.'

'Geschokt? Zou jij dat niet zijn als je net te horen had gekregen,' Sarah kon het nauwelijks over haar lippen krijgen, 'dat je te dik bent?'

'Dat is het 'm nou juist,' zei Martin vurig. 'Dat had ik je willen vertellen! Je bent niet de enige!'

'Dank je, Martin, ik voel me een stuk beter nu ik dat weet.'

'Wat ik wilde zeggen,' ging Martin snel verder, 'en geloof me, je bent om te beginnen absoluut niet...'

'Dik?'

'Ja. Ik bedoel, nee. Dat ben je niet. Maar weet je, toen jij weg was, nam Audrey mij ook op de korrel. Ze zei dat Maxim een slanke, gekwelde ziel was. Ze zei dat slanke en gekwelde zielen geen vetrollen hebben in hun taille.'

Sarah keek hem achterdochtig aan. 'Dat verzin je,' zei ze. 'Je probeert me een hart onder de riem te steken.'

Martin leunde achterover en sloeg zijn armen over elkaar. 'Ik moet je zeggen dat ik echt niet zo attent ben als jij schijnt te denken.'

Sarah zette twee mokken op tafel en keek Martin onderzoekend aan. 'In ieder geval heb je geen vetrollen.'

Martin maakte een grimas. 'Zou je me willen omschrijven als slank?'

'Nou, nee,' gaf Sarah toe. 'Ik zou je beschrijven als... robuust. Wil je een biscuitje?'

'Beslist niet. Audrey wil dat ik ruim drie kilo afval.'

'Dat is belachelijk!'

'Niet echt. Ik wil best wat gewicht kwijt. Anthea vond het vreselijk als ik tussen de maaltijden door at en sinds zij weg is heb ik gegeten als een paard.'

'Ik ook. Het lijkt zo oneerlijk. De meeste mensen hebben geen honger in tijden als deze. Ik wel. Ik heb vanmiddag nog twee bananen gegeten.'

'Die zijn goed voor je.'

'En een kingsize Marsreep.'

'Minder goed.'

'Ik weet het.' Sarah vulde de mokken met kokend water en dompelde behoedzaam de theezakjes erin. 'Martin, zeg het als ik mijn mond moet houden, maar ik wil het echt graag weten. Heb je er lang over gedaan om je aan te passen aan een leven alleen?'

'Nee,' zei Martin. 'Ik vond het erg vredig.'

'Niet eenzaam?'

'Nee. Maar het ging al lange tijd niet goed meer... zoals je natuurlijk weet.' Hij ving Sarahs blik op en glimlachte. 'Dacht je dat ik niet wist dat er geroddeld werd? Je zult me wel een ongelooflijke domoor vinden.'

'Natuurlijk niet.' Sarah wist dat ze bloosde en wou dat ze dat niet deed. 'Alleen, nou ja, ik denk dat ik verbaasd ben dat, ik bedoel, ik vind dat je heel tolerant bent, of beter gezegd, was.' Ze voelde dat ze zich er steeds dieper in werkte. Ze deed de deur van de ijskast open, verwelkomde de koude luchtvlaag, en haalde het pak melk eruit.

'Ik neem aan,' zei Martin een beetje koeltjes, 'dat het huwelijk van anderen soms een beetje bizar kan lijken voor mensen die niet weten wat er aan de hand is.'

'Het spijt me,' zei Sarah, terwijl ze hem zijn thee aanreikte. 'Ik wilde niet bemoeizuchtig zijn.'

'Het geeft niet. Maar ik moet echt afvallen. Dus ga ik een campagne beginnen. Ik ga elk weekend een stevige wandeling maken. En ik stop met patat eten.'

'Je zult wel geen gezelschap willen tijdens je wandelingen?' vroeg Sarah met een blik op Jacko.

Martin grinnikte. 'Jacko? O, ja, best, ik wil hem graag meenemen.'

'Dank je. Maar eigenlijk zou ik zelf ook graag meegaan. Ik wil niet dik zijn.'

'Je bent niet dik!'

'Je hebt Audrey gehoord. De tekenen zijn er. Mag ik mee?'

'Graag. We kunnen onder het lopen onze tekst repeteren.'

'Mooi,' zei Sarah. 'Zodra ik die geleerd heb.'

'O, hemel, ik kom nog te laat.' Martin nam een slok thee. 'Sorry, ik zal de rest moeten laten staan.' Hij gaf Jacko een laatste aai en stond op. 'Zullen we morgen beginnen? Zal ik je om een uur of tien komen halen? Of heb je het te druk?'

'Nee,' zei Sarah, denkend aan de eindeloze leegte van het komende weekend. 'Ik heb het niet te druk.'

Toen Martin weg was dronk Sarah haar thee en keek naar Jacko. 'Zo,' zei ze, 'dus je kunt best een geciviliseerde hond zijn als je wilt. Wat vind je ervan, Jacko? Zullen we nu maar vrienden worden?'

'Grrrr!' gromde Jacko.

'Goed,' zei Sarah. 'Ik wilde je toch al niet als vriend.'

# Doe regelmatig aan lichaamsbeweging

Het werd algauw duidelijk dat Martin en Sarah radicaal verschillende ideeën hadden over wat een stevige wandeling voorstelde. Voor Sarah betekende het blijven staan op het eerste het beste bruggetje om de talloze kleuren van de beek te bewonderen, op de top van de heuvel om de golvende heuvels en de prachtige horizon te bewonderen, en op de top van de volgende heuvel om op adem te komen en nieuwe kracht op te doen voor de terugtocht. Haar route bevatte ook diverse pauzes om een studie te maken van ongewone vogels, interessante wolkenformaties, wilde bloemen en de vele andere wonderen die de natuur die dag verkoos ten toon te spreiden.

Toen Sarah nog een kind was had Miriams bedaarde vader haar uitgenodigd voor een dagje zeilen in Southampton. Eenmaal aan boord van zijn boot veranderde hij onmiddellijk in een kapitein Bligh, schreeuwde onbegrijpelijke bevelen naar Sarah en reduceerde haar tot een brabbelend wrak.

Wandelschoenen, was Sarahs conclusie, hadden op Martin hetzelfde effect als boten op Miriams vader. 'Als we voortdurend rust nemen,' zei hij, 'bereiken we het gewenste doel niet. Je kunt het landschap bewonderen wanneer je maar wilt. We zijn nu hier om af te vallen.'

'Ik snap niet waarom we het niet allebei kunnen,' mopperde Sarah. 'In dit tempo zal ik me morgen niet meer kunnen verroeren.' Ze pakte hem plotseling bij zijn arm. 'O, Martin, stop! Een hert! Kijk!'

Boven hen op de top van de heuvel stond het hert stil, met één poot opgeheven. Toen draafde het weg, sprong sierlijk over het hek en verdween in het struikgewas.

'Zie je?' zei Sarah. 'Vond je hem niet mooi? Dat zou je gemist hebben! Zou het niet geweldig zijn om zo gracieus te zijn? Over hekken te kunnen springen en tussen de bomen door te rennen?'

'Als je naar mij luistert,' antwoordde Martin, 'kun je dat over een paar weken ook! Kom!'

Sarah, die haar best deed niet te veel te hijgen terwijl ze hem de heuvel op volgde, had er graag op willen wijzen dat ze niet letterlijk wenste het hert te evenaren door over struiken te dartelen en dat ze bovendien teleurgesteld was te moeten ontdekken dat hij kennelijk geen gevoel had voor natuurschoon. Ze had dat, en nog meer, graag tegen hem gezegd, maar ze had het te druk met hem en Jacko bij te houden, snakkend naar adem. Jacko, die achterom had gekeken naar Sarah met een uitdrukking die Sarah alleen maar kon interpreteren als zelfingenomen, was in zijn element, holde vooruit en wilde blijkbaar niets liever dan zijn bazin een hartaanval bezorgen.

Eindelijk, om half twee, waren ze bij The Oak and Anchor. Sarah zakte ineen op de bank terwijl Martin Jacko's riem vastmaakte aan de paal. Sarah legde haar hand op haar hart: het leek op een alarmerende manier rond te springen; het zou haar niets verbazen als ze zichzelf onherstelbare schade had toegebracht, en dan zou Martin spijt hebben.

Ze voelde zich beter toen ze in de pub waren. Haar ledematen werden weldadig verwarmd door de hitte van het vuur, en de geur van vis en friet hing in de lucht. Martin dook op de bar af en Sarah wilde hem juist volgen toen een stem als een misthoorn haar naam riep. Ze draaide zich om en glimlachte naar de welgedane gestalte van kolonel John Lintern.

'Sarah!' riep hij uit en gaf haar een natte zoen op haar wang. 'Wat prettig je te zien. Kijk, Barbara, het is Sarah! Hoe gaat het met je? Je ziet er fantastisch uit! Gewandeld? Goed zo, meisje, goed zo. We zijn hier even binnengevallen voor *fish and chips* na een zware ochtend bij de wijnhandelaar. Niemand maakt frieten zoals deze mensen. Smelten in de mond.' Hij zweeg en sloeg met zijn handen tegen zijn dijen. 'We vonden het heel erg dat van Andrew te moeten horen. Vreselijke geschiedenis, vreselijk. Sommige mensen hebben geen *ausdauer*. In mijn tijd geloofden we dat als je trouwde, je je tanden op elkaar zette, je spieren spande en doorzette, al ging het nog zo slecht. Je zet door! Dat doe ík, dat doet Barbara. Ik heb geen geduld met dienstweigeraars.'

Barbara Lintern, even lang en omvangrijk als haar echtgenoot en met een even doordringende stem, zei goedkeurend: 'Volkomen mee eens!' Ze wikkelde een enorme geel met paarse sjaal rond haar hals. 'Die man is een onbeschofte vlerk en als hij zijn gezicht in Ambercross laat zien, zal ik hem dat zeggen ook. Ik was heel onaangenaam verrast door zijn gedrag. Hij doet die bijbellezing altijd zo mooi, je weet het toch maar nooit. Onze dochter ziet er bijvoorbeeld uit als een engel en gedraagt zich als een sloerie, ik durf zelfs te zeggen dat ze een sloerie is.

'Het is waar,' zuchtte de kolonel. 'Onze dochter is een sloerie. Een heel knappe weliswaar, maar toch een sloerie.' Hij schudde zijn hoofd en keek weer wat vrolijker toen hij Martin in het oog kreeg. 'Hallo daar, Martin! Hoe gaat het ermee? Ik ben steeds van plan je te bellen over onze vaatwasser. Dat verrekte ding werkt niet goed! Wat doe je hier? Hou je onze jonge Sarah gezelschap? Goed zo, jongen!'

Sarah, zich bewust van Barbara's scherpe blik, zei snel: 'Martin en ik spelen allebei in Audreys nieuwe stuk. We proberen onze tekst te leren.'

'Uitstekend!' bulderde de kolonel. 'Je moet ons laten weten wanneer het wordt opgevoerd, dan komen we zeker. We slaan nooit een van Audreys opvoeringen over. Verbluffende vrouw! Ze is zo oud als Methusalem en praat harder dan ooit! Ze heeft ons een uitzonderlijk bord gegeven op onze gouden huwelijksfeest. Niet om aan te zien. De dieven hebben het meegenomen. Heb je gehoord dat er bij ons is ingebroken?'

'Ja,' zei Sarah. 'Ik vond het vreselijk.'

'Verdomde vluchtelingen,' bromde de kolonel. 'Ze komen hierheen, stelen onze kostbaarheden...'

'John toch,' zei Barbara. 'Ik geloof niet dat er vluchtelingen zijn in Ambercross. De politie zei dat de dieven waarschijnlijk drugsverslaafden zijn...'

'Precies! Ze komen hierheen, stelen onze kostbaarheden, roken hun opiumpijpen...'

'Ik denk niet dat het opium is,' zei Barbara. 'Waarschijnlijk is het hasj. Sarah zal het wel weten, niet, Sarah? Wat roken ze tegenwoordig precies?'

'Cannabis,' zei Sarah zelfverzekerd, verheugd dat ze zich in de mantel kon hullen van expert op het gebied van de jeugd. 'En marihuana. Of misschien is dat hetzelfde... Hasj!'

'Hasj!' protesteerde de kolonel verontwaardigd uit. 'Wij hebben oorlog gevoerd zodat de kinderen hasj kunnen roken! Geef mij maar de goeie ouderwetse tabak... of liever gezegd,' verbeterde hij zichzelf, toen hij de blik van zijn vrouw opving. 'Doe dat alsjeblieft niet!'

Barbara haalde een paarskleurige hoed uit haar tas en zette die op haar hoofd. 'De dieven hebben een sigarettenpeuk achtergelaten. Ik heb hem gevonden! Benson and Hedges!'

'De brutaliteit!' zei de kolonel. 'Ik kan alleen maar zeggen dat ik goddank thuis was. Als ze gedacht hadden dat Barbara alleen was, weet ik niet wat er had kunnen gebeuren! Het brengt mijn bloed aan het koken!'

'Ze zijn niet in de buurt van de slaapkamer geweest, lieve. Bovendien zou Bobby ze hebben tegengehouden.'

'Ha!' snoof de kolonel. 'Die verrekte Bobby sliep op ons bed en gaf geen kik! En Digby ook niet! Bovendien, je weet hoe die verrekte Bobby is... als er gerollebold wordt, wil hij meedoen. Gek van dat dier... Nou ja! Wat ik maar wil zeggen, Sarah, je moet heel goed op je tellen passen waar jij woont, zo helemaal alleen in die steeg.'

'Ik heb een tuinhark onder mijn bed liggen,' zei Sarah. 'En ik heb nu zelf een hond. Hebt u het gehoord van mijn hond?'

De Linterns keken elkaar even aan. Ze hadden het gehoord, dat was duidelijk. 'Als je een paar tips wilt hebben over het omgaan met honden,' zei Barbara vriendelijk, 'kun je me altijd telefonisch bereiken. John, we moeten deze mensen van hun lunch laten genieten. Leuk jullie gezien te hebben.'

De kolonel gaf Martin een hand. 'Ik bel je nog over die verdraaide vaatwasser.' Hij glimlachte naar Sarah. 'Leuk om te zien dat je je amuseert!' Hij keek veelbetekenend naar Martin. 'Het leven is te kort en wat dies meer zij! En jullie zijn nog jong.'

'Kom mee, John,' zei zijn vrouw berispend en nam hem bij de arm. 'O, en Sarah, er is een heel deskundige hondentrainster in Gassett. Ik heb haar adres thuis.'

'Dank u,' zei Sarah zwakjes. Ze keek het tweetal na en mompelde: 'Als ik met die mensen praat, voel ik me net zo jong als mrs. De Winter! Besef je wel dat ze denken dat jij en ik een koppel zijn?'

'Heus?' zei Martin. 'Ik voel me gevleid. Ik heb een tafeltje voor ons in de hoek. Ze komen de lunch brengen.'

Lunch bleek te bestaan uit kaassandwiches en sinaasappelsap. Sarah probeerde niet te kijken naar de drie vrouwen die vis en friet aten aan het tafeltje naast hen. Ze ging zitten en nam een hap van haar sandwich. 'Dank je,' zei ze en voegde er nadrukkelijk aan toe: 'Als we dit nog eens doen, bestel ik de lunch.'

Martin ging tegenover haar zitten. 'Vertel eens,' zei hij, 'heb je echt een tuinhark onder je bed?'

'Ik slaap voor het eerst in twintig jaar alleen en er zijn drie inbraken geweest in het dorp in evenzoveel maanden. Natuurlijk heb ik een tuinhark onder mijn bed.'

'Als iemand plotseling je kamer binnen kwam stormen,' merkte Martin op, 'zou je geen tijd hebben om je hark te pakken.'

'Een dief zou niet binnen komen stormen. Dieven sluipen rond. Ze sluipen de trap op en ik zou de tijd hebben me te bewapenen.'

'Pure belangstelling,' zei Martin. 'Wat zou je ermee doen?'

'Ermee rondzwaaien, denk ik. Ik weet het niet! In ieder geval is nu alles in orde, want Jacko zou ze in stukken scheuren voordat ze zelfs maar de kans kregen om te gaan rondsluipen... Dat wil zeggen,' Sarah fronste plotseling haar wenkbrauwen, 'tenzij ze een bizar vermogen hadden om honden in bedwang te houden.'

Martin keek pijnlijk getroffen. 'Kijk me niet zo aan. Ik kan het niet helpen dat je hond me aardig vindt.'

'In jouw plaats,' zei Sarah bits, 'zou ik me er zorgen over maken dat een psychopathische hond heeft besloten dat jij zijn *soulmate* bent. In jouw plaats zou ik me afvragen waaróm hij je zo aardig vindt.'

'Mijn lieve, zachtmoedige persoonlijkheid?' opperde Martin.

Sarah snoof. 'Tot vanmorgen was ik het misschien met je eens geweest.'

'Wil je daarmee zeggen dat je je niet beter voelt na een stevige wandeling?'

'Mijn voeten doen pijn, mijn hele lichaam doet pijn en dat is al voordat we weer terug naar huis zijn gewandeld. Op deze manier ben ik al een gebroken vrouw nog vóór de volgende repetitie.'

'Ja, maar een aardige, slanke, gebroken vrouw.'

'In plaats van een dikke vrouw. Dank je.'

'Op gevaar af dat ik je in verlegenheid breng,' zei Martin, 'ik vind je een heel aantrekkelijke vrouw en na een ochtend in je gezelschap te hebben doorgebracht, zou het me verbazen als Andrew niet heel gauw thuiskomt en je smeekt hem te vergeven.' Hij lachte en toen, onmiddellijk berouwvol, haalde hij een zakdoek uit zijn zak en gaf haar die. 'O, het spijt me, dat was stom van me. Ik wilde je niet van streek maken.'

Sarah knipperde snel met haar ogen. 'Nee, het is goed. Het gaat prima totdat mensen vriendelijk tegen me zijn, dan wil ik om de een of andere reden huilen. Het spijt me.'

'Het was geen vriendelijkheid,' zei Martin. Hij keek haar hulpeloos aan. 'Wil je nog wat drinken?'

'Nee. Ik voel me prima. Dank je.'

Hij pakte zijn glas en dronk zijn sinaasappelsap op. Hij keek geforceerd vrolijk. 'En nu, over morgen gesproken! Ben je opgewassen tegen nog een wandeling?'

'Een korte,' zei Sarah. 'Veel korter.'

'Mooi. Ik heb morgenochtend toch niet langer dan een uur de tijd. Heb je de eerste scène al geleerd?'

'Ik heb hem gisteravond doorgenomen. Hoe moet ik zeggen "Ik ben eenentwintig", met ook maar enige overtuiging?'

Martin grinnikte. 'Dat heet acteren. Probeer het laatste stuk ervan te lezen, waar alleen jij en ik op het toneel staan, dan kunnen we tijdens onze wandeling repeteren.'

'Morgen al? Onmogelijk!'

'Oké. Stel je nu voor dat ik Audrey ben en jij uitlegt waarom je je tekst niet hebt geleerd.'

'Goed, ik zal het leren. Ik had geen idee dat je zo bazig was.'

'Het spijt me.'

'Het spijt je helemaal niet,' zei Sarah. 'Je amuseert je.'

Martin lachte. Hij had een heel aardige lach. 'Je hebt gelijk,' zei hij. Het klonk een beetje verbaasd. 'Dat doe ik ook.'

Net als ik, dacht Sarah. Wie zou hebben gedacht dat Martin Chamberlain zulk goed gezelschap zou zijn?

# Zorg voor een oppepper en plan een vakantie

Tegen de tijd dat ze terugkwamen in Shooter's Lane begon zelfs Jacko tekenen van vermoeidheid te tonen. 'Wil je een kop koffie?' vroeg Sarah. 'Daar heb ik nog net genoeg energie voor.' Ze verstarde plotseling toen ze de rode Toyota zag die vóór Martins busje geparkeerd stond. 'Het is Andrew,' zei ze. 'Wat zou hij willen?'

'Misschien kan ik beter hier afscheid van je nemen,' zei Martin. 'Wil jij Jacko meenemen?'

'Ik wil Jacko nooit meenemen,' zei Sarah. 'En je hoeft echt niet halsoverkop ervandoor te gaan alleen omdat Andrew is komen binnenvallen. Als hij me een lesje wil leren over het toneelstuk, kun jij hem vertellen hoe geweldig ik ben.'

'Dat zou alleen maar de waarheid zijn,' zei Martin galant. 'Toen je gisteravond die scène speelde met Howard, was je heel overtuigend. Je keek zo nerveus en niet op je gemak, het was uitstekend.'

'Dat was geen acteren. Howard geeft me altijd dat gevoel.' Sarah opende het hek en knielde neer om haar post uit de bus te pakken. Ze haalde er een ansichtkaart uit en keek met een stralend gezicht op. 'Van de jongens!'

Ze hoorde de voordeur dichtslaan. Jacko sprong onmiddellijk op om in actie te komen, trok wanhopig aan zijn riem en blafte en gromde met een heftigheid die bijna een wonder was na de heroïsche expeditie. Martin hield hem onverbiddelijk vast, terwijl Andrew met een schilderij onder de arm behoedzaam achteruitweek naar de rozenstruiken.

'Ik neem hem wel mee naar binnen,' zei Martin. 'Kom mee,

Jacko, ouwe jongen.' Hij sleurde hem mee naar de deur en knikte naar Andrew die zich teruggetrokken had naar de omheining.

Sarah liep naar voren, haar man tegemoet. Hij zag er, constateerde ze, slank en goed uit in een marineblauwe broek van zware katoen, een bijpassende trui met V-hals en een glimp van een smetteloos wit T-shirt. Overspel, dacht ze pissig, deed hem duidelijk goed. Zich bewust van haar verwaaide haren en blozende wangen, zei ze koel: 'Ik zie dat je de Matisse meeneemt.' Ze had hem de zeefdruk meer dan tien jaar geleden voor zijn verjaardag gegeven. Ze had geen idee dat hij er zo op gesteld was.

'Je vindt het toch niet erg? Ik heb je vanmorgen gebeld. Twee of drie keer.'

'We hebben gewandeld. Neem maar mee, tenslotte is het jouw schilderij.'

'Dank je. Dus je hebt met Martin gewandeld? Goed van je.' Hij zei het op een toon alsof ze een of ander medicijn had geslikt.

'We proberen...' Sarah slikte even. 'We proberen onze tekst te leren.'

'Die arme ouwe Martin,' zei Andrew. 'Ik vrees dat hij niet in de wieg is gelegd voor de rol van Maxim. Paniekcasting van de kant van Audrey. Jammer, want hij zou een perfecte Frank zijn: solide, betrouwbaar, een beetje saai.'

Een aangenaam beeld zweefde Sarah voor ogen, waarin ze de Matisse greep en op het hoofd van haar man kapotsloeg. Ze was vergeten hoe neerbuigend hij kon zijn. Ze zei: 'Ik vind Martin niet saai en ik denk dat hij een heel goede Maxim zal zijn. Hij heeft nooit eerder de kans gehad om de hoofdrol te spelen.'

'Om de heel goede reden dat hij niet geschikt is voor een hoofdrol. Begrijp me alsjeblieft niet verkeerd, ik ben erg dol op die ouwe Martin. Hij is natuurlijk een briljant loodgieter, maar...'

'Wat heeft dat er nou mee te maken?'

'Helemaal niets.' Andrew liet de Matisse zakken en zette hem op de grond tegen zijn benen. 'Ik wil niet over Martin praten. Hoe gaat het met jou? Ik hoop dat Audrey je niet te veel op je huid zit.'

'Helemaal niet,' zei Sarah. 'Eerlijk gezegd,' ging ze verder, opgaand in haar leugen, 'geniet ik van de repetities. *Rebecca* is zo'n goed stuk.'

'Ik verheug me erop het te zien.'

'Kom je ernaar kijken?'

'Natuurlijk. Je weet dat je mijn volle steun hebt.'

Sarah werd behoed voor het maken van een niet bepaald welwillend antwoord door de terugkeer van Martin. 'Ik heb Jacko in de achtertuin gelaten,' zei hij. 'Ik moet ervandoor. Ik heb nog een en ander te doen.'

'Bedankt dat je me hebt gered van een lot dat erger is dan de dood!' Andrew liet een ik-was-nooit-echt-ongerust-gegrinnik horen en glimlachte minzaam. 'Sarah vertelt me dat je iets moois maakt van Maxim.'

'Dat is erg aardig van haar,' mompelde Martin. 'Ik maak in ieder geval wel iets van Maxim.' Hij stak zijn handen in zijn zakken en begon met zijn voeten te stampen, als een paard dat wacht op het startschot.

Andrew lachte. 'Ik ben ervan overtuigd dat je het er goed afbrengt. Het is moeilijk om het juiste evenwicht te vinden. Maxim moet onvriendelijk en ongevoelig zijn en toch de sympathie van het publiek behouden. Hachelijk. Ik weet zeker dat het je zal lukken.'

'Dank je.' Naast haar lange, levenslustige echtgenoot leek Martin kleiner, onbeholpen, aan waarde ingeboet. Het zelfverzekerde leiderschap dat hij aan de dag had gelegd tijdens de wandeling was weggeslonken. Sarah ergerde zich aan beide mannen: Andrew omdat hij zo superieur deed en Martin omdat hij zich zo liet imponeren door Andrew.

'Ik moet weg,' zei Martin. 'Bedankt voor de wandeling, Sarah. Dag, Andrew.'

'Goeiedag,' zei Andrew, 'en het beste ermee.'

Martin knikte en liep naar zijn busje met de energie van iemand die popelt van verlangen om weg te komen.

'Goeie ouwe Martin,' zei Andrew zonder veel overtuiging. Hij zag de ansichtkaart in Sarahs hand. 'Is die van de jongens? Ik heb gisteren een kaart gekregen. Ze zijn in Goa en hebben vriendschap gesloten met een paar andere reizigers. James zou getuige zijn bij hun huwelijk.'

Sarah draaide de kaart om en las het geschrevene haastig door. 'O, mijn god,' zei ze.

'Wat is er?' vroeg Andrew scherp. 'Is er iets mis?'

'Hij is van Ben. Luister. Goa is fantastisch en we zijn bij een huwelijk geweest. James is ervandoor met de bruid maar ik blijf nog een tijdje in Goa. Hoop dat je blij bent met je hond, liefs Ben.'

Andrew nam de kaart van haar over. 'Het is een grap,' zei hij. 'Dat kan niet anders.'

'Ben houdt niet van grapjes. Wat kunnen we doen?'

'Niets. We kunnen niets doen. We kunnen moeilijk naar Goa vliegen om ons te verontschuldigen tegenover de bruidegom. Er zijn allerlei verklaringen en bovendien zijn de jongens nu volwassen. We moeten ze hun eigen leven laten ontwarren. Je moet je niet ongerust maken. Sarah? Beloof me dat je je niet ongerust zult maken.' Hij sloeg zijn arm om haar heen en even leunde ze tegen hem aan. Ze schrok van het puur fysieke verlangen dat ze voor hem voelde. 'Je hebt gelijk,' zei ze, zich van hem losmakend. 'We kunnen niets doen. Laat je het me weten als jij nog iets hoort?'

'Natuurlijk, en jij moet hetzelfde doen.' Hij pakte de zeefdruk op. 'Ik kan nu maar beter weggaan. Red je het wel?'

Sarah knikte. 'Met mij komt het best in orde.'

'Mooi.' Andrew zweeg even. 'Dat is erg belangrijk voor me. Ik vind het vreselijk dat ik je verdriet heb gedaan.'

Kom dan thuis, wilde ze zeggen, kom thuis en we vergeten dat het ooit gebeurd is. Het horen van Jacko's doordringende geblaf, dat hetzelfde effect op haar had als het krassen met een krijtje op een schoolbord, herinnerde haar aan de volledige omvang van Andrews schanddaad. 'Vast wel,' zei ze kil. 'Dag, Andrew.'

'Ik houd contact met je,' zei hij. 'We zullen een keer samen lunchen om onze toekomstplannen te bespreken. Ik geef je een bel.'

'Goed.' Ze liep terug naar het huis zonder achterom te kijken. Typisch iets voor Andrew om zo lief en aardig te zijn en dan heel achteloos een doodklap uit te delen. Wat bedoelde hij met toe-komstplannen? Wilde hij een onmiddellijke scheiding of strafte hij haar omdat ze niet het zielige wrak was dat hij verwacht had? Er-gens in Goa was een arme bruidegom wiens hart haar zoon had gebroken. Niet alleen was ze met een schoft getrouwd, ze had er blijkbaar ook een voortgebracht. En verder, dacht ze terwijl ze de deur van de achtertuin opende en de omgegooide bloempotten bekeek, was ze eigenaresse van de ergste hond ter wereld. Het was niet eerlijk. Niets hiervan was eerlijk.

In de keuken ging de telefoon. Sarah ging naar binnen, deed de deur dicht voor de neus van haar afzichtelijke hond en nam de te-lefoon op.

'Sarah? Met Miriam. Hoe staan de zaken?'

Sarah vertelde het haar. 'En het ergste is,' eindigde ze, 'dat het toneelstuk een ramp zal worden, Ben is in zijn eentje in Goa, James is Joost mag weten waar met de bruid van een andere man, mijn hond blijft me haten, en nu praat mijn man over "toekomstplan-nen". Ik moet zeggen dat je slimme plannetje om hem terug te lokken me op het moment niet zo heel erg slim lijkt.'

'Eh, feitelijk heb ik een ander idee,' zei Miriam, en toen pas drong het tot Sarah door dat de veerkracht uit Miriams stem ver-dwenen was. 'Ik ga weg in de voorjaarsvakantie en ik dacht dat jij misschien mee zou willen.'

'Miriam,' zei Sarah. Ze leunde achterover in haar stoel en legde haar voeten op tafel. 'Is er iets gebeurd?'

Even was het stil. 'Een vriendin heeft me haar flat aangeboden in Puerto d'Andratx. Bij de haven. Prachtige locatie. Je zou het er heerlijk vinden.'

'Miriam,' zei Sarah weer. 'Wat is er gebeurd? Je laat me maar doorratelen over mijn eigen stomme problemen tot het me zelf gaat vervelen. Ik weet dat er iets aan de hand is. Wat is het?' Weer een stilte en nu wist Sarah dat er absoluut iets mis was omdat Miriams conversatie meestal voortklaterde als de Niagara water-vallen.

'Ik kan me vergissen,' zei Miriam behoedzaam, 'maar ik geloof het niet, want ik herken de signalen. Clive is begonnen zijn mobiel mee te nemen naar de tuin, hij komt laat thuis uit zijn werk, hij gaat pas naar bed als ik al slaap. Dus dacht ik dat een week op Mallorca en een korte vakantieflirt... we kunnen de details bespreken als we daar zijn... misschien succes kunnen hebben. Wat vind je ervan?'

'Ik ga mee,' zei Sarah, 'als ik ook een vakantieflirt mag hebben.'

'Oké. Jij mag Antonio Banderas hebben, ik neem Marcello Mastroianni.'

'Dat was een Italiaan en bovendien is hij dood.'

'Ik ben niet kieskeurig. Wil je echt mee? Voel je je niet verplicht?'

'Op dit moment voel ik me alsof je me een reddingsboei hebt toegeworpen.'

'Geweldig,' zei Miriam. 'Die zullen we samen delen. Wordt je stuk echt een ramp?'

'Ja, en Andrew zegt dat hij komt kijken.'

'Natuurlijk doet hij dat. Hij barst van nieuwsgierigheid. Ik heb een goed gevoel over dat stuk.'

'Vertel eens,' zei Sarah, 'heb je ook een goed gevoel over Mallorca?'

'Ja,' zei Miriam, 'dat heb ik.'

'Precies,' zei Sarah. 'Nu maak ik me écht ongerust.'


Toen Martin de volgende ochtend arriveerde, begroette Jacko hem uitbundig, kwispelde zo enthousiast met zijn grote staart dat die tegen Sarahs scheenbeen sloeg, waardoor ze struikelde over zijn halflege bak water en de zondagskranten doordrenkte die ze net op de tafel had willen leggen.

'Zie je nou?' vroeg Sarah. 'Zie je nou wat een puinhoop hij ervan maakt? Het zou niet zo erg zijn als zijn enthousiasme voor mij bedoeld was, maar hij houdt van jou.' Plotseling kwam er een schitterend idee bij haar op. 'Wil jij Jacko hebben? Martin, laat me hem aan jou geven, hij zou verrukkelijk gezelschap voor je zijn en ik geef zijn hondenbak en riem erbij cadeau.'

'Ik wil veel voor je doen,' zei Martin, die de kranten opraapte en het water eraf schudde, 'maar Jacko van je overnemen is daar niet bij.'

'Ik zou niet weten waarom niet. Hij houdt van je, jij vindt hem aardig. Het is dé oplossing.'

'Nee, dat is het niet. Hij zou de hele dag alleen zijn. Ik kan hem niet mee naar mijn werk nemen. Hij zou gek worden.'

'Hij is al gek,' merkte Sarah op, 'en intussen berooft hij mij ook van mijn verstand. Zou je een week voor hem willen zorgen als ik wegga om te zien hoe het gaat?'

'Nee, dat wil ik niet. Waar ga je naartoe?'

'Mallorca. Over een paar weken. Mijn vriendin Miriam heeft het me gisteren gevraagd. We gaan onze echtgenoten jaloers maken met Spaanse minnaars.'

'Goed, goed,' zei Martin beleefd.

Sarah trok haar jasje aan en gaf Martin de riem. 'Impliceert dat "goed, goed" dat ik niet in staat ben een vakantieflirt te vinden of dat ik mijn man niet jaloers zal maken?'

'Geen van beide.' Martin deed de deur open. 'Waar zullen we vandaag naartoe gaan?'

'Laten we naar het recreatieterrein gaan door het veld en langs Halldown Farm. Dat is ruim voldoende voor een zondagochtend.'

'Goed. Kalm, Jacko, achter!'

'Moet je dat zien!' zei Sarah bewonderend. 'Hij gehoorzaamt je bijna! Weet je zeker dat je hem niet wilt hebben?'

'Heel zeker.'

Ze liepen naar het eind van Shooter's Lane en sloegen links af Gassett Street in, terwijl Sarah steeds meer wanhopige redenen aanvoerde waarom Martin Jacko moest nemen. Clementine Delaney fietste langs en riep vrolijk: 'Hallo lui!' Dat inspireerde Jacko tot een woest gegrom. Clementine fietste zo hard ze kon weg tot ze ontsnapt was naar de veiligheid van haar oprit. Jacko hield op met grommen en leek zelfs goedgehumeurd tot ze de zijweg bereikten en hij aan zijn riem begon te trekken.

'Achter, Jacko,' zei Martin autoritair, pakte Sarahs arm en stak met vrouw en hond Finn Street over. Jacko draafde als een lammetje achter hen aan. Ze liepen langs de rij cottages en sloegen linksaf naar het recreatieterrein.

'Martin,' zei Sarah, 'waarom ging je er gisteren als een haas vandoor?'

'Ik dacht dat je met Andrew alleen wilde zijn.'

Sarah keek naar hem op. 'Je mag Andrew niet, hè?'

Martin hield Jacko's riem wat losser vast. 'Kalm maar, jongen,' mompelde hij. 'We zijn er bijna.' Beseffend dat Sarah op een antwoord wachtte, zei hij neutraal: 'Ik ken hem niet goed genoeg om er iets over te zeggen.'

'Je hebt de afgelopen vijftien jaar met hem opgetreden in allerlei toneelstukken! Mij stoort het niet als je hem niet mag.' Sarah zweeg even terwijl ze door het tourniquet liep en wachtte tot Martin Jacko's riem had losgemaakt. Jacko rende onmiddellijk over het gras langs de gammele schommels naar de andere kant van het veld waar een groep konijnen op het punt stond vermorzeld te worden. 'Ik weet,' zei Sarah, 'dat Andrew zijn fouten heeft. Waarschijnlijk vind je me een idioot dat ik hem terug wil!' Ze keek hem van opzij aan om zijn reactie te zien. 'Moeten we zo hard lopen?

'Dit is niet hard, dit is een energiek tempo. We worden geacht af te vallen, weet je nog? Heb je gisteravond de eerste scène geleerd?'

'Gedeeltelijk. Ik zou meer geleerd hebben als jij me niet had uitgeput. Ik ben in slaap gevallen bij het deel waar jij me een zoen op mijn hoofd geeft.'

'Zwak excuus,' zei Martin meedogenloos. 'Laten we beginnen bij het deel waar ik binnenkom en jou huilend aantref.'

Aanvankelijk was Sarah weifelend en struikelde ze over haar woorden. Martin was beter maar sprak monotoon, maar toen ze bij Halldown Farm waren, begonnen ze er allebei plezier in te krijgen. Martins dictie begon te lijken op die van kolonel Lintern en zijn uitstraling van superieur, zelfs heftig ongeduld, maakte het Sarah gemakkelijk met een oprechte trilling in haar stem de regel uit te spreken: 'Ik hou zoveel van je.'

'Cool!' zei een gniffelende stem en de acteurs werden onmiddellijk weer teruggebracht tot de werkelijkheid. Sarah keek om zich heen en lokaliseerde de bron van het gegniffel: Luke Everseed, de jongste zoon van de dominee, die op de dorpsbank zat met een sigaret in de hand en een arm rond de plaatselijke sirene, Tracy Endover.

'We repeteren onze tekst,' legde Sarah haastig uit. 'Voor de Ambercross Players.'

'Cool!' zei Luke weer. Tracy giechelde.

'De opvoering is in april,' zei Sarah. 'Jullie moeten komen kijken.'

'Goed,' zei Luke. Tracy giechelde weer.

'Tot ziens,' zei Sarah monter en liep snel door. 'Waar waren we gebleven, Martin?'

'Je vertelde me,' zei Martin bedaard, 'dat je van me hield.'

Achter hen hoorden ze de tieners hardop lachen. 'Waarom lach jij?' siste Sarah tegen haar metgezel.

Martin grijnsde. 'Je hebt een vuurrode kleur gekregen,' zei hij.

Sarah rechtte haar schouders. 'Jij hebt makkelijk praten, maar ik was degene die pathetisch en zwak klonk. Luke dacht dat ik mezelf was! Ik zeg het niet graag, maar mrs. De Winter is echt een doetje. En wat ziet ze in een bullebak als Maxim? Ze zou veel beter af zijn met de goeie ouwe Frank.' Martin schudde zijn hoofd. 'Vrouwen vallen nooit op de goeie ouwe Frank. Ze kiezen altijd de rotzakken!'

'Dat doen we niet!'

'O, jawel. Kijk naar de geschiedenis. Alle grote vrouwenversierders: Napoleon, Karel de Tweede, Byron, James Bond, allemaal behandelden ze hun vrouwen op een walgelijke manier. Vrouwen houden van een klootzak.'

'Ik niet.' Ze zag dat Martin sceptisch zijn wenkbrauwen optrok. 'Ik wist het! Je vindt Andrew een klootzak!'

'Je legt me de woorden in de mond.'

'Je hebt gelijk. Hij is een klootzak, maar hij is een klootzak met compenserende eigenschappen. Ik kan op het ogenblik alleen niet bedenken welke dat zijn.'

'Hij zou een geweldige Maxim zijn geweest,' zei Martin.

'Ik vind dat jij een uitstekende Maxim bent,' protesteerde Sarah.

'Als je Maxim bent, ben je eigenlijk echt wel sexy. Wat is er? Waarom kijk je zo?'

Martin grijnsde. 'Heeft iemand je wel eens verteld,' zei hij, 'dat je er een wonderlijke manier op na houdt om complimentjes te maken?'

# Wees niet verrast door
## verrassende seksuele behoeften

Tot Sarah een rol kreeg in *Rebecca* waren haar ontmoetingen met Martin beperkt gebleven tot de party's na de voorstelling. Ze had het altijd prettig gevonden met hem te praten, omdat hij de enige leek te zijn die de Ambercross Players niet beschouwde als het summum van cultuur.

Ze had altijd min of meer medelijden met hem gehad. Hij was zo vriendelijk en hoffelijk en paste zo absoluut niet bij zijn vrouw die uitbundig met haar charmes pronkte en die in haar omgang met het andere geslacht de subtiliteit bezat van een vliegenvanger. Martin scheen haar extravagante gedrag nooit op te merken. Sarah vermoedde dat hij het type man was dat domweg alle onaangename dingen negeerde. Toen Anthea hem in de steek liet, had hij zich teruggetrokken uit de volgende productie en bij zijn terugkeer vriendelijk en hoffelijk alle pogingen tot sympathiebetuigingen afgewimpeld.

Dus vond Sarah hem aardig, maar ze had nooit het gevoel gehad dat ze hem kende. Ze begreep daarom niet goed waarom ze na twee keer met hem te hebben gewandeld, zich voldoende ontspannen voelde om hem te plagen met zijn sexappeal. Misschien omdat ze allebei openlijk vernederd waren door hun meer flamboyante partner.

Na Andrews vertrek was Sarah zich bewust geweest van een onzichtbare barrière in haar relatie met anderen. Ze hadden medelijden met haar en probeerden dat te verbergen door een enthousiaste toon aan te slaan of juist hun medelijden te tonen door haar te behandelen alsof ze een broos stuk porselein was. Beide houdingen hadden tot gevolg dat Sarah zich onhandig en verlegen voelde.

Ze had zich alleen maar geërgerd aan Andrews onvermogen het over Martin te hebben zonder er 'arme' en 'beste' aan toe te voegen. Zij was nu 'die arme, beste Sarah' geworden, en als dat de reden was waarom Martin zich meer op zijn gemak voelde met haar en zij met hem, dan kon het haar niet schelen. Ze was dankbaar dat ze tijd kon doorbrengen met iemand die haar begreep.

De wandelingen in het weekend hadden ook haar angst voor de repetities verminderd. Ze wist dat ze nu een bondgenoot had, al kwam hij er niet zo openlijk voor uit. Dus kon ze zich vandaag, ondanks het feit dat ze die avond een repetitie had, op haar werk richten zonder dat de gedachte aan de komende avond haar concentratie verstoorde.

Die ochtend genoot ze zelfs van een perfect moment. Dergelijke momenten kwamen niet vaak voor en moesten volledig geapprecieerd worden, en Sarah genoot er met volle teugen van. Het was stil in huis, dus Joost mocht weten wat Jacko uitspookte, maar met een beetje geluk was hij uitgeput na de wandeling die Sarah voor de lunch met hem had gemaakt. Het was warm en geurig in het atelier dankzij de dennenappels die Sarah in de houtkachel had gegooid. En het mooiste van alles was, dacht Sarah, terwijl ze achterover leunde en naar haar doek staarde, dat ze zojuist het beste schilderij van haar leven had voltooid.

Na honderden foto's te hebben genomen van Raffles en een beetje te hebben gespeeld met verschillende poses, had ze eindelijk besloten tot een heel strak en simpel ontwerp in olieverf. Raffles' zwart met bruine vacht vanaf de nek domineerde het doek met niet meer dan een vleugje olijfkleurige verf op de achtergrond. Zijn neus glom, zijn vacht glansde, en zijn mooie, grote ogen suggereerden een wijsheid en een intelligentie die de grenzen van zijn soort ver te boven gingen.

In een periode als deze hield Sarah van haar atelier. Als het werk daarentegen niet vlotte, drentelde ze rond de ezel, geërgerd over de beperkte ruimte, zich opwindend over de chaos. Als ze zoals vandaag tevreden was over haar werk, waardeerde ze de rustgevende gloed van de houtkachel, de vrolijke lichtgele muren en de ongebreidelde warboel van penselen, schildersdoeken en afgedankte paletten. Ter wille van Andrew had ze altijd geprobeerd orde te scheppen in de rest van het huis, maar dit was haar terrein, waarvoor alleen zij verantwoordelijk was.

Ergens te midden van die chaos klonk het opgewekte gerinkel van de telefoon. Kleine draagbare telefoons en een ongebreidelde warboel waren een slechte combinatie. Sarah vond hem ten slotte onder de zondagskranten en zei een beetje ademloos: 'Hallo?'

Jennifer antwoordde onmiddellijk. 'Sarah, goddank dat je er bent. Kun je volgende zaterdag komen eten, niet aanstaande zaterdag, maar de zaterdag daarop? Je móet komen. Je hebt toch geen andere afspraak?'

'Ik geloof het niet, zo uit mijn hoofd,' zei Sarah, heel goed wetend dat haar sociale agenda volkomen blanco was. 'Is het een van je informele dineetjes waarop je maar vier gangen serveert, of is het een van je banketten?'

'Nee, alleen jij en de Delaneys en de Everseeds. Maar ik wil absoluut dat jij komt. Ik wil dat je heel goed op George let. Ik zal je naast hem zetten aan tafel.'

'Waarom?' vroeg Sarah behoedzaam. Denkend aan hun laatste gesprek, vroeg ze zich af of Jennifer van plan was die arme George op haar af te wentelen.

'Ik denk dat het mogelijk is,' zei Jennifer met een immens tevreden klank in haar stem, 'dat George een relatie heeft. Het is jouw taak om erachter te komen of mijn vermoeden juist is.'

'Dat is het niet,' zei Sarah op effen toon. 'George zou nooit aan een relatie beginnen. Hij is het type er niet voor. Waarom denk je dat hij een relatie zou hebben? Denk je niet dat de wens de vader is van de gedachte?'

'Nee, en het is ook geen vrouwelijke intuïtie, hoewel die op het ogenblik flink op stoom is.'

'Ik heb altijd gedacht,' zei Sarah weemoedig, 'dat ik een vrouwelijke intuïtie had.'

'We hebben het niet over jou,' zei Jennifer kortaf, en volgens Sarah heel onredelijk, 'ik heb het over een paar heel interessante indirecte bewijzen. Om te beginnen: de afgelopen twee woensdagavonden is George niet thuis geweest. De eerste keer zei hij dat hij laat moest overwerken en vanmorgen aan het ontbijt herinnerde ik hem eraan dat hij morgen een gemeenteraadsvergadering heeft, en hij kreeg een kleur en zei dat hij een bespreking op zijn werk had. En toen zei hij dat hij geen toast wilde!'

'Nou, misschien wílde hij geen toast.'

'George wil altijd toast. Hij wilde gauw weg omdat hij een leugen vertelde en hij weet dat hij hopeloos slecht kan liegen.'

'Misschien moet hij écht hard werken. Misschien heeft hij genoeg van gemeenteraadsvergaderingen, ik zou het hem niet kwalijk kunnen nemen. Ik moet zeggen, als dat alles is, dan...'

'Er is nog meer!' kraaide Jennifer. 'Zaterdagochtend waren we in het dorp en toen we langs de apotheek liepen, kwam er een vrouw naar buiten en zei: 'Hallo, George!' En George zei,' Jennifer zweeg even, 'George zei: "Hallo daar!"'

'O,' zei Sarah. 'Klinkt als een heel dramatische ontmoeting.'

'Je begrijpt het niet,' zei Jennifer ongeduldig. 'Het was de manier waarop hij het zei: "Hallo daar". In mijn hele leven heb ik nog nooit twee zulke onschuldige woorden met zoveel ongemak horen uitspreken. Zodra hij het gezegd had, schoot hij Boots in en toen ik hem volgde en hem vroeg wat we daar deden, pakte hij een fles vochtinbrengende lotion en zei dat hij een droge huid had...'

'Lijkt me niet onwaarschijnlijk...'

'Doe niet zo belachelijk, Sarah. Wanneer heeft George zich ooit druk gemaakt over dingen als een droge huid? Bovendien heeft hij geen droge huid. Hij ging gauw bij Boots naar binnen omdat hij bij die vrouw vandaan wilde of liever gezegd, hij mij bij die vrouw vandaan wilde hebben.'

'Hoe zag ze eruit?'

'Een beetje zoals jij eigenlijk: onopvallende broek en een sweatshirt.'

'Bijna precies zoals ik,' zei Sarah.

'Dus het enige wat je hoeft te doen,' eindigde Jennifer, 'is hem vragen waar hij op woensdagavond naartoe gaat en hem scherp opnemen terwijl je dat doet. En dan mij verslag uitbrengen.'

'Als ik dat doe,' merkte Sarah op, 'zal hij weten dat je je zorgen maakt over hem en bovendien getuigt het van slechte manieren als een gast haar gastheer ondervraagt over zijn eventuele buitenhuwelijkse activiteiten.'

'Het getuigt niet van goede manieren als een man buitenhuwelijkse activiteiten heeft. Maar ik wil beslist niet dat hij weet dat ik hem doorheb. Je zult het gewoon moeten klaarspelen met je gebruikelijke tact. Je zou terloops kunnen beginnen over woensdagavonden en wat ze voor jou betekenen en dan...'

'Ze betekenen niets voor me behalve dat ik de vuilnisbak buiten moet zetten.'

'Nou, doe dan net alsof. Hemel, Sarah, jij bent degene die creatief is. En denk eraan dat je onschuldig overkomt.'

'Dat dineetje begint me steeds meer tegen te staan,' zei Sarah. 'Je weet dat ik niet goed ben in onderhandse dingen.'

'Je bent toch actrice? Hoe gaat het trouwens met het stuk?'

'Ik heb vanavond een repetitie. Als die net zo slecht gaat als de vorige, ben ik waarschijnlijk een ex-actrice.'

'Onzin,' zei Jennifer. 'Ik weet dat je je als een vis in het water zult voelen.'

Mooie vis, dacht Sarah verbitterd toen Audrey haar voor de derde keer die avond zei dat ze harder moest praten.

'Ik probeer zenuwachtig en bang te klinken,' protesteerde Sarah zwakjes. 'Als ik schreeuw, klink ik niet bang.'

Audrey legde haar hand tegen haar voorhoofd. 'Je hoeft niet te schreeuwen,' legde ze uit. 'Je moet articuleren. Luister naar Claire. Zij schreeuwt niet. Ze klinkt kil en beheerst en dreigend en je kunt elk woord verstaan.'

'Het gaat om de ademhaling,' voegde Claire er behulpzaam aan toe. 'Je moet vanuit je diafragma praten: hier!' Ze legde een enorme hand op wat vermoedelijk haar diafragma was.

'Precies, Claire,' zei Audrey goedkeurend. 'Laten we het nog een keer proberen. Claire, je komt van links het toneel op en ziet Sarah. Je lippen krullen minachtend. Heel goed, Claire, heel overtuigend! Sarah, jij deinst achteruit... iets minder duidelijk, lieverd... ga je gang!'

Proberen zich haar tekst te herinneren en tegelijk proberen te ademen vanuit haar diafragma was niet gemakkelijk maar in ieder geval verliep het gesprek deze keer zonder interrupties van Audrey, al was het onheilspellend dat ze geen commentaar gaf aan het eind van de scène. In plaats daarvan wenkte ze een kauwgumkauwende jongen die een biertje had staan drinken in de hoek van het lokaal.

'Ik wil jullie Carl voorstellen, de zoon van mijn tuinman, die zo vriendelijk was aan te bieden de kleine maar cruciale rol te spelen van Robert.' Er viel een stilte terwijl iedereen probeerde zich te herinneren wie Robert was. Carl zelf stak zijn handen in zijn zakken en richtte zijn blik naar het plafond. Sarah kon zien dat hij ten prooi was gevallen aan Audreys onwrikbare wil. 'Robert,' bracht Audrey haar publiek in herinnering, 'is de jongste knecht en is op pagina negenendertig in gesprek met Frith, de butler. Omdat Carl een heel belangrijke afspraak heeft met zijn jonge vriendin,' (Carls studie van het plafond werd nog intenser) 'zullen we deze korte scène snel repeteren, zodat hij weg kan. De rest kan gaan zitten!'

Opgelucht ging Sarah op de bank bij het raam zitten, waar ze gezelschap kreeg van Margaret Simmons. 'Hoe gaat het, Sarah?' fluisterde ze. 'Je redt het toch wel, hoop ik?'

'O, ja, best,' fluisterde Sarah terug. 'En hoe gaat het met jou?'

'Adrian en ik,' mompelde Margaret somber, 'hebben op het ogenblik een paar probleempjes.'

'Meen je dat?' Geschrokken staarde Sarah naar Adrian, die bezig was met veel verve een vertolking te geven van Frith, de butler.

Margaret knikte. 'Onze kleinzoon,' siste ze. 'De laatste drie jaar is hij verloofd geweest met een heel aardig meisje. Drie maanden geleden hebben ze samen een huis gekocht. En nu is hij verliefd geworden op een ander en die arme Lucy is totaal van de kaart.

Zoals Adrian zegt, het is zo jammer dat ze dat huis hebben gekocht: het maakt alles zo gecompliceerd. We kunnen het gewoon niet geloven. Lucy hoorde bij de familie. Ik denk niet dat zij het kan geloven.'

'Arme Lucy,' zei Sarah gevoelvol.

'Ja, inderdaad,' gaf Margaret toe op een, zoals Sarah onwillekeurig opmerkte, nogal nonchalante manier. 'Het probleem is,' ging ze verder, 'dat die lieve Lucy zich een beetje dwaas gedraagt. Ze blijft hem maar bellen. En als ze hem niet belt, stuurt ze hem sms'jes en e-mails. Erg pijnlijk voor die arme Philip.'

'Misschien,' opperde Sarah, 'begrijpt ze niet waarom die arme Philip haar in de steek heeft gelaten.'

'Natuurlijk begrijpt ze dat niet. Dat begrijpen we geen van allen, zeker die arme Philip niet. Zijn gedrag is volkomen irrationeel, maar wanneer is liefde ooit rationeel? De arme Philip voelt zich ellendig.'

Sarah reageerde met een betekenisvol knikje. Ze had Margarets kleinzoon ontmoet op een party na een toneelvoorstelling en hij had inderdaad een beleefde en voorkomende jongeman geleken. Moest je het hem kwalijk nemen dat hij verliefd werd op een vrouw terwijl hij een relatie had met een ander? Moest je het Andrew kwalijk nemen dat hij verliefd werd op Hyacinth Harrington? Sarahs gezicht betrok bij de gedachte aan Hyacinth. Nou en óf je dat moest, dacht ze.

'Denk je,' vroeg ze aan Margaret, 'dat Philip tot de ontdekking kan komen dat hij een enorme fout heeft gemaakt?'

Margaret schudde haar hoofd. 'Ik ben bang van niet.'

Dacht Sarah dat Andrew tot de ontdekking kon komen dat hij een enorme fout had gemaakt? Nee, dat dacht ze niet. Dacht Sarah dat Andrew, na haar te hebben zien rondhossen op het toneel, zich tegen het voorhoofd zou slaan en zich afvragen wat hij ooit had gezien in de talentvolle en mooie, jonge Hyacinth? Nee, dat dacht ze niet.

Was Andrew overrompeld door een plotselinge hartstochtelijke liefde voor Hyacinth of was de relatie begonnen als een flirt? Er moest toch minstens één rudimentair moment zijn geweest waarop Andrew zich bewust had kunnen terugtrekken? Misschien, ja. Misschien had Andrew, gesteld voor de keus tussen de vertrouwdheid van zijn vrouw en de mogelijkheden van Hyacinth, het laatste aantrekkelijker gevonden? In alle opzichten? Wie zou per slot van rekening een oude jas niet inruilen voor een nieuwe? Nou, dacht Sarah, zij niet. Ze wist waar ze aan toe was met haar oude jas; die was comfortabel en warm. Wie kon zeggen of een nieuwe ook zulke goede diensten zou bewijzen?

In alle jaren van haar huwelijk was Sarah nooit in de verleiding gekomen om ontrouw te zijn. Om precies te zijn, was ze ook niet bepaald overladen met aanbiedingen. De eerste was van een man die het dak kwam maken en omdat hij een nogal heftig probleem had met lichaamsgeur, was het niet moeilijk geweest weerstand te bieden aan zijn voorstel om tussen de lakens te kruipen. De enige andere mogelijke minnaar was de man van de vrouw die de jongensspeelgroep leidde. Op een avond had ze tijdens een party een prettig gesprek met hem gehad over tuinieren en hij had haar verteld dat het soort grond essentieel was. Zou ze, had hij aandachtig gevraagd, er iets voor voelen dat hij haar grond kwam testen? Sarah, die meer had gedronken dan verstandig was, reageerde enthousiast op zijn voorstel. Toen hij de volgende middag kwam, ontdekte ze dat óf zij zijn voorstel verkeerd had begrepen, óf hij haar enthousiasme. Hij had haar afwijzing stoïcijns opgenomen, maar had snel zijn belangstelling voor haar tuin verloren, en ze was er nooit achter gekomen of haar grond te kalkachtig was of niet. In de komende paar jaar ontmoette ze drie andere vrouwen wier grond hij had getest en ze had de neiging moeten onderdrukken om te informeren naar de details van zijn analyse.

'Sarah!' Audreys stem sneed door haar gedachten als een guillotine door de hals van een dame.

'Ja!' zei Sarah, in de houding springend.

'Ik wil dat jij en Martin het eind van de eerste scène doen. De anderen,' Audrey maakte een vriendelijk wuivend gebaar, 'kunnen naar huis.'

Sarah liep naar het midden van het vertrek met een aangenaam gevoel van verwachting. Dankzij de wandeling in het weekend kende ze haar tekst goed en ze vond het prettig met Martin te spelen. In ieder geval deed hij niet of ze de kerstman had vermoord als ze haar tekst een keer vergat. Ze bleef even staan om naar Margaret te zwaaien en knikte toen naar Martin, die al met hun dialoog was begonnen.

Audrey boog zich naar voren, keek gespannen naar hen beiden en mimede de woorden mee. Pas toen ze klaar waren leunde ze achterover op haar stoel. Sarah en Martin keken haar afwachtend aan.

'Seksuele chemie!' zei ze ten slotte. 'Seks! Ik wil seks. Niet van jou, Martin.'

'Goed,' zei Martin en ontspande zich onmiddellijk.

'Maar van jou, Sarah, die wil ik van jou!'

'Waarom niet van Martin?'

Audrey liet haar armen op haar boezem rusten. 'Martin moet het publiek tijdens het hele spel in onzekerheid houden. Waarom is hij zo humeurig en zo moeilijk? Hield hij van Rebecca? Houdt hij van zijn nieuwe jonge vrouw? Het publiek weet, het publiek móet weten dat jij hem adoreert, dat je wanhopig naar hem verlangt. Het publiek moet je verdriet en je hartstocht voelen als hij je afwijst en om dat tot stand te brengen moet je een gedwarsboomde passie uitstralen.'

'Audrey heeft gelijk,' zei Martin, en voegde er behulpzaam aan toe: 'Ik zou maar beginnen je gedwarsboomde-passiegezicht te oefenen.'

'Neem me niet kwalijk,' zei Sarah resoluut, 'maar hoe kan er sprake zijn van een seksuele chemie als Martin niet reageert op mijn passie?'

Audreys ogen glinsterden. 'Martin komt aan het eind van het stuk aan de beurt. Dan zal hij ons eindelijk een ware explosie van seksueel vuurwerk voortoveren!'

Sarah lachte liefjes naar haar tegenspeler. 'Ik brand van ongeduld,' zei ze.

'Het hoort een heel mooie apotheose te zijn,' merkte Audrey op. 'Als Martin je vertelt dat hij van je houdt, neemt hij je in zijn armen en de hele zaal zal exploderen. Hij zal je kussen met een hartstocht en een tederheid die iedereen in de zaal een elektrische schok zal geven. Het succes van de productie, Martin, zal afhangen van je vermogen om onze hoop in vervulling te doen gaan!'

'O, ja?' vroeg Martin zwakjes.

'Ik weet zeker dat het je heel goed zal lukken,' zei Sarah.

'Natuurlijk,' zei Audrey opgewekt. 'Maar alleen met de nodige oefening! Zullen we het eens proberen?'

Sarah en Martin staarden elkaar en toen Audrey vol afschuw aan. 'Nu?' vroegen ze.

Audrey glimlachte. 'We moeten geen tijd verloren laten gaan,' zei ze.

'Maar, Audrey,' protesteerde Martin. 'We hebben de laatste scène nog niet geleerd. Kunnen we niet beter wachten tot we onze tekst kennen?'

'Nee, nee, nee, jullie kunnen je tekst oplezen. Ik wil de actie zien! Pagina zeventig! Vooruit!' Sarah en Martin sloegen pagina zeventig op en begonnen hakkelend te lezen.

'Wacht, wacht!' bulderde Audrey. Ze schudde zo heftig haar hoofd, dat haar onderkin trilde. 'Zover is het nog niet. De kus op pagina zeventig is niet de gepassioneerde kus. We gaan meteen door naar pagina vijfentachtig. Ik zal de rol spelen van Frith.' Ze stond op en schraapte haar keel. 'Oké, Sarah, begin boven aan de pagina! Spring in je personage!'

Nog nooit had een actrice met minder overtuiging gesprongen. Naarmate ze verder lazen, zeiden ze hun tekst steeds langzamer. Ten slotte sprak Audrey de laatste regels van Frith en verliet het toneel. Martin en Sarah stonden als aan de grond genageld als twee opvallend uitdrukkingsloze blokken hout.

'Nu, Martin!' gilde Audrey. 'Neem Sarah in je armen. Loop met grote passen naar voren... Met grote passen, zei ik... Ja, goed zo... Neem haar nu in je armen... Nee, zo werkt het niet, het lijkt of je aan haar mouw staat te plukken. Sla een arm om haar middel en trek haar naar je toe... trekken, zei ik, niet van die zenuwachtige rukjes! Dat is beter, en Sarah, kijk niet naar je voeten. Je hebt op dit moment gewacht, je hebt ernaar gehunkerd, dus hef je hoofd op, gooi het in je nek... Sarah, je ziet eruit of je een stijve nek hebt, gooi je hoofd naar achteren en wacht op Martins kus!'

Martin boog zijn gezicht gegeneerd omlaag tot zijn mond twee centimeter van die van Sarah verwijderd was. Ze kon haar hart voelen kloppen tegen zijn kloppende hart. Op dat moment wist ze, tot haar afschuw, dat ze meer dan wat ook ter wereld wilde dat hij haar zou zoenen. Geschrokken van die lichtzinnige, onverklaarbare drang, deinsde ze achteruit en zei: 'Audry, ik geloof, ik geloof echt...'

'Kus Sarah!' commandeerde Audrey.

Martin sloot zijn ogen en drukte zijn mond een onderdeel van een seconde op die van Sarah.

Audrey sloeg haar blik ten hemel. 'Toe nou,' protesteerde ze, 'ik heb nog nooit zo'n miserabele kus gezien. Als het stuk op die manier moet eindigen, kunnen we nu wel stoppen met repeteren. Jullie lijken elkaar niet eens aardig te vinden!'

'Het komt wel,' beloofde Martin. 'We hebben alleen wat tijd nodig om ons in te leven in onze rol. Na een paar repetities zal het beter gaan... Maar zo pardoes... nou ja, dat is moeilijk.'

'O, verdraaid,' zei Audrey geïrriteerd, 'ik heb nooit zulke problemen gehad met Andrew en Hyacinth.' Ze zweeg plotseling, zich ervan bewust dat ze een niet bepaald tactvolle opmerking had gemaakt. Zoals Martin later tegen Sarah zei, waarschijnlijk had dat hen ervoor behoed dat ze het nog eens moesten proberen. 'Goed,' ging Audrey snel verder. 'We zullen het er nu bij laten, maar vroeg of laat moeten we zorgen dat dit in orde komt. Voor vanavond zullen we er maar mee ophouden. Ik ben een beetje moe. Zouden jullie het erg vinden de stoelen op te ruimen?'

Sarah, gegeneerd door Audreys schaamte, zei snel dat ze dat natuurlijk zouden doen.

'Dank je.' Audrey trok haar jas aan, pakte haar tas en liep langzaam het vertrek door. 'Het spijt me, Sarah. Die opmerking was volkomen onnodig.' Ze hief haar kin op en liep langzaam de trap af.

Martin wachtte tot hij de deur onderaan de trap in het slot hoorde vallen en floot toen zachtjes. 'Dat is de eerste keer dat ik haar ooit voor wat dan ook een excuus heb horen maken.'

Sarah begon de stoelen op te stapelen. 'Ik zou bijna medelijden met haar hebben. Ze schaamde zich dood.'

'Dat mag ze dan ook wel. Gaat het goed met je?'

'Prima,' zei Sarah opgewekt. Ze probeerde de stapel stoelen op te tillen, wat haar onmiddellijk werd belet door Martin.

'Dat doe ik wel,' zei hij. 'Jij stapelt. Ik sjouw. Heb je zin om wat mee te gaan drinken hierna?'

'Beter van niet,' zei Sarah. 'Ik wil niet te laat naar bed en ik moet de tweede scène nog leren voor volgende week. Ik was zo dom om Audrey te verzekeren dat ik die tekst perfect kende.'

'Laat mij het hier dan maar afmaken en ga jij naar huis. Ik verheug me op je perfecte opvoering.'

'Als je het echt niet erg vindt,' zei Sarah en pakte haar jas en tas. Ze zweeg even. 'Gaat onze calorieën-verpulverende wandeling in het weekend nog door?'

Martin grijnsde. 'Natuurlijk. Ik kom zaterdag om een uur of tien, oké?'

'Perfect! Tot ziens!' Sarah holde lichtvoetig de trap af en de pub uit, de koude nachtlucht in. Ze was nog steeds geschokt door haar lichamelijke reactie op Martin. Misschien zou ze net zo worden als haar tante Mary, die verdacht begon te blozen zodra ze in de nabijheid kwam van een ook maar enigszins aantrekkelijke man. Als ze al op deze manier reageerde na een paar maanden onthouding, hoe zou dat dan zijn na vijf of tien jaar? Als ze net zo lang leefde als haar grootmoeder, zou ze twee-, nee drieënveertig jaar zonder seks moeten leven! Andrew Stagg, dacht ze grimmig, ik hoop dat je herpes krijgt van Hyacinth.

# Koester je vrienden

Jacko uitlaten leek op waterskiën achter een boot met een zigzag-gende bestuurder. Sarah zwenkte van de ene plek naar de andere, afhankelijk van de geur die Jacko's wispelturige neus lokte. De positieve kant was dat het zorgde voor een calorieën-reducerende, zij het grillige lichaamsbeweging. De negatieve kant was dat ze de indruk wekte van een idioot.

Vóór Jacko had Sarah haar wandelingen gebruikt om kunstzin-nige composities te beramen. Frisse lucht was altijd een opwek-kend tegengif geweest voor een blanco doek. Na Jacko voelde ze zich als een kaleidoscoop in de handen van een verveeld kind. Als zij dacht aan een schilderij, begon Jacko te blaffen, en plof, plof, alles waardoor ze in beslag werd genomen rammelde rond in haar hoofd en dan betrapte ze zich erop dat ze zich afvroeg of en wan-neer James haar zou laten weten waar hij op het ogenblik in India verblijf hield. Jacko stormde naar voren en plof, plof, ze probeer-de zich voor te stellen hoe ze zich zou gedragen als Audrey Mar-tin de volgende keer beval haar te zoenen. Jacko maakte een om-kerende beweging en plof, plof, ze kreeg een beeld voor ogen van Andrew en Hyacinth knuffelend op het toneel.

Op het ogenblik liep Jacko met onkarakteristieke gedweeheid naast Sarah, haar de vrijheid gunnend zich zorgen te maken over de toekomst. Na het ontbijt had ze een telefoontje gehad van An-drew. Kon ze maandagavond een slokje met hem gaan drinken? Hij moest 'een paar dingen met haar doornemen'. Wat een vreem-de manier om je uit te drukken... Het beloofde niet een echt ont-spannen avond te worden. Zou het heel misschien mogelijk zijn dat hij op andere gedachten kwam wat Hyacinth betrof? 'Tja, Sarah, laat ik dit eens met je doornemen: hoe zou je het vinden als ik bij je terugkwam?' Het klonk niet erg waarschijnlijk. Misschien wilde hij stoppen met geld storten op hun gezamenlijke rekening. Wat moest ze doen als hij dat wilde?

Plotseling stormde Jacko naar voren, met alle kracht die in dat grote lijf van hem huisde. Verrast liet Sarah de riem uit haar hand glippen en haar hond rende door Clementine Delaney's heg.

'Jacko!' gilde Sarah hulpeloos. 'Kom hier, Jacko! Nu! Kom hier!'

Een bloedstollend gekrijs aan de andere kant van de heg maakte actie, snelle actie, noodzakelijk. Sarah haalde diep adem, baande zich vliegensvlug een weg door het gebladerte en kwam met bonzend hart en met haar haren vol bladeren aan de andere kant tevoorschijn. Daar wachtte haar een afgrijselijk schouwspel.

Jacko stond als een zegevierende bokser in het midden van een vierkante plek gras, die omgeven was door bakstenen. Sarahs geschokte aandacht was volledig gericht op het kleine bundeltje bruin bont dat hulpeloos tussen Jacko's sterke tanden geklemd zat.

Sarah was niet zo'n erg dappere vrouw, maar ze aarzelde geen seconde. Ze sprong in het vierkant, ging schrijlings op Jacko's reusachtige lijf zitten en kneep dat stevig tussen haar benen terwijl ze haar sjaal over zijn ogen en rond zijn nek wierp en zo hard trok dat hij zijn kleine slachtoffer losliet. 'Zit, Jacko!' bulderde ze met een autoriteit waarvan ze niet had geweten dat ze die bezat. 'Zit! Nu!'

Jacko verbaasde zowel zichzelf als zijn bazin door te gaan zitten. Sarah pakte de riem weer vast, terwijl Clementine, die de hele reddingsactie had gevolgd vanaf haar patio, naar het bundeltje bont gerend kwam en zachtjes kirde: 'Bruno! Bruno!'

Een eindeloze tijd lang bewoog het bruine balletje niet, maar ten slotte ging het kleine kopje omhoog en bleek het bruine balletje een getraumatiseerde cavia te zijn.

'Hij leeft nog!' fluisterde Clementine. 'Bruno leeft!'

Nog nooit had Sarah zich zo opgelucht gevoeld. 'Clementine,' fluisterde ze. 'Het spijt me verschrikkelijk. Het spijt me zo heel erg. Als ik iets voor je kan doen...'

Clementine drukte de cavia tegen haar borst. 'Ga weg,' zei ze rillend. 'En haal dat... dat beest uit mijn tuin. Ik zou je dankbaar zijn,' ze sloot even haar ogen in een duidelijke poging haar gevoelens in bedwang te houden, 'als je hem voortaan niet in de buurt van mijn huis uit zou willen laten.'

'Ja,' zei Sarah snel. 'Ja, natuurlijk. Het spijt me verschrikkelijk...'

'Ga alsjeblieft weg!' Clementine was op de rand van hysterie.

Sarah ging, heel verstandig, weg.


Zaterdagochtend had de lucht de kleur van havermout. Het was een van die dagen dat je je niet kunt voorstellen dat het ooit lente zal worden. Er lagen verraderlijke plekken zwart ijs op de grond, en Sarah en Martin zochten voorzichtig hun weg door Gassett Street, in de tegenovergestelde richting van Clementines huis.

'Ik heb er voortdurend over nagedacht,' zei Sarah, 'en ik moet het onder ogen zien. Jacko moet weg, en als dat betekent dat hij een spuitje moet krijgen, dan spijt het me heel erg, maar ik zie geen andere oplossing. De laatste paar dagen heb ik iedereen gebeld die misschien gek genoeg zou kunnen zijn hem van me over te nemen en natuurlijk is er niemand, helemaal niemand!'

Martin bromde meelevend. 'En Ruth?'

'Ze heeft me gevraagd hem nog een week te houden, terwijl ze probeert een thuis voor hem te vinden. Ze zegt dat het asiel hem niet terug wil. Ik heb begrepen dat hij een paar maanden geleden bijna een poedel heeft opgegeten.'

Martins mond vertrok. 'Onvergeeflijk,' zei hij.

'Ja, en het is ook nogal onvergeeflijk van Ruth dat ze hem bij mij heeft gedumpt. Ik moet je eerlijk zeggen dat ik een beetje mijn bekomst van haar heb gekregen. Ze schijnt te denken dat het mijn schuld is dat ik hem niet aankan. Hoe kan iemand een hond aan die probeert een poedel te doden?' Ze staarde verontwaardigd naar Jacko die rustig naast Martin voortstapte en eruitzag of hij er zelfs nooit over zou dénken een poedel te vermorzelen, laat staan een cavia. 'Ik neem aan,' vroeg ze hoopvol, 'dat jij je niet bedacht hebt en hem toch wilt nemen?'

'Nee,' zei Martin vastberaden. 'dat heb ik niet. Bovendien ga ik in de herfst een paar maanden naar Australië en wat zou ik dan met hem moeten beginnen?'

Sarah was zich bewust van een plotselinge ontsteltenis. In heel korte tijd was Martin een geruststellende factor in haar leven geworden. Australië was heel ver van Ambercross vandaan en twee maanden was een lange tijd. 'Australië?' vroeg ze. 'Bof jij even!'

Martin maakte Jacko's riem los en liet hem onder het tourniquet door lopen. 'Ik ga bij mijn zoon logeren,' zei hij. 'Tony woont daar nu zes jaar. Hij en zijn vrouw hebben in september een baby gekregen. Mijn eerste kleinzoon!'

'Je bent grootvader!' riep Sarah verrast uit. Vaag herinnerde ze zich Martins zoon. Jaren geleden had hij als een slungelige, onbeholpen tiener een paar van de party's na een voorstelling bijgewoond. Het leek bijna ongelooflijk dat die verlegen jongen nu vader was. 'Is het je eerste bezoek?' vroeg ze.

'Ik ben er één keer geweest... nadat Anthea vertrokken was. Daarna scheen ik er nooit de tijd voor te hebben. En toen werd ik in oktober vijftig. Ik dacht dat ik de keus had tussen een *midlife crisis* en de tijd nemen voor een bezoek aan Tony. Geen moeilijke keus.'

'Heel verstandig. Ik heb altijd gevonden dat werk enorm overschat werd.'

'Ik heb uitgerekend dat ik het me over vijf jaar kan permitteren mijn biezen te pakken. En dan ga ik rondtrekken met de rugzak.'

'Klinkt geweldig,' zei Sarah dromerig. 'Ik zou best met je mee willen.'

'Over vijf jaar,' zei Martin, 'ben je weer samen met Andrew... of je bent weer getrouwd.'

'Heel onwaarschijnlijk. Hoe lang is het geleden dat Anthea jou heeft verlaten?'

'Dat is wat anders. Jij lijkt me niet iemand die het prettig vindt om alleen te wonen.'

'Wat heeft dat er nou mee te maken? Jennifer zegt dat als ik eenmaal ben opgehouden met wachten op Andrew, ik het alleen-zijn zal gaan waarderen. Wat vind jij er zo leuk aan?'

'Ach,' zei Martin. 'Het is een stuk simpeler dan getrouwd zijn.'

'Dat wil nog niet zeggen dat het ook beter is.'

'Voor mij is het dat wél.'

Sarah zuchtte. 'Ik weet niet of ik wel een simpeler leven wil als dat betekent dat ik alleen ben. Trouwens, mijn leven is een stuk gecompliceerder geworden sinds Andrew vertrokken is. Om te beginnen zou ik die hond niet hebben.' Ze zuchtte weer. 'Ik zal Andrew dit moeilijk kunnen vergeven. Zijn jij en Anthea nu vrienden? Zie je haar wel eens?'

Martin zweeg even om Jacko los te maken en door het gat onder de omheining te duwen. Hij klom over het hek naar de weide. 'Ik spreek haar zo nu en dan. Ze woont in Knutsford met haar partner. Ik geloof dat ze wel gelukkig is.'

Sarah klom achter Martin aan het hek over. 'Ik durf te wedden van niet. Anthea heeft me altijd iemand geleken die met niemand erg lang gelukkig kan zijn.'

Martin pakte een stok en sloeg ermee op een bevroren koeien-vlaai. 'Ik zou het niet weten. In de tijd dat jij haar kende was ze een teleurgestelde vrouw.'

'Waarom zou ze teleurgesteld zijn?'

'Ze had graag meer kinderen willen hebben en dat gebeurde niet. Ze had graag een man met een glamourberoep willen hebben. Ze heeft er altijd een hekel aan gehad dat ze getrouwd was met een loodgieter.'

'Ik vind loodgieter een heel glamorous beroep. Het klinkt als iets uit D.H. Lawrence, heel mannelijk en stoer en gespierd en ba-saal.'

'In dat geval,' zei Martin, 'moet het me gemakkelijk vallen om alle seksuele vuurwerk te leveren aan het eind van het stuk. Ik vraag me af wat er mis ging tijdens de repetitie.'

Sarah keek hem onzeker aan. 'Het was,' zei ze aarzelend, 'heel gênant. Ik vond het gênant.'

'Dat heb ik gemerkt,' zei Martin droogjes.

'Jij vond het ook vreselijk! Dat kon ik zien! Heel gênant!'

'Dan bofte je,' zei Martin, 'dat zelfs Audrey zich schaamde over haar wel heel opvallende blunder. Anders had ze ons urenlang door laten gaan.'

'Martin,' zei Sarah aarzelend. 'Wil je me iets vertellen? En absoluut eerlijk zijn?'

'Hangt er van af wat het is.'

'Denk je,' Sarah zweeg even en beet op haar lip. 'Was het bij Andrew liefde op het eerste gezicht toen hij Hyacinth ontmoette?'

'Volgens mij,' zei Martin langzaam, 'viel Hyacinth voor Andrew tijdens de allereerste repetitie en stak ze haar gevoelens niet onder stoelen of banken. Ze flirtte, hij wankelde en hij viel.'

'O,' zei Sarah.

'Andrew heeft geprobeerd zich ertegen te verzetten,' ging Martin verder. 'Dat weet ik zeker. Hyacinth was een heel vastberaden vrouw.'

'Jij zou haar hebben weerstaan.'

'Ja,' zei Martin. 'Maar ik heb haar nooit aantrekkelijk gevonden.'

'Echt niet?' vroeg Sarah. 'Waarom niet?'

Martin fronste zijn wenkrauwen 'Ze heeft rare oren.'

'Niet waar,' zei Sarah, die zich plotseling een stuk beter voelde. 'Waarom zijn ze raar?'

'Ze zijn erg groot en als ze een heel emotionele scène speelt worden ze rood. Heel merkwaardig. Ik heb nog nooit zoiets gezien. Ik zou nooit kunnen vallen voor een vrouw wier oren voortdurend rood worden.'

Sarah lachte. 'Dat verzin je allemaal.'

'Absoluut niet. Met wie zei je dat je naar Mallorca gaat?'

'Miriam. Ze is getrouwd met een heel charmante man, Clive. Hij is het type man dat het niet kan laten charmant te zijn tegen elke vrouw die hij tegenkomt.'

Martin trok zijn wenkbrauwen op. 'Niet gemakkelijk voor Miriam.'

'Nee. Ze verdient beter.' Sarah verstijfde plotseling. 'Waar is Jacko?'

Andrew hield zijn handen als een kom voor zijn gezicht en schreeuwde: 'Jacko! Hier, Jacko!'

Een afschuwelijke gedachte kwam bij Sarah op. 'Denk je dat hij is teruggegaan voor nog meer cavia's? Misschien heeft hij de smaak te pakken gekregen.'

'Hij zal hier wel ergens in de buurt zijn,' zei Martin. 'Als we naar de rand van het bos lopen, zien we hem wel.' Hij liep weg in een tempo dat zijn zelfverzekerde woorden logenstrafte, dacht Sarah. Hijgend probeerde ze hem bij te houden. Toen ze eindelijk op de top van de heuvel waren, inspecteerde hij nauwkeurig het kreupelhout in het kleine bos. 'Ik wed dat hij daar is,' zei hij grimmig.

Als in antwoord op zijn woorden steeg er een kakofonie van gekrijs en veren op uit de bomen toen een groep fazanten omhoogvloog. Ergens tussen de bomen was Jacko's schorre blaf hoorbaar. 'Blijf hier,' zei Martin. 'Ik ga hem halen.'

Sarah keek hem na toen hij met grote passen naar de bomen liep. Wie weet wat voor bloedbad hem daar wachtte. Ze draaide het bos de rug toe en keek naar de auto's in het dorp. Van hieruit gezien leken ze net speelgoedautootjes die door Finn Street reden, langs de dorpswinkel, langs de pub, langs de Normandische kerk, tot ze achter de heuvel verdwenen.

Geen wonder dat ze moe was, ze hadden een heel eind geklommen. Onder aan de weide kon ze twee jongens zien manoeuvreren op hun fiets; ze vlogen bijna door de lucht en wisten op de een of andere manier toch in het zadel te blijven. Ze keek een tijdje naar ze en toen, denkend aan Jacko, draaide ze zich om en staarde ingespannen naar het bos. Haar voeten en handen waren ijskoud. Eindelijk zag ze Martin triomfantelijk tevoorschijn komen met Jacko aan de riem.

'Martin,' zei ze, naar hem toehollend, 'je bent een held. Ik dacht dat je hem nooit zou vinden. En mijn handen zijn bevroren!'

'Geef hier,' zei hij, 'ik zal ze warm wrijven.' Op dat moment verscheen Luke Everseed met zijn fiets op de top van de heuvel.

'Hallo,' zei Sarah verlegen. Ze zag dat hij met onverholen belangstelling naar hen beiden keek. 'Martin warmt mijn handen,'
zei ze snel.

'Cool,' zei Luke Everseed.

# Blijf uit de buurt van spiegels
## met felle lampen

Andrew had voorgesteld elkaar in de nieuwe wijnbar in Frome te ontmoeten. Sarah zou de voorkeur hebben gegeven aan een gezellige pub met een houtvuur, intieme hoekjes en comfortabele stoelen en banken. Ze veronderstelde dat hij deze bar had gekozen omdat geen van hun kennissen er ook maar over zou denken hier te komen. Tenzij hij zich natuurlijk, onder invloed van zijn nieuwe jeugdige vriendin, thuis voelde in deze omgeving. Het was Sarah niet ontgaan dat hij geen dassen meer droeg en zijn traditionele slappe kuif had vervangen door een nieuwe jongensachtige, kortere, stekeligere haarstijl.

Sarah zat nogal onzeker op een hoge kruk voor een paddestoelvormige tafel en probeerde haar rok omlaag te trekken en het zich gemakkelijk te maken. Ze had zich aanzienlijke moeite gegeven voor haar uiterlijk, wat, gezien de gedempte verlichting, nauwelijks noodzakelijk leek. Ze had haar haar gewassen en geföhnd volgens de instructies van de kapper, de gebruikelijke wirwar van krullen gladgestreken zodat een zachte pony tactisch over de opkomende fronsrimpels op haar voorhoofd viel. Ze had Red Fire lippenstift opgedaan en Charcoal oogschaduw, kleuren die zouden passen bij het korte grijze vestje en zwarte rokje waartoe ze uiteindelijk besloten had.

Als ze had geweten dat ze op het equivalent van een hoge kinderstoel zou moeten zitten, had ze een broek aangetrokken zoals alle anderen om haar heen. Aan de naburige paddestoeltafel zat een vreemd androgyn stel Special Brew te drinken, hun mobiele telefoons en pakjes Marlborough voor hen op de tafel. Hun benen waren zonder enige moeite rond de poten van hun hoge stoelen gedraaid en ze praatten heel serieus, met gedempte stemmen. Ze weerspiegelden elkaars gebaren, draaiden lokken haar rond hun vingers, brachten volkomen gelijktijdig hun flesjes aan de mond.

Sarah schoof met haar billen heen en weer en wilde dat ze zich op een echte stoel kon ontspannen. In ieder geval was de muziek goed. James had haar een paar maanden geleden kennis laten maken met The Beta Band en de melodieuze, weemoedige klanken van 'Dry The Rain' werkten bijna ontspannend. Maar ze begon pijn in haar rug te krijgen en ze voelde zich veel te oud in deze omgeving. Ze wilde dat Andrew een beetje opschoot met de drankjes.

Een meisje stond aan de bar en babbelde onsamenhangend met een vrouw naast haar. Ze droeg een heupbroek en een top die een volmaakt platte buik liet zien. Aan de andere kant van het meisje zat een man met een lange rode sjaal zijn bier te drinken, schijnbaar verdiept in zijn krant. De vrouw naast het meisje dronk haar glas leeg, keek op haar horloge, zei goedendag en verliet de bar. Sarah keek op de klok boven de bar en dacht dat de man ruim vijf minuten nodig zou hebben om contact te leggen.

Dertig seconden! Hij had er maar dertig seconden voor nodig! Dat was indrukwekkend. De man zei iets, het meisje gaf kort antwoord, hij zei weer iets en het meisje lachte. Bingo! Sarah vroeg zich nieuwsgierig af wat hij gezegd kon hebben.

Andrew kwam terug met de drankjes en ging tegenover haar zitten. Sarah had witte wijn gevraagd en voelde zich in de war gebracht door het grote glas. Als ze zo doorgingen zou ze ten slotte met alles instemmen. Misschien moest ze niet meer dan de helft ervan drinken. Ze nam een slokje. De wijn was heel droog en heel koud. Sarah besloot dat het belangrijk was om ontspannen te zijn in eventuele onderhandelingen. Ze nam nog een slokje.

'En,' zei Andrew, 'hoe gaat het met je?'

Waarom begonnen mensen moeilijke gesprekken altijd met 'En...?' Op de radio begonnen interviewers hun ondervraging van politici ook altijd met 'En...' alsof ze een gesprek beëindigden dat veel fascinerender was dan wat ze nu uitzonden. Het was een soort verbale tic, een teken dat de spreker het feit camoufleerde dat hij niet wist hoe hij het gesprek moest beginnen of erger nog, dat hij het hele gesprek liever niet zou voeren.

Sarah zei dat het haar heel goed ging en vroeg zich af hoeveel beleefde vragen Andrew zich verplicht zou voelen te stellen voordat hij aan het onderwerp begon dat hem werkelijk interesseerde.

'Heb je onlangs nog wat van de jongens gehoord?' vroeg hij.

Sarah schudde haar hoofd. 'Geen woord. 'Ik blijf maar het idee houden dat James in India rondloopt met een bruid in een verfomfaaide bruidsjurk, maar ik neem aan dat ze inmiddels wat anders draagt. Ben beloofde me dat ze regelmatig contact zouden houden. Ik hoop dat het goed met ze gaat.'

'O, maak je geen zorgen. Toen ik zo oud was als zij nam ik alleen contact op met mijn moeder als ik geld nodig had.'

'Je hebt altijd alleen maar contact gehad met je moeder als je geld nodig had.'

'Dat klinkt nogal hard,' zei Andrew. 'Maar waarschijnlijk heb je gelijk.'

'In welk geval,' zei Sarah, 'ik me kan verheugen op ongeveer acht gesprekken met mijn zoons in de komende twintig jaar.'

Andrew grinnikte. 'Je zult er wel meer krijgen. De jongens zijn veel aardiger dan ik en jij bent veel aardiger dan mijn moeder.'

'Dank je.'

'Het is de waarheid. Hoe is de wijn?'

'Uitstekend.'

'Mooi. En...' Andrew sloeg zijn handen tegen elkaar. Twee beleefde vragen, een complimentje, en bingo! 'En,' zei hij weer, 'het leek me tijd worden om over een paar praktische dingen te praten.'

Hij wilde over geld praten. In welk geval ze zouden moeten praten over advocaten en echtscheiding en onherroepelijke beslissingen. Andrew boog zich naar voren en staarde haar gespannen aan. Een buitenstaander zou denken dat ze een gelukkig mens was omdat ze de volle aandacht had van zo'n knappe man. En Andrew zag er opvallend knap uit in zijn donkere pak en helderwitte overhemd. Sarah had hem willen vragen of Hyacinth het voor hem had gestreken. 'Mooi hemd,' zei ze.

'Wat?' Hij fronste zijn wenkbrauwen. 'Het is nieuw,' zei hij verstrooid. Dus Hyacinth had het niet gestreken. 'Het punt is,' zei hij, 'het laatste wat ik wil is je overhaasten, maar ik kan niet eeuwig in Hyacinths flat blijven wonen. Die is veel te klein en eerlijk gezegd is het voor ons geen van beiden gemakkelijk.'

'O, hemel,' zei Sarah. 'Arme jij.'

'Ik meen het serieus, Sarah, ik kan nergens mijn spullen kwijt. Ik weet dat je van de cottage houdt, maar ik denk dat we door de zure appel heen moeten bijten...'

'Moeten wij door de zure appel heen bijten?'

'Ik houd net zoveel van het huis als jij, maar ik kan me niet veroorloven jou daar voor onbepaalde tijd te laten wonen én een huis kopen voor mij en Hyacinth. Het liefst zou ik het nu meteen op de markt brengen, maar het laatste wat ik wil is het jou moeilijk maken.'

'Dat is heel attent van je.'

'Ik heb met een paar vrienden van me gesproken en ze denken dat het huis ongeveer vierhonderdvijftigduizend waard is. We hebben een hypotheek van vijftigduizend. Als we het huis verkopen en de opbrengst delen zouden we allebei een redelijk huis daarvoor terug kunnen krijgen.'

Sarah richtte zich op. 'Vind je dit niet een beetje voorbarig allemaal? Je bent pas in november bij me weggegaan en nu wil je me al het huis uitzetten.'

Andrew grinnikte vreugdeloos. 'Je houdt wél van overdrijven! Niemand zet je het huis uit. Ik vraag je niet eens het huis op de markt te brengen. Nog niet. Ik vraag je alleen maar er eens over na te denken. Ik zou er niet over peinzen je onder druk te zetten.'

Sarah nam een slok wijn. 'Dat is geruststellend.'

'Natuurlijk zou ik dat nooit doen. Gek genoeg dacht ik niet alleen aan mezelf. Nu de jongens praktisch uit huis zijn, zul je wel een beetje verdwalen in dat huis. Je zou waarschijnlijk veel gelukkiger zijn in een kleiner...'

'Neem me niet kwalijk,' zei Sarah. Ze pakte haar tas en stond op.

'Waar ga je naartoe?'

'Naar de wc? Mag het?'

'Wil je nog wat drinken?'

'Nee, dank je,' zei Sarah. 'Ik heb mijn glas nog niet leeg.' Ze stond op en Andrew pakte haar arm vast. Een buitenstaander zou denken dat hij haar geen seconde uit het gezicht wilde verliezen. 'Beloof me alleen dat je zult nadenken over wat ik gezegd heb.'

'Over een paar weken ga ik weg,' zei Sarah. 'Ik ga over niets nadenken voor ik vertrek.'

'Ga je weg?' vroeg Andrew. 'Waarom?'

'Omdat,' antwoordde Sarah, 'ik ben uitgenodigd.' Ergens in een parallel universum vertelde een veel aantrekkelijkere en zelfverzekerdere Sarah een plotseling verontruste Andrew dat ze werd meegenomen door haar nieuwe minnaar. Ze hief haar kin op. 'Miriam heeft een gratis appartement aangeboden gekregen op Mallorca. Dus gaan we genieten van zon en zand.'

Andrew lachte. 'Je zult niet veel zon krijgen in februari. Hoe oud is Miriam? Geeft ze nog steeds les?'

Lesgeven, net als loodgieterswerk, was een van de beroepen waarvoor Andrew een vriendelijke minachting koesterde. Miriam, in tegenstelling tot Martin, was geen vrouw die Andrew ongestraft neerbuigend kon behandelen, en hij had haar carrièrekeuze altijd beschouwd als een vreemde verdwazing.

'Ze geeft nog steeds les,' zei Sarah. 'We gaan in de voorjaarsvakantie. En neem me niet kwalijk maar ik moet nu toch echt naar de wc.' Ze baande zich een weg tussen de tafeltjes door en liep langs Rode Sjaal en Platte Maag. Rode Sjaal zei: 'Hoe bestaat het! Dat is precies wat ik altijd gedacht heb!' Platte Maag sperde haar ogen open. 'Echt waar?' vroeg ze. 'Ik heb altijd gedacht...'

Sarah herinnerde zich de opwinding van die eerste verkennende conversaties als het object van haar verlangen door een uitzonderlijk toeval dezelfde opvattingen bleek te hebben over praktisch alles wat belangrijk was. Ze kon zich herinneren dat Andrew met dezelfde gespannen aandacht naar haar luisterde als Rode Sjaal naar Platte Maag.

Toen Sarah een paar minuten later terugkwam uit de wc, ontdekte ze dat Rode Sjaal en Platte Maag verdwenen waren, waarschijnlijk om andere gemeenschappelijke interesses te verkennen. Andrew praatte zachtjes in zijn mobiel. Er speelde een tedere glimlach om zijn mond. Sarah deed even haar ogen dicht en slikte.

Dat hij Hyacinth nu, op dit moment, belde was bijna onverdraaglijk. Toen hij Sarah zag, mompelde hij een haastige afscheidsgroet en legde de telefoon neer.

Sarah wilde dat ze een mobiele telefoon had en iemand haar nu zou bellen, zodat ze liefdevol kon mompelen: 'Ik bel je straks wel.' In plaats daarvan kon ze niets anders doen dan blijven zitten en kordaat zeggen: 'Ik kan niet lang blijven,' al kon ze met geen mogelijkheid bedenken waaróm ze niet lang kon blijven.

Het interesseerde Andrew natuurlijk totaal niet waarom ze zo'n haast had. 'Hoor eens,' zei hij. 'Dat kan allemaal wel wachten. Ik wil je niet onder druk zetten. Laten we een afspraak maken als je terug bent. Heb je je agenda bij je? Dan kunnen we nu vast een datum prikken.'

'Niet dat je me onder druk wilt zetten,' zei Sarah.

'Natuurlijk niet.' Andrew haalde zijn agenda tevoorschijn.

Sarah dronk haar glas leeg. Verbluffend hoe gemakkelijk zo'n groot glas wijn erin ging. 'Ik heb mijn agenda niet bij me. Begin maart kom ik terug. Geef me dan maar een belletje.'

'Goed,' zei Andrew welwillend. 'Het zal je goed doen er even tussenuit te gaan. Neem je je script mee?'

Sarah, die ontmoedigd besefte dat ze inderdaad haar script mee zou moeten nemen, knikte enthousiast. 'Vast en zeker.' Ze wilde niet over het toneelstuk praten. Ze wilde niet met Andrew blijven praten. Naar de wc gaan was een grote vergissing geweest: het keiharde licht van het toilet had met meedogenloze duidelijkheid aangetoond waarom Andrew haar zo graag had willen dumpen voor de verrukkelijke Hyacinth. Toen hij met haar telefoneerde, had zijn gezicht dat nog eens benadrukt. Hij kwam niet terug.

Hij kwam nooit meer terug. Het verleden betekende niets voor hem. Hij hield van Hyacinth. Het enige wat Sarah nu nog wilde was naar huis gaan en in alle rust uithuilen.

# Word niet dronken
## tijdens dinertjes

Sarah kwam thuis na de repetitie, negeerde Jacko's gebruikelijke grommende welkom, en zette de ketel op het vuur. Ze voelde zich kribbig en prikkelbaar en was vooral kwaad op zichzelf. Het was al erg genoeg om in een slecht humeur te zijn als je daar reden toe had, maar het was vanavond allemaal van een leien dakje gegaan. Haar scène met Howard was zo vlot verlopen, dat hij niet zijn gewoonlijke ik-doe-mijn-best-om-geduld-te-oefenen gezicht had kunnen trekken. Haar scène met Claire ging zo goed dat Claire haar een complimentje had gegeven voor haar diafragmabeheersing, wat extra bevredigend was omdat Sarah in feite alles vergeten was over dat stomme diafragma. Ze had een charmante buurvrouw van Audrey ontmoet, die bekend had dat ze volkomen in de ban was geraakt van haar scène met Martin, en kameraadschappelijk met haar en Martin een slokje was gaan drinken na de repetitie. Er was geen enkele reden waarom Sarah het gevoel zou hebben dat ze een prikkend kriebelhemd droeg onder haar trui.

Redenen voor Sarahs neerslachtigheid:
1. Sarah kwam te laat op de repetitie, wat Audrey een scherpe reprimande ontlokte. Ze herinnerde Sarah eraan dat ze in elke scène een grote rol speelde en het dus haar plicht was om tenminste de moeite te nemen de rest van het gezelschap niet te laten wachten. Sarah probeerde uit te leggen dat ze was opgehouden door een telefoontje van haar moeder, die zich ongerust maakte over de verdwijning van haar kat. Audrey toonde geen

belangstelling voor de kat van haar moeder en eerlijk gezegd kon Sarah het haar niet kwalijk nemen.

2. Audrey stelde Sarah voor aan haar charmante buurvrouw met de weinig vertrouwen inboezemende woorden: 'Dit is Sarah Stagg die nog nooit heeft geacteerd en onder de omstandigheden haar uiterste best doet. Sarah, dit is Sally-Anne Furlong die hier vanaf begin maart zal zijn als souffleuse. Na begin maart is het natuurlijk afgelopen met vertrouwen op het script als geheugensteuntje.' En dat betekende, dacht Sarah, dat er de hele vakantie op Mallorca tekst geleerd moest worden.

3. Sally-Anne Furlong was niet alleen charmant en vriendelijk, maar ook verbluffend mooi, met zwartomrande ogen, vuurrode lippen en haar dat in zorgvuldig warrige krullen op haar schouders viel. Ze droeg een strakke rode rok en een zwartfluwelen topje. Naast haar voelde Sarah zich een zwerfster. Ze had zich verheugd op een post-mortem drankje met Martin, waarbij Martin – zo was Martin – haar gevoelens van ontoereikendheid zou verjagen en haar onmiddellijk meer zelfvertrouwen zou geven. Ze nam aan dat Sally-Anne naar huis zou gaan met Audrey.
In plaats daarvan zei Sally-Anne, toen Martin een borrel voorstelde na de repetitie en Sarah zei dat ze dat een voortreffelijk idee vond, dat ze een moord zou doen voor een gin. Gedurende een afschuwelijk moment leek het of Audrey dat ook wilde, maar toen besloot ze dat het tijd was om naar bed te gaan en zei Martin dat hij Sally-Anne met alle plezier een lift naar huis zou geven.

4. Tijdens een vrolijke borrel bleek Sally-Anne Furlong niet alleen verbluffend mooi en charmant te zijn, maar ook een enorme flirt. Na snel te hebben vastgesteld dat Martin beschikbaar was, maakte ze het overduidelijk dat zij dat ook was. Sarah had snel haar glas leeggedronken en zich verexcuseerd.

Sarah kneep het laatste beetje thee uit haar theezakje en gooide het in de vuilnisbak. Ze hoorde heel blij te zijn voor Martin. Als iemand recht had op een prettige tijd met een aantrekkelijke en onderhoudende vrouw, dan was hij het wel. En zelfs al zouden

Sally-Anne en hij een koppel worden, dan had ze geen enkele reden om te denken dat haar eigen vriendschap met hem eronder zou lijden. Geen enkele reden.

Martin belde de volgende avond en zei dat hij het komende weekend verhinderd was hun wandelingen te maken. Sarah zei haastig dat ze het volkomen begreep en dat ze moest ophangen, omdat Jacko bezig was haar kruidentuin om te spitten. Ze legde de telefoon neer en keek naar Jacko die lag te slapen op zijn deken. Ze vond het niet prettig om tegen Martin te liegen, maar om de een of andere reden wilde ze echt niet weten welke andere verplichtingen hij zou hebben.

Diners in Ambercross verliepen volgens strikte regels.
1. De gastvrouw was verplicht zich minstens vier uur van tevoren uit te sloven aan een heet fornuis en dat pas in de steek te laten als het diner begon.
2. Van de gastheer werd verwacht dat hij jassen aannam, glazen vulde, hapjes ronddeelde en paraat stond om van de ene seconde op de andere een stokkende conversatie op gang te brengen.
3. De gasten werden geacht uitgebreid contact met elkaar te zoeken tijdens het aperitief. Als ze de fout begingen een interessant gesprek te beginnen met slechts één andere gast, moesten ze bereid zijn dat te beëindigen zodra ze op hun asociale gedrag werden betrapt.
4. Gasten dienden niet dronken te worden, en dus, als George Upton-Sadler de gastheer was, nooit zijn martini's accepteren.

De reden waarom Sarah dat wél deed was dat ze Clementine uit de keuken had zien komen en vond dat ze een opkikkertje nodig had om zich wat moed in te drinken. Ze glimlachte nerveus naar Clementine en maakte haar een complimentje over haar outfit. Clementine bedankte haar ijzig. Sarah kwebbelde een tijdje door over het probleem om goede kledingwinkels te vinden en besloot toen dat ze het niet langer kon uitstellen. 'Clementine,' vroeg ze ernstig, 'hoe gaat het met de cavia?'

'Bruno is twee dagen geleden gestorven,' zei Clementine. 'De dierenarts dacht dat het een vertraagde shock was.'

'O, nee!' zei Sarah oprecht schuldbewust. 'Het spijt me verschrikkelijk.'

Clementine reageerde met een droevig glimlachje. 'Dat geloof ik, ja. Helaas krijg ik Bruno daar niet mee terug.'

'Nee,' gaf Sarah deemoedig toe. 'Helaas niet.'

'Daar zijn we dan, dames!' George kwam binnen met een blad vol glazen. 'Witte wijn met sodawater voor jou, Clementine, en een martini voor jou, Sarah. Neem even een slokje en vertel me of hij sterk genoeg is.'

Sarah, met haar gedachten bij Bruno's tragische dood, nam een flinke slok en wankelde. 'Prima,' hijgde ze.

'Goed zo!' zei George verheugd en liep naar de andere gasten, Sarah alleen latend om haar strijd met Clementine voort te zetten. 'Ik wil zeggen,' merkte ze op, 'dat ik Jacko weg wil doen. Ik had hem deze week al terug willen brengen naar het asiel, maar ik heb gewacht op bericht van Bens vriendin. Zij probeert een ander thuis voor hem te vinden.'

Clementine begon iets te ontdooien. 'Ik denk dat dat het beste is. Ik hoop dat je het niet erg vindt dat ik het zeg, maar ik kan me niet aan de indruk onttrekken dat je die hond absoluut niet in de hand hebt.'

'Ik vind het helemaal niet erg,' verzekerde Sarah haar. 'Je hebt het heel goed gezien. Ik héb Jacko niet in de hand. Eerlijk gezegd heb ik een hekel aan Jacko, ik haat hem zelfs.'

Clementine, een beetje van haar stuk gebracht door Sarahs heftige uitval, keek opgelucht toen dominee Michael Everseed naar hen toe kwam. 'Clementine,' mompelde hij, 'vind je het erg als ik je babbeltje met Sarah onderbreek? Je man en mijn vrouw hebben onenigheid over de verkeersdrempels en ik denk dat jouw kalmerende invloed hard nodig is.'

Clementine glimlachte met enige zelfverachting. 'Ik zal mijn best doen,' beloofde ze en liet Sarah met zichtbare opluchting alleen. Sarah maakte van de gelegenheid gebruik om George's martini in de vaas met rozen op de piano achter haar te dumpen.

'Zullen we gaan zitten?' vroeg de dominee, wijzend naar Jennifers fluwelen bank.

George kwam weer tevoorschijn. 'Gaat het goed met jullie? Hemel, Sarah, jij hebt die martini gauw achterovergeslagen! Ik zal er nog een voor je halen.' Hij verdween voordat Sarah hem terug kon roepen.

'Vertel eens,' zei de dominee vriendelijk, terwijl hij haar naar de bank begeleidde. 'Kun je het een beetje redden, of is het moeilijk?'

'O, nee,' zei Sarah. 'Het gaat heel goed.'

Jennifer kwam binnengedwarreld met een schaal olijven in de ene hand en een bord met kaaskoekjes in de andere. 'Michael,' zei ze, 'ik geef jou het beheer over de olijven. Willen jullie een kaaskoekje?'

'Dank je,' zei Michael, en pakte met één hand de schaal olijven en met de andere een kaaskoekje.

'Ja, graag,' zei Sarah die rammelde van de honger omdat ze die middag een lange wandeling had gemaakt met Jacko. 'Ze zien er heerlijk uit. Zelfgemaakt?'

'De dag dat ik mijn kaaskoekjes in de winkel koop,' zei Jennifer, 'kun je me in de aarde begraven.' Ze keek met een onderzoekende blik naar Sarah. 'Je hebt niks te drinken! George kwijt zich niet erg goed van zijn taak!'

'Hij haalt wat voor me,' begon Sarah, 'maar...'

'Mooi!' zei Jennifer en draafde weg, terwijl Sarah zich afvroeg, zoals ze al zo vaak had gedaan, waarom mensen een diner gaven als het zoveel inspanning kostte.

De dominee hapte in zijn koekje. 'Verrukkelijk!' riep hij uit en, geschrokken van de hoeveelheid kruimels op zijn pak, ging toen snel verder: 'Maar een beetje moeilijk te eten!'

'Heel erg!' zei Sarah. 'Ik eet ze altijd in één hap op!'

George kwam terug met een nieuwe martini voor Sarah. 'Hier! Een heel droge martini! Proef maar of hij goed is.'

Sarah nam met tegenzin een slokje en viel bijna van de bank. 'Voortreffelijk!' fluisterde ze.

'Goed zo!' zei George. 'Hou je van Jennifers kaaskoekjes?'

'Eigenlijk,' zei Sarah, 'zou jij heel dik moeten zijn. Jennifer kan zo goed koken. Waarom ben je niet dik? Wat is je geheim?'

'Beweging!' antwoordde George. 'Ik ga elke ochtend voor ik naar mijn werk ga en elke avond als ik thuiskom met de honden wandelen. Twee flinke wandelingen per dag. Dat is alles wat je nodig hebt.'

'Ja,' zei Sarah, 'ik doe het maar één keer per dag en ik val geen grammetje af.'

'Jij hoeft ook niet af te vallen!' protesteerde George. 'Waarom zijn het altijd de aantrekkelijkste vrouwen die klagen over hun gewicht? Mannen houden niet van wandelende skeletten, we hebben graag wat vlees tussen onze vingers, nietwaar, dominee?'

'Inderdaad,' zei de dominee, die de schaal met olijven op zijn schoot zette en de kruimels van zijn knie veegde.

'Vrouwen zoals jij,' vervolgde George minzaam, 'zijn een lust voor het oog. Hoe is je borrel?'

Sarah nam nog een slokje. Ze was blij dat ze zat en niet hoefde te staan. 'Prima,' zei ze.

'Goed zo,' zei George. 'Mijn glas schijnt leeg te zijn! Ik zal het even gaan bijvullen. Ben zo terug.' Hij keek hen stralend aan en liep de kamer uit.

'Het is een heel sterk drankje. Het vorige glas heb ik in de bloemen gekieperd.'

'Je meent het!' De dominee glimlachte en begon een vreemd geluid voort te brengen dat uit de achterkant van zijn keel kwam. Het klonk als een roestige machine die eindelijk begint te werken en ontlokte een verbaasde blik aan zijn vrouw die nog steeds met de Delaneys stond te discussiëren over verkeersdrempels.

Sarah was blij dat de dominee zo'n raar geluid maakte omdat het hielp de merkwaardige klanken te verdoezelen die uit haar maag omhoogborrelden. Ze hoopte dat ze gauw gingen eten. Ze keek naar de gladde groene en paarse olijven en mompelde: 'Mag ik daar eentje van?'

'Natuurlijk!' De dominee tilde de schaal op. Sarah stak haar hand uit en toen, Sarah wist niet goed hoe, eindigden haar hand, de schaal en een paar olijven in het kruis van de dominee.

'O, o,' zei de dominee. 'O, lieve help!'

'Het spijt me vreselijk,' stotterde Sarah en probeerde de olijven tussen zijn benen weg te halen.

'Sarah!' zei de dominee gesmoord. 'Alsjeblieft!'

'Het spijt me vreselijk,' herhaalde Sarah zwakjes. Tot haar afschuw merkte ze dat de Delaneys en de vrouw van de dominee hun discussie over verkeersdrempels hadden gestaakt.

Aan het diner zat Sarah tussen George en Simon Delaney. De aanblik van goed en lekker eten wist haar altijd op te monteren en toen er een schaal *moules marinières* voor haar werd neergezet begon ze zich te ontspannen. Simon gaf haar een schotel met gesneden baguette door en mompelde: 'Hoe gaat het met de helhond?'

'Het spijt me heel erg,' zei Sarah ernstig, 'van de cavia.'

Simons mond vertrok. 'Het woord "moord" is gevallen,' zei hij droog.

'Ik doe de hond weg,' beloofde Sarah. 'Hij was een cadeau, een heel ondoordacht cadeau van mijn zoons. Ze dachten dat ik eenzaam zou zijn als zij vertrokken.'

'En was je dat?'

'Het voordeel van Jacko,' zei Sarah, 'is dat ik het nooit, maar dan ook nooit, erg zal vinden om op mezelf aangewezen te zijn. Alleen zijn is paradijselijk vergeleken met een leven met Jacko.'

Simon lachte. Hij was echt heel aardig en veel te goed voor Clementine.

Toen ze het hoofdgerecht hadden gegeten (gegrilde zeeduivel en pompoenpuree) was het pijnlijke incident met de olijven uit Sarahs gedachten verdwenen. Maar het was haar niet gegund om haar missie te vergeten – erachter komen wat George op woensdagavond deed – want Jennifer bleef met opgetrokken wenkbrauwen naar haar kijken. Gesteund door de voortreffelijke Côte du Rhone die ze had gedronken richtte ze zich eindelijk tot George. 'Hoe gaat het met je werk?' vroeg ze hoopvol.

'Om je de waarheid te zeggen,' antwoordde George, 'een beetje slapjes op het moment. Maar dat is niets nieuws in deze tijd van het jaar.'

'Het is niet goed om hard te werken,' zei Sarah, die zich voorbereidde op een synaptische sprong naar haar doel. 'Ik vind het beter om je avonden vrij te houden voor interessantere dingen. Ik werk nooit langer dan tot zes uur.'

'Is dat zo?' vroeg George.

Feitelijk niet, nee, maar Sarah knikte heftig. 'Ik houd mijn avonden graag vrij voor mensen die ik graag mag.'

'Meen je dat?' vroeg George. 'Het enige waar ik aan het eind van de dag nog toe in staat ben is indommelen voor de tv!'

'O, ik weet zeker dat dat niet waar is,' zei Sarah, die het erg moeilijk vond het gesprek in de gewenste banen te leiden. Ze had het gevoel dat ze door een diepe plas stroop waadde. 'Neem woensdag bijvoorbeeld,' voegde ze er wanhopig aan toe.

'Woensdag?' informeerde George beleefd.

'Ja. Ik bedoel, ik heb ontdekt dat ik me om de een of andere reden op woensdagavond heel eenzaam voel.'

'Echt waar?' vroeg George. 'O, lieve hemel.'

'Wat is er met woensdag?' vroeg Simon.

'Sarah zegt,' zei George met dreunende stem, 'dat ze zich heel eenzaam voelt op woensdagavond.'

Het hele gezelschap zweeg en keek naar Sarah die haar glas Côte du Rhone leegdronk en probeerde te kijken of ze net een goede mop had verteld.

'Wie wil er pudding?' vroeg Jennifer opgewekt.

# Zorg voor een goede cd-collectie

De telefoon, toch al niet Sarahs favoriete wekker, maakte haar om negen uur wakker met de kracht van een drilboor. Sarah deed haar ogen open, betreurde dat ze dat had gedaan, deed ze weer dicht en stak haar hand uit om op te nemen. Ze deed haar best het doffe kloppen in haar hoofd te negeren, mompelde hallo en leunde achterover tegen haar kussen.

'Sarah? Met Ruth.' Sarah hield de telefoon zeker vijf centimeter van haar oor, maar de stem klonk nog steeds onnatuurlijk luid. 'Ik vrees dat ik slecht nieuws heb. Ik kan niemand vinden die Jacko van je over wil nemen. Ik heb al mijn contacten geprobeerd, maar niemand wil hem hebben. Je moet maar doen wat jou het beste lijkt. Ik kan niets meer voor je doen.'

Als Sarah zich wat sterker had gevoeld, had ze die laatste opmerking misschien in twijfel getrokken. Maar omdat ze een bijna onweerstaanbare neiging voelde een kussen over haar hoofd te trekken, mompelde ze slechts: 'Goed. Bedankt voor je telefoontje,' en hoopte dat Ruth zou ophangen.

Dat deed Ruth dus niet. 'Wat ga je nu doen?' vroeg ze.

Sarah legde een hand op haar bonzende voorhoofd. 'Ik denk dat ik ga overgeven,' zei ze. Ze zou nooit, nooit meer, dacht ze verbitterd, iets anders drinken dan sinaasappelsap.

'Sorry?' vroeg Ruth.

'Ik voel me niet goed,' bekende Sarah. 'Kan ik je later in de week terugbellen? O, en Ruth, heb je onlangs nog iets van Ben gehoord?'

'Nee,' zei Ruth. 'Maar maak je maar geen zorgen over hem. Hij zal het veel te druk hebben met feestjes aflopen in plaats van jou of mij een berichtje te geven. Je weet hoe het in Goa toegaat!' Er lag duidelijk een scherpe klank in haar stem, en Sarah, die geen idee had hoe het in Goa toeging maar wier fantasie al op hol sloeg, zei slechts: 'Ik spreek je gauw. Dag, Ruth.' Ze legde de telefoon neer, trok het dekbed op tot aan haar kin, legde Andrews kussen op haar gezicht en wachtte tot de slaap zou terugkeren.

Die kwam niet. Ruths telefoontje had heel effectief alle kansen op vergetelheid verjaagd. Beelden van een stervende Jacko werden gevolgd door beelden van een stonede Ben en spoorden de hamer in haar hoofd aan zijn pogingen te verdubbelen om haar schedel open te splijten. Ze gooide het dekbed van zich af. Het was doelloos om over iets na te denken voor ze haar kater had overwonnen. Het was tijd voor krachtige maatregelen.

Een uur later, nadat ze een bad had genomen, haar haar gewassen en zich had opgemaakt, zodat ze er tenminste enigszins menselijk uitzag, was ze klaar voor het ontbijt. Ze staarde zonder enig enthousiasme naar de roereieren die ze net had klaargemaakt. Haar dokter had haar verteld over de helende eigenschappen van eieren en de ervaring had geleerd dat hij gelijk had. Met iedere hap kon ze voelen hoe haar hoofd de overeenkomst met een oorlogsgebied begon te verliezen.

Jacko stond midden in de keuken en staarde haar verontrustend strak aan. Als Jacko haar niet altijd verontrustend strak aanstaarde, zou ze vermoed hebben dat hij op de hoogte was van haar plan om hem over te leveren aan de dodelijke ingreep van de dierenarts.

De telefoon ging op het moment dat Sarah het laatste hapje roerei in haar mond stak. Dat, dacht Sarah, was een goed teken. Ze nam op en zei hoopvol: 'Hallo?'

'Sarah? Ik ben net op weg naar de kerk en ik wilde even weten of alles goed is met je.' Jennifers stem klonk weerzinwekkend gezond, maar natuurlijk was zij niet zo gek geweest om een van Georges martini's te drinken.

'Dat is aardig van je,' zei Sarah. 'Ik heb net een paar roereieren gegeten.'

'Heel verstandig,' zei Jennifer, die dezelfde dokter had als Sarah.

'Zeg eens,' zei Sarah, zonder zeker te weten of ze het antwoord wel wilde horen, 'heb ik me erg slecht gedragen gisteravond?'

'Natuurlijk niet,' zei Jennifer. 'Al duurde het wel lang voor we je in de auto van de Everseeds hadden.'

'Ik wilde ze niet lastig vallen,' protesteerde Sarah. 'Ik had naar huis kunnen lopen. Ik verwachtte niet anders dan dat ik zou lopen.'

'Ik weet het, lieverd, maar ik weet niet zeker of je je huis wel gevonden zou hebben. In ieder geval ben ik blij dat je je goed voelt vanmorgen.'

'Ik ben niets te weten gekomen over George.'

'Dat heb ik begrepen.' Jennifer liet haar stem dalen. 'George dacht dat je avances maakte.'

Sarah ging met een schok rechtop zitten. 'Wát!'

'Nou ja, wat had je dan verwacht? Wat je zei, dat je je op woensdagavond altijd zo eenzaam voelt!'

'Dat moest ik van jou zeggen! Dit is niet te geloven! Jennifer, dit is afschuwelijk. Hij zal nooit meer een woord tegen me willen zeggen!'

'Natuurlijk wel. Ik denk dat hij zich nogal gevleid voelde. Ik heb hem gezegd dat het door de alcohol kwam.'

'Welbedankt,' zei Sarah scherp. 'Nu denkt hij natuurlijk dat ik een trieste, oude, naar seks hunkerende alcoholica ben. En dat ben ik niét, Jennifer.'

'Natuurlijk niet,' zei Jennifer sussend, 'je bent beslist niet oud!'

'Ik zal je wat zeggen. Dit is de laatste keer geweest dat ik geprobeerd heb uit te vinden wat George op woensdagavond doet, vooral omdat ik niet geloof dat hij iets dóet op woensdagavond.'

'Dat doet hij wél, Sarah ik weet het... Ja, George, ik kom. Ik heb Sarah aan de telefoon... Sarah, groetjes van George.'

'Nou, geef ze maar niet terug,' antwoordde Sarah pissig. 'En vraag God maar je te vergeven dat je een vriendin in moeilijkheden hebt gebracht. O, en bedankt voor het diner. Het was heerlijk.'

'Ja, het was goed, hè? Ik moet er vandoor. Drink veel water!'

Drink veel water! Ze had geen water nodig, maar iemand die voor haar public relations zorgde. Sarah stond op en begon de ontbijtboel af te ruimen. Jacko ging op zijn achterpoten zitten en blafte, wat haar eraan herinnerde dat als ze zijn bloed niet aan haar handen wilde, ze ook een wonder nodig had.

'Ik laat je direct uit,' zei ze, 'maar eerst moet ik afwassen.' Jacko blafte weer en bracht de rustende hamer in haar hoofd weer op gang. 'Goed dan,' gaf ze toe. 'Ik zal je eerst uitlaten.' Voor iemand die geacht werd op eigen benen te staan was het een beetje deprimerend dat ze zich door een doodgewone hond liet koeioneren. Maar aan de andere kant kon je Jacko nauwelijks een doodgewone hond noemen.

Wat de wandeling met Jacko betrof, had het erger gekund. Goed, hij spatte haar zojuist gewassen spijkerbroek onder de modder, maar het lukte hem niet haar in de stinkende poel te lokken, wat – daar was Sarah van overtuigd – beslist zijn bedoeling was geweest. Goed, hij liet haar struikelen en als een idiote worst de heuvel afrollen, maar in ieder geval wist ze te beletten dat hij de straat overstak en overreden werd door een passerende melkwagen. Hoewel, dacht Sarah, terwijl ze terug sjokte naar Shooter's Lane, dat misschien het wonder had kunnen zijn waarop ze gewacht had.

Vol belangstelling zag ze dat er een gehavende marineblauwe auto voor haar hek stond te wachten. Helaas zag Jacko het ook. Toen een reusachtige man met een wilde, grijze baard achter het stuur vandaan kwam, liet Jacko zijn bloedstollende gegrom horen. Met een van zijn duivelse sprongen rukte hij zich los van Sarah en vloog op zijn prooi af, zijn riem nutteloos zwaaiend achter zich aan. 'Jacko!' gilde Sarah en holde achter hem aan. De dood van de cavia was al erg genoeg, maar de dood van een bejaarde man die eruitzag als Mozes was een heel ander chapiter.

Misschien wás de man Mozes wel. Ze hoorde hem zeggen: 'Liggen, Jacko!', met zijn hand naar de grond wijzend alsof hij op het punt stond een wonder te verrichten. En toen verrichtte hij een wonder. Jacko, die absoluut op het punt had gestaan de arme man in stukken te scheuren, stopte pardoes, jankte zachtjes en ging aan de voeten van de man liggen. Misschien had hij een hartaanval gehad? Sarah bleef staan om op adem te komen. Een tweede man stapte uit en Sarah voelde haar hart weer op de juiste plaats vallen toen ze Martin herkende. Hij leek heel kalm. De man met de wilde baard leek heel kalm.

En omdat Jacko's staart kwispelde, was hij kennelijk niet dood. Toen ze naar hen toeliep, keek hij zelfs of hij erover dacht een dutje te gaan doen.

Sarah, die nog steeds haar best deed weer normaal te ademen, had het gevoel dat ze elk moment in tranen kon uitbarsten. 'Het spijt me vreselijk,' zei ze hijgend tegen de onbekende. 'Ik dacht dat hij u zou vermoorden.'

'Geen schijn van kans,' zei Martin opgewekt. 'Niet met mij erbij om hem te beschermen.'

'Arrogante kleine vlerk,' antwoordde de man met de baard. 'Je zou nog geen maagd in een klooster kunnen beschermen.'

'Je moet het hem maar vergeven,' zei Martin. 'Hij heeft de manieren van een kanarie.'

'Wat weet jij van kanaries?' vroeg de man. 'Heb je ooit wel eens voor een kanarie gezorgd? Ik heb kanaries gekend met een allerliefst karakter. En over goede manieren gesproken. Ben je van plan me aan deze jongedame voor te stellen of moeten we hier de hele dag blijven staan luisteren naar je gezwam over kanaries?'

'Sarah,' zei Martin. 'Mag ik je voorstellen aan mijn broer, Jean-Pierre...'

'Je broer!' riep Sarah uit.

'Ik weet het,' zei Martin meevoelend. 'Hij ziet eruit alsof hij mijn vader kan zijn...'

'Brutale snotaap!' viel zijn broer hem blijmoedig in de rede.

'Maar hij is inderdaad mijn broer,' ging Martin verder, 'mijn heel veel oudere broer.

'Hallo,' zei Sarah tegen Jean-Pierre. 'Ik ben blij je te leren kennen en mijn excuses voor mijn hond. Ik kan niets met hem beginnen. Hij probeert iedereen te vermoorden. Je hebt geen idee hoe ongelooflijk het is hem zo aan je voeten te zien liggen... Je bent net als Martin, je hebt de overhand. Ik weet niet hoe je het doet, maar ik ben erg blij dat je het hebt gedaan. Hoe krijg je dat voor elkaar?'

Jean-Pierre wuifde bescheiden. 'Dat is mijn natuurlijke autoriteit. Waarom de hond luistert naar mijn arme kleine broertje... tja, dát is een mysterie.'

'Het valt me op,' zei Sarah, 'dat je met een Schots accent spreekt.'

'Aha,' zei Jean-Pierre, 'dat heb je dus gehoord, hè?'

'Ja,' zei Sarah, 'maar dat doet Martin niet. En je hebt een Franse naam.'

Jean-Pierre keek hoofdschuddend naar Martin. 'Je kunt niets geheim houden voor die vrouw, hè?'

Sarah keek van de een naar de ander. Jean-Pierre was een reus op leeftijd met een adelaarsneus, wiens enige merkbare gelijkenis met Martin de uitgesproken glinstering in zijn ogen was en hetzelfde griezelige vermogen om Jacko te bedwingen. Een blijde gedachte kwam bij haar op en ze draaide zich impulsief om naar Martin. 'Dus daarom kon je dit weekend niet met me gaan wandelen!'

'Correct!' zei Martin. Hij haalde een zakdoek uit zijn zak en veegde zorgvuldig een veeg modder van Sarahs wang. 'Ik kan zien dat je je geweldig geamuseerd hebt zonder mij.'

Sarah lachte. Ze voelde zich als een kerstboom waarin de lichtjes zijn gaan branden. 'Heerlijk jullie te zien. Jacko's gezelschap werkt wel eens een beetje deprimerend na een tijdje. Moeten jullie meteen weer weg? Kunnen jullie blijven lunchen? Ik heb een paar worstjes in de ijskast. Biologische,' voegde ze er hoopvol aan toe. 'Uit de boerenwinkel.'

Martin aarzelde. 'Ik weet niet... We waren op weg naar de pub... Wat wil jij, Jean-Pierre?'

Jean-Pierre streelde Jacko's buik. Ongelooflijk maar waar, Jacko had zich op zijn rug gerold en keek of hij zich in de zevende hemel bevond. 'Laten we de worstjes van de dame proberen!' zei Jean-

Pierre. 'Maar eerst moet ik mijn benen strekken. Kunnen we dat hondje twintig minuten van je lenen?'

'Je kunt dat hondje van me lenen zolang je maar wilt,' zei Sarah. Ze glimlachte naar Martin. 'Ik ben zó blij dat je er bent!'

'Ik ook,' zei Martin. Hij pakte Jacko's riem. 'Kom, verschrikkelijke hond,' zei hij. 'We zullen Jean-Pierre eens laten zien hoe braaf je kunt zijn.'

Gek toch, dacht Sarah, hoe het juiste gezelschap zowel lichaam als geest kon doen herleven. Haar kater was over en ze ging als een tornado in de keuken aan de slag, waste af, schilde aardappels, maakte een salade, kookte de worstjes. Omdat er nog niets te zien was van de wandelaars, ging ze naar boven en trok haar driekwart lange rok aan. Hij was wel oud, maar de lage taille flatteerde haar heupen. Om het ensemble te completeren, trok ze haar bontgestreepte trui aan, een fleurig kledingstuk waarvoor ze maandenlang niet in de stemming was geweest.

Een halfuur later hoorde ze hun stemmen bij het hek. Door het raam zag ze Martin grijnzen om iets wat zijn broer zei. Het was gewoon niet te geloven dat Martin dezelfde man was die zich zo stijf en onhandig gedroeg in Andrews aanwezigheid. Ze ging naar buiten om hen te begroeten en zei: 'De lunch is klaar!'

'Een verrukkelijk huis,' zei Jean-Pierre. Hij liep de keuken in en keek met onverholen nieuwsgierigheid om zich heen. 'Je moet het heerlijk vinden om hier te wonen.'

'Ja,' zei Sarah. 'Ik zal het heel erg vinden om het op te moeten geven.'

Martin volgde zijn broer naar binnen en trok zijn jasje uit. 'Moet dat?' vroeg hij.

'Vroeg of laat wel, ja,' zei Sarah. 'Andrew geeft al hints in die richting.' Ze glimlachte naar Jean-Pierre. 'Willen jullie iets drinken? Bier of sinaasappelsap?'

'Ik een biertje graag,' zei Martin. 'Kan ik je ergens mee helpen?'

'Dat je een eind gewandeld hebt met Jacko is al meer dan genoeg,' zei Sarah. 'Je hebt je rust verdiend. Vertel eens, Jean-Pierre, je hebt een Schots accent, een Franse naam en een Engelse broer. Hoe komt dat?'

'Het is een lang verhaal,' zei Jean-Pierre. 'Kan ik eerst even naar de wc?'

'Natuurlijk,' zei Sarah. 'De trap op en dan de eerste deur rechts...' Ze opende de ijskast en pakte bier en sinaasappelsap.

Martin keek met een waarderende blik naar de worstjes op het fornuis en liep naar het aanrecht om zijn handen te wassen. 'Lief van je om een lunch voor ons klaar te maken,' zei hij.

'Helemaal niet lief. Ik ben dolblij met jullie gezelschap. Ruth belde vanmorgen om me te vertellen dat ze geen ander thuis kan vinden voor Jacko. Ik wil hem niet laten inslapen, maar als ik hem hier houd, komt het hele dorp in opstand en stenigt me dood. Ik blijf maar oplossingen bedenken en het enige dat ik kan verzinnen is een dodelijke injectie. Jullie gezelschap is een heel welkome afleiding. Bovendien,' ze zweeg even om hem een handdoek toe te gooien, 'heb ik je dit weekend gemist. Ik ben erg gesteld geraakt op onze wandelingen.'

'Ik ook,' zei Martin, die met geconcentreerde aandacht zijn handen afdroogde en haar toen de handdoek teruggaf. 'Wat het huis betreft, moet je je niet door Andrew laten dwingen tot een verhuizing. Hij kan je er niet uitzetten.'

'Dat weet ik,' zei Sarah, 'maar...'

'Martin!' Jean-Pierre kwam barstend van energie de keuken binnengestormd. 'In Sarahs toilet hangt een heel mooi schilderij van een huis en het lijkt precies op het huis dat ik net heb gemaakt!'

'Ben je bouwer?' vroeg Sarah.

'Ja,' zei Jean-Pierre. 'Ik heb de afgelopen twee jaar doorgebracht met het bouwen van het meest perfecte huis dat je je kunt voorstellen. Maar feitelijk kun je dat wél, want het hangt in je toilet!'

'Dat heb ik geschilderd,' zei Sarah, die haar best deed bescheiden te klinken.

'Dan ben je een genie! Het is een kunstwerk. Net als mijn huis!'

Martin maakte zijn blikje open en schonk het in zijn glas. 'Alsjeblieft,' zei hij smekend tegen Sarah, 'laat hem niet over zijn huis beginnen.'

'Ik wil er graag alles over horen,' antwoordde Sarah, terwijl ze Jean-Pierre zijn glas overhandigde. 'Maar eerst wil ik dat je me vertelt waarom je Schots bent. En waarom je een Franse naam hebt.'

'Onze vader,' zei Jean-Pierre, die een stoel bijschoof, 'was Frans.'

Sarah keek verbaasd naar Martin. 'Je bent Frans!'

'Half,' zei Martin.

'Spreek je ook Frans?'

'Natuurlijk,' zei Martin achteloos. 'Zal ik wat in het Frans zeggen?'

Sarah knikte en ging tussen de twee broers in zitten.

Martin dacht even na en zei toen ernstig: '*Vous pouvez me donner quelque chose pour le rhume des foins?*'

Sarah was onder de indruk. 'Wat betekent dat?'

'Kunt u me iets tegen hooikoorts geven?'

'Wauw,' zei Sarah. Ze fronste haar wenkbrauwen. 'Chamberlain klinkt niet als een Franse naam.'

O,' zei Jean-Pierre. 'De grootvader van onze vader was Engels. Hij ging in Frankrijk wonen en trouwde met een Franse vrouw. Onze vader trouwde met een Schots meisje en trok naar Edinburgh. Toen liet mijn moeder hem in de steek en hij verhuisde naar Leicester waar hij weer trouwde.'

'Martins moeder, 'opperde Sarah.

'Nee, dat was zijn derde vrouw,' zei Jean-Pierre.'Hij was geen gemakkelijke man om mee te leven. Hoewel Martins moeder hem nooit in de steek heeft gelaten.'

'Mijn moeder,' zei Martin, 'was héél gemakkelijk om mee te leven.'

'Leven ze nog?' vroeg Sarah.

'Mijn moeder wél,' zei Martin. 'Ze woont in Parijs met mijn zus, Agnetha.'

'Agnetha?'

'In die tijd was mijn vader geobsedeerd door die blonde zangeres van Abba,' legde Martin uit.

'Je moeder,' zei Sarah, 'klinkt als een heilige.'

'Zijn moeder,' stemde Jean-Pierre in, 'is een heilige. Papa was zonder enige twijfel de lastigste man aan wie je gerelateerd kon zijn. Hij was het type man dat een gevecht kon aangaan met een stuk hout. Als hij je niet mocht, vond hij het niet alleen nodig je te vertellen dát hij je niet mocht, maar ook waaróm niet. Gelukkig,' ging hij verder, 'was zijn Engels zo slecht dat de meeste mensen niet begrepen wat hij zei. Schotland was een rustiger land toen hij weg was.'

'Maar nu woon je in Cumbria?'

'Ik werd verliefd op een meisje en volgde haar naar huis. Ze is twee jaar geleden gestorven en ik dacht erover om terug te gaan naar Edinburgh, maar ik wil in de buurt blijven van mijn dochters en kleinkinderen.'

'Jean-Pierre is net klaar met het maken van het huis voor zijn kleindochter,' zei Martin. 'Hij heeft er twee jaar over gedaan. Jean-Pierre zal je, als je hem de kans geeft, ongetwijfeld vertellen waarom het het mooiste poppenhuis in de wereldgeschiedenis is.'

'Ik weet weinig van poppenhuizen,' zei Sarah. 'Al heb ik er altijd een gewild. Ik vroeg het elk jaar weer aan de kerstman, maar ik heb het nooit gekregen.'

'Het punt is,' zei Martin, 'dat nu Jean-Pierre klaar is met zijn huis, hij denkt dat hij misschien de tijd heeft om zich over Jacko te ontfermen.'

Sarah keek naar Jean-Pierre als een drenkeling naar een reddingsboei.

'Je zou... je kunt er toch niet over denken hem met je mee naar huis te nemen?'

'Het is een prima hondje. Ik zou hem graag meenemen... tenminste...'

'Ja?' vroeg Sarah, die nauwelijks adem durfde te halen.

'Als je zeker weet dat je hem niet wilt houden.'

'Heeft Martin je verteld wat een vreselijk dier het is? Heeft hij je verteld dat het hele dorp bang voor hem is? Ik zou dolgraag willen dat je hem meeneemt, maar je lijkt me een aardige man en ik wil niet je leven verwoesten.'

Jean-Pierre haalde zijn schouders op. 'Ik wil hem graag hebben.'

Sarah leunde achterover in haar stoel en slaakte een diepe zucht. 'Ik kan me niet herinneren wanneer ik me ooit zo gelukkig heb gevoeld,' zei ze simpel. Ze keek van de een naar de ander. 'Hoe kan ik het je vergoeden? Wat kan ik doen?'

Martin glimlachte. 'Wat zou je zeggen van een paar worstjes?'

Die avond gaf Sarah een feest. Misschien was zij de enige gast, maar dat kon haar stemming niet bederven. Ze had wijn in de ijskast, een pizza in de oven en, het beste van alles, James' kerstcadeau aan zijn moeder, een verzamelbandje dat hij voor haar had gemaakt, met alle meesterwerken van de twintigste eeuw. Sarah zette de muziek op en danste. Ze danste op Bony M's Rasputin, stampend met haar voeten en klappend in haar handen. Ze danste op de Clash's Should I Stay Or Should I Go, haar hoofd achterover en meezingend met het refrein. Ze danste op Elvis Presley's A Little Less Conversation, draaiend met haar heupen en huppelend rond de tafel. Ze danste op U2's Elevation, op en neer springend op de plaats waar Jacko's plaid niet langer lag. Ze danste op Dusty Springfields Son Of A Preacher Man, op de Dandy Warhols' Bohemians Like You, Ike en Tina Turners Nutbush City Limits en ten slotte op Free's prachtig toepasselijke lied, Allright Now. Ze was oké, ze was meer dan oké, ze was weer op zichzelf en althans vanavond zielsgelukkig omdat ze alleen was. Ze wist nu dat er leven was na Andrew en als het weghalen van een hond genaamd Jacko nodig was geweest om haar dat te doen beseffen, was ze bijna, zo niet helemaal, blij dat ze hem had gehad.

# Keer wonderen nooit de rug toe

Sarah werd midden in de nacht wakker en ging naar beneden naar de keuken, alleen omdat ze dat kon. Het huis was weer van haar en het feit dat het dat waarschijnlijk niet veel langer zou zijn was iets waarover ze zich pas zorgen zou maken na haar terugkeer uit Mallorca. De volgende ochtend holde ze naar de postbode en vertelde hem dat hij veilig naar haar deur kon lopen zonder gevaar voor zijn leven of zijn ledematen. 's Middags wandelde ze naar de dorpswinkel en vertelde Amy het nieuws van haar bevrijding, wetend dat het binnen vierentwintig uur in het hele dorp bekend zou zijn. Amy wilde alles weten over de gek die vrijwillig had aangeboden Jacko over te nemen, en toen Sarah haar vertelde dat het Martin Chamberlains broer was, sperde Amy haar ogen open en zei met nauwelijks onderdrukte nieuwsgierigheid: 'Martin Chamberlains broer? Waarom zou hij dat doen?' Sarah zag de berekenende glans in Amy's ogen en kwam tot de conclusie dat ze waarschijnlijk een romance bekokstoofde tussen Sarah en Jean-Pierre of misschien zelfs tussen Sarah en Martin. In Sarahs huidige stemming kon ze zich daar niet druk om maken. Als Amy dergelijke fantasieën zou rondbazuinen, zouden de dinergasten tenminste niet langer denken dat ze probeerde George of de dominee of Simon Delaney te verleiden tot een partijtje rollebollen op woensdagavond.

Een veel dringender probleem dan haar reputatie was geld, of, om precies te zijn, het gebrek daaraan. Sarahs financiën waren op zijn best altijd nogal wankel en de laatste paar maanden ronduit kritiek. Sarah wist dat het gedeeltelijk haar eigen schuld was.

Andrews vertrek had een fatale aderlating betekend van haar zelfvertrouwen en de onbehaaglijkheid nog verergerd waar ze altijd al mee te kampen had gehad als ze probeerde werk binnen te halen.

In de zeven jaar sinds Sarah haar ontslag had genomen als docente aan Trowbridge College, was haar inkomen wisselvallig geweest. Ze had nog haar baan aan de zomerschool in Bath in juli en augustus en haar avondcursus in de herfst. Haar royalty's van *Girl With A Flute* hadden nooit meer bedragen dan een paar honderd pond per jaar. De rest van haar geld verdiende ze met opdrachten en wat ze verkocht op exposities.

Andrew liet alle vaste lasten automatisch afschrijven en stortte nog steeds geld op hun gezamenlijke rekening. Vroeg of laat zou hij hierover gaan harrewarren. De jongens zouden in de herfst naar de universiteit gaan. Kon ze echt verwachten dat Andrew haar zou onderhouden, terwijl hij betaalde voor de jongens? En dan bestond altijd nog de mogelijkheid dat Hyacinth een eigen gezin zou willen stichten.

Alleen die gedachte al maakte dat Sarah wanhopig zocht naar iets opgewekts om aan te denken. Mallorca! Maar dat was ook weer een probleem. Op een moment waarop ze elke cent hoorde om te keren, stond ze op het punt naar Mallorca te vertrekken! De positieve kant was dat ze niets hoefde te betalen voor het appartement en omdat het waarschijnlijk de laatste vakantie was die ze ooit nog zou nemen, was ze vastbesloten zich niet schuldig te voelen. Het was niet háár schuld dat geld of liever het gebrek eraan plotseling zo'n prioriteit was geworden. Als Andrew zichzelf niet had toegestaan verliefd te worden op Hyacinth, als... als, als, als! Als moest wel het verderfelijkste woord zijn in het woordenboek van vergeefse hoop en teleurstellingen, want het leidde regelrecht tot frustratie en woede. Andrew wás verliefd geworden op Hyacinth en Andrew hád haar verlaten. Wat had kunnen zijn zou nooit gebeuren en dus moest wat had kunnen zijn worden genegeerd.

Het nuchtere feit was dat ze nooit genoeg had verdiend om goed voor zichzelf te kunnen zorgen. Als ze weer fulltime ging lesgeven zou alles in orde zijn, maar dat zou het einde betekenen van haar artistieke aspiraties en bovendien waren goede banen dun gezaaid. Als ze de noodzakelijke computerkennis had, zou ze haar mogelijkheden kunnen uitbreiden, maar een computercursus kostte tijd en geld.

Ze had dringend behoefte aan een wonder en omdat het lot haar er al één had gegund in de vorm van Jean-Pierre, verwachtte ze geen tweede. Maar het lot scheen in een goede stemming te zijn: op maandagochtend kreeg ze een telefoontje van Sophie King.

Van al haar leerlingen op Trowbridge College was Sophie de meest bijzondere geweest. Ze was een van die mensen die door de goden gezegend zijn met schoonheid, een zonnig humeur en een uniek talent. Alles wat ze creëerde ademde sensualiteit uit; ze kon zelfs een bankgebouw een erotische uitstraling geven.

Sophie was doorgegaan en had bewezen dat ze inderdaad *star quality* had. Ze produceerde kunstwerken voor muziekfirma's, illustraties voor een sprookjesboek (de wolf van Roodkapje was zo fantastisch, dat als Sarah Roodkapje was geweest, ze zich graag door hem had laten opeten) en had een aantal succesvolle tentoonstellingen. Ze bleef in contact met Sarah, al waren hun rollen snel omgedraaid. Sophie was degene die er bij Sarah op had aangedrongen de zekerheid van het college de rug toe te keren en de sprong te wagen naar een freelance-carrière. Ze had een roerend geloof in Sarahs capaciteiten. Sarah, zich bewust van haar beperkingen, vreesde de dag waarop Sophie die zou ontdekken.

Sophies telefoontjes klonken altijd alsof ze belde tijdens het lopen van een marathon. Vandaag was geen uitzondering. 'Sarah? Ik heb niet veel tijd, maar luister goed! David en ik verhuizen naar Toscane! Heb ik het je verteld van Dave? Ik móet je over Dave verteld hebben! Hij is volmaakt, we houden van elkaar en we gaan naar Toscanie! O, en ik ben zwanger... Ik weet het, het is geweldig en ik ben ongelooflijk gelukkig. Maar luister, dit is echt belangrijk, een vriend van me opent over een paar maanden een nachtclub.

Hij noemt hem The Fruit Basket en hij wil schilderijen van fruit aan de wanden en ik bedoel heel sexy fruit, suggestieve bananen, sappige perziken, je kent dat wel. Ik was er helemaal klaar voor, maar ik ben ondergesneeuwd met werk en ik dacht, wie ken ik die sexy appels kan schilderen? Wat vind je, Sarah, zie je er iets in?'

Voor Sarah behoorde seks inmiddels tot het verre verleden, samen met ijsjes, Carnaby Street en popfestivals. Aan de andere kant, Jacko was weg en dat was goed, ze had het geld nodig en dat was slecht, en Sarah wist dat je een wonder nooit de rug toe mocht keren. 'Sophie,' zei ze, 'ik wil dolgraag een paar sexy appels schilderen! Wat moet ik doen? Wanneer moet ik beginnen?'

'Flinke meid!' zei Sophie, die minstens vijftien jaar jonger was dan Sarah. 'Eerst moet je Giles, dat is mijn vriend, bewijzen dat je de opdracht aankunt. Je moet naar Londen komen en hem je werk laten zien. Ik heb hem al verteld dat je briljant bent, dus hij is bereid zich te laten imponeren. Het zal een makkie zijn!'

'Ik ben op 21 februari in Londen,' zei Sarah. 'De volgende dag ga ik met een vriendin naar Mallorca. Zou ik hem dan kunnen ontmoeten?'

'Laat dat maar aan mij over. Ik bel je om je te laten weten of het in orde is. En als je komt, trek dan toepasselijke kleren aan.'

Het wonder begon duidelijk riskant te klinken. 'Je hebt het over de "toepasselijke" kleren,' merkte Sarah op. 'Wat bedoel je daar precies mee?'

'Ach, je weet wel,' zei Sophie opgewekt. 'Kleed je als een vrouw die sexy fruit schildert. Je weet wel!'

'Oké,' zei Sarah. Je kleden als een vrouw die sexy fruit kan schilderen hoorde niet veel moeilijker te zijn dan de rol spelen van een piepjonge bruid. Het lot had kennelijk gevoel voor humor.

Sarah genoot de volgende avond zelfs met volle teugen van de repetitie. Ze repeteerden akte twee, scène één. Maxim en zijn huishouding bereiden zich voor op het jaarlijkse bal. Hij en zijn familie babbelen er lustig op los, onbewust van het feit dat de jonge bruid, na de boosaardige influisteringen van mrs. Danvers, op het punt staat te verschijnen in de jurk die Rebecca het jaar daarvoor had gedragen.

Het was een indrukwekkende scène en het mooiste van alles was dat er geen Jack Favell in voorkwam, wat betekende dat Howard niet op de repetitie was. In zijn afwezigheid was Claire heel vriendelijk tegen Sarah. Een ander pluspunt was de aanwezigheid van de zoon van Audreys tuinman. Hij had niet meer dan een van zijn tekstregels uit het hoofd kunnen leren. Audrey, die maar al te goed wist dat hij elke gelegenheid zou aangrijpen om uit het stuk te stappen, deed heel erg haar best niet kwaad op hem te worden. Sarah had een plezierig nieuw gevoel van superioriteit. Ze was niet langer het meest nutteloze lid van de cast en was bijna teleurgesteld toen Audrey haar al vroeg liet gaan. 'Je begint het al heel aardig te doen,' zei ze tegen Sarah. 'We hoeven jouw scène niet nog eens over te doen. De anderen, Maxim, Beatrice, Giles, Frank en Frith, gaan terug naar pagina vierenveertig. Het moet amusant, lichtvoetig zijn, en ik wil tempo! We moeten zorgen voor plezier, hopen plezier en vrolijkheid! Oké?'

Sarah ving Martins blik op. Hij mimede 'zaterdag?' en ze knikte. Ze had zich ongerust gemaakt dat hij misschien slecht nieuws zou hebben over Jacko, maar blijkbaar leefden Jacko en Jean-Pierre nog, en Sarah meende dat ze met een gerust hart, zonder angst voor beschuldigingen, op bericht over hen kon wachten.

Buiten was het bitter koud. Sarah droeg Bens oude legerjas, ze zette de kraag op en stak haar handen in de ruime zakken. Over nog geen twee weken zou ze op Mallorca zijn en zouden het gekras van Ambercross' uilen en het gekrijs van een enkele fazant worden vervangen door de ritmische golfslag van de zee. Ik heb genoeg om naar uit te kijken, dacht Sarah, terwijl ze opgewekt de pub achter zich liet, dingen om naar uit te kijken en niet alleen Mallorca. Het huis schoonmaken zou een plezier zijn omdat ze de weg vrijmaakte voor een nieuw en opwindend en vooral lucratief project. Wandelen met Martin in het weekend zou een plezier zijn omdat wandelen met Martin altijd een plezier was. Ze zou een lunch voor hem klaarmaken om hem te tonen hoe dankbaar ze was, en ook dat zou een plezier zijn.

Er scheen werkelijk een leven te zijn na Andrew. Er waren nog een paar grote vraagtekens, het zorgwekkendste hoe lang ze nog in Shooter's Cottage kon blijven wonen. Andrews vertrek hield haar 's nachts nog wakker, maar het verdriet stompte haar gevoel niet langer af en verhinderde haar niet op andere gebieden te functioneren. Sophie dacht dat ze sexy appels kon schilderen. Audrey vond dat ze al heel aardig acteerde. Martin had bewezen een trouwe vriend te zijn. Sarah staarde omhoog naar de donkere lucht, waarin slechts twee sterren flonkerden. Mijn man heeft me verlaten, dacht ze, mijn man heeft me verlaten, en ik kan toch, bij tijd en wijle, gelukkig zijn. Het werd tijd om eens op te houden met zelfbeklag en zich een slachtoffer te voelen. Het beste antwoord op Andrews ontrouw was niet alleen hem te laten denken dat ze blij en tevreden kon zijn zonder hem. Het beste antwoord was haar zoons, haar vrienden en vooral zichzelf te bewijzen dat ze blij en tevreden kon zijn zonder hem. En ik kan het, dacht ze, ik kan het écht.

Toen Martin zaterdagochtend kwam, rukte Sarah de deur al open nog voordat hij kon aanbellen. 'Kom binnen, kom binnen!' riep ze uit. 'Kom mijn keuken eens bekijken! Geen vuile waterbak, geen groezelige oude plaid, geen lelijke pootafdrukken én ik heb een fantastische lunch voor na de wandeling...' Haar gezicht betrok plotseling. 'Je kunt toch wel blijven lunchen, hè? Je hoeft toch niet meteen weg?'

'Ik blijf heel graag lunchen,' verzekerde Martin haar. Hij keek om zich heen. 'Het ziet er hier anders uit.'

'Het ziet er schoon uit!' zei Sarah. 'Het hele huis ziet er schoon uit!' Lachend pakte ze haar jas. 'Zullen we gaan?'

Het was een mooie dag, fris en helder. De struiken waren bedekt met een dun laagje rijp, de ochtendzon scheen op het land en gaf het een melkachtige tint, beroofde het van kleur.

'Het is net een aquarel,' zei Sarah en sloeg haar armen om haar borst. 'Of het ontstaan van de wereld.'

'En wij,' zei Martin gewichtig, 'zijn Adam en Eva.'

'Ik geloof niet dat Adam en Eva er al waren bij het ontstaan van de wereld.'

'Velden of struiken of bomen ook niet.'

'Soms denk ik weleens,' zei Sarah streng, 'dat je geen enkel poëtisch gevoel hebt.'

'Ik weet het,' zei Martin nederig. 'Het spijt me.'

'Ik vergeef je, maar alleen omdat je mijn leven gered hebt. Dus vertel op: hoe heb je dat klaargespeeld? Chantage? Omkoperij? Ik weiger te geloven dat je broer Jacko wilde hebben.'

'Toch wel. Uiteindelijk. Ik kan je wel zeggen dat ik een meesterlijke campagne heb gevoerd. Het was grappig omdat de eerste keer dat ik Jacko zag, hij me aan iemand deed denken en ik kon er maar niet opkomen aan wie.'

'Beëlzebub? Attila de Hun?'

'Nee, het was iemand die ik kende. Toevallig belde Jean-Pierre me die avond en toen besefte ik wie het was: zijn vrouw!'

'Jacko leek op Jean-Pierres vrouw! Arme Jean-Pierre!'

'Ze had geen gele ogen of een kwijlmond maar de manier waarop ze naar mensen keek... en mensen behandelde... net als Jacko. Ze was fors en breedgebouwd en joeg iedereen ter wereld angst aan behalve Jean-Pierre en hun dochters. Ze gromde naar mensen. Ze gromde heel vaak.'

'Maar nooit tegen Jean-Pierre.'

'Nooit. Ze hield van hem. En hij hield van haar. Ze overleed een maand nadat hij met pensioen ging. Ze kreeg een hersenbloeding terwijl ze bezig was de kip aan te snijden en viel dood neer. Jean-Pierre was ontroostbaar. Hij wilde nergens naartoe, wilde niemand zien, wilde niet eten. We wisten geen van allen hoe we hem moesten helpen. En toen vond Kathleen de oplossing.'

'Wie is Kathleen?'

'Mijn nichtje. Zijn jongste dochter. Ze ging er op een ochtend heen met Annette, haar jongste kind. Ze ging weer aan het werk, zei ze. Het was haar eerste dag en haar oppas had haar in de steek gelaten. Kon ze Annette een paar uur bij hem laten? Hij zei dat het niet kon, hij zei dat hij niet fit genoeg was om voor iemand te zorgen.' Martin bleef staan bij het hek. 'Wil je de heuvel op of het bos in?'

'Laten we de heuvel opgaan. Wat zei Kathleen toen?'

'Ze liet Annette toch bij hem achter. Ze vertelde hem dat hij voor zijn kleindochter zou moeten zorgen, want dat er niemand anders was. En vertrok. Toen ze 's middags terugkwam zaten ze samen een spelletje te spelen.'

'En toen? Kwam de kinderoppas terug?'

'Nee. Ik geloof niet dat er ooit een oppas geweest is. Ik ben er zelfs vrij zeker van dat Kathleen alleen maar terugging naar haar werk om haar vader bij de rand van de afgrond vandaan te sleuren. Ze wist dat Annette hem zou redden. Toen Annette naar school ging, zei ze tegen hem dat ze zo graag een poppenhuis wilde. Ik heb het een paar maanden geleden gezien, het is verbluffend. Het heeft elektrisch licht, het heeft alles. In ieder geval vertelde hij me die avond dat hij het eindelijk af had en het de volgende dag naar Annette zou brengen. En toen dacht ik natuurlijk aan Jacko.'

'Waarom?'

'Het lag voor de hand. Annette ging naar school, hij had het poppenhuis af, hij moest een ander project hebben. Dus vertelde ik hem alles over jou en je hond, ik zei dat al die spanning je gek maakte...'

'Feitelijk,' zei Sarah, terwijl ze even bleef staan om op adem te komen, want het was een steile helling, 'was ik dat ook.'

'Ik vertelde hem dat iedereen bang was voor Jacko, dat niemand hem in bedwang kon houden behalve ik. Ik zei dat hij als de dood zou zijn als hij ooit bij hem in de buurt kwam...'

'Ik kan me niet voorstellen dat Jean-Pierre ooit ergens bang voor is.'

'Nee, en Jean-Pierre ook niet. Toen belde ik hem en zei dat Jacko een spuitje zou krijgen. Niemand, ging ik verder, kon die hond in bedwang houden. Toen Jean-Pierre zei dat hij hem weleens wilde zien, wist ik dat ik het pleit gewonnen had. Het enige waar ik me zorgen over maakte was of Jacko hem zou mogen. Toen je de riem losliet, dwong ik mezelf in de auto te blijven, maar dat was niet gemakkelijk. Ik was een beetje bezorgd.

'Jij was bezorgd? Ik was doodsbang! Hoe gaat het nu tussen die twee? Gaat het goed? Gedraagt Jacko zich een beetje?'

'Jean-Pierre put hem uit met vijftien kilometer lange wandelingen. En als je denkt dat ík snel loop, zou je Jean-Pierre eens moeten zien. Ik denk dat Jacko te moe is om ook maar één haar overeind te zetten.'

'Nou, ik ben je eeuwig dankbaar. Je zult altijd mijn held zijn!' Ze zag dat hij een lelijk gezicht trok en begon te lachen. 'Wil je mijn held niet zijn?'

'Mijn ervaring,' zei Martin ironisch, 'is dat het niet loont om helden te dicht te benaderen. Niet als je je illusies wenst te behouden.'

'Nou, ik benader jou heel dicht,' zei Sarah dapper, 'en voor mij ben je een held.'

Martin grijnsde. 'Ik denk...' Hij zweeg abrupt. 'Laat maar.'

Sarah keek hem achterdochtig aan. 'Wat is het? Je kunt niet op zo'n neerbuigende manier "Laat maar" zeggen...'

'Ik zou het niet wagen tegen jou neerbuigend te doen!'

'Nou, wat wilde je dan zeggen?'

Martin bleef staan en wees naar een vreemd gevormde aardhoop. 'Zie je dat?' vroeg hij. 'Wist je dat hier vroeger een Romeins fort was?'

'Ja! Verander niet van onderwerp!'

'Goed. Het is niets eigenlijk. Ik herinnerde me alleen dat de woorden "Andrew zegt" veelvuldig in je conversatie voorkwamen. En als je bij hem was, schikte je je gewoonlijk naar zijn superieure opvattingen.'

'En daar moest je om lachen?'

'Nee, maar toen je zei dat ik je held was, stelde ik me voor dat je mij zo zou behandelen en daar moest ik om lachen.'

'O.' Sarah wist niet goed wat ze ervan moest denken. 'Zou je willen dat ik me schikte naar jouw superieure opvattingen?'

'Die gedachte,' zei Martin op droge toon, 'is zo onwaarschijnlijk dat die niet eens bij me opkomt.'

# Onderzoek carrièremogelijkheden

Sarah beschreef haar geheugen vaak als onberekenbaar. Andrew zei altijd dat dat nergens op sloeg en werd woedend over haar onvermogen om namen te onthouden. Sarah wees er dan op dat zij ze zich bijna kon herinneren, maar Andrew raakte er niet van onder de indruk. Het je bijna herinneren ervan was volgens hem een even grote belediging als het volkomen vergeten ervan. Soms vroeg ze zich af of een van de redenen waarom Howard Smart een hekel aan haar had te wijten was aan het feit dat ze hem in de eerste paar maanden van hun kennismaking hardnekkig Henry was blijven noemen.

Op sommige gebieden was haar geheugen messcherp. Ze kon zich de namen herinneren van alle echtgenoten van Liz Taylor en ze kon de hele geschiedenis van dokter Carters ingewikkelde liefdesleven in E.R. navertellen. Ze kon dan misschien geen routebeschrijvingen onthouden (ze had het opgegeven voorbijgangers de weg te vragen naar obscure locaties: haar geheugen sloeg altijd dicht na het eerste 'Links af'), maar ze had een onfeilbaar talent voor het onthouden van de tekst van de meer irriterende popsongs. Dat laatste was iets wat ze kon missen, vooral op het moment waarop ze zich erop betrapte dat een populaire topper, We Are The Cheeky Girls, voortdurend door haar hoofd bleef malen.

Ook waren er, terwijl veel van haar verleden een blanco lei was, bepaalde incidenten, waarnemingen, gesprekken die duidelijk en intact bleven, foto's die niet vervaagden. Vijfendertig jaar geleden, zich koesterend in de tijdelijke goedkeuring van de heersende miss Populair, had ze meegedaan aan het treiteren van de residerende miss Sociale Outcast. Jaren later konden die verwijtende ogen nog steeds een aanval van zelfafkeer oproepen bij Sarah. En dan was er die keer op de kunstacademie toen ze in de schaduw masochistisch had staan gluren naar de adembenemend aantrekkelijke Barney Melton die zijn vriendin zoende. Een nog pijnlijkere herinnering was haar kwade reactie toen een jarige kleine James huilend vertelde dat hij zijn horloge was verloren dat hij die ochtend had gekregen. Zijn verjaardag was bedorven, zijn eigen moeder had daarbij geholpen, en ze zou zich altijd schuldig blijven voelen. Sarah had geen idee waarom haar brein zo'n selectieve amnesie vertoonde, maar het leek beslist een element van sadisme te bevatten.

Maar nu werd de overweldigende aanwezigheid van We Are The Cheeky Girls verdreven door Martins opmerkingen van afgelopen zaterdag, die in haar brein rondtolden als een wesp in een jampot. Ze hád zich voortdurend gevoegd naar Andrew en ze hád zijn opvattingen vaak herhaald. Martin had geïmpliceerd dat ze hem op een voetstuk had geplaatst, wat niet waar was want je kon niet twintig jaar met iemand samenleven zonder zijn zwakheden te kennen. Maar ze had wel altijd gedacht dat hij meer sexappeal had, interessanter was en meer wereldwijsheid bezat dan zij. Hij wist hoe hij geld moest verdienen, hij wist hoe hij de juiste mensen moest leren kennen en hij wist hoe hij de juiste dingen moest zeggen.

Leven zonder Andrew was angstaanjagend omdat leven mét Andrew alles zo gemakkelijk had gemaakt. Ze kon genieten van het gezelschap van haar zoons, ze kon het huis inrichten, de tuin wieden, schilderen, in de wetenschap dat Andrew voor de eerste levensbehoeften zou zorgen. Nu werd ze voor het eerst geconfronteerd met dingen waarmee de meeste mensen aanhoudend geconfronteerd werden: de noodzaak om geld voor je levensonderhoud te verdienen en je eigen zaken te regelen.

Goed, ze zou het doen en ze zou het doen zonder Andrew en zijn opvattingen. Ze wilde Martin laten weten dat ze zich nooit meer naar Andrews opvattingen zou schikken. Ze verheugde zich erop hem dat dinsdag te vertellen, tijdens de laatste repetitie voor Mallorca.

Maar ze kreeg niet de kans iets tegen Martin te zeggen. Ze repeteerden akte twee, scène twee. Een radeloze Maxim onthult zijn jonge bruid de waarheid over Rebecca. Ontsteld en angstig belooft ze achter haar man te zullen staan. Het was een geweldige scène en Sarah genoot ervan. Toen klapte Audrey in haar handen. 'Misschien, Martin,' zei ze serieus, 'zou je nu Sarah een kus moeten geven; een bedroefde kus, geboren uit wanhoop. Geen passie... we bewaren het vuurwerk voor de laatste scène, maar ik denk dat een zachte, trieste kus aangrijpend kan zijn. Denk je niet dat het aangrijpend zou zijn?'

'Nee,' zei Martin. 'Dat denk ik niet.'

Audreys boezem ging gelijk met haar wenkbrauwen omhoog. Ze was niet gewend aan zo'n flagrante tegenspraak, vooral niet van Martin. 'Vind je niet,' zei ze met dreunende stem, 'dat je het op z'n minst kunt proberen? Ik weet dat je niet blij bent met het vooruitzicht Sarah te moeten kussen, maar dat is acteren: dingen doen die je in het werkelijke leven niet wilt doen.'

De schokkende verklaring deed Sarahs mond trillen. Ze keek even naar Martin. Hij had een donkerrode kleur gekregen, wat Sarah op haar beurt deed blozen. Ze kon alleen maar dankbaar zijn dat de rest van de cast naar huis was. Martin zei: 'Dit heeft niets te maken met persoonlijke gevoelens. Maxim wordt geconfronteerd met ondergang en schandaal. Hij wil niet zijn vrouw kussen, hij wil weten hoe hij uit de put kan krabbelen waarin hij zich bevindt. Kijk eens naar zijn woorden. Waar heeft hij het over liefde? Het publiek weet nog steeds niet of hij van zijn jonge bruid houdt. Als hij haar nu kust, is de verrassing in de laatste scène weg.'

Martin had gelijk. Zelfs Audrey moest toegeven dat hij gelijk had. Ze gingen verder met de scène en Sarah leek de enige te zijn die vond dat het zijn vroegere glans verloren had. Aan het eind van de repetitie droeg Audrey hen op te genieten van de week vrijaf, zonder repetities, en verfrist en uitgerust terug te komen.

Zodra ze weg was, begon Martin de stoelen op te ruimen met een snelheid en een efficiëntie die elke kans op een borreltje uitsloot. Een ingetogen Sarah schoof de tafel achteruit en vroeg aarzelend of hij iets wilde drinken.

'Ik kan niet vanavond,' zei Martin. 'Ik heb een hoop administratie te doen.'

'Oké.' Sarah pakte haar jas en sjaal. 'Goed dan. Ik zie je als ik terug ben uit Mallorca.'

'Ik verheug me erop,' zei Martin beleefd en voegde er als bij nadere overweging aan toe: 'Ik hoop dat je mooi weer hebt. Ik weet zeker dat je veel plezier zult hebben.' Hij deed het licht uit en liep de trap af.

Aan de bar riep iemand: 'Martin? Kan ik je even spreken over mijn boiler?'

Martin glimlachte verontschuldigend naar Sarah. 'Ik moet er maar gauw vandoor gaan. Heel veel plezier!'

Sarah liep snel naar huis. Dat Martin zich meer gegeneerd voelde dan geamuseerd door Audreys typisch ontactvolle opmerking was duidelijk. De reden voor zijn reactie was ook duidelijk. Sarah huiverde terwijl ze snel doorliep en deed haar best zich niet beledigd te voelen door het feit dat Martin het vooruitzicht vreesde haar te moeten kussen.

Het goede nieuws was dat Sarah met Sophie had afgesproken in de National Portrait Gallery op een steenworp afstand van het station. Het slechte nieuws was dat een wandeling over Waterloo Bridge, langs het Embankment en door de straat naar Trafalgar Square meer dan duizend steenworpen was als je een koffer bij je hebt en gehandicapt bent door ontstellend ongemakkelijke enkellaarzen. Sarah had ze de vorige avond achter uit de kast gehaald en herinnerde zich nu pas waarom ze onder de spinnewebben zaten.

Ze voelde zich beter toen ze in de galerie was en haar koffer kwijt kon. Haar afspraak met Sophie was om half vier, en ze had nog vijfentwintig minuten om zich op te knappen en tot rust te komen. In het damestoilet bestudeerde Sarah haar spiegelbeeld.

Kleed je als een vrouw die sexy fruit kan schilderen. Sarah had haar hele garderobe nageplozen. Haar enige goede outfit was een rood jurkje tot op haar knieën dat ze twee jaar geleden met haar grijze jasje naar een bruiloft had gedragen. Ze had er veel complimentjes voor gekregen, maar toen ze zich er de vorige avond in wrong, wist ze dat haar wandelingen met Martin niet het gewenste effect hadden gehad. Ze zag eruit als een appel, maar helaas geen sexy appel. Ten slotte had Sarah gekozen voor haar veilige zwartfluwelen broek en een zwarte trui met V-hals van Ben. Het grijze jasje en de laarzen voltooiden het geheel. Op het laatste moment gooide ze haar rode jurkje in de koffer voor Mallorca. Als ze in de komende dagen een paar pondjes kwijtraakte, zou ze er weer mooi in uitzien.

Haar enige uitspatting was een nieuwe lippenstift. Ze had hem gekocht om de naam: Passion. Volgens de verkoopster had hij revolutionaire lippen-opvullende eigenschappen. Sarah haalde hem uit haar tas en bracht hem zorgvuldig aan. Haar lippen zagen er inderdaad wat voller uit, een heel, heel klein beetje voller, en de ongewone kleur gaf haar een geraffineerd gevoel. Ze oefende een intelligente glimlach en zei met diepe, emotionele stem: 'Passion!' Een ogenblik later hoorde ze het geluid van stromend water, en een bejaarde dame kwam uit de wc en keek Sarah met een eigenaardige blik aan. Sarah, met een gezicht in de kleur van haar lippenstift, vluchtte het toilet uit.

Ze liep regelrecht naar de Tudorzaal en was blij toen ze Sophie zag. Geschiedenis was een van de weinige vakken waarin ze op school had uitgeblonken, en vooral de Tudors waren fascinerend. De Stuarts hadden maar één superster voortgebracht in Karel de Tweede en de Hanoverianen waren dik en lomp. Maar de Tudors waren een sjabloon voor alle soaps – de slanke, valse Hendrik de Zevende en de dikke, wispelturige Hendrik de Achtste. Toen Sarah naar het reusachtige portret keek, voelde ze iets van medelijden met de vrouwen die zijn bed hadden moeten delen.

Ze bestudeerde het portret van de arme, onaantrekkelijke Mary Tudor toen Sophie naar haar toekwam. Ze zag er mooi maar heel bleek uit. 'Sarah, het spijt me dat ik te laat ben. Ik ben voortdurend misselijk en ik moet misschien van het ene moment op het andere verdwijnen. Waarom noemen ze het ochtendziekte als het de hele dag doorgaat? Luister, we zien Giles over vijf minuten in het restaurant. Ik heb hem verteld dat je duizend pond vraagt per schilderij...'

'Duizend pond! Sophie, dat is krankzinnig!'

'Nee, dat is het niet. Giles is een man die denkt dat hij geen koopje krijgt als hij zich niet bont en blauw betaalt. Heb ik je verteld dat de club in Bath komt? Dat komt goed uit, want hij wil graag een lokale kunstschilder. Je woont toch in Bath, hè?'

'Vijfendertig kilometer er vandaan.'

'Dat is lokaal. Hij zal zich graag laten imponeren. Ik heb hem verteld dat jij mijn goeroe was.'

'Je wat?'

Sophie grinnikte. 'Je bent mijn goeroe! Precies! We moeten opschieten. Ben je er klaar voor?'

Sarah trok haar jasje recht en haar trui omlaag. 'Ik ben er klaar voor! Sophie, het is zo lief van je dat je dit voor me hebt geregeld. Als ik ooit iets voor jou kan doen...'

'Je kunt me vertellen hoe ik een eind kan maken aan die misselijkheid,' zei Sophie terwijl ze de trap afliepen.

Sarah keek haar vol medeleven aan. 'Digestive biscuits hebben mij altijd goed geholpen.' Ze voelde haar eigen maag samentrekken toen ze in het restaurant kwamen, waar Sophies vriend nog niet te bekennen was. Sophie ging zitten en Sarah liep naar de toonbank. Zoals altijd als ze zenuwachtig was, had ze een geweldige honger en ze staarde verlangend naar de appeltaart en de brownies. Een vrouw die Passion op haar mond heeft, eet geen appeltaart of brownies en Sarah vroeg slechts twee thee en een pakje biscuits voor Sophie.

Sophies vriend kwam op hetzelfde moment dat ze bezig was de theekopjes neer te zetten, wat jammer was, want in haar opwinding trilden haar handen en morste ze thee op de schoteltjes. Dat betekende dat Sarah haar thee niet meer kon drinken, want een vrouw die Passion op haar lippen draagt drinkt niet uit een kop waarvan het vocht van de bodem druipt.

Giles was veel ouder dan Sarah gedacht had, maar in elk ander opzicht voldeed hij aan Sarahs idee hoe een vriend van Sophie eruit hoorde te zien. Hij was net als Sarah in het zwart gekleed, maar ze wist dat zijn voortreffelijk gesneden broek en jasje twintig keer duurder waren dan wat zij aanhad. Zijn grijze haar was achterover gekamd en hij had een kuiltje in zijn kin, net als Michael Douglas. Sarah vond hem heel aantrekkelijk, maar ze scheen tegenwoordig een hoop mannen aantrekkelijk te vinden. Hij was duidelijk verliefd op Sophie, en geen enkele hoeveelheid Passion, dacht Sarah een beetje weemoedig, kon zich ook maar enigszins meten met Sophies combinatie van schoonheid, intelligentie en charisma.

'Ik hou van deze galerie,' zei Giles, ogenschijnlijk tot hen beiden, maar in feite tegen Sophie. 'Ik kom hier iedere maand om mijn hersens weer op te laden. Ik heb net de foto van W.H. Auden bekeken. Vind je niet dat zijn gezicht eruitziet als een gekreukeld laken?'

Hij keek hoopvol naar Sophie. Sophie, die het pakje digestives had opengemaakt, stond abrupt op. 'Willen jullie me excuseren. Ik voel me niet goed. Alsjeblieft...' toen zowel Sarah als Giles geschrokken opstond, 'begin vast zonder mij. Ik ben zo terug.'

Sarah keek Sophie na, die haastig wegliep, en ging weer zitten met een schuldig gevoel over de digestives.

'Arm kind,' mompelde Giles. 'Denk je dat het goed gaat met haar?'

'O, ja, vast wel,' zei Sarah. 'Ik herinner me dat ik...'

'Ze is zo dapper. Vind je haar niet dapper?'

'Ja,' gaf Sarah toe. 'Ze is heel dapper. En heel getalenteerd.'

'Heel, heel getalenteerd. Ik was zo enthousiast toen ze zei dat ze mijn schilderijen voor The Fruit Basket zou maken. Maar,' hij keek weifelend naar Sarah, 'ze heeft een heel hoge dunk van jou. Ik zal je een en ander vertellen over de club. De doelgroep is de rijpe volwassene: de groep van dertig- tot veertigjarigen, die plezier willen maken in een beschaafde sfeer. In het souterrain wordt gedanst en op de parterre komen een grote bar en verschillende grote comfortabele banken waar de gasten kunnen relaxen. Ik zie het als een plek waar een man en een vrouw elkaar kunnen testen, wat mondeling voorspel hebben in een omgeving die sexy, sfeervol en verfijnd is. De schilderijen zijn belangrijk omdat ze de wegwijzer vormen, noem het voor mijn part het referentiekader. Ze moeten groot, krachtig en vrijmoedig zijn, de sensualiteit moet ervan afdruipen. Wat ik wil weten is: kun je daaraan voldoen?'

Onmogelijk, dacht Sarah. 'Zeker,' zei Sarah. 'Ik heb een paar foto's van mijn werk meegebracht. Wil je ze zien?' ze overhandigde hem de map.

Toen Sarah tien was, had ze een schilderwedstrijd gewonnen. Vijf minuten voor de prijsuitreiking werd ze in de grote zaal geroepen waar het schilderij hing. De beoordelaar, een lokale schilder, stond er fronsend naar te kijken. Sarahs kunstdocente kwam haastig op haar af en zei: 'Sarah, het spijt me vreselijk, er is een pijnlijke fout gemaakt. De beoordelende kunstschilder zegt dat hij het schilderij naast dat van jou had gekozen...' De uitdrukking op Giles' gezicht toen hij de inhoud van Sarahs map bekeek was vrijwel identiek aan die van de beoordelaar drieëndertig jaar geleden. Sarah wilde weg om uit te huilen, net zoals ze toen had gedaan. Ze zag zijn ogen vol afkeer gericht op The Girl With The Flute en vond dat hij zonder meer gelijk had. Het was afgrijselijk zoetelijk en het meisje met de fluit zag er aseksueel uit, bijna of ze leed aan anorexia. Ze had het gevoel dat haar werk om haar heen afbrokkelde. Het was vreselijk, vreselijk, en het ergste van alles was dat ze die arme Sophie had teleurgesteld: eerst met de digestives en nu met dit.

Giles sloeg de laatste pagina om, waarop Sarah een foto van Raffles van zeventieneneenhalf bij vijfentwintig had bevestigd. 'Wanneer heb je dat gemaakt?' vroeg hij.

Sarah slikte. 'Dat heb ik een paar weken geleden afgemaakt,' zei ze.

Hij bleef naar Raffles staren en stond toen op, met, naar Sarah dacht, een enorme opluchting, toen een bleke Sophie wankelend naar de tafel terugliep. 'Sophie,' zei hij, 'ga zitten. Wat kan ik voor je halen?'

'Ik denk,' zei Sophie flauwtjes, 'dat ik alleen wat water wil.'

'Ik haal het wel.' Sarah sprong overeind. Ze kon het niet opbrengen erbij te blijven terwijl Giles Sophie vertelde wat hij van haar werk vond. Bij de toonbank vroeg ze een fles water en keek weer naar de appeltaart. Wat donderde het ook, ze hoefde er nu niet langer uit te zien als een vrouw die Passion gebruikte. 'En appeltaart graag,' zei ze.

Toen ze weer bij de tafel kwam, zat Sophie een digestive te eten en zag er weer wat beter uit. 'Dank je, Sarah,' zei ze, pakte de fles water aan en schroefde de dop eraf. Ze hief de fles omhoog en glimlachte. 'Gefeliciteerd!'

Sarah keek haar niet-begrijpend aan. 'Waarmee?'

Giles boog zich naar voren. 'Ik zei tegen Sophie dat als je wat fruit voor me kan schilderen zoals je die hond hebt geschilderd, jij degene bent die ik zoek. Wat een sexy hond!'

Sarah staarde vol ontzag naar Raffles. Meneer en mevrouw dokter hadden absoluut gelijk. Raffles was een hond uit miljoenen.

Miriam en haar man woonden op de benedenverdieping van een Victoriaans huis aan de rand van het uiterst chique Backheath en het beslist niet chique Lewisham. De ligging leek bijzonder toepasselijk voor een vrouw die met liefde onderwijs gaf in een arme scholengemeenschap, gekleed in een designerbroek.

Haar huis onderstreepte Miriams veelvormige karakter. Een koffietafel van Ikea stond op een schitterend kleed uit Marrakesh; op een oude bank, die overeind werd gehouden met behulp van The Shorter English Dictionary, lagen enorme, met de hand geborduurde kussens. De boekenplanken waren een eclectische mengeling van tienerromans, reisboeken, Anthony Trollope, Agatha Christie, D.H. Lawrence en P.G. Wodehouse. De cd-collectie was al even onvoorspelbaar en bevatte een onwaarschijnlijke verscheidenheid: Schubert, Eminem, Philip Glass en Kylie Minogue.

'Kylie Minogue?' informeerde Sarah.

'Die is van mij,' zei Clive. 'Een van Miriams grapjes.' Hij hief zijn glas op naar Sarah. 'Heerlijke champagne,' zei hij. 'Goed van je!'

Sarah lachte. 'Ik krijg niet iedere dag een grote opdracht.' Ze zette Kylie's goddelijke kontje naast Guns 'n Roses, pakte haar glas van de koffietafel en ging op de bank zitten. 'Ik voel me heel tevreden over mezelf!'

'Dat mag ook wel,' zei Clive. 'Het spijt me alleen dat we je niets beters te bieden hebben dan een afhaalmaaltijd.'

'Ik hou van afhaalmaaltijden,' stelde Sarah hem gerust. 'Die kan ik thuis niet krijgen.'

'Meen je dat?' vroeg Clive. Hij lachte alsof ze een grote grap had verteld.

Sarah kon begrijpen waarom Miriam verliefd was geworden op Clive. Hij was groot en blond met blauwe ogen en uitzonderlijk dikke wimpers. Hij had ook goede manieren. Sarah voelde zich veel te gelukkig om het erg te vinden dat hij zijn ergernis niet helemaal kon verheimelijken over het feit dat hij was achtergelaten om Sarah te entertainen terwijl Miriam bezig was haar koffer te pakken. Maar ze was blij dat ze de champagne had gekocht. Kleine signalen dat het hier niet helemaal goed ging vielen haar op: een iets te enthousiaste begroeting van zowel Miriam als Clive, de grapjes die ze zo nu en dan over elkaar maakten en helemaal niet grappig waren. De champagne was duidelijk gewenst en Sarah aarzelde niet zichzelf en Clive nog een glas in te schenken. Vanavond kon niets haar humeur bederven, zelfs niet Clives stuntelige pogingen om een gesprek te voeren. Ze zou The Fruit Basket op de kaart zetten! Ze ging naar Mallorca! Ze zou, daarvan was ze overtuigd, een fantastische tijd hebben.

# Als je naar seks en zon verlangt, ga dan niet in februari naar Mallorca

Mallorca! Een stralende luchthaven met glimlachend personeel; paarse bergen, met bomen omzoomde boulevards, azuurblauwe lucht en blauwgroene zee; snelwegen zonder files en nergens een bord Werk in Uitvoering. Mallorca! Het eiland van de rust, zei Miriam, en Sarah geloofde het graag, vooral met Miriam als reisgenote. Gewend aan Andrews gemakkelijk opvlambare ongeduld, was het een zegen met iemand te reizen die zo goedgehumeurd reageerde op de veertig minuten vertraging terwijl ze wachtten op hun huurauto.

Halverwege de middag arriveerden ze in Puerto d'Andratx. Sarah, die verwachtte Engelse pubs en bierdrinkers met dikke buiken te zien, was verrast door het schone plaveisel, de mooie haven en de bijna verlaten straten. De grote, glanzende boten die kalm op het water deinden en de grote, sierlijke villa's op de heuvelhellingen suggereerden een stijl en een rijkdom die in flagrante tegenstelling stond met het beeld dat Sarah vóór haar vertrek van het eiland had. Het feit dat de wind snerpend koud was verklaarde waarschijnlijk waarom het hier zo leeg was. Sarah, die zich maar al te goed bewust was van haar schaarse garderobe, voelde zich opgelucht.

Hun huis voor deze week bleek maar een paar minuten van de waterkant verwijderd, in een smalle zijstraat en boven een verrukkelijke kledingwinkel. Sarah drukte haar neus tegen de etalageruit en wenste vluchtig dat ze zowel het inkomen als de levensstijl bezat om een aandachtige inspectie van de geëtaleerde kledingstukken te rechtvaardigen. Ambercross, dacht ze, was nog niet klaar voor de lange, soepel vallende wikkeljurk die zoveel ont-hulde van de parmante, puntige borsten van de etalagepop. En helaas, dacht ze, zij evenmin. Het appartement lag boven aan een donkere, krakende trap. Miriam zette haar bagage neer, draaide de sleutel om en deed de deur open.

'O, wauw!' zei Sarah. Witte vloeren, witte gordijnen en witte stoelen verblindden haar. De enige kleur kwam van de verzame-ling houten kommen op de grote marmeren tafel midden in de kamer. De slaapkamers en badkamer waren al even kloosterlijk wit en in de kleine smetteloze keuken stonden slechts een paar ho-ningkleurig geglazuurde potten. 'Het is net een mooie zeepbel,' zei Sarah. 'Zouden we hier durven koken?'

Miriam trok haar jas uit en strekte haar armen. 'Ik ben hier niet gekomen om te koken,' zei ze. 'In ieder geval niet vanavond.' Ze geeuwde. 'Ik ga een uurtje slapen. Welke slaapkamer wil jij?'

'Kies jij maar,' zei Sarah. 'Ik ben veel te opgewonden om te kun-nen slapen. Ik zal onze reisgidsen bestuderen en een programma opstellen.'

'Goed zo.' Miriam pakte haar koffer op. 'Goed om even van huis weg te zijn. Bedankt dat je met me bent meegegaan.'

Sarah schopte haar schoenen uit. 'Het is heerlijk om van huis weg te zijn en ik ben ontzettend blij dat ik hier ben. En nu naar bed!'

Miriam wuifde slaperig en verdween naar haar kamer. Sarah pakte haar tas, installeerde zich in een grote, zachte leunstoel, haal-de haar reisgids tevoorschijn en begon te lezen. Mallorca bleek een verrassend lange geschiedenis te hebben met geregelde invasies door Romeinen, Vandalen, Byzantijnen, Moorse moslims, katho-lieke Spanjaarden en Britse toeristen. Sarah werd al moe als ze er alleen maar aan dacht. Haar ogen vielen dicht. Buiten vochten sol-daten die op Richard Burton leken met leden van de Spaanse in-quisitie om het bezit van de wikkeljurk.

Een van hen trok aan haar arm. Sarah deed verbaasd haar ogen open en besefte dat de sinistere Spaanse grande in feite Miriam was, die er fantastisch uitzag in een lange zwarte jurk met een brede bruine ceintuur die een taille accentueerde waar Sarah alleen maar van kon dromen. 'Hallo, Miriam,' zei ze. 'Goed uitgerust?'

'Uitstekend. En ik ben naar de supermarkt geweest en heb gedoucht. Ben je van plan de hele avond te blijven slapen of ga je mee om een romantisch avontuur te beleven?

Sarah knipperde met haar ogen. 'Geef me tien minuten,' zei ze.

Veertig minuten later, in haar sexy fruit-outfit en met haar Passion lippenstift, was ze klaar. Dertig minuten later, toen ze eindelijk een bar hadden gevonden die open was, dronken ze koude sherry en aten ze olijven. Op twee heel oude mannen na die in de hoek zaten, waren ze de enige klanten. Een van de mannen vergastte Sarah op een brede, tandeloze grijns. Sarah glimlachte beleefd en richtte haastig haar aandacht op de olijven.

'Ik moet toegeven,' zuchtte Miriam, 'dat februari waarschijnlijk niet de beste tijd is om op zoek te gaan naar Antonio Banderas. Daar gaat onze romantische avond.'

'Het is te koud voor seks,' zei Sarah. 'En eerlijk gezegd, denk ik dat ik wel zonder kan.'

'Gezien het lokale talent,' zei Miriam die probeerde de schelmachtige knipoog te negeren van de tandeloze oude man, 'is dat maar goed ook.'

'Ik meen het serieus. Ik heb er veel over nagedacht. Seks is net als chocola. Het is heel lekker, maar niet essentieel voor je welzijn. Toen Andrew me verliet, was ik heel bedroefd bij de gedachte dat ik misschien nooit meer seks zou hebben, maar nu.... Als je me vertelde dat ik nooit meer een fles wijn zou kunnen drinken of een goed boek lezen of mijn zoons zien of naar E.R. kijken of een geweldig schilderij maken of in een comfortabel bed slapen, als ik nooit meer van een van die dingen zou kunnen genieten, dan zou ik er kapot van zijn. Ik denk... en dit is een gedenkwaardig moment van zelfinzicht, ik denk dat ik eindelijk een geëmancipeerde vrouw ben.'

Miriam dronk haar sherry op. 'Ik zou het heel erg vinden als ik nooit meer een bonbon zou kunnen eten. En zo te zien,' ze knikte

in de richting van de tandeloze man wiens knipoogjes steeds fa-
natieker werden, 'hij ook. Zullen we weggaan en zien of we ergens iets te eten kunnen krijgen?'

Buiten woei een harde, koude wind. Erger nog, ze konden aan
de kust niet één restaurant vinden dat open was. Ze doken het
labyrint van smalle straatjes in en vonden eindelijk een klein restaurant met helder verlichte, verwelkomende ramen. De verveelde kelners en de lege tafels voorspelden niet veel goeds, maar het
was er warm en gezellig en de geuren die opstegen van de borden
van de enige twee klanten die zaten te eten, waren verleidelijk.
Aan de bar zat één andere klant te praten met een gezette man met
een jolig gezicht en een aanstekelijke lach. De gezette man was
kennelijk de eigenaar, want hij riep onmiddellijk een van de kelners die Sarah en Miriam naar een tafel bij het vuur bracht.

Terwijl Miriam het menu bestudeerde werd Sarahs aandacht getrokken naar de man aan de bar. Ze kon alleen zijn rug zien, maar
iets in de manier waarop hij zijn sigaret vasthield en de korte
schorre lach kwam haar bekend voor. Ze besefte pas dat ze naar
hem zat te staren toen hij zich plotseling omdraaide en met een
ironisch heffen van zijn glas liet merken dat hij zich bewust was
van haar belangstelling. Hij draaide haar weer de rug toe en Sarah
had het gevoel dat al haar botten verslapten. 'Miriam!' fluisterde
ze angstig. 'Miriam!'

Miriam keek op. 'Wat is er? Je kijkt of je net je ergste nachtmer-
rie bent tegengekomen.'

Sarah schudde heftig haar hoofd. 'Het tegendeel! Ik heb net Barney Melton gezien!'

'Wie is Barney Melton?'

'Dat moet je je toch nog herinneren! De man van de kunstacademie die mijn hart heeft gebroken.'

'Je bent nooit uit geweest met iemand die Barney Melton heette.'

'Daarom brak hij mijn hart. Hij was een vijfsterren-man en ging
alleen maar uit met vijfsterren-vrouwen. Ik kan bijna niet geloven
dat hij het is. Maar hij ís het, ik weet het zeker.'

'Nou, vraag het hem.'

'Ik kan het hem niet vragen. Hij kende me nauwelijks. Het zou zo zielig lijken. Miriam! Niet omdraaien, straks ziet hij je... Miriam!'

'Neem me niet kwalijk!' riep Miriam luid. 'Bent u Barney Melton?'

De man aan de bar draaide zich om, blies een dun straaltje rook uit en zei langzaam, alsof hij het niet zeker wist: 'Ja, ik ben Barney Melton.'

Miriam knikte. 'Dat zei mijn vriendin al.' Ze draaide zich om naar Sarah. 'Hij is Barney Melton.'

Sarah, zich ervan bewust dat haar gezicht de kleur had van een dieprode biet, kon slechts een zwak glimlachje opbrengen toen Barney Melton naar hun tafel kwam. 'Hebben we elkaar al eens eerder ontmoet?' vroeg hij haar. Dezelfde lome oogleden, dezelfde lage, hese stem, hetzelfde smalle lijf; hij was nauwelijks veranderd.

Sarah knikte. 'Ik zat met je op de kunstacademie.' Het leek haar heel belangrijk om een verklaring te geven voor haar diepe blos. 'Ik was vroeger smoorverliefd op je.' Ze liet een kort lachje horen, een toegeeflijk soort lachje, hoopte ze, een was-ik-geen-idioot soort lachje.

'Heus?' Hij glimlachte. 'Ik wou dat ik het had geweten.' Toen liep hij terug naar de bar. Sarah, verward en ontmoedigd, bestudeerde met overdreven aandacht haar menu.

'Sarah!' mompelde Miriam. 'Wat doet hij?'

'Dat weet ik niet en ik ga ook niet kijken,' mompelde Sarah met opeengeklemde tanden. 'Het is duidelijk dat hij niet met me wil praten, ik wíst het. Dit is zó pijnlijk.' Ze boog haar hoofd en keek wanhopig naar het menu. De woorden leken voor haar ogen te dansen en ze had trouwens toch geen honger meer.

'Mogen we bij jullie komen zitten?' Barney was teruggekomen en had de jolige, gezette man meegenomen. 'Dit is mijn vriend, Antonio.'

'Antonio?' Miriam keek Sarah even aan. 'Wat een mooie naam! Ik ben Miriam en dit is Sarah.'

'Hallo, Sarah. Hallo, Miriam.' Antonio maakte voor ieder van hen een elegante buiging. 'Dit is mijn restaurant en jullie zijn vrienden van Barney. Ik geef jullie je eten, maar eerst drinken we wat wijn... Raoul!' Hij wenkte een van de kelners die met een fles en vier glazen kwam. Antonio pakte de fles aan en ging naast Miriam zitten. 'Vind je mijn naam mooi? Ik vind jouw naam mooi. We hebben nu al iets met elkaar gemeen! Hoor je dat, Barney? Wat vind je ervan?'

'Ik vind,' zei Barney, die een stoel naast Sarah schoof, 'dat je die fles wijn open moet maken.'

'Natuurlijk maak ik die open. We zullen de komst vieren van twee mooie dames in mijn restaurant. Hebben we meer glazen nodig? Zijn er ongeruste echtgenoten naar jullie op zoek?'

'We hebben geen echtgenoot,' zei Miriam.

'We hebben wél een echtgenoot,' merkte Sarah op. 'Maar de mijne heeft me in de steek gelaten.'

'Nog iets dat we gemeen hebben!' zei Antonio. 'Mijn vrouw heeft mij in de steek gelaten!'

Barney grinnikte. 'Antonio, je hebt geen vrouw!'

'Natuurlijk heb ik die niet,' zei Antonio verontwaardigd. 'Ze heeft me verlaten!'

Miriam trok sceptisch haar wenkbrauwen op. 'Wanneer heeft ze je verlaten?'

'Twintig jaar geleden,' zei Antonio droevig, terwijl hij de wijn inschonk. 'Ik ben een gebroken man.'

'Je weet je verdriet goed te verbergen,' zei Miriam.

'Als ik naast een mooie vrouw zit, is het gemakkelijk om te vergeten. Kom, pak je glas, dan brengen we een toast uit. Barney? Wil jij zo goed zijn?'

Barney reageerde met het lome glimlachje dat Sarah zich van vroeger herinnerde. 'Op een nieuw begin,' zei hij, 'en oude vrienden.'

'We zijn niet bepaald oude vrienden,' merkte Sarah op. 'Ik ben er zelfs vrij zeker van dat je je mij absoluut niet herinnert.'

Barney fronste zijn wenkbrauwen. 'Was jij het meisje dat overgaf op mijn schoenen?'

'Dat was ik niet, nee!'

'Dat dacht ik ook niet. Was jij het meisje dat kunst wilde doceren?'

'De meeste meisjes wilden kunst doceren! Ik wist dat je je mij niet zou herinneren. Ik heb trouwens een tijdje schilderles gegeven.'

'Lesgeven!' Antonio knikte wijs. 'Een prachtig beroep!'

'Miriam is lerares Engels,' zei Sarah.

Antonio klapte in zijn handen. 'Niet te geloven1 Ik ben ook leraar Engels geweest!'

'Heus?' Er klonk een diep ongeloof in Miriams stem.

'Ik was een voortreffelijke leraar op een vreselijke school. De jongens waren allemaal gek. De leraren waren doodsbang. Ik loop de klas in en ik glimlach...' Hij ontblootte zijn tanden. 'Zo. Ik zeg: "Jullie behandelen mij goed,ik behandel jullie goed. Jullie behandelen mij slecht..." Ik kijk ze allemaal aan, "ik behandel jullie slecht." Ze weten dat ik het meen. Ik was geweldig.'

'Waarom heb je het dan opgegeven?' vroeg Miriam.

Antonio glimlachte. 'Ik ben geweldig in zoveel dingen!'

Miriam trok haar wenkbrauwen op. 'Heus?' vroeg ze.

Sarah had geen idee wat ze die avond at en hoeveel ze dronk. Ze was zich bewust van Antonio, die voortdurend verbijsterende overeenkomsten vond tussen zijn leven en dat van Miriam. Miriam had in New York gewoond: hij ook! Miriams eerste man was homo geweest: Antonio's vrouw had duidelijke lesbische trekken vertoond; nu hij erover nadacht, was dat waarschijnlijk de reden waarom ze hem had verlaten. Miriam was dol op lekker eten: hij ook! Barney zei heel weinig, maar er was geen moment waarop Sarah zich niet bewust was van zijn aanwezigheid naast haar. Hij was geen knappe man, zoals Andrew bijvoorbeeld. Hij had kleine ogen die verdwenen als hij lachte, met diepe wallen eronder. Hij had een kleine, bijna stompe neus en zijn gulle mond was te groot voor zijn smalle gezicht. Zijn haar zag eruit of hij net uit bed kwam en hij gedroeg zich voortdurend als iemand die half sliep. Misschien was dat het geheim van zijn onmiskenbare sexappeal. Hij zag eruit of hij in bed hoorde en hij keek naar elke vrouw alsof zij daar ook hoorde.

Wijn had een strijdlustige uitwerking op Miriam en tegen het eind van de maaltijd was het duidelijk dat ze genoeg had van Antonio's verhalen. Antonio informeerde naar haar lievelingsboek.

'Dat is gemakkelijk,' zei Miriam. '*Middlemarch* van George Eliot.' Ze zweeg even. 'Nu ga je me vertellen dat het ook jouw lievelingsboek is, hè?'

'Hoe wist je dat? Het ligt boven naast mijn bed! Dit is een wonder!'

'Dit,' zei Miriam, 'is niet waar.'

Antonio keek beledigd. 'Je denkt dat ik dat verzin?'

'Ja.'

'Dat doe ik niet, ik zweer het je.'

'Bewijs het!'

'Je wilt naar boven om mijn exemplaar te halen?'

'Je zei dat het naast je bed lag.'

'Daar ligt het ook!'

'Bewijs het! Laat het me zien!'

Antonio was kennelijk in verlegenheid gebracht. 'Ik kan je niet mee naar boven nemen. Het zou je je reputatie kosten.'

Miriam glimlachte liefjes. 'Daar kan ik mee leven. Als je gelijk hebt, trakteer ik op nog een fles wijn. Neem je me mee naar boven?'

Antonio aarzelde.'Misschien heb ik het ergens anders neergelegd en...'

'Dat zullen we dan wel zien,' zei Miriam. Ze stond op. 'Ga me voor, Antonio!'

Sarah lachte. Nog nooit had een man met zoveel tegenzin een vrouw meegenomen naar zijn slaapkamer. 'Denk je dat hij de waarheid zegt?' vroeg ze aan Barney.

'Ik heb geen idee.'

Sarah kromde haar vingers rond haar glas en dronk een beetje verlegen. Ze wist dat hij haar gadesloeg. 'Waarom kijk je zo naar me?' vroeg ze.

'Ik probeer me voor te stellen hoe je eruitzag op de kunstacademie.' Hij pakte een sigaret en stak hem op. 'Ik vermoed dat je niet veel veranderd bent.'

'Niet echt,' gaf Sarah toe. 'Ik ben dikker geworden en ik heb rimpels. Ik voel me ook niet anders. Het is een beetje deprimerend. Je verbeeldt je dat je verandert als je ouder en wijzer wordt, zelfvertrouwen krijgt. Ik ben drieënveertig, ik drink nog te veel, lijd nog steeds aan een gebroken hart, en meestal voel ik me nog een idioot. Er is niets veranderd. Ik zie er oud uit, dat is alles.'

'Ik ben wél veranderd,' zei Barney. 'Om te beginnen heb ik een slecht geheugen gekregen.' Hij rookte zijn sigaret en reikte naar de asbak. 'Wanneer heeft je man je verlaten?'

'In november. Het wordt al beter. Ik ben opgehouden met te verwachten dat hij binnen komt wandelen en me vertelt dat het allemaal een grote vergissing was. Wanneer is jouw vrouw bij je weggegaan?'

'Vlak voor Kerstmis. Een maand lang heb ik veel te veel gedronken en gerookt en daarna dacht ik: ik leef nog. Mensen zijn zo conservatief. We houden er niet van als onze veilige routine ons wordt ontnomen. Op dit moment ben ik eigenlijk blij dat het gebeurd is.'

'Heus?' Sarah slikte even. Haar ogen gingen onvermijdelijk naar de zijne.

Hij glimlachte, boog zich naar voren en kuste haar zacht op haar mond.

Sarah knipperde met haar ogen. 'Je hebt me gezoend,' zei ze, niet in staat om iets zinnigs te zeggen.

'Ja,' zei Barney verontschuldigend, 'ik wilde weten hoe het was.'

'O,' zei Sarah. Met handen die allesbehalve vast waren, bracht ze haar glas aan haar lippen en zette het toen weer voorzichtig op tafel. 'Hoe wás het?'

Hij fronste zijn wenkbrauwen. 'Ik weet het niet zeker.' Hij boog zich naar voren en zoende haar weer. 'Het was goed.'

'Dank je,' zei Sarah. 'Maar eigenlijk,' ging ze verder, 'moest je dat wel zeggen. Je kon moeilijk zeggen dat het níet goed was.'

'Eigenlijk,' zei Barney glimlachend, 'maak ik er een gewoonte van om nooit iets te doen wat ik niet wil.'

'Dat klinkt heel verstandig. Maar in de praktijk is het vaak moeilijk.'

'Dat is het verschil tussen jou en mij. Wil je morgenavond met me eten?'

De noodzaak van een antwoord werd Sarah bespaard. (Ja, ze zou graag met Barney Melton gaan eten, maar ze was zich ervan bewust dat ze zich in te diep water waagde. Aan de andere kant, deed dat er veel toe? Maar ze was niet van plan Miriam alleen te laten, zelfs al zou ze zich de rest van haar leven blijven afvragen waarom ze de kans voorbij had laten gaan om een avond door te brengen met de held uit haar jeugd.) Antonio en Miriam kwamen terug en Antonio keek heel zelfingenomen. 'Het lag er!' zei Miriam. 'Het lag naast zijn bed! Hij heeft het op de een of nadere manier geregeld. Ik weet niet hoe, maar hij hééft het gedaan.'

Antonio glimlachte bescheiden. 'Raoul brengt een nieuwe fles,' zei hij. 'Waar hebben jullie over gepraat?' vroeg hij. 'Ik kan zien dat jullie ergens over gepraat hebben.'

'Ik heb Sarah gevraagd morgenavond met me te gaan eten,' zei Barney. 'Ik wacht op haar antwoord.'

Antonio keek stralend naar Sarah. 'Je moet gaan! Ik zal morgenavond hier koken voor Miriam. Het restaurant is morgen gesloten. Ik ben een uitstekende kok! Miriam? Kom je?'

Miriam keek even naar Sarah, aarzelde en lachte toen beleefd naar Antonio. 'Hoe zou ik zo'n uitnodiging kunnen weerstaan?'

'Dat weet ik niet,' zei Antonio. 'Je hebt geluk.'

'Heb ik dat?' zei Miriam.

# Denk goed na voor je in februari op Mallorca aan seks doet

Tot hun verbazing hadden Sarah en Miriam de volgende ochtend geen van beiden een kater. Het was waar dat ze het grootste deel van de ochtend geslapen hadden en bij wijze van voorzorg een hele fles mineraalwater hadden gedronken voor ze naar bed gingen. Maar toch, dacht Sarah, het feit dat ze een helder hoofd hadden wees erop dat ze een beschermengel hadden.

En wat nóg beter was, het was weliswaar koud maar tenminste droog, en dat betekende dat ze konden genieten van het uitzicht op de met pijnbomen begroeide bergen toen ze naar Valldemosa reden. Sarah zuchtte tevreden. 'Wat een verrukkelijke vakantie,' zei ze.

'Ik zat net te denken,' zei Miriam, 'dat er iets heel erg mis mee is gegaan. Alles goed en wel voor jou. Jij wordt straks getrakteerd op een etentje met mr. Sex-on-Legs terwijl ik de avond moet doorbrengen met een dikke, kalende man die aan één stuk door zit te praten, zo goed als zeker een dwangmatige leugenaar is en die schijnt te denken dat hij een godsgeschenk is voor vrouwen. Hoe ben ik daarin terechtgekomen?'

Sarah grinnikte. 'Hij heeft je aan het lachen gemaakt. Geef toe, hij heeft je laten lachen.'

'Ik moet lachen om politici. Ik moet lachen om sommige leerlingen. Ik moet lachen om de hond van mijn moeder. Dat wil niet zeggen dat ik een avond met ze wil eten.'

'Ik vond hem aardig.'

'Je hebt gisteravond genoeg gedronken om iedereen aardig te vinden. Ik heb gisteravond genoeg gedronken om iedereen aardig te vinden en dat vind ik Antonio nog steeds niet.'

Sarah voelde zich een beetje schuldig. Ze wist heel goed dat Miriam alleen maar bereid was met Antonio te gaan eten om haar de vrijheid te geven Barneys uitnodiging te accepteren. 'Ga je liever niet?' vroeg ze ongerust. 'We kunnen altijd een excuus verzinnen...'

Miriam lachte. 'Ben je mal. Ik brand van nieuwsgierigheid om erachter te komen of Barney een prins of een kikker blijkt te zijn. En als ik heel eerlijk ben, ik wíl met Antonio gaan eten, al is het alleen maar om te zien wat voor kok hij is. Als hij half zo goed is als hij zegt, krijg ik in ieder geval een uitstekend diner en als hij dat niet is, zal het me een groot genoegen doen hem dat duidelijk te maken.'

Gerustgesteld leunde Sarah achterover en genoot van het magnifieke uitzicht. Valldemossa, had Antonio gezegd, was een heel romantische plaats, een oud stadje waar Frederic Chopin en zijn minnares George Sand een romantisch intermezzo hadden beleefd. Barney had gezegd dat het allesbehalve romantisch was geweest. Het minnende paar had een hekel aan het stadje en ging kort daar na uit elkaar.

Barney had het mis. Valldemossa wás romantisch, met adembenemende, smalle toegangswegen door bossen, langs fraaie, terrasgewijs aangelegde velden en statige bergen. Maar Antonio bleek al even onbetrouwbaar, want het klooster dat hij hen had aangeraden te bezichtigen, waar Chopin en Sand verblijf hadden gehouden, was gesloten. Het was een reusachtig, imposant gebouw, onbeschaamd rijk en totaal ongeschikt, dacht Sarah, voor een minnend paar. Het verbaasde haar niets dat George Sand er een hekel aan had gehad. Blijkbaar mochten de monniken die er huisden niet meer dan een halfuur per week met elkaar praten. Het was, vond Sarah, een heel triest oord en het speet haar niet dat ze niet naar binnen konden.

Na Valldemossa reden ze verder naar Deia, langs landtongen die begroeid waren met pijnbomen en oude olijfbomen, waarvan de kronkelige stammen Sarah deden verlangen naar schilderslinnen en verf. Deia zelf was gebouwd op een heuvel; de zandkleurige huizen verdrongen elkaar rond de kerk op de top. Ze parkeerden de auto en liepen het steile, smalle pad op dat naar de kerk leidde.

'We moeten het kerkhof bezoeken,' zei Miriam. 'Robert Graves ligt daar begraven. Ik wil hem mijn respect bewijzen. Hij heeft hier gewoond met een andere dichter, een Amerikaanse vrouw. Ze had een enorme neus en behandelde hem heel slecht. Uiteindelijk heeft ze hem verlaten.'

'Arme Robert Graves,' zei Sarah. 'Moeten we hem daarom respect bewijzen?'

'We bewijzen hem respect,' zei Miriam streng, 'omdat hij een groot dichter was.'

Het lichte, winderige kerkhof was veel indrukwekkender dan het donkere kerkje. De stenen paden en graven waren keurig onderhouden en de lage muren onthulden de majestueuze schoonheid van het landschap eromheen. Veel grafstenen bevatten foto's van de overledenen. Daarentegen was het stoffelijk overschot van Robert Graves gemarkeerd door een simpele stenen plaat waarin zijn naam en beroep waren gekrast.

'Sic transit gloria,' mompelde Miriam. 'Je zou niet denken dat dit de laatste rustplaats is van de man die een van de beste boeken heeft geschreven over de Eerste Wereldoorlog, twee van de grootste romans over het keizerlijke Rome, en toch de tijd vond om met tientallen vrouwen naar bed te gaan.'

Sarah staarde naar de bergen, waarvan de toppen in mist waren gehuld. Bewijzen van de pogingen van de mens om die giganten te onderwerpen waren de keurige terrasvormige akkers waarmee ze doorsneden waren, alsmede de kleine groepjes huizen met groene luiken. Vermoedelijk hadden veel van de bewoners vroeger geholpen dit gebied te temmen.

'Ik denk,' zei ze peinzend, 'dat als ik de keus had tussen een bestaan als een beroemd dichter met een geil seksleven en als een gewaardeerd en gerespecteerd lid van een dorpsgemeenschap, ik zou kiezen voor het laatste. Ik meen het.'

Miriam keek omlaag naar de doolhof van oude boerenhuizen

op de heuvel onder haar. Ze slaakte een diepe zucht. 'Sarah,' zei ze ten slotte, 'ik geloof dat je toe bent aan een lunch.'

Ze liepen de helling af, door de hoofdstraat, langs kunstwinkeltjes en tapasbars, die in de winter allemaal gesloten waren. Ten slotte vonden ze een restaurant dat open was, waar ze door de vriendelijke eigenares hartelijk welkom werden geheten, alsof ze lang verloren dochters waren. Ze werden naar een terras gebracht met een fantastisch uitzicht op een diep ravijn en genoten even later van gegrilde vis met knapperig brood.

'Als je er goed over nadenkt, zei Miriam, deskundig haar vis filerend, 'hebben beroemde liefdesrelaties het niet zo goed gedaan op Mallorca. Chopin en Sand gingen uit elkaar in Valdemossa en Robert Graves en zijn Amerikaanse dichteres maakten er een eind aan in Deia. Geen veelbelovende staat van dienst.'

'Ach, dat weet ik niet,' zei Sarah. 'Michael Douglas en Catherina Zeta Jones hebben hier toch een vakantiehuis?'

'Michael Douglas,' zei Miriam streng, 'valt niet in dezelfde categorie als Frederic Chopin en Robert Graves.'

'Michael Douglas,' zei Sarah, 'is een god. Ik herinner me dat ik jaren geleden samen met Andrew *Fatal Attraction* heb gezien. Het feit dat ons huwelijk nog zo lang heeft geduurd is waarschijnlijk te danken aan die film. Als ik me maar gerealiseerd had wat die afgrijselijke Hyacinth van plan was, had ik hem die film weer laten zien.'

Miriam liet haar kin op haar handen rusten. 'Zonder die afgrijselijke Hyacinth zou je vanavond niet met Barney Melton uitgaan.'

'Ik weet niet zeker of ik wel met hem uitga. We hadden allemaal zoveel gedronken. Misschien herinnert hij zich niet eens dat hij het me gevraagd heeft. Hij vertelde me dat hij een vreselijk slecht geheugen heeft.'

'Als hij niet komt,' zei Miriam, 'kun je gezellig komen eten met mij en Antonio.'

'Dat zou Antonio leuk vinden!'

'Dat zou hij zeker,' merkte Miriam op. 'Hij vond het schitterend dat je zo enthousiast was over zijn eten.'

'Ik moet niet zoveel eten,' zei Sarah. 'Ik heb zó mijn best gedaan om af te vallen. Denk je dat ik wat ben afgevallen sinds Kerstmis?'

'Je hoeft niet af te vallen,' zei Miriam, waarmee ze zei dat Sarah geen greintje gewicht had verloren.

Toen ze terugkwamen in het appartement was het al vroeg in de avond. Sarah had zichzelf ervan overtuigd dat Barneys uitnodiging het gevolg was van alcohol en zo goed als zeker vergeten was. Die overtuiging belette haar niet een douche te nemen, haar haar te wassen, zich op te maken, parfum op te doen en zich in het martelwerktuig te wringen van haar rode jurk. 'Hij is te nauw, hè?' vroeg ze aan Miriam.

'Hij staat goed,' zei Miriam. 'Hij doet je taille flatteus uitkomen.'

Een heel flatterende, smalle taille. Sarah had eens gelezen dat Shirley Maclaine slank bleef door te nauwe kleren te dragen. Geen slecht idee, en omdat Sarah wist dat ze toch geen honger zou hebben in aanwezigheid van Barney, kon die rode jurk er misschien wel mee door.

Om acht uur zaten Sarah en Miriam tegenover elkaar in de witte zitkamer.

Sarah trok aan haar jurk. 'Vind je niet dat ik overdressed ben?' vroeg ze.

'Dat heb ik je al gezegd. Nee.'

'En die bruine oogschaduw? Ik wil niet de indruk wekken dat ik te veel mijn best heb gedaan.'

'Dat doe je niet. Je ziet eruit als een moderne vrouw die een avond uitgaat.'

'Ik voel me of ik dertien ben en mijn eerste afspraakje heb. Als hij eens niet komt?'

'Hij komt heus wel.' Er werd hard op de deur geklopt en Miriam glimlachte zelfingenomen. 'Zie je wel? Ik zal opendoen.'

Sarah sloeg haar benen over elkaar, pakte een boek en staarde strak naar de binnenkant van de omslag, om het daarna meteen weer dicht te doen met een mengeling van opluchting en teleurstelling toen ze Antonio's luide begroeting hoorde. 'Goedenavond, dames! Prettige dag gehad?'

'We hebben een heerlijke tijd gehad,' zei Sarah. Ze zag dat Antonio zich kennelijk met evenveel zorg had gekleed als zij. Wat er over was van zijn haar was keurig naar achteren gekamd. Hij droeg een grijze broek, die spande om zijn middel, een zwart hemd, een vuurrode das en een rijkelijke hoeveelheid aftershave.

'Dat wist ik wel.' Hij lachte. 'Miriam, we moeten meteen weg. Ik heb een feestmaal voor je bereid en het wacht op mij om er de laatste hand aan te leggen.'

Sarah sprong op en ging Miriams jas halen die achter de deur hing. 'Natuurlijk moeten jullie gaan. Veel plezier!'

Miriam pakte de jas aan en keek veelbetekenend naar Sarah. 'Je weet ons te vinden.'

'Ja, natuurlijk. Zie je later!' Ze zwaaide en deed de deur achter hen dicht. Ze trok weer aan de rode jurk. Moest ze zich verkleden? Maar dan kwam Barney misschien en zou ze niet klaar zijn. Ze ging naar haar kamer en zocht haar script van *Rebecca*. Ze kon beter haar tekst leren dan voortdurend haar onbevredigende uiterlijk controleren.

Twintig minuten later wist Sarah dat hij niet zou komen. Ze had drie regels tekst geleerd. Ze zuchtte. In ieder geval kon ze nu die vreselijke rode jurk uittrekken die langzaam het leven uit haar perste en die ze zodra ze thuis was aan de liefdadigheid zou geven. Ze worstelde met de ritssluiting op haar rug en haalde lang en opgelucht adem, die plotseling stokte toen er gebeld werd. Wanhopig tastte ze naar de ritssluiting, kon er niet bij, vloekte, en holde naar de deur.

'Hallo,' zei Barney. 'Ik ben toch niet te laat, hè?'

Sarah lachte vrolijk. 'Helemaal niet. Ik was me net aan het aankleden... kun jij misschien de ritssluiting voor me dichtmaken?' Ze draaide hem haar rug toe en trok pijnlijk verlegen haar buikspieren in.

'Klaar!' Barney draaide haar rond. 'Je ziet er mooi uit.'

Sarah zag er niet mooi uit, ze zag er belachelijk uit en ze wás

overdressed. Barney zag er cool en knap uit in een oude spijkerbroek, een blauwe sweater en een oud leren jack. 'Ik had eraan
moeten denken,' zei hij toen ze de trap afliepen, de straat op, 'dat
alles dicht is op zondagavond dus zul je het met mijn kookkunst
moeten doen. Ik hoop dat je het niet erg vindt.'

'Helemaal niet,' zei Sarah beleefd. Barney opende het portier
aan de passagierskant en ze stapte in, zette behoedzaam haar voeten op een nogal vettig, versleten kleedje.

Barney stapte in en startte de motor. 'Sorry van die troep,' zei hij.
'Gaat het? Gooi die rommel maar achterin.'

'Het gaat prima. Je moet mijn auto eens zien. Een van mijn nieuw-
jaarsvoornemens was hem op te ruimen en schoon te maken. Ik heb
al jarenlang dezelfde voornemens.'

Barney keek in zijn achteruitkijkspiegel en reed naar de kust.
'Antonio zou zeggen dat het een verbluffend toeval is. Hij zou zeggen dat we kennelijk voor elkaar geschapen zijn.'

Sarah liet een enigszins geforceerd lachje horen. Ze was bang
dat hij haar niet-dichtgeritste jurk als een pathetische manier beschouwde om avances te maken, en ze besefte ook dat ze zich in
haar aangeschoten toestand gisteravond had gedragen als een
verliefde, zij het bejaarde, groupie. 'Hoe lang woon je al op Mallorca?' vroeg ze, zo beleefd en vriendelijk mogelijk.

'Ik zou het niet weten,' Barney krabde op zijn hoofd. 'Zes jaar?
Zeven? Ik weet het niet zeker. In ieder geval een heel lange tijd.
Het huis was van mijn vader. Toen hij stierf, trok ik erin. Het was
mijn bedoeling hier maar een paar maanden te blijven, maar om
de een of andere reden ben ik nooit weggegaan.' Hij remde plotseling om een paar jongens te laten oversteken en Sarah strekte
haar hand uit om steun te zoeken bij het dashboard. Ze reden verder langs een enorme jachthaven met grote loodsen en slanke zeil-
boten.

'We zijn er.' Barney maakte een scherpe bocht, langs een flatge-
bouw, de hoek om, een klein zijstraatje in, dat terugvoerde naar de
weg. Links van Sarah was de zee. Rechts van haar stonden twee
huizen. Eén was een grote rode villa met een reusachtige houten

deur en sierlijke witte balkons voor de bovenramen. Het andere was een kleine witgekalkte cottage met een blauwe deur. Barney stopte abrupt voor de rode villa en sprong uit de auto. Sarah deed het portier open en keek omlaag naar het kleine kiezelstrand. Aan de overkant van de baai twinkelden de lichten van Puerto d'Andratx over de zee. Ze kon begrijpen waarom Barney verkozen had hier te blijven.

'Kom binnen,' zei Barney. 'Het is ijskoud buiten.' Hij haalde een bos sleutels uit zijn zak, liep naar de cottage en deed de blauwe deur open. 'Welkom in mijn huis.'

Sarah stapte een kleine open ruimte in, waarvan de muren bedekt waren met zwart-witfoto's. Rechts zag ze een paar oude fauteuils, een kleine tafel, een bruin kleed en een haardvuur. Links, voor de vensterbank, een eettafel met twee stoelen. Daarachter een ronde trap en een smalle gang die naar de keuken liep.

'Barney!' riep Sarah uit. 'Het is geweldig!'

'Wil je dat ik je rondleid? Veel is er niet te zien.'

'Graag.' Sarah trok haar jas uit en hing die over een van de stoelen. Barney gooide zijn sleutels op tafel en pakte Sarahs hand. 'Ik zal je eerst de keuken laten zien.'

Die was klein. Het werkoppervlak werd voor bijna de helft bedekt met flessen wijn, terwijl de rest bezaaid was met paprika's, uien en gesneden chorizo. 'Ik ben niet zo'n goeie kok,' zei Barney, 'maar ik maak een behoorlijke risotto. Hou je van knoflook?'

'Ik ben dól op knoflook.'

'Mooi. Nu zal ik het je boven laten zien.'

Barneys slaapkamer was net als de rest van het huis eenvoudig gemeubileerd en keurig opgeruimd. Er was één groot raam dat op zee uitkeek, waarvoor een dun grijs gordijn hing, een enorm bed met een kastanjebruine deken en een ladekast waarop een foto stond van Barney en een vrouw die veel op Michelle Pfeiffer leek. Sarah wendde snel haar blik af. 'Mooi is het hier. Woonde je vader hier alleen?'

'Van tijd tot had hij een of andere vriendin. Er is daar nog een slaapkamer.' Hij opende de deur van een kleine kamer met een paar eenpersoonsbedden en een stoel. 'Dat is alles. Zullen we wat drinken?'

Ze gingen weer naar beneden en terwijl Barney zich terugtrok in de keuken, bekeek Sarah een paar foto's. Ze waren erg goed. Eén foto, een lang, glinsterend woestijnlandschap was opmerkelijk.

Barney kwam terug met een fles en een paar glazen. 'Hoe vind je mijn galerie?'

'Je schijnt overal geweest te zijn.' Ze wees naar een foto van een donkere, knappe, in een gescheurde deken gehulde man, die grijnzend naar de camera keek. 'Wie was dat?'

Barney keek naar de foto en maakte toen de fles open. 'Dat was in Afghanistan. Hij was een leider van de moedjahediens. Een aardige man.'

Sarah zag het reusachtige geweer in de hand van de man en vond dat hij er niet zo aardig uitzag. Ze wees naar een andere foto. Lang geleden had ze een film gezien, *The War Game*, die haar nog weken daarna slapeloze nachten had bezorgd. Hij gaf een beeld van Engeland na een kernoorlog en de foto deed haar aan die film denken. Het leek op het eind van de wereld, maar Sarah kon een paar kinderen zien spelen te midden van de puinhopen. Tussen de ingestorte gebouwen stond, belachelijk misplaatst, een glanzende auto, schijnbaar onbeschadigd. 'Waar is dat?' vroeg ze.

Barney overhandigde haar een glas en stak een sigaret op. 'Een plaats in Irak die Suleimaniyeh heet. Ik was er na de Golfoorlog. Het was vroeger een grote plaats. Sadams soldaten hebben alles met de grond gelijk gemaakt.' Hij ging in een van de fauteuils zitten.

'Geen prettige aanblik.' Sarah nam een slokje van haar wijn en ging in de andere stoel zitten. 'Wat deed je daar?'

'Ik was fotograaf voor een agentschap. Ik vond het een tijdje heel plezierig werk. Je ziet de wereld, je ontmoet interessante mensen. Je ontmoet ook een heleboel bijzonder onaangename mensen en je probeert te laten zien wat ze doen. Ten slotte...' Hij haalde zijn schouders op. 'Ik kreeg er genoeg van. Een van mijn eerste opdrachten was in Noord-Irak, een Koerdische plaats die gebombardeerd was met gifgas. Overal lagen lijken. In die tijd ging het me nog goed. Een paar jaar later kreeg ik steeds terugkerende nachtmerries erover en liet mijn moed me in de steek. Ik wilde het allemaal niet meer zien.' Hij keek naar Sarah en glimlachte. 'Kijk niet zo serieus! Ik heb je niet gevraagd hier te komen om je serieus te laten kijken.'

'Je had gelijk om ermee te kappen,' zei Sarah. 'Niemand kan dat soort dingen lang aanzien.'

'Sommigen wel,' zei Barney. 'Ik ben liever hier.'

'Wat doe je nu?'

'Ik pas op de vakantiehuizen van mensen. Ik zorg ervoor dat hun tuinen er goed uitzien. Ik controleer de elektriciteit en de boilers. Als een dak lekt, laat ik het repareren. Het neemt veel tijd in beslag.'

'Mensen als ik,' zei Sarah langzaam, 'brengen ons hele leven door zonder enig besef van iets wat buiten ons veilige wereldje valt. Je hebt je rust verdiend. Je klinkt alsof je vindt dat je hier eigenlijk niet hoort te zijn. Dat is belachelijk.'

'Dank je,' zei Barney. 'Je bent lief.' Hij stond op. 'Ik ga voor het eten zorgen. Ik zal je een paar mooie foto's geven om te bekijken. Daar. Zie je die rode map? Foto's van Mallorca. Bekijk ze maar.'

'Ik zal het doen. Dank je.' Sarah pakte de map en liep terug naar haar stoel. Ze was blij dat Barney de kamer uit was. Ze sloeg de map open en liet Barneys herinneringen door de afbeeldingen van een mooi eiland vervagen. Geen zwart-wit, maar een feest van kleur, velden met sneeuwwitte tapijten van amandelbloesem, olijfbomen met zilvergroene bladeren, ondergrondse grotten met stalactieten en stalagmieten, huizen met groene luiken en gouden kerken. Bijna aan het eind was een foto van een grote gouden kathedraal. Ervoor stond Michelle Pfeiffer, die lachend naar de fotograaf keek. Was zij de vrouw die hem had verlaten? Ze leek zo gelukkig. Hoe kon ze Barney in de steek hebben gelaten? Sarah deed de map dicht en dronk haar wijn. Ambercross leek miljoenen kilometers ver.

De risotto was goed. Barney weigerde haar complimentjes te accepteren omdat ze zo weinig at en ze voelde zich gedwongen te bekennen dat de rode jurk haar belette er te veel van te eten. Ze moest ook afvallen, vertelde ze hem. Dat bracht Barney tot een scherpe aanval op de absurde moderne opvattingen over schoonheid. Sarah verzekerde hem dat ze geen slachtoffer van de mode was, maar moest lijden omwille van het toneel.

Barney kon goed luisteren. Toen ze aan de tweede fles toe waren, had ze hem alles verteld over Andrew, Hyacinth en haar ongelukkige inwijding in het trauma van amateurtoneel. Plotseling zei ze verlegen: 'Ik heb veel te veel zitten praten.'

Barney stak een sigaret op. 'Ik luister graag naar je.' Hij glimlachte.

Sarah dronk de rest van haar wijn op. 'Je kijkt me zo aan,' zei ze. 'Wat is er?'

'Ik zat te denken,' zei Barney, 'dat het tijd is om naar bed te gaan.'

Sarah knipperde met haar ogen. 'Samen?'

'Hé,' zei Barney, 'dat is een nog beter idee.'

'Dat kunnen we niet maken!' protesteerde Sarah.

'Waarom niet?'

Sarah fronste haar wenkbrauwen. Haar man was maandenlang met Hyacinth naar bed gegaan, haar zoons gingen naar bed met weggelopen bruiden. 'Op dit moment,' bekende ze, 'kan ik geen reden bedenken.'

'Ik ook niet.' Hij maakte zijn sigaret uit en stond op. 'Kom bij het vuur zitten. Even maar.'

Ze keek hem een beetje argwanend aan en volgde hem toen naar het haardkleed. Hij draaide haar om en ritste langzaam de rode jurk open.

Sarah slikte even. 'Barney!' protesteerde ze. Hij scheen niet te begrijpen dat ze nog steeds bezig was een zinnige reden te bedenken waarom ze niet naar bed zouden gaan. Ze wist dat er een reden wás, maar het was heel moeilijk daar op te komen terwijl Barney haar jurk van haar schouders schoof en zij probeerde ervoor te zorgen dat haar onderjurk niet gelijk meeging.

Barney bukte zich en gooide de jurk op de fauteuil. 'Dat heb ik de hele avond al willen doen,' zei hij.

Sarah had zich er ook op verheugd haar rode jurk te kunnen uittrekken, maar ze had gedacht dat ze dat zou doen als ze alleen was. 'Barney,' mompelde ze, 'ik denk...' Ze vond het heel moeilijk te zeggen wat ze dacht, gedeeltelijk omdat ze niet wist wát ze precies dacht en gedeeltelijk omdat Barney vlak achter haar stond, haar schouder kuste en zijn handen in haar beha liet glijden. Onwillekeurig hief Sarah haar hoofd achterover: rillingen van genot gingen door haar heen, onderdrukten het beetje intelligentie en de paar rationele gedachten die nog actief waren. Het was veel gemakkelijker om tegen hem aan te leunen en te genieten van de gewaarwording van zijn mond op haar hals, van zijn lijf tegen het hare. In haar brein worstelde een eenzaam, flauw lichtje van nuchter verstand, en Sarah trok zich terug. 'Barney, wacht,' hijgde ze. 'Wat doe je?'

Barney hield even stil. 'Ik geloof,' zei hij, 'dat ik probeer met je te vrijen.'

'Luister,' zei Sarah en bewoog zich buiten het bereik van zijn handen. 'Zo ben ik niet. Ik bedoel, ik kan het aantal mannen waarmee ik naar bed ben geweest op de vingers van één hand tellen. En dan zouden er nog een paar vingers over zijn. Wat doe je?'

'Ik trek mijn trui uit,' zei Barney, en trok zijn trui uit.

'Hoor eens,' zei Sarah, 'dit is belangrijk. 'Met hoeveel vrouwen ben jij naar bed geweest?'

Barney bleef even stil zitten. 'Eerlijk gezegd kan ik me dat niet herinneren.'

'Dat kun je je niet herinneren! Dat is verschrikkelijk! Barney, wat doe je?'

'Ik trek mijn T-shirt uit,' zei Barney, en trok zijn T-shirt uit.

'Barney,' zei Sarah, 'begrijp je wat ik zeg?'

'Ik geloof het wel,' zei Barney. 'Je vertelt me dat jij met te weinig mannen naar bed bent geweest en ik met te veel vrouwen. Antonio zou zeggen dat het een verbluffend toeval is, hij zou zeggen dat we voor elkaar geschapen waren.'

'Barney, ik vind dat we...'

Barney legde zijn hand op haar lippen. 'Ik weet waarover je je zorgen maakt. En door een verbluffend toeval,' hij stak zijn hand in zijn broekzak en haalde er een doosje condooms uit, 'heb ik deze bij me.'

'Zover had ik nog niet gedacht,' bekende Sarah. Ze was een beetje onthutst door de condooms. 'Heb je die altijd bij je?'

'Alleen sinds ik jou heb ontmoet. En als het goed is, wil ik je nu graag een zoen geven.'

Sarah moest bekennen, al was het alleen bij zichzelf, dat ze het heel goed vond dat hij haar een zoen gaf en toen hij haar gezoend had, gaf het flauwe lichtje van haar nuchtere verstand het op en doofde. Ze liet zich mee naar boven nemen en ging op het bed zitten, en pas toen hij zijn broek uittrok zei ze weer iets. 'Barney, ik weet niet zeker...'

'Ik weet het,' zei hij. 'Zal ik het licht uitdoen?'

Ze dacht eigenlijk niet dat dat het antwoord was dat ze wilde horen, maar ze knikte. Dus deed hij het licht uit en kleedde haar verder uit. Toen zoende hij haar weer en zijn handen onderzochten kwellend langzaam haar lichaam, bewogen zich naar voren en naar achteren, tot al haar zenuwen overgevoelig waren, ze zich alleen nog maar bewust was van zijn handen, zijn huid, zijn geur. Maar hij liet haar wachten tot ze hunkerde van verlangen naar hem en toen kwam hij bij haar binnen en had ze het gevoel dat haar lichaam explodeerde in duizend sterretjes van genot. Samen met hem kwam ze klaar in een laatste golf van bevrediging en toen zakte haar lichaam weg in een pure zaligheid. Slap als een lappenpop bleef ze liggen, volkomen verzadigd.

Ze werd de volgende ochtend wakker met een kop thee. Barney, aangekleed en geschoren, zag eruit alsof hij al heel lang op was.

Sarah ging overeind zitten en streek haar haar naar achteren. 'Je had me wakker moeten maken,' zei ze. 'Hoe laat is het?'

'Half tien.' Hij zette de thee op de grond naast haar. 'Ik moet weg. Weet je hoe je terug moet komen? Volg de zee maar naar de achterkant van het stadje. Denk je dat het goed gaat met je?'

'Natuurlijk. Moet ik de deur op slot doen of zo?'

'Smijt hem gewoon maar dicht.' Hij boog zich voorover om haar een zoen te geven. 'Het was een gezellige avond.' Hij glimlachte en liet haar alleen. Ze hoorde hem de trap aflopen en de deur achter zich dichtdoen. Sarah bukte zich om haar beker op te pakken en leunde tegen de muur. Haar ogen ontmoetten die van Michelle Pfeiffer aan de andere kant van de kamer. Ze wist wat die ogen haar vertelden. Op drieënveertigjarige leeftijd had Sarah zojuist haar eerste *onenightstand* gehad.

# Doe nooit sentimenteel over de motieven van op seks beluste mannen

Op weg naar huis kocht Sarah een paar chocoladecroissants. Ze moest minstens drie keer aanbellen voor ze een slaperige stem hoorde: 'Ik kom!'

De transformatie was ogenblikkelijk. Toen Miriam opendeed waren haar ogen spleetjes en was ze nauwelijks bij bewustzijn. Zodra ze Sarah zag, sperde ze haar ogen open en was ze plotseling weer bij de tijd. 'Sarah!' zei ze ademloos. 'Je moet me alles vertellen. Ik zal koffie zetten!'

'Voor ik iets doe,' zei Sarah, 'moet ik eerst deze jurk uittrekken. Ik ben zo terug.' Ze liep naar haar kamer en riep: 'Kan Antonio koken?'

Ze hoorde Miriam lachen. 'Ik moet eerst koffie hebben voor ik daar antwoord op kan geven.'

Sarah grinnikte en ritste haar jurk los. Gek dat het zo gemakkelijk was die uit te trekken als ze geen haast had.

Een paar minuten later, na een bliksemsnelle douche, liep ze in haar bruine ribfluwelen broek en trui naar de keuken.

'Ontbijt staat gereed!' zei Miriam.

'Heerlijk!' Sarah ging aan de kleine tafel zitten en schonk voor hen in. 'Oké,' zei ze. 'Vertel op. Kan hij koken?'

'Ja,' zei Miriam. 'Ik ben bang van wél. We hadden paddestoelen met knoflook en tortilla en verrukkelijk varkensvlees met pijnboompitten en rozijnen. Dus ja, de man kan koken, en dat zei ik hem ook en toen wilde ik dat ik het niet gezegd had, want hij lachte alleen maar en zei: "Maar natuurlijk kan ik koken, ik heb je toch gezegd dat ik kan koken," alsof hij nooit een leugen vertelt!'

'Misschien doet hij dat ook niet,' opperde Sarah. 'Misschien heeft hij je wel de waarheid verteld.'

'Oké, dus hij is de beste leraar ter wereld, zijn vrouw was een niet uit de kast gekomen lesbienne, zijn lievelingsboek is ook mijn lievelingsboek en... o, ja, luister goed, gisteravond vertelde hij me dat hij in Zelenograd is geweest!'

'Waar ligt Zelenograd?'

'Dat is een plaats buiten Moskou. Niemand gaat ooit naar Zelenograd. Het is een saai stadje met grote betonnen sovjetflatgebouwen. Het punt is dat ik er geweest ben. Ik heb daar een cursus gevolgd. We hebben een week in een kunstkamp gebivakkeerd. Dat vertelde ik Antonio en hij zei dat hij in Zelenograd was geweest, hij zei dat hij een jas had gekocht in een supermarkt daar.'

'Het verbaast me dat je niet gevraagd hebt die te zien.' Sarah keek verlekkerd naar het stuk croissant dat op Miriams bord lag. 'Eet je dat nog op?'

'Nee, je mag het hebben. Natuurlijk heb ik gevraagd die jas te zien en – wat een verrassing! – hij was vergeten hem mee te nemen uit Rusland. Maar hij gaf er wel een beschrijving van en ik moet zeggen dat het erg leek op de jas die een van mijn jongens gekocht had: grijze tweed met voering en diepe binnenzakken. Het waren echt goede jassen en belachelijk goedkoop, met een tegenwaarde van tien Engelse ponden. Ik wilde zelfs dat ik er ook een gekocht had. Dus weet ik nog steeds niet wat ik van Antonio moet denken. Ik begin me af te vragen of... Nee, dat is mal.'

'Wat is mal?'

'Ik begin me af te vragen of Antonio soms telepathische krachten heeft. Niet lachen, het is niet onmogelijk. Ik bedoel, kijk eens naar de feiten. Elke keer dat ik hem vertel over iets wat ik heb gezien of gezegd of gedaan, heeft hij het ook gezien of gezegd of gedaan. Ik weet dat het vérgezocht is, maar ik kan geen enkele andere verklaring bedenken. Denk je dat het mogelijk is? Of denk je dat ik gek ben?'

'Ik denk dat je gek bent.'

'Sarah!'

'Nou, dat bén je! Antonio ziet er niet uit als iemand met bijzondere, spookachtige krachten! Echt niet! Waarom kun je niet accepteren dat hij gewoon een bereisde, belezen, briljante kok is die vroeger een briljante leraar is geweest en die een vrouw had met lesbische neigingen? Het lijkt me heel plausibel.'

'Nou, mij niet,' zei Miriam somber.

Sarah likte haar vingers af en staarde spijtig naar haar lege bord. 'Ik vind dat jullie heel goed bij elkaar passen. Eigenlijk was ik heel verbaasd je vanmorgen hier te zien.'

'Dat,' zei Miriam, 'is niet grappig. Ik heb me inderdaad afgevraagd of ik hem met geweld van me af zou moeten houden, maar hij was fantastisch goedgemanierd. Het leek wel of hij wist dat het geen zin had om iets te proberen.'

'Natuurlijk wist hij dat. Dat zou iedereen weten. Je gedroeg je niet bepaald als een verliefde vrouw.'

'Het zal wel. Hij heeft ons voor donderdagavond allebei te eten gevraagd.'

'Dat is aardig van hem. Gaan we?'

'Daar de meeste restaurants in deze tijd van het jaar gesloten zijn, denk ik dat we het maar moeten doen. In ieder geval krijgen we dan een goed diner. Tenzij je natuurlijk van plan bent al je tijd met Barney door te brengen?'

'Nee.'

'Nou? Hoe is het gegaan? Is hij een prins of een kikker?'

'Een prins. Zonder meer een prins.'

'Je moet me alles vertellen. Van begin af aan.'

Sarah leunde achterover en legde haar handen achter haar hoofd. 'We zijn naar zijn huis gegaan, je zou het geweldig vinden. Het is een kleine cottage en ligt praktisch aan de zee. Een enig huis. Overal hangen foto's. Hij was vroeger fotograaf, maakte nieuwsfoto's. Hij was in Irak en in Afghanistan...'

'Perfect! Een man met een glamorous verleden!'

'Hij heeft lekker gekookt. We hebben gepraat. Of liever gezegd,' verbeterde Sarah zichzelf, 'ik heb gepraat. Waarschijnlijk veel te veel. En toen gingen we naar bed.'

'Goed?'

'Heel goed.'

'Bof jij even. Dus wanneer zie je hem weer?'

'Ik betwijfel of ik hem nog terug zal zien. Hij heeft me vanmorgen een kop thee op bed gebracht. Hij zei dat het een gezellige avond was geweest.'

'Aardig van hem.'

'Het wás aardig van hem. Ik heb een heel leuke avond gehad.'

Miriam sloeg haar armen over elkaar en keek met een gefronst voorhoofd naar Sarah. 'Wil je hem terugzien?'

'O ja. Heel graag. Maar ik denk niet dat het zal gebeuren.'

Miriam schudde haar hoofd. 'Het is niks voor jou om zo te praten.'

'Dat komt omdat ik mezelf niet meer ben. Twintig jaar lang ben ik een heel gelukkige echtgenote en moeder geweest, die verwachtte tot aan haar dood echtgenote en moeder te zullen blijven. Nou, ik ben geen echtgenote meer, dus is er niks mis mee als ik nu en dan met een andere man het bed in duik.'

'Dat ben ik met je eens. Het is alleen dat...'

'Ik geef het toe, ik geef onmiddellijk toe dat ik Barney geweldig vind, maar ik verzeker je dat ik gisteravond niet met hem ben uitgegaan in de verwachting van of zelfs de hoop op een of andere relatie. Barney zou nooit willen dat ik "zijn vriendin" was en ik hou trouwens helemaal niet van al dat macho-gedoe.'

'Ik wil alleen maar zeggen...'

'We zijn samen naar bed geweest. Hij hoefde me niet te verkrachten of te verleiden met beloftes van romantiek. Ik wilde dat hij met me zou vrijen en ik heb er erg van genoten. Méér heb ik nooit verwacht: we hebben niets met elkaar gemeen. Hij heeft de hele wereld rondgereisd, hij heeft seks gehad met honderden vrouwen, hij is niemand in zijn leven verantwoording schuldig. Ik heb twee zoons, ik ben in twintig jaar met niet meer dan één man naar bed geweest en tot deze week ben ik nooit verder geweest dan Engeland. Zoals ik je al zei, hij is een man met vijf sterren.'

'En jij bent een vrouw met één ster?'

Sarah grinnikte. 'Laten we er twee van maken!'

'Nonsens. Absolute nonsens. En als je probeert me te vertellen dat je veel gereisd moet hebben en met hopen mensen naar bed moet zijn geweest om een fascinerende persoonlijkheid te zijn, kan ik je alleen maar zeggen dat je nooit de intens vervelende, van het ene bed in het andere springende reizigers heb ontmoet die ík heb leren kennen. En als Barney je deze week niet wil zien, heeft hij beslist geen vijf sterren, maar is hij gewoon een stomme kerel. En zeg nu maar dat ik mijn mond moet houden.'

'Heb ik je wel eens verteld,' zei Sarah, 'hoe blij ik ben dat je mijn vriendin bent?'

'Dat hoor je ook te zijn. En nu over vandaag. Antonio zei dat we een bezoek moeten brengen aan Galilea, en er is ook een natuurreservaat dat we volgens hem heel mooi zullen vinden. Ik hoop dat het een oud stuk land met kreupelhout is, zodat ik hem kan vertellen dat hij de plank misslaat. Wat vind je ervan? Zullen we het proberen?'

'Absoluut. Ik wed om twintig euro dat Antonio gelijk heeft.'

Sarah won haar twintig euro. Galilea was een prachtig dorp, hoog in de bergen. Miriam, die met alle geweld kritiek wilde hebben, klaagde dat Antonio hen niet had gewaarschuwd voor de huiveringwekkende haarspeldbochten op de smalle weg erheen. Maar ze was onder de indruk van het mooie plein en de kleine witgekalkte boerenhoeves die verspreid lagen rond het kleine kerkje. En nog beter was de tapasbar naast de kerk, die zomaar open was, zelfs al was de kelner een zuurpruim. Hij vond duidelijk dat ze gek waren om buiten te willen zitten, maar hij begon te ontdooien toen Miriam Spaans tegen hem sprak.

'Hoeveel talen ken je?' vroeg Sarah, haar jas dicht om zich heen trekkend.

'Vier,' zei Miriam, 'maar mijn Russisch is heel gebrekkig. Soms denk ik erover weer te gaan reizen als Clive inderdaad zou besluiten bij me weg te gaan.'

'Dat geloof je niet echt.'

'Mijn leeftijd werkt tegen me. Het zijn niet alleen de rimpels. In het schooljaar zou ik graag om tien uur naar bed gaan en als ik de keus kreeg tussen een avondje uit in het theater en een gezellige avond voor de tv, zou ik waarschijnlijk het laatste kiezen. Gezellig is niet een woord waartoe Clive zich erg aangetrokken voelt.'

'Jij kunt altijd bij hém weggaan!'

'Dit is mijn tweede huwelijk, Sarah. Ik wil geen tweede mislukking.'

'Dat is de vloek van een succesvolle vrouw. Je accepteert geen mislukking.'

'Dat maakt je succesvol.'

'Wie wil in dat geval succesvol zijn? Je bevindt je in een uitzichtloze situatie, waarin je niet kunt winnen. Mislukking is in ons ingebouwd. Niemand kan eeuwig jong en sterk en mooi blijven. Kijk eens wat er gebeurt met al die mooie mensen die weigeren dat te accepteren: plastic gezichten van mensen die niet meer kunnen glimlachen. De meeste succesvolle carrières lopen uit op een mislukking omdat succesvolle mensen niet willen accepteren dat hun geest niet meer zo helder en scherp is als vroeger. Mijn huwelijk met Andrew is mislukt. Dat accepteer ik nu, en zal ik je eens wat zeggen? Het is niet het eind van de wereld!'

'Ja, maar Andrew heeft jou in de steek gelaten. Hij heeft het huwelijk laten mislukken, niet jij. Als Clive mij verlaat, neem ik aan dat ik me daarbij neer kan leggen. Ik kan hem niet verlaten.'

'Maar als hij je ongelukkig maakt...'

'Op het ogenblik maakt hij me ongelukkig. Dingen veranderen, dat doen ze altijd. En nu we het toch over saaie, huiselijke problemen hebben, heb je er al over gedacht een advocaat in de arm te nemen?'

'Nee, Andrew staat erop dat ik het huis verkoop. Hij zei dat we het op een gegeven moment wel zouden moeten. Hij is eigenlijk heel redelijk. We hebben een hypotheek van vijftigduizend. Als we het voor vierhonderdvijftigduizend kunnen verkopen, krijgen we ieder tweehonderdduizend pond.'

Miriam schudde haar hoofd. 'Je moet je poot stijf houden voor tweehonderdvijftigduizend. Ik neem aan dat je in Ambercross wilt blijven? Ben en James zullen in de vakantie toch naar huis willen komen. Ik denk niet dat het erg gemakkelijk is om daar in de buurt voor tweehonderdduizend een cottage met drie of vier slaapkamers te kopen. Geen mooi huis in ieder geval. Als ik jou was, zou ik nu een groot bedrag verlangen in plaats van een maandelijkse betaling. Naarmate Andrews schuldgevoel afneemt en Hyacinths eisen toenemen, zal hij er minder happig op zijn je ook maar iets te geven.'

Sarah trok een grimas. 'Ik vind het een afschuwelijk idee om hem iets verplicht te zijn...'

'Alsjeblieft, Sarah, hij staat bij jou in het krijt! Shooter's Cottage was een krot toen jullie erin trokken! Jij bent degene die al het werk eraan heeft gedaan! Je hebt Andrew door dik en door dun gesteund en als hij verkiest je nu in de steek te laten, moet hij je die steun terugbetalen! Oké. Preek afgelopen!'

Sarah staarde naar het adembenemende uitzicht. 'Niets is therapeutischer dan een berg,' zei ze tegen Miriam. 'Die berg stond er al voordat Clive of Andrew geboren waren en na hun dood zal hij er nog heel lang staan.' En ook na die van Barney.

Na de lunch reden ze over de winderige weg naar Puigpunyent en toen verder naar het natuurreservaat. Met dertig watervallen en drie kilometer wandelpaden, was het een oord voor serieuze wandeltochten en beiden waren ze bereid de uitdaging te aanvaarden. Toen ze eindelijk terugkeerden naar hun auto, zei Sarah buiten adem: 'De goede kant hiervan... is dat we de rest van de vakantie... kunnen lanterfanten zonder ons schuldig te voelen.'

Miriam was van nature niet geneigd te lanterfanten, maar zelfs zij was blij toen ze thuis waren en ze verheugde zich op een horizontale avond. Ze aten een omelet en lagen om tien uur in bed. De lange wandeling was net zo succesvol als Sarah gehoopt had. Te moe om stil te staan bij het teleurstellende feit dat Barney haar niet meer wenste te zien, viel ze vrijwel onmiddellijk in slaap.

# Koester je prioriteiten in het leven...

Het weer verbeterde niet in de komende paar dagen en er bleef een duidelijk waarneembare afwezigheid van de dubbelgangers van Marcello Mastroianni/Antonio Banderas. Maar niets belette Sarah en Miriam zich te amuseren. Dinsdag bezochten ze Sant Elm, een slaperig kustplaatsje met een breed zandstrand. Ze maakten nog een marathon-wandeling, deze keer naar het verlaten trappisten-klooster Sa Trapa. Woensdag, geconfronteerd met pijnlijke spieren, gingen ze niet verder dan het centrum van Andratx, vanaf de haven vier kilometer landinwaarts.

Woensdag was marktdag en de meeste straten stonden vol kramen. De variatie in de aangeboden producten was opmerkelijk: kunstbloemen, tuinplanten, tapijten, kussens, noten, snoep, specerijen, kruiden, worsten, hammen, kazen, wijn, zaden, leren tassen en portefeuilles, damesondergoed, bontgekleurde rokken, potten en pannen, speelgoed en sieraden. Miriam kocht een sierlijke, gladde schaal van olijvenhout en Sarah kocht een vreemd houten voorwerp van een dikke, vrolijke vrouw die het over haar gigantische heupen rolde en haar vertelde dat het hielp tegen cellulitis. Sarah zei tegen Miriam dat ze het kocht voor de esthetische waarde en Miriam zei dat Sarah een verbluffend talent had om schoonheid te ontdekken in de meest onverwachte dingen.

Donderdag volgden ze de bochtige kustweg naar Estellencs, een sprookjesachtig dorp met smalle, steile keienstraatjes en oude stenen huizen. Ze waren van plan geweest door te rijden naar Banyalbufar, maar ze waren er te lui voor en gingen naar huis voor een siësta.

Inmiddels had Sarah het gevoel dat ze de Barney-episode in het juiste perspectief had geplaatst. Ze had hem die avond misschien zo dodelijk verveeld dat hij haar niet meer wilde zien, maar in ieder geval had hij haar aantrekkelijk genoeg gevonden om haar het hof te maken met risotto en omdat volgens haar onbevooroordeelde mening Barney elke vrouw kon krijgen die hij hebben wilde, was dat geen geringe prestatie. Ze vroeg zich af of Barney iets tegen Antonio gezegd zou hebben over haar en hoopte dat hij dat niet had gedaan.

Als Antonio iets wist, was hij veel te goedgemanierd om dat te laten blijken. Die avond begroette hij beide vrouwen even hartelijk en liet ze binnenkomen in het restaurant. 'Ga bij het vuur zitten om warm te worden!' beval hij. 'Ik maak een fles wijn open!'

Alle tafels waren leeg, behalve één waarop servetten en bestek lagen voor drie personen, met een lange, flakkerende kaars in het midden. 'Je hebt het restaurant toch niet voor ons gesloten, hè?' vroeg Sarah.

Antonio grinnikte. 'Op een koude donderdagavond in februari heeft het geen zin om geopend te zijn, en zelfs al was dat wél zo, dan zou ik zeggen, nee, vanavond kook ik uitsluitend voor twee mooie dames!'

'Antonio,' zei Miriam, 'je bent een enorme leugenaar!'

Antonio keek naar Sarah en legde zijn hand op zijn hart. 'Zie je nu hoe ze me behandelt? Ik kook één keer voor haar. Ik kook twee keer voor haar, en nog steeds versmaadt ze me! Wat kan ik doen om haar aardig tegen me te laten zijn?'

'Ik zou het niet weten. Ik heb haar gezegd dat ik vind dat jullie voor elkaar geschapen zijn.'

'Dat heb ik haar ook gezegd. Ik heb haar gezegd dat ze die saaie echtgenoot van haar, die feitelijk geen echtgenoot is, in de steek moet laten...'

'Hoe,' viel Miriam hem koel in de rede, 'weet je dat?'

'Een goede echtgenoot laat zijn mooie vrouw niet naar Mallorca gaan om verliefd te worden op Antonio.'

'Zijn mooie vrouw,' merkte Miriam op, 'is niet verliefd geworden op Antonio.'

'Zie je hoe ze zich ertegen verzet?' Antonio zuchtte en bracht zijn hoofd dicht bij dat van Sarah. 'Ik denk dat ze een beetje van me houdt!' Hij pakte een fles wijn van de plank boven het vuur en maakte hem open. 'Vanavond maak ik een paella, een perfecte paella. Maar eerst drinken we een glas wijn en doe ik een voorstel.'

'Heus?' zei Miriam.

'Heus! Ik hou van de manier waarop je zegt "heus"! Mijn zuster woont in Esporles. Morgen wordt mijn moeder zevenentachtig en mijn zuster geeft een feestelijke lunch voor haar. Het zal een geweldig feestmaal worden want mijn zuster kookt als een engel. Het zal een uitbundig feest worden en jullie zullen je allebei enorm amuseren. Dan komen we hier terug en 's avonds maak ik een heel simpel maal voor jullie klaar en zal ik heel bedroefd zijn omdat jullie de volgende dag vertrekken.'

'Maar Antonio,' protesteerde Sarah, 'we willen niet onuitgenodigd binnen komen vallen op je familiefeest!'

'Mijn zuster wil dat jullie komen. Haar zoon gaat volgende maand naar Londen en hij kan zijn Engels met jullie oefenen. Jullie moeten komen!'

'In dat geval,' zei Miriam, 'graag. Het is heel aardig van je.'

'Het is heel aardig van me. Je ziet hoe ik over jullie denk! Ik ben een heel aardige man! Jullie glazen staan op tafel, dus drink wat wijn terwijl ik me bezighoud met de paella. De beste paella ter wereld!'

'Die man,' mompelde Miriam toen Antonio bedrijvig wegliep. 'Die man...'

'Die man is heel aardig en we boffen dat we hem ontmoet hebben. Morgen wordt een fascinerende dag.' Sarah liep naar de tafel en schonk wijn voor hen in. 'Het wordt een heerlijke vakantie.'

'Geen spijtgevoelens?'

'Geen enkel.' Ze hief haar glas op en zei weloverwogen: 'Op Barney en Antonio.' Miriam snoof minachtend. 'Ik drink niet op Barney en ik drink zeker niet op Antonio. Laten we een toast uitbrengen op de paella!'

De paella maakte alle beloften waar en Sarah was blij dat ze niet haar rode jurk aanhad. Antonio vermaakte hen tijdens het eten met verhalen over zijn familie. Zijn vader, die vijfennegentig was, werd nog steeds op zijn huid gezeten door zijn vrouw wegens een slippertje van tien jaar geleden. ('Ze zegt dat hij weerzinwekkend is, ze zegt dat zijn vriendin veel te jong voor hem was. Ze heeft groot gelijk, de vriendin was pas tweeënzestig.') Antonio's oudste broer kwam met het vliegtuig uit Sevilla, waar hij een bloeiende textielzaak had. 'Hij heeft tien kinderen, en dat is maar goed ook, want... net als Miriam, zie je!... ik heb geen kinderen.' Antonio's zuster heette Belen. Volgens Antonio was ze vroeger het mooiste meisje van het eiland. Ze was het hof gemaakt door Antonio's beste vriend, Pedro, een bijzonder knappe en charmante man, maar Belen had iedereen verbaasd doen staan door te trouwen met Nicolas, die helemaal niet knap was.

'Wat is er met Pedro gebeurd?'

'Zijn hart was gebroken,' zei Antonio. 'Hij ging naar Barcelona.' Hij zei het alsof Barcelona een soort Siberië was. 'Maar nu zijn we allemaal erg blij, want Nicolas is dood.'

Sarah knipperde met haar ogen. 'Ik denk niet dat Belen erg gelukkig is.'

'Belen is het gelukkigst van allemaal. Nicolas was een zwijn. Hij stierf tien jaar geleden en Pedro vertrok onmiddellijk uit Barcelona. Nu is hij met mijn zuster getrouwd en zijn we allemaal erg gelukkig. Je zult ze morgen ontmoeten en ook mijn jongste broer die...'

Een luid geklop op de deur leidde Antonio's aandacht af. Beleefd zei hij: 'Excuseer me een ogenblik' en liep het vertrek door.

Sarah, die juist een slok wijn nam hoorde hem roepen: 'Barney! Heb je mijn paella geroken?' en verslikte zich bijna. Ze draaide zich om en zag dat Barney begon te lachen. Hij kwam meteen naar haar toe en legde zijn hand tegen haar hals. 'Je hebt me niet verteld dat je mijn vrouw te eten had! Antonio, heb je iets te eten voor een hongerig mens?'

Antonio schudde zijn hoofd. 'Jij hebt altijd honger! Kom mee naar de keuken.'

'Ik kom.' Barney zoende Sarah kort maar stevig op de mond, lachte naar Miriam en volgde Antonio naar achteren.

Miriam keek naar Sarah. 'Waag het niet om te huilen,' siste ze. 'Ik zeg nooit meer een woord tegen je als je gaat huilen!'

Sarah schudde haar hoofd, knipperde verwoed met haar ogen en nam een versterkende slok wijn. 'Ik weet het,' mompelde ze. 'Ik weet dat ik ongelooflijk sentimenteel ben. Ik had nooit gedacht dat ik hem nog terug zou zien en toen hij me net zijn vrouw noemde, toen... ik denk dat het erop neerkomt dat ik eigenlijk in het Stenen Tijdperk thuishoor.'

Miriam grinnikte. 'Dacht je dat ik dat niet wist? Alleen een vrouw met uitgesproken prehistorische opvattingen had het al die jaren met Andrew kunnen uithouden!'

Miriam had gelijk. Sarah was prehistorisch. Ze was vergeten hoeveel ze hield van het bezitterige gedrag van een zelfverzekerde minnaar. Ze hield ervan dat Barney zo dicht bij haar zat, dat hij, toen hij gegeten had, zijn arm om haar schouders sloeg en verstrooid met haar haar speelde. Barney was haar man en zij was zijn vrouw en op het ogenblik kwam niets anders er nog op aan. Toen Barney slaperig naar haar glimlachte en vroeg of ze met hem mee naar huis wilde, leek het volkomen logisch dat ze instemmend knikte.

'Morgen,' zei Antonio, 'vertrekken we om tien uur...'

'Ik heb er eens over nagedacht,' zei Barney. 'Ik wil morgen met Sarah naar Palma.'

Sarah keek onzeker naar Miriam. Miriam zei met geduldige berusting: 'We zien elkaar morgenavond hier.

'Is dat goed?' vroeg Sarah aan Antonio. 'Kan ik morgenavond toch komen eten? Ik zou graag alles willen weten over het feest.'

'Natuurlijk,' zei Antonio, 'en ik zal heel goed voor je vriendin zorgen!'

Sarah lachte. 'Dat weet ik. Miriam boft!'

'Heus?' zeiden Miriam en Antonio tegelijk. Miriam keek naar Antonio.

Antonio glimlachte bescheiden. 'Ik wist dat ze dat zou zeggen,' zei hij.

Barneys auto stond half op het trottoir geparkeerd. Barney draaide het contactsleuteltje om en toen weer uit. 'Zo gaat het niet,' zei hij. 'Ik moet je eerst een zoen geven.' Hij boog zich naar voren, maar toen weer naar achteren en startte de motor. 'Bij nader inzien,' zei hij, 'kan ik dat maar beter niet doen.'

Sarah, die met een smak tegen het raam viel toen de auto hotsend van het trottoir reed, voelde zich gepikeerd. 'Waarom niet?' vroeg ze.

'Als ik je zoen wil ik met je vrijen en ik ben te oud om seks te hebben met een vrouw in een auto. Ik heb gisteravond een briefje onder je deur door geschoven.'

'Heb je dat echt gedaan?'

'Ja.'

'Wat stond erin?'

'Kom alsjeblieft en bedrijf passionele seks met me.'

'Niet waar!'

'Nee, ik geloof dat ik het wat fijnzinniger heb ingekleed.' Hij keek even naar haar. 'We gaan onze laatste avond niet echt doorbrengen met Antonio en Miriam, hè?'

Sarah pakte een plastic fles water onder haar voeten vandaan. 'Je hóeft niet mee!'

'Natuurlijk kom ik als jij er bent. Als we maar vroeg weg kunnen.'

'Barney, ik blijf morgenavond niet bij je.'

'Maar het is onze laatste avond.'

'Tot een paar uur geleden,' zei Sarah, 'nam ik aan dat ik je nooit meer zou zien. Je had maandagavond met me kunnen doorbrengen, je had dinsdagavond met me kunnen doorbrengen, gisteravond... maar dat heb je niet gedaan. Wat is er dus voor bijzonders aan morgenavond?'

'Dat is je laatste avond.'

'Ja, en het is ook Miriams laatste avond en dan blijft ze niet in haar eentje in het appartement.'

Ze reden zwijgend verder. Sarah staarde strak uit het raam. Barney reed met een scherpe bocht het kleine straatje in en stopte met een schok naast de rode villa. Hij deed geen poging om uit te stappen. Sarah keek omlaag naar het kleine strandje. Het licht van de maan danste op een eenzame boot op het kiezelstrand. Ze vroeg zich af van wie die boot was.

'Ik denk,' zei Barney, 'dat ik je een excuus schuldig ben.'

Sarah sloeg haar armen over elkaar. Ze zei niets.

'Ik had zaken te doen aan de andere kant van het eiland. Ik wist je telefoonnummer niet.'

'Ik heb geen telefoon. Ik had trouwens toch niet verwacht iets van je te horen...'

'Ik had Antonio kunnen vragen je te vertellen dat ik je wilde zien. Ik wílde je zien. Sarah? Sarah, wil je me aankijken?'

Sarah hield haar ogen strak gericht op de boot op het strand.

'Sarah?' Barney stak zijn hand uit en raakte haar gezicht aan. 'Ik ben een egoïstische klootzak. Ik denk niet goed over de dingen na, dat doe ik nooit, en het spijt me echt heel erg. Natuurlijk moet je de laatste avond bij Miriam zijn.'

Sarah ontspande zich. 'Excuus aanvaard.'

Barney streek haar haar uit haar gezicht. 'Besef je wel,' zei hij zacht, 'dat we geen tijd te verliezen hebben? We moeten meteen naar binnen.'

Sarah pakte haar tas op. 'Waarom?' vroeg ze.

Hij lachte. 'Als dit onze laatste avond samen is, moeten we daar zoveel mogelijk van profiteren.'

# ...maar wees bereid al het andere overboord te gooien

De volgende ochtend bracht Barney haar een kop thee. Sarah keek er argwanend naar. 'Betekent dit dat je weer op het punt staat 'm te smeren?' vroeg ze.

Barney trok een beledigd gezicht. 'O, wat een gebrek aan vertrouwen!' zei hij. 'Het betekent dat ik een heel attente man ben. Ik was beneden om roereieren voor je te maken, dus schiet op. Palma wacht op ons!'

Ze gingen eerst naar de kathedraal, een groot honingkleurig gebouw met vreemd fijnzinnige en sierlijke details, als een bullebak in een tutu. Het interieur was grimmig, bijna begrafenisachtig en de gotische zwaarmoedigheid werd nog verhevigd door de grote dreigende kroonluchter die als een spin boven het altaar, de fraai bewerkte deuren en luchtbogen hing.

Barney nam haar mee naar een klein voorvertrek met griezelige relikwieën die keurig uitgestald waren in glanzende glazen vitrines. 'Dit is het mooist,' zei hij, wijzend naar de arm van Sint-Sebastiaan, gepekeld in een glazen buis en bekroond met een ziekelijk blauwe hand.

'Mooi,' zei Sarah flauwtjes.

Later liepen ze hand in hand door het oudste deel van de stad, een doolhof van smalle wandelgangen, overschaduwd door imposante renaissancegebouwen. Ze tuurden door smeedijzeren hekken naar grote, elegante binnenpleinen van een bijna vergeestelijkte sereniteit. Sarah was gefascineerd door het contrast van de krappe kleine winkeltjes en straatjes en de vluchtige blikken op vredige woningen met hun grote stenen potten en klaterende fonteinen. Palma leek vol van dergelijke tegenstellingen: majestueuze architectuur naast kakelbonte kiosken waar roddelbladen werden verkocht; bejaarde señora's in deftig zwart naast meisjes in strakke broeken.

Ten slotte, vermoeid en met zere voeten, liepen ze een kleine bar binnen en Barney bestelde wijn en tapas.

Sarah leunde achterover op haar stoel en zuchtte. 'Wat een verrukkelijke dag. Ik wou dat ik morgen niet weg hoefde.'

'Je hoeft niet weg,' zei Barney. 'Kom bij mij wonen.'

'Breng je me dan elke ochtend thee op bed?'

Barney dacht even na. 'Waarschijnlijk niet.'

'Dan gaat het niet door.'

De kelner kwam met de wijn, maakte de fles open en schonk twee glazen in. Sarah luisterde terwijl Barney en de kelner in het Spaans met elkaar praatten. De man keek met een ondeugende glimlach naar Sarah voor hij wegging.

Sarah boog zich naar voren. 'Ik wou dat ik Spaans verstond,' mompelde ze.

Barney haalde een sigaret uit het pakje en stak die op. 'Hij vroeg of jij mijn vrouw was. Ik zei dat we minnaars waren en dat je net geweigerd had bij me te komen wonen.'

Sarah lachte. 'Je moet geen grapjes maken over dat soort dingen. Ik zou je er weleens aan kunnen houden.'

'Ik maak nooit grapjes over dergelijke dingen.'

Ze staarde hem weifelend aan en nam een slok wijn. Het gesprek leek in heel vreemd vaarwater te komen en het leek haar veiliger om niets te zeggen dan overhaaste gevolgtrekkingen te maken die natuurlijk absurd waren.

'En?' Barney zweeg even en blies een dun straaltje rook uit. 'Kom je bij me wonen?'

Sarah sperde haar ogen open. 'Wát?'

'Ik meen het. Ik denk dat het heel goed zou gaan. Jij niet?'

Sarah had het gevoel dat haar hoofd elk moment uit elkaar kon barsten. Ze nam nog een slokje wijn om te kalmeren.

'Barney,' zei ze zacht, 'je kent me nauwelijks en ik weet niets van jou. Ik weet niet eens of je kinderen hebt.'

'Die heb ik niet,' zei hij. 'Nee, eigenlijk is dat niet waar. Die heb ik wél. Min of meer.'

'Min of meer?'

'Toen ik in de twintig was, ben ik een paar jaar getrouwd geweest. We hadden een zoon.'

'Je had een zoon! Wat is er met hem gebeurd?'

'Hij ging naar Amerika. Nou ja, ze gingen allebei. Ik was toen in het buitenland. Ze werd verliefd op een Amerikaan en ze gingen met z'n allen in Seattle wonen. Ik geloof dat het Seattle was.'

'Zijn ze daar nog? Hoe oud was je zoon toen je hem het laatst hebt gezien?'

'God, ik weet het niet. Hij kon nog niet lopen of praten of iets, dus moet hij nog heel jong zijn geweest.'

'Hoe heet hij?'

Barney fronste zijn voorhoofd en krabde op zijn hoofd. 'Sam! Ik weet zeker dat het Sam was!'

'En je ziet hem nooit? Hoe kun je dat verdragen? Waarom heb je geen contact met ze gehouden?'

'Kijk niet zo geshockeerd! Ik heb ze niet in de steek gelaten voor een leven in armoe. Die Amerikaan was schatrijk. Ze wonen waarschijnlijk in een of ander groot herenhuis.'

'Maar ben je niet nieuwsgierig? Zelfs niet een heel klein beetje?'

'Niet echt. Ik denk dat hij inmiddels een kolossale quarterback is. Ik denk niet dat we iets gemeen zouden hebben. Voorzover ik me herinner hadden zijn moeder en ik dat beslist niet.'

'Maar Barney! Hij is je zoon. Misschien lijkt hij juist heel erg op je.'

'Denk je?' Barney keek ontsteld. 'Ik hoop het niet.'

'Barney, je bent ongelooflijk! Dus je hebt een zoon. Wat moet ik nog meer weten? Vertel eens iets over je tweede vrouw.'

'Odile? Ze is een Française. Ik heb haar vijf jaar geleden leren kennen. Heel mooi. Heel jong. Te jong, denk ik. We waren een jaar lang heel gelukkig en toen niet meer. Ze wilde kinderen, een groter huis, meer geld. Ik niet, dus nu heeft ze me in de steek gelaten. Geen goede staat van dienst, hè?'

'Nou, ik zou niet graag willen dat je de vader zou zijn van mijn ongeboren kinderen.'

'Ben je van plan meer kinderen te krijgen?'

'Absoluut niet.'

'In dat geval is er geen probleem. Wanneer kun je bij me intrekken?'

Sarah lachte. Ze wilde dat ze haar jongere ik kon bezoeken en haar vertellen dat Barney Melton haar op een goede dag zou vragen bij hem te komen wonen. 'Barney,' zei ze, in een poging serieus te blijven en zich te verzetten tegen de onweerstaanbare vonkjes van geluk die door haar hoofd dansten, 'we kennen elkaar nauwelijks.'

'We leren elkaar kennen,' zei hij, 'als je blijft.'

Sarah schonk een glas water in en dronk gulzig. 'Zo simpel is het leven niet. Bovendien is Andrew er nog en het huis en...'

'Ik dacht dat Andrew het huis wilde verkopen? Laat het hem verkopen.'

'En dan zijn er mijn zoons...'

'Die kunnen je hier komen opzoeken. Ik denk dat ze het hier meer naar hun zin zullen hebben dan in Ambercross. Je man heeft je in de steek gelaten, je zoons zijn volwassen en jij moet sowieso verhuizen. Dus wat is het probleem?'

Hij deed alles zo simpel lijken, zo ongecompliceerd, zo redelijk. Een man, dacht Sarah die geen enkele poging in het werk had gesteld haar terug te zien na hun eerste nacht samen. Ze zette haar ellebogen op de tafel en steunde met haar kin op haar handen. 'Zeg eens eerlijk. Zou je je eigenlijk niet doodschrikken als ik zei dat ik bij je zou intrekken?'

'Heel eerlijk gezegd,' antwoordde Barney ernstig, 'het zou me verbazen als je erin toestemde iets zo riskants te doen, omdat ik denk dat je iemand bent die nooit een risico neemt. Heel eerlijk gezegd, ik had gehoopt dat je zou besluiten je levenslange gewoontes te veranderen.'

Sarah deed haar mond open en weer dicht. Was ze een geboren lafaard? Ze deed haar uiterste best een paar serieuze risico's te bedenken die ze had genomen. Ze had er natuurlijk in toegestemd in *Rebecca* te spelen, maar alleen omdat ze er min of meer toe gedwongen was door Miriam en Audrey.

Barney grinnikte. 'Arme Sarah! Ik heb je volkomen in de war gebracht, hè? Laten we het voorlopig hierbij laten. Na de lunch gaan we naar het museum. Je zult het prachtig vinden.'

Toen Miriam Sarah later vroeg naar haar opinie over het museum, kon Sarah er niet veel over zeggen. Ze wist dat ze keramiek en schilderijen had gezien, maar specifieker dan dat kon ze niet zijn. Ze hadden alle vier de verdiepingen bezichtigd en Sarah reageerde op Barneys commentaren met de juiste woorden en gebaren, maar al die tijd voerde ze een gepassioneerd debat in haar hoofd. Moest ze met de o, zo aantrekkelijke en geweldige Barney op het mooie eiland Mallorca gaan wonen of moest ze terugkeren naar haar vernederende positie van de 'verlaten vrouw van Ambercross' en een onzekere toekomst in een of ander armzalig flatje? Of anders gezegd, moest ze vrienden en een leven dat ze kende in de steek laten voor een man van wie ze heel weinig wist behalve dat hij een groot talent had om vrouwen en kind te verliezen?

In de auto op weg naar huis bleef de kakofonie van strijdige adviezen door haar hoofd dreunen. Stel je voor, elke nacht met Barney slapen! Maar zou ze uiteindelijk wel elke nacht met Barney slapen? Hoe kon van een man die met talloze vrouwen naar bed was geweest verwacht worden dat hij een vrouw trouw zou blijven die de eerste jeugd allang achter zich had gelaten en misschien ook al haar tweede en derde?

Ze besefte dat ze de afslag naar de cottage voorbij waren gereden. 'Waar gaan we naartoe?' vroeg ze.

'Ik wil je iets laten zien,' zei Barney. Hij parkeerde de auto aan de kant van de weg en sprong eruit.

Sarah deed het portier open, volgde hem over de met gras begroeide heuvel en stopte toen plotseling. 'We staan aan de rand van een klif!'

Barney stond achter haar en sloeg zijn armen om haar middel. 'Ik heb je vast!' zei hij. 'En kijk nu eens naar dat uitzicht!'

Sarah keek uit over de zee. In de verte zag ze een klein eiland dat als de kop van een zeemonster uit het water omhoogstak.

'Dit is een van mijn lievelingsplekjes,' zei Barney. 'Het is niet spectaculair of dramatisch, maar ik hou ervan. Wil je dit werkelijk allemaal in de steek laten?'

Nee, dat wilde Sarah niet. Zoals ze daar stond met Barneys armen om haar heen en zijn gezicht dicht bij het hare, leek alles heel duidelijk. Verhuizen moest ze toch. De jongens waren het huis uit. Werd het geen tijd om eens een beetje lef te tonen? 'Weet je zeker,' vroeg ze, 'dat je wilt dat ik hier kom wonen?'

Hij draaide haar naar zich toe. 'Is dat een ja?'

'Ik neem aan,' zei Sarah, 'dat het dat is.' Ze keek lachend naar hem op. 'Je weet toch dat dit waanzin is, hè?'

'Volslagen waanzin.' Barney grijnsde. 'Wanneer kom je?'

'Over een paar maanden. Ik moet eerst dat toneelstuk achter de rug hebben. Het liefst zou ik onder de bescherming van de duisternis wegglippen zodra het is afgelopen, zodat niemand probeert me wijs te maken dat het oké was.'

Barney pakte haar hand en liep met haar naar de auto. 'Ik begrijp niet waarom je niet meteen weg kunt. Ze kunnen toch zeker wel iemand vinden om je rol over te nemen?'

'Ze zouden me die rol nooit gegeven hebben als ze iemand anders hadden. Zo wanhopig waren ze. Ik kan nu niet weglopen.'

Barney opende het portier voor haar en liep naar de andere kant. Twee maanden zonder Barney leek inderdaad wel heel erg lang. Ze keek naar hem terwijl hij instapte en legde haar hand op zijn knie. 'Ik zou met Pasen een paar dagen kunnen komen.'

'Duurt te lang. Kom voor mijn verjaardag.' Hij boog zich naar haar toe en kuste haar langzaam; zijn vingers streelden haar hals. Haar hart begon sneller te kloppen. Haar hoofd mocht dan een wirwar van besluiteloosheid zijn, haar lichaam was dat beslist niet. 'Ik vind,' mompelde hij, 'dat we naar binnen moeten gaan om het te vieren.'

Sarah deed haar best zich te beheersen. 'Over een paar uur moeten we naar Miriam en Antonio.'

Barney stak zijn sleuteltje in het contact. 'Voor het soort feest-je dat ik in mijn hoofd heb,' zei hij, 'is een paar uur ruim vol-doende.'

'Vertel eens,' zei Sarah. 'Hoe was Antonio's zuster? En haar man? Waren ze werkelijk de mooiste mensen op aarde?'

Ze zaten samen in het restaurant. Antonio en Barney waren bezig in de keuken. Het enige licht kwam van het houtvuur en de kaarsen die Antonio overal had aangestoken. Hij had beide vrou-wen een groot glas Rioja gegeven en in het kaarslicht had de don-kerrode wijn een onaardse gloed.

'Nee,' zei Miriam. Ze verwijderde een olijvenpit uit haar mond en legde die zorgvuldig in het midden van de asbak. 'Maar je kon zien dat ze dat geweest waren. Belen was een heel mollige, Ru-bensachtige vrouw: flinke boezem, brede heupen, grote warme ogen. Híj was ook niet bepaald mager. Hij had een fantastische bos grijs haar. Hij deed me denken aan een nobele hengst.'

'Heel poëtisch,' zei Sarah. 'Ik kan me voorstellen hoe hij met beide voeten op de grond stampt. Je vond hem kennelijk aar-dig.'

'Ze waren een verrukking om te zien. We hadden een overheer-lijke lunch en ze zaten ieder aan een eind van een grote schragen-tafel. Ik zag hem een keer naar haar kijken en ze glimlachten naar elkaar over de tafel heen. Ik kan me niet herinneren wanneer ik voor het laatst een getrouwd stel op die manier naar elkaar heb zien glimlachen. Antonio's moeder heeft me twee keer gevraagd of ik van kinderen hield. Ze vertelde me dat het haar grootste wens was om mee te maken dat Antonio een zoon kreeg!'

'Was het niet haar verjaardag? Je hebt haar hoop toch niet de bodem ingeslagen?'

'Ze zou me niet geloofd hebben als ik dat had gedaan. Ik heb nog nooit een moeder gekend die zo verzot was op haar zoon. Ik zei haar dat ik dacht dat ze nog heel lang zou blijven leven. Ik weet zeker dat het waar is. Antonio zegt...'

'Je hebt het over mij!' kraaide Antonio, die met een enorme ronde schotel binnenkwam waarop een reusachtige tortilla lag. 'Het was een mooi feest,' zei hij tegen Sarah. 'Miriam hield van ons allemaal.'

'Ik hield van je familie,' verbeterde Miriam hem nadrukkelijk. 'En,' ging ze op verzoenender toon verder, 'van je kookkunst.'

'Natuurlijk hield je daarvan!' Antonio draaide zich om naar de keuken. 'Barney! Wat doe je daar?'

'Ik ben hard aan het werk.' Barney liep naar de tafel met een brood en een schaal gesneden tomaten in olijfolie.

'Je snijdt een paar tomaten en dat noem je hard werken? Geen wonder dat je zo mager bent. Je hebt nooit leren koken.'

'Hij kan een goeie risotto maken,' zei Sarah.

'Heeft hij voor je gekookt? Ongelooflijk! Je moet wel een heel bijzondere vrouw zijn! Barney, waarop moeten we eten?'

'Verdomme!' zei Barney en ging terug naar de keuken.

Antonio begon de tortilla te snijden. 'Sarah?' vroeg hij. 'Is dat stuk groot genoeg voor je?'

'Veel te groot,' protesteerde Sarah. 'De helft is meer dan voldoende.'

'Maar dat is niets! Vind je mijn tortilla niet lekker?'

'Ik ben er dol op. Ik heb alleen niet zo'n honger.'

'Pardon?' Miriam reikte over de tafel en legde haar hand op Sarahs voorhoofd. 'Heb jij geen honger? Je hebt altijd honger!' Ze zwaaide naar Barney die terugkwam met de borden. 'Sarah is haar eetlust kwijt! Wat heb je met haar gedaan?'

Barney keek naar Miriam met een vertoon van verwarring waar niemand in trapte. 'Wil je echt dat ik het je vertel?'

Miriam keek hem vernietigend aan. 'Seks heeft er niets mee te maken. Sarah heeft altijd honger.'

'Misschien,' opperde Antonio, 'is Sarah te gelukkig om honger te hebben.'

'Ik denk,' gaf Sarah toe, 'dat je gelijk hebt.'

'Zeg nooit tegen Antonio dat hij gelijk heeft,' beval Miriam, 'zelfs al heeft hij dat. Waarom ben je zo gelukkig? Onze vakantie is afgelopen en jij bent gelukkig?'

'Ik weet waarom ze gelukkig is,' zei Barney. 'Wil je dat ik het je vertel?'

'Als je me gaat vertellen wat ik denk dat je gaat zeggen, dan niet, nee.'

'Als je denkt dat ik ga zeggen wat ik denk dat jij denkt dat ik ga zeggen, voel ik me geschokt.' Barney schudde spijtig zijn hoofd en nam een flinke homp brood. 'Sarah is gelukkig omdat ze als een intelligente vrouw erin heeft toegestemd bij me te komen wonen op Mallorca.' Hij staarde voldaan naar Miriams gezicht. 'Je hebt vast niet gedacht dat ik dat zou zeggen.'

'Sarah!' Antonio liep naar Sarah toe en sloeg zijn armen om haar heen. 'Ik ben zo blij! Nu kun jij voor hem koken en hoeft hij niet iedere dag bij mij te komen eten!'

'Een goed punt,' zei Barney. 'Kun je koken, Sarah?'

'Ze kan uitstekend koken,' antwoordde Miriam verontwaardigd.

'In dat geval,' zei Barney, 'blijft de uitnodiging staan.'

'We moeten champagne hebben!' beval Antonio. 'Barney? Kom mee. Jij mag de glazen dragen.'

'Baas, baas, baas,' mompelde Barney terwijl hij Antonio naar de keuken volgde.

Sarah pakte haar glas op en speelde ermee, staarde naar het donkere vocht dat van de ene kant naar de andere golfde. 'Ik weet het,' zei ze verlegen, 'ik ben gek.'

'Dat ben je.' Miriam schudde ongelovig haar hoofd. 'Knettergek. Je weet niets van hem. Ik kan niet geloven dat je dit werkelijk gaat doen! Het is zo helemaal niets voor jou! Weet je zeker dat je dit wilt?'

Sarah knikte.

'Weet je zeker dat je niet gewoon je jeugddroom waarmaakt?'

'Tja,' gaf Sarah toe, 'natuurlijk doe ik dat.'

'Sarah!' Miriam schudde haar hoofd. 'Je hebt twee nachten en een dag met Barney doorgebracht. Op grond van twee nachten en één dag ben je van plan je huis op te geven en bij hem in te trekken. Is dat de daad van een verstandige vrouw?'

'Nee,' was Sarah het met haar eens. 'Dat is het niet. Ik ben mijn leven lang verstandig geweest en je ziet wat het resultaat is. Ik leef in een soort leegte, leef met een vraagteken. Kun je een betere tijd bedenken om erachter te komen hoe het is om iets te doen dat niet verstandig is?'

Miriam haalde haar schouders op. 'Ik weet niet wat ik moet zeggen.'

'Dat is niets voor jou!'

'Ik weet het.' Miriam leek oprecht verbijsterd. 'Ik bedoel, ik weet zeker dat het verkeerd is, maar als je het zo stelt, klinkt het eigenlijk wel goed.' Haar mond vertrok. 'Ik ben benieuwd wat Andrew ervan zal zeggen!'

Sarah liet een sarcastisch lachje horen. 'Hij zal het huis nu kunnen verkopen. Hij zal het dolletjes vinden.'

'Hmm!' zei Miriam. 'Daar zou ik niet te veel op rekenen.'

# Een gelukkige ex-echtgenote is een aantrekkelijke ex-echtgenote

In Engeland regende het toen ze terugkwamen, maar daar trok Sarah zich niets van aan. Ze verheugde zich erop haar nieuws te vertellen en het verstikkende medelijden van zich af te werpen. Niet langer de bedroefde Sarah, maar de doortastende Sarah die beslissingen durfde te nemen en op het punt stond naar het buitenland te vertrekken om samen met haar minnaar in de zon te gaan leven. Wat een verschil kon één week maken! Toen de trein Gillingham binnenreed, kon ze bijna niet wachten tot ze thuis was.

Ze ging haar auto ophalen en reed rechtstreeks naar de supermarkt. Ze bracht veel te veel tijd door op de fruitafdeling om uit te maken of bananen meer sexappeal hadden dan druiven. Gekweld door besluiteloosheid, want in haar huidige stemming zag alles er sexy uit, gooide ze bananen, appels, druiven, pruimen, mango's en perziken in haar kar. Voor de goede orde deed ze er ook nog een bos witte tulpen bij en rechtvaardigde die uitspatting met de twijfelachtige logica dat het fruit voor haar werk was, dus dat ze zich de bloemen kon veroorloven.

Een van de plezierige dingen van het thuiskomen was het bekijken van de post en het afluisteren van de berichten op het antwoordapparaat. Sarah had bij haar terugkomst van een vakantie nooit iets opwindenders aangetroffen dan een brief van haar moeder, maar ze bleef hopen. Deze keer lag de gebruikelijke stapel mogelijkheden te wachten op de mat. Ze pakte haar boodschappen uit, maakte een kop thee en ging aan de tafel zitten.

Er was een brief van *The Reader's Digest*, die haar verzekerde dat door een ongelooflijk gelukkig toeval alleen zij van alle mensen in de buurt was uitverkoren voor de kans op vijfentwintigduizend pond. Sarah had al heel vaak van dat gelukkige toeval geprofiteerd, maar omdat de vijfentwintigduizend pond altijd martelend onbereikbaar waren gebleven, nam ze zelfs niet meer de moeite om te bedenken hoe ze die zou uitgeven.

Er was een gefotokopieerde brief van haar schoonzus die haar uitnodigde Tamzins maandlange onthouding van snoep te sponsoren en een uitnodiging van het Kunstcentrum om een aantal van haar schilderijen te exposeren.

Er was een brief van een vereniging tot dierenbescherming om ezels te redden en een van een kledingfirma die suggereerde dat ze haar leven kon veranderen als ze hun fantastische catalogus aanvroeg. Sarah, die op het punt stond haar leven te veranderen zonder de hulp van nieuwe kleren, had de ongebruikelijke en verrukkelijke gewaarwording zich zelfvoldaan te voelen. Een tuincatalogus bood een werkelijk weerzinwekkend eetservies aan bij haar eerste bestelling. Het drong tot haar door dat ze nooit meer in haar leven een diner hoefde te geven of bij te wonen. Vaarwel, Clementine Delaney, hallo Barney!

Ten slotte vond ze onder de tuincatalogus niet één, maar twee brieven uit India. Sarah maakte ze open en spreidde ze uit. Ondanks het feit dat ze zich in verschillende delen van het land bevonden, hadden de jongens hun moeder op dezelfde dag geschreven. Het merkwaardige gedrag van tweelingen bleef Sarah fascineren. Jaren geleden, toen de jongens pas zes waren, hadden Andrew en zij hen meegenomen op een treinreis naar York. Beide jongens waren op precies hetzelfde moment naar het toilet aan beide kanten van de wagon gegaan. Na ongeveer twintig minuten stootte Andrew Sarah aan en wees naar de rijen die zich vormden. Sarah had zich een weg gebaand naar het ene eind van de wagon om te informeren bij Ben, die haar verzekerde dat alles in orde was. Toen had ze zich naar het andere eind geworsteld, waar ze hetzelfde opgewekte antwoord kreeg van James. Na nog eens tien minuten, toen Andrew zijn gezicht achter zijn handen had verscholen, kwamen de jongens op precies hetzelfde moment tevoorschijn. Sarah was er erg van onder de indruk, de mensen in de rijen minder.

Beide brieven waren met identieke hanenpoten geschreven. James, die kennelijk smoorverliefd was op de bruid, wilde Sarah laten weten dat Andromeda... heette ze echt Andromeda?... heel verstandig was geweest om de bruidegom in de steek te laten, die schijnbaar over niets anders kon praten dan over de toestand van zijn ingewanden. Sarah voelde iets van een vluchtig medelijden met de bruidegom en kon alleen maar hopen dat James niet ziek zou worden terwijl hij bij haar was. Ben had zich aangesloten bij een groepje Canadezen. Een van hen, een meisje dat Kate heette, werd minstens vier keer genoemd. Beide jongens klonken heel gelukkig en geen van hen gaf blijk van enig heimwee naar Ambercross.

Sarah keek om zich heen in de keuken. Dit was altijd haar favoriete plek geweest. Het vertrek werd gedomineerd door de oude grenen keukenkast die zij en Andrew voor tachtig pond hadden gekocht toen ze hier kwamen wonen. Aan de ene kant stond het rode fornuis dat ze hadden gekocht van vrienden van vrienden in Eastbourne. Het was gedemonteerd en naar Ambercross gebracht, waar ze het zorgvuldig weer in elkaar hadden gezet. Tien jaar geleden hadden ze de grote schragentafel gekocht, waaraan de jongens uren hadden doorgebracht met het in elkaar zetten van hun ingewikkelde Lego-bouwsels. Sarah hield van al die dingen. Een week geleden had ze de gedachte aan de verdeling ervan pijnlijk gevonden, maar Andrew en de jongens waren doorgegaan met hun leven en dat moest zij ook doen. Het had geen zin zich vast te klampen aan een verleden dat niet meer bestond. Sarah hoopte dat ze ook tot een dergelijk begrip zou zijn gekomen zonder de vakantie op Mallorca, maar ze moest toegeven dat het een stuk gemakkelijker was een nieuwe toekomst te omarmen als die de mogelijkheid inhield daarbij ook Barney te omarmen.

Er stonden maar drie berichten op het antwoordapparaat. Het eerste was een schijnheilig bericht van Andrew. 'Ik spreek je dinsdagavond. Ik ben het huis voor je gaan controleren. Wist je dat je het raam van de slaapkamer open had laten staan? Niet erg verstandig. Ik heb het dichtgedaan. Hoop dat je een prettige vakantie hebt.'

Het tweede was een ademloos bericht van Jennifer. 'Sarah! Je raadt nooit wat ik gisteravond gedaan heb! Bel me!'

Het derde was een heel wat beschroomder bericht van Martin. 'Hoi, Sarah, welkom thuis! Ik hoop dat je een prettige vakantie hebt gehad en dat je je tekst perfect kent, want dat doe ik niet. In ieder geval, wat ik wilde zeggen, nou ja, ik wilde alleen maar zeggen welkom thuis maar dat heb ik al gezegd, hè? Ik kan niet zo goed uit mijn woorden komen op zo'n antwoordapparaat. Dus ik zie je dinsdag, en, nou ja, ik zie je!'

Die lieve Martin. Sarah popelde van ongeduld hem haar nieuws te vertellen. Ze wilde haar blijdschap uitspreiden als jam. Maar eerst moest ze Andrew bellen.

Hyacinth nam op. Een week geleden had Sarah de telefoon misschien neergelegd. Nu zei ze opgewekt: 'Hyacinth! Hoe gaat het? Met Sarah Stagg.'

'O. Hallo, Sarah. Heel goed, dank je.' Hyacinth klonk erg verward. 'Ik zal Andrew halen.' Arme Hyacinth, dacht Sarah toegeeflijk, ze wist niet hoe gauw ze bij de telefoon vandaan moest komen. Sarah maakte het zich gemakkelijk in haar stoel en legde haar benen op tafel.

'Sarah?' Andrews stem klonk behoedzaam. 'Heb je een leuke tijd gehad?'

'O, ja,' antwoordde Sarah. 'De beste vakantie van mijn leven!'

'Werkelijk?' Andrew leek een beetje van zijn stuk gebracht door zoveel enthousiasme. 'Ik ben nooit op Mallorca geweest. Had je goed weer?'

'Het weer hield niet over, maar het eiland is prachtig. Jij en Hyacinth moeten er eens naartoe gaan. Jullie zouden het er heerlijk vinden!'

'Denk je?'

'O, ja. Het is perfect! Absoluut perfect!'

'O,' zei Andrew.

Sarah glimlachte. Met de minuut ging ze meer van het gesprek genieten. 'Ik wilde je vertellen dat ik in mei uit Ambercross vertrek, dus je kunt het huis op de markt brengen wanneer je maar wilt. Natuurlijk...'

'Wacht eens even!' viel Andrew haar scherp in de rede. 'Ik begrijp je niet. Je vertrekt in mei uit Ambercross? Wat bedoel je? Waar ga je naartoe? Hoe lang ga je? Ik begrijp het niet.'

Sarah lachte. Ze had Andrew nog nooit zo verbijsterd gehoord. 'Ik verhuis naar Mallorca zodra het toneelstuk is afgelopen. Ik heb een man leren kennen, zie je, een geweldige man, om eerlijk te zijn. Hij heeft gevraagd of ik bij hem kom wonen.'

Er viel een verblufte stilte. 'Je hebt een man leren kennen?' zei hij ten slotte. 'Wat voor man?'

'O, je weet wel, de gebruikelijke soort, twee armen, twee benen, dát werk.'

'Nee, ik bedoel, wie is hij? Je bent een week op Mallorca, je ontmoet een vreemde man en nu ga je met hem samenwonen?'

'Wel, feitelijk zaten we samen op de kunstacademie, maar we kenden elkaar toen niet echt. Ik aanbad hem uit de verte. De eerste avond zaten Miriam en ik in een restaurant, en toen zag ik hem!'

'O.' Weer viel er een lange stilte. 'Heb je... Toen je... Heb je...'

'Seks met hem gehad? Ja. Hij woont in een kleine cottage aan de kust. Prachtig.'

Er viel een verbijsterde stilte, en Sarah zag geen reden die te verbreken. 'Dus,' zei Andrew ten slotte, 'je gaat op Mallorca wonen? En de jongens dan?'

'Met de jongens gaat het prima. Ik heb brieven gekregen van ze. Ze kunnen me op Mallorca komen bezoeken wanneer ze maar willen.'

'Ik ben natuurlijk erg blij voor je...'

'Dank je,' zei Sarah. 'Dat wist ik.'

'Ja, natuurlijk ben ik dat, maar,' Sarah had gewacht op het 'maar', 'ik moet zeggen dat het allemaal een beetje belachelijk klinkt. Als ik eerlijk ben, Sarah, en ik weet dat je wilt dat ik eerlijk ben, klinkt het heel erg belachelijk. Je gaat een paar dagen naar Mallorca, je ontmoet een of andere man en je besluit je leven om te gooien. Je moet toch inzien dat het belachelijk is.'

Sarah haalde haar voeten van de tafel. 'Jij ontmoet een vrouw en je besluit je leven om te gooien. Een hoop mensen vonden dat ook belachelijk.'

'Je hoeft je niet zo op te winden. Ik geef om je, Sarah, ik wil niet dat je gekwetst wordt.'

'Je vond het verleden jaar niet erg dat ik gekwetst werd toen je met Hyacinth naar bed ging. Het enige verschil tussen jou en mij, en dat is een heel groot verschil, is dat jij ervandoor ging met Hyacinth, wetend dat het mijn hart zou breken, en ik ervandoor ga met Barney zonder iemand verdriet te doen.'

'Barney? Heet hij Barney?'

'Ja, hij heet Barney. Wat mankeert er aan Barney?'

'Er mankeert niets aan Barney. Hoor eens, ik wil geen ruzie met je, ik ben erg blij voor je als dit je écht gelukkig zal maken, maar ik moet zeggen dat het me een krankzinnige verliefdheid lijkt, en ik hoop alleen maar dat het niet een emotionele reactie van je is.'

Sarah haalde diep adem. 'Aardig van je om zo bezorgd te zijn, maar ik was al verliefd op Barney lang voordat ik jou kende en hij schijnt te denken dat ik hem gelukkig kan maken. En jij zou ook gelukkig moeten zijn. Nu kun je contact opnemen met een makelaar wanneer je maar wilt.'

'Sarah.' Andrews stem klonk verontwaardigd. 'Jouw welzijn is belangrijker dan een makelaar. Bovendien,' hij zweeg even, 'heb ik het erg druk. Ik dacht dat jij voor dat alles zou zorgen.'

'Ik vrees dat ik geen tijd heb. Ik ben overstroomd door werk op het ogenblik. Trouwens, jij bent degene die het zo graag wil verkopen.'

'Hoor eens,' zei Andrew moeizaam, 'ik moet hierover nadenken. Ik bel je over een paar dagen.'

'Mooi,' zei Sarah. 'Pas goed op jezelf!' Ze drukte met een zwierig gebaar de knop in en stak haar hand in de lucht. 'Yess!!'

Vrijwel onmiddellijk ging de telefoon.

'Goeiemorgen!' riep Sarah uit.

'Sarah? Met Jennifer! Wat klink jij vrolijk!'

'Ik heb net een uiterst bevredigend gesprek gehad met Andrew.'

'Heus? Waarom?'

'Ik vertelde hem dat ik op Mallorca ga wonen met Barney Melton. Hij kon zijn oren niet geloven!'

'O,' zei Jennifer na een korte stilte. 'Ik begrijp er niks van.'

Sarah grinnikte. 'Het is een lang verhaal.'

'Wacht even... Wat is er, George? Hij ligt in de zitkamer... Wat?... Nou ja, hij lag in de zitkamer! George, ik praat met Sarah... Wat?... Sarah, de groeten van George.'

Sarah herinnerde zich het diner en zei glimlachend: 'Doe hem vooral de groeten van mij!'

'O, verdraaid, George! Sarah, ik moet ophangen, we staan op het punt om uit te gaan en hij is zijn bril kwijt. Kun je morgen koffie komen drinken?'

'Kan ik vroeg komen, om een uur of negen? Ik heb het ontzettend druk met schilderen.'

'Kom om zeven uur als je wilt.'

'Negen uur is prima. Tot morgen!' Sarah legde de telefoon neer en liep de tuin in. De sneeuwklokjes bloeiden en er waren zelfs al een paar dappere narcissen. Ze bleef staan, bruisend van opwinding. Ze had Barney willen bellen, maar Barney had haar gewaarschuwd dat hij een hartstochtelijke hekel had aan de telefoon en die alleen gebruikte voor zakelijke gesprekken. Ze herinnerde zich Martins bericht en glimlachte. Ze zou Martin bellen. Ze strekte haar armen omhoog en ging weer naar binnen.

Martin reageerde met vleiend enthousiasme op haar stem. 'Sarah! Wat fijn dat je terug bent! Hoe was het? Heeft je vriendin haar vakantie-avontuurtje gehad?'

'Helaas niet,' zei Sarah, 'maar ik wél!'

'Goed zo! Mijn vader zou zeggen dat je een Spanjaard nooit moet vertrouwen.'

'En je vader kon het weten natuurlijk! Barney is niet Spaans, hij is Engels!'

'Barney?'

'Mijn romantische vakantie-avontuur. Hij woont in Puerto d'Andratx. Hij zat samen met mij op de kunstacademie. Ik was smoorverliefd op hem en hij zag mij niet staan. Ik kon mijn ogen niet geloven toen ik hem daar tegen het lijf liep!'

'Ik neem aan dat hij je deze keer wél zag staan.'

'Ja. En, Martin, je raadt het nooit.'

'Waarschijnlijk niet,' gaf Martin toe. 'Ik ben nooit erg goed geweest in raden.'

'Hij wil dat ik bij hem kom wonen op Mallorca! Als het toneelstuk is afgelopen, ben ik hier weg! Het is zo'n fantastisch eiland. Ik wou dat je erbij was geweest, je zou het heerlijk hebben gevonden.'

'Denk je?'

'Er is zoveel te zien! Als je je reis gaat maken, moet je komen logeren, dan zal ik inmiddels volkomen ingeburgerd zijn en zal ik je alle mooie plekjes kunnen laten zien.'

'Dat zou prettig zijn. Dus het is geen grap? Je gaat echt op Mallorca wonen?'

'Ja. Ik moet eerst een paar heel belangrijke schilderijen maken. O, natuurlijk, dat weet je nog niet! Ik heb de opdracht gekregen voor de nachtclub! Duizend pond per schilderij! Dat geloof je toch niet?'

'Je talent kennende, doe ik dat wel, ja. Ik ben erg blij voor je.'

'Dank je.'

'Ik kan nu maar beter ophangen. Ik heb nog een en ander te doen. Ik zie je op de repetitie. Tot dan.'

Sarah legde de telefoon neer. Ze voelde zich een beetje teleurgesteld. Ze had verwacht dat Martin enthousiaster zou zijn over haar nieuws. Misschien had ze op een verkeerd moment gebeld. Ze had het gevoel of er een schaduw op haar viel, en de rest van de dag was ze bezig die van zich af te schudden.

# Probeer verwachtingen
# te overtreffen

Jennifer deed al open voordat Sarah kon aanbellen. 'Sarah! Je bent vijf minuten te laat! Ik sterf van nieuwsgierigheid! Ga mee naar de keuken, ik heb koffie gezet, je moet alles vertellen!'

Sarah duwde Jennifers labrador, die voor haar voeten lag, voorzichtig van zijn plaats en volgde Jennifer naar binnen. 'Dat doe ik graag, maar jij moet mij vertellen waar je bericht op mijn antwoordapparaat over ging. Het klonk heel geheimzinnig.'

'Eerst jouw nieuws. Je moet me alles vertellen. Vanaf het begin.'

Jennifer kon goed luisteren. In tegenstelling tot Martin, die bijna geen belangstelling had getoond voor Sarahs wereldschokkende mededeling, wilde Jennifer elk detail weten. Dus vertelde Sarah haar over het martelende jaar op de kunstacademie toen ze Barney had zien zoenen met meisjes die mooier en glamoureuzer waren dan zij ooit zou zijn. Ze vertelde Jennifer over de ontmoeting in het restaurant, het etentje daarna en de gevolgen daarvan. ('Zeg dat hij niet snurkt,' smeekte Jennifer en na de verzekering dat hij dat niet deed, zei ze opgewekt: 'Ik wist het. Hij klinkt goddelijk!') Zittend in Jennifers keuken, met de rustig rondtrippelende honden, leek de hele vakantie bijna een droom.

'O, Sarah!' zuchtte Jennifer. 'Het klinkt te mooi om waar te zijn! Je bent een bofferd! Wat moet ik zonder jou beginnen als je weg bent?'

'Je zult me moeten komen opzoeken.'

'Probeer me maar eens bij je vandaan te houden. Ik zal heel erg mijn best doen niet jaloers te worden. Ik wed dat Andrew de pest in heeft.'

'Hij heeft het recht niet om de pest in te hebben. Hij heeft mij in de steek gelaten. Ik kan doen wat ik wil.'

'Ja, lieverd, maar Andrew heeft een bodemloos ego. Je bent gevallen voor een man die niet Andrew is! Hij had verwacht dat je de rest van je leven beleefd naar hem zou blijven hunkeren.'

'Hij wilde het huis verkopen! Hij wil het nog steeds verkopen! Hij hoort in de zevende hemel te zijn! Alles loopt op rolletjes voor hem. En vertel me nu jouw nieuws. Wat is er gebeurd?'

'Ontwikkelingen!' Jennifer schoof haar kopje opzij. 'Woensdag besloot ik dat ik moest weten wat George uitspookte. Dus reed ik om vijf uur naar zijn kantoor, controleerde of zijn auto er nog stond en bleef wachten. Ik kan je één ding vertellen: ik zal nooit privédetective worden. Het is ongelooflijk saai. Ik moest bijna een uur wachten en ten slotte kwam George naar buiten. Hij stapte in zijn auto en ik volgde hem.'

'Heeft hij je gezien?'

'Ik had mijn zonnebril op en bovendien deed ik het heel onopvallend, ik kwam niet te dichtbij. Twee keer raakte ik hem bijna kwijt. Maar om kort te gaan, hij reed naar Frome en parkeerde in Somerset Road. Ik zag hem uitstappen en op de deur van een huis kloppen. Er hing een mand met dode bloemen! Wat zegt je dat?'

'Ik denk,' zei Sarah peinzend, 'dat het me zegt dat de bewoonster óf een optimiste is die hoopt dat de bloemen uit zichzelf weg zullen gaan, óf iemand die geen tijd heeft om de bloemen te vervangen.'

'Het punt is,' zei Jennifer ongeduldig, 'dat George dergelijke dingen haat. Hij kan nooit voorbij een rozenstruik komen zonder de dorre bloemen eruit te plukken. Maar hij klopte vrolijk op de deur en keek zelfs niet naar die mand, En toen zag ik haar! De vrouw die ik in de apotheek had gezien. Hij gaf haar een zoen op haar wang!'

'Dat lijkt me geen verliefd stel.'

'Je zou George nooit zover krijgen dat hij iemand in het openbaar een zoen zou geven. Ik heb haar eens goed bekeken. Het is een slons!'

'En dat is de vrouw van wie je zei dat ze net zo gekleed was als ik?'

'Ja, maar jij bent schilderes en artiesten kunnen zich permitteren slonzig gekleed te gaan. Wat ziet hij in haar? Het maakt me zo kwaad!'

'Hoe lang bleef hij bij haar?'

'Ik heb geen idee. Ik ben meteen weggereden. Hij kwam pas over tienen thuis.'

'Wat heb je tegen hem gezegd?'

'Ik zei dat zijn vergadering erg lang geduurd had en dat gaf hij grif toe. Ik zei dat hij op moest passen want dat ik nog zou gaan denken dat hij een vriendin had en hij zei... het was eigenlijk heel vreemd, niets voor George om zoiets te zeggen, hij zei: "Zou je dat erg vinden?"'

'Dat lijkt van inzicht te getuigen.'

'Precies. Niets voor George.'

'Wat heb je gezegd?'

'Ik zei dat ik een kop thee zou maken en dan naar bed ging.'

'En wat zei George?'

'Hij zei dat hij naar *Newsnight* ging kijken.'

'Jennifer!' Sarah hief haar handen in de lucht. 'Dit was je kans om alles aan het licht te brengen en die heb je verknald! Hij gooide je de bal toe en je dook weg! Hoe kón je?'

'Ik weet het! Ik weet het! Ik raakte in paniek! Tot op dat moment was het een soort spelletje en plotseling deed George zo vreemd en ik wist dat ik aan de rand van een diep gat stond en ik durfde niet te springen omdat ik niet wist wat er op de bodem lag. Nou ja, ik weet het wél, veronderstel ik, het is die slons van een vrouw die helemaal Georges type niet is. Ze droeg een legerbroek!'

'Ik hou van legerbroeken.'

'Nou, George niet. In ieder geval vroeger niet. Ik begin te denken dat ik George eigenlijk helemaal niet ken.'

De telefoon ging in de hoek van de kamer en Jennifer stond op. 'Mama! Hoe gaat het? Je had wát? O, je hebt gedroomd vannacht.

Eh, fijn voor je... Nee, mama, natuurlijk wil ik alles erover horen, maar ik heb iemand op bezoek...'

Sarah glimlachte en stond op.

'Mama, wacht even.' Jennifer bedekte het mondstuk met haar hand. 'Ga niet weg, Sarah! Neem nog een kop koffie.'

Sarah schudde haar hoofd. 'Ik ben al te lang gebleven. Ik moet aan het werk. Tot gauw!' Ze blies Jennifer een kus toe en liep de keuken uit. Ze hoorde haar zeggen: 'Ik heb geen idee wat een tractor betekent, mama. Het was een zwarte tractor?'

Sarah liep terug door Finn Street en bleef staan bij de dorpswinkel. Ze moest brood hebben. Zelfs al had ze dat niet nodig, dan was ze toch naar binnen gegaan. Amy was alleen en wilde alles horen over Mallorca. 'Onze Jason gaat in juni naar Magaluf,' zei ze. 'Denk je dat het hem daar zal bevallen?'

'Daar ben ik niet geweest,' zei Sarah, 'maar het is een schitterend eiland. In Palma is een mooie kathedraal.'

'Ik geloof niet dat Jason belangstelling heeft voor kathedralen. Hij heeft alleen maar belangstelling voor...

Sarah kwam er niet achter waar Jason belangstelling voor had. Clementine kwam binnengewaaid met windkracht zes. 'Ik kan maar even blijven... O, hallo, Sarah, hoe gaat het met jou?... Ik heb het zo druk... Amy, je zult het niet geloven, maar ik heb een lijst zo lang als mijn arm met alle dingen die ik moet doen, maar je moet deze aankondiging voor me ophangen. We hebben gisteravond de vergadering gehad over het zomerfeest en we proberen een jury te vinden voor alle wedstrijden. Ik moet hollen. Sarah, jij zult zoals gewoonlijk de kunstinzendingen beoordelen, hè?'

'Ja,' zei Sarah automatisch, maar toen herinnerde ze het zich weer en ze ging verder: 'Nee, ik ben bang van niet. Dan ben ik weg uit Ambercross.'

De windhoos die naar de deuropening was gewaaid, leek plotseling een zuil. 'Ga je weg uit Ambercross? Wanneer?'

'In mei. Ik ga op Mallorca wonen.'

'Je gaat op Mallorca wonen? In je eentje?'

'O, nee.' Sarah, die zich bewust was van de intense aandacht van de beide vrouwen, telde zorgvuldig de muntjes uit voor het brood. 'Ik heb een oude schoolvriend ontmoet,' zei ze, alsof ze niet anders deed dan oude schoolvrienden ontmoeten. 'Hij is fotograaf. Hij heeft een prachtig huis aan de kust.'

'O!' zei Clementine. 'Wat spannend! Zijn jij en hij...' Ze zocht hulp bij Amy, die echter te strak naar Sarah stond te staren om de vraag aan te vullen.

'Ja,' zei Sarah stralend. 'Dat zijn we! Nu moet ik er als een haas vandoor! Ik heb een grote schilderopdracht.'

Het was een verrukking de verwarring en consternatie te zien op het gezicht van Clementine Delaney. Sarah huppelde bijna naar huis. Ze voelde zich een beetje schuldig omdat ze de feiten wat had aangedikt, maar het was de moeite waard geweest om de uitdrukking op Clementines gezicht te zien! Vaarwel, Sarah Stagg, mikpunt van medelijden en nauwverholen minachting. Hallo, Sarah, internationale vrouw vol glamour en romantiek!

# Leg niet teveel beslag
## op je vrienden

Dinsdagavond was de eerste repetitie die Sarah bijwoonde zonder de gebruikelijke angst voor vernedering. Andere gebeurtenissen in haar leven hadden *Rebecca* naar de achtergrond gedrongen. Per slot was het maar een toneelstuk voor een dorp dat ze binnenkort als vrijwillige bannelinge achter zich zou laten.

Ze maakte zich meer zorgen over haar ontmoeting met Martin, al was het maar om de onredelijke twijfels die door hun laatste gesprek bij haar waren gerezen. Ze wist dat ze paranoïde was. Hij had haar met een charmant berichtje gebeld toen ze op Mallorca was, hij had haar verwelkomd bij haar thuiskomst en gezegd dat hij blij was met haar goede nieuws. Hij had op het punt gestaan om uit te gaan toen ze belde en had weinig tijd gehad. Einde verhaal. Niettemin keek ze naar hem uit zodra ze de repetitieruimte binnen kwam en voelde zich gerustgesteld door de hartelijke glimlach waarmee hij haar begroette.

'Sta je alweer met beide benen op de grond?'

Sarah lachte. 'Ik verwacht dat dat vanavond zal gebeuren! Goed je weer te zien. Ben je nog in voor onze weekendwandelingen?'

Verbeeldde ze het zich of bleef het er een fractie van een seconde stil voor hij zei: 'Natuurlijk.'

Sally-Anne Furlong kwam naar hen toe. Ze zag er opvallend glamoureus uit voor de repetitie van een amauteuropvoering in een plaatselijke pub. 'Ik hoop dat jullie allebei rolvast zijn,' zei ze met een koket lachje. 'Als de officiële souffleuse verwacht ik niet minder!'

Sarah glimlachte. 'Ik heb het afschuwelijke gevoel dat je teleurgesteld zult worden! Tussen haakjes, je hebt een beeldige jurk aan.'

'Dank je! Ik kleed me graag goed aan voor een avond, dat geeft me zelfvertrouwen. Ik vraag me alleen af of deze niet te kort is voor een vrouw van mijn leeftijd. Snap je?'

'Als je goeie benen hebt,' zei Sarah wijs, 'moet je ze laten zien.'

'Ik vind dat je er geweldig uitziet,' zei Martin gloedvol.

'Dank je, Martin!' kirde Sally-Anne. 'Je bent lief.'

En zo lichtgelovig, dacht Sarah. Sally-Anne had zich niet opgetut om zelfvertrouwen te krijgen, ze had zich opgetut om Martin bewust te maken van Sally-Anne.

Audrey klapte in haar handen. 'Kom, mensen! Ik ga ervan uit dat jullie een prettige rustperiode hebben gehad en bereid zijn je uiterste best te doen! Vanavond repeteren we de belangrijke op één na laatste scène! Die is essentieel voor het welslagen van de opvoering. Aan het eind van de tweede akte kent het publiek de waarheid over Maxims huwelijk met Rebecca. Het publiek weet dat mrs. De Winter meer dan ooit van Maxim houdt, maar niet of Maxim echt van haar houdt. De auteur plaagt het publiek tijdens de gehele scène, dwaalt schijnbaar af van het huwelijk naar de rustige ondervraging door kolonel Julian. En dan, als Frank en kolonel Julian zijn vertrokken, zijn Maxim en zijn vrouw weer alleen en houdt Maxim dat mooie toespraakje.' Audrey zweeg even en liet haar ogen over de gezichten van haar cast dwalen. 'En dan kussen ze elkaar. Ik ben het ermee eens dat we hier geen hartstocht willen, want dat zou afbreuk doen aan onze romantische, adembenemende finale. Wat we hier willen is een trieste, zachte kus van twee eenzame mensen die steun zoeken bij elkaar.' Audrey pakte een zakdoek uit de zak van haar vest en snoot haar neus. 'Het hoort een heel roerende korte scène te worden. Aan de gang dus! Laten we voor een beetje dramatische spanning zorgen!'

Sarah nam haar positie in. Ze had niet veel tekst in deze scène omdat het voornamelijk om kolonel Julian en Maxim ging. Het werd algauw duidelijk dat Maxim, ondanks alles wat hij beweerde, zijn tekst goed geleerd had. De enige die Sally-Anne moest souffleren was kolonel Julian.

Het was aan het eind van de scène dat alles mis ging. Martin hield zijn toespraak en nam zijn plaats in om Sarah te kussen. Sarah hief haar gezicht naar hem op. Martin verstarde. Audrey riep: 'Kus haar, Martin!'

Martin keek met een gekwelde blik naar Sarah. De woorden leken langzaam uit zijn mond getrokken te worden. 'Ik... wil... Sarah... niet.. kussen!'

Er viel een verbijsterde stilte die slechts verbroken werd door een nerveus gegiechel van Sally-Anne. Sarah beet op haar lip en onderwierp de planken vloer aan een aandachtig onderzoek.

'Het spijt me,' zei Martin. 'Ik kan Sarah zo niet kussen. Ik kan het niet.'

'Martin!' zei Audrey ijzig. 'Er zijn maar zes mensen hier. Over minder dan acht weken zul je Sarah moeten kussen voor het oog van heel wat meer dan zes mensen!'

'Ik weet het,' zei Martin verslagen. 'Maar dan gebeurt het op het toneel, dan is het iets wat ik móet doen.' Het klonk of hij het kussen van Sarah beschouwde als een extreme beproeving. 'Ik heb het je al eerder gezegd, ik beloof je dat ik haar die avond zal kussen. Ik zal je niet in de steek laten. Maar nu kan ik het niet.'

'Je stelt me teleur, Martin,' zei Audrey. 'Ik ben diep teleurgesteld. En als je Sarah op die avond niet een eersteklas-zoen geeft, zal ik het je nooit vergeven.' Ze stond langzaam op uit haar stoel en zette haar bril af. 'Ik denk dat dit een goed moment is om de repetitie te beëindigen. Volgende week doen we de laatste scène. En laat me je eraan herinneren, Martin, dat je aan het eind van de laatste scène het summum van een zoen zult moeten geven. Denk daar maar eens over na. Sally-Anne, kan ik je een lift geven?'

Sally-Anne aarzelde. 'Nee, dank je, Audrey. Ik ga vanavond wel op eigen wieken naar huis.'

'Goed.' Audrey zuchtte. 'Ik ben moe. Mag ik jullie vragen de tafel en de stoelen uit de weg te ruimen?'

De cast, ingetogen en onderdanig, mompelde instemmend. Audrey pakte haar jas en tas, wenste iedereen goedenavond en liep met zware tred de trap af. Haar teleurstelling bleef drukkend in de lucht hangen. Alleen Sally-Anne scheen zich er niets van aan te trekken. Ze babbelde luchthartig over het weer terwijl ze hielp de stoelen op te stapelen, en danste toen naar Martin. 'Ik moet een grote gunst van je vragen,' zei ze. 'Kun je me een lift naar huis geven? Er is iets geks aan de hand met de kraan in de keuken en ik wil graag weten wat jij ervan denkt. Je zult natuurlijk wel moe zijn, maar het duurt maar heel even. Vind je het erg?'

Iets geks met de kraan in haar keuken! Werkelijk, dacht Sarah, zelfs zij had een beter excuus kunnen verzinnen.

'Nee,' zei Martin, 'ik vind het helemaal niet erg.'

'Je bent een engel!' zei Sally-Anne. 'Ik ga mijn jas halen.'

Martin keek even naar Sarah en liep naar haar toe. 'Ik wil me verontschuldigen,' zei hij, 'omdat ik zo'n idioot ben. Ik had deze rol nooit aan moeten nemen. Ik deug niet voor al dat romantische gedoe. Wat ik zei... ik weet dat het klonk...' Zijn ogen smeekten haar om hulp. 'Je weet toch wat ik bedoelde, hè?'

'Natuurlijk!' Sarah keek hem met een gerustellend lachje aan. 'Maak je geen zorgen! Audrey komt er wel overheen! Zie ik je zaterdag?'

'Ik bel wel.' Hij keek in de richting van Sally-Anne. 'Ik kan nu maar beter naar die kraan gaan kijken!'

Sarah zwaaide en riep: 'Tot ziens, Sally-Anne!' om duidelijk te maken dat ze het prima vond dat Sally-Anne Martin meetroonde voor een kleine flirt bij de keukenkraan. Waarom ze het nodig vond Sally-Anne dat duidelijk te maken, wist ze niet goed.

# Als je op de grond ligt, kun je niet op je neus vallen...

De dag na de repetitie begon Sarah aan het eerste fruitschilderij. Ze had voorlopige schetsen gemaakt van alle relevante aankopen uit de supermarkt. Ze had alle exemplaren een auditie afgenomen, zoekend naar stijl, sexappeal en persoonlijkheid. Ze was bijna verleid door de ronding van de Gala-meloen en de sensualiteit van de pruim, maar had ten slotte de appel gekozen wegens zijn iconische status, de banaan als ultiem fallisch symbool, de perzik omdat die het sappigst was van al het fruit dat ze gekocht had en de aardbei om zijn kleur.

De appel zou de ster worden van haar eerste schilderij. Overeenkomstig het verhaal over Adams verdrijving uit het paradijs, had ze besloten de appel te schilderen met een grote hap eruit. Prompt pakte ze er een uit de fruitschaal en beet erin. Toen verspilde ze ruim twintig minuten met zich in te denken dat ze in Adams schoenen stond (behalve dat Adam natuurlijk geen schoenen zou dragen, Adam zou helemaal niets dragen). Eva verleidde hem met de appel, hij wist dat God hem verboden had die te eten. Daaruit volgde dat hij bijna gek van verlangen moest zijn naar die appel en dus één reusachtige, verdwaasde hap nam en weinig van de appel overliet om te schilderen. Misschien was het verkeerd te veel de nadruk te leggen op Adam. Sarah zuchtte en ontdekte dat ze terwijl ze worstelde met Adam ongemerkt de hele appel had gegeten, op het onappetijtelijke klokhuis na.

Ze pakte nog een appel uit de schaal, bekeek die aandachtig, nam een middelgrote hap en bekeek hem nog eens. Dat was het! Nu kon ze beginnen!

De volgende paar dagen werkte Sarah als een bezetene. Ze speelde een selectie van de meest sexy muziek (Serge Gainsbourg, Donna Summer en Prince bleken het meest effectief) om haar geest geconcentreerd te houden op het karakter van de afbeelding. Barney bleef haar grootste inspiratie. Ze hoefde maar te denken aan de blik in zijn ogen toen hij haar achterover drukte tegen de kussens of de tergende traagheid waarmee zijn hand over de binnenkant van haar dij omhooggleed, en onmiddellijk werkte haar penseel met verdubbelde intensiteit. Dit schilderij, al deze schilderijen, zouden de vreugde, de opwinding en het genot van seks vieren.

Het nadeel van de herinneringen aan de seks waarvan ze met Barney genoten had, was dat het lang zo bevredigend niet was als daadwerkelijk seks hebben met Barney; feitelijk was het helemaal niet bevredigend. Een beker warme chocolademelk en een roman van Georgette Heyer bleken een armzalige vervanging.

Hij belde zaterdagavond, zijn laconieke stem bracht haar in herinnering dat de telefoon niet een wijze van communicatie was die hij erg op prijs stelde. 'Hoe gaat het met het schilderen?' vroeg hij.

'Goed, geloof ik, maar het is nog te vroeg om er iets over te kunnen zeggen. Hoe gaat het met jou?'

'Prima. Kom je nog voor mijn verjaardag?'

'Ik heb mijn vlucht al geboekt. Ik land in Palma op 21 maart om 3.58 uur.'

'Ik zal er zijn om 3.57 uur.'

'Dank je. Ik kan gewoon niet wachten tot ik er weer naartoe kan. Op het ogenblik is mijn hele leven gewijd aan de appel; het zal me goed doen er even tussenuit te zijn.'

'De appel?'

'Die ben ik nu aan het schilderen. Ik wou dat je kon zien wat ik gedaan heb. Ik wou dat ik jou kon zien.'

'Dat zul je. Op 21 maart. Om 3.58 uur. Pas goed op jezelf.'

Ze kon zich voorstellen hoe hij de telefoon neerlegde, een sigaret opstak. Wat zou hij dan doen? Misschien zou hij Antonio een maaltijd aftroggelen of een paar vrienden ontmoeten in een bar. Sarah wilde dat zij vrienden kon ontmoeten in een bar. Ze had in bijna drie dagen niemand anders gezien dan de postbode. Ze was blij dat ze Martin de volgende ochtend zou zien.

Om half tien die ochtend belde Martin en ze wist onmiddellijk dat ze hem niet zou zien.

'Hoi, Sarah,' zei hij. 'Vind je het heel erg als ik vandaag niet met je ga wandelen? Er is iets tussen gekomen.'

Op de achtergrond hoorde Sarah gegiechel dat een beeld bij haar opriep dat Sarah allesbehalve beviel.

'O, nee,' zei ze. 'Ik heb een hele hoop te schilderen.' Snel voegde ze eraan toe: 'Zie je dinsdag,' om te laten merken dat ze ook geen wandeling verwachtte op zondag.

Martin zei: 'Veel succes met je werk,' en hing op.

Dus Martin wilde zondag niet wandelen. Hij wilde zondag niet wandelen omdat hij een veel plezieriger vorm van lichaamsoefening zou hebben.

Heerlijk dat Martin zich amuseerde. Hij verdiende het om gelukkig te zijn. Sarah was erg blij voor hem.

Sarah was niet blij voor hem, ze was helemaal niet blij. Met een hekel aan zichzelf trok ze haar laarzen en anorak aan en liep klossend het huis uit. Ze was een egoïstisch kreng. Over een paar weken zou ze naar Mallorca gaan voor een zalig weekend met Barney en ze had niet het recht Martin zijn eigen kans op een gelukkig samenleven te misgunnen. Hij was een goede vriend geweest en ze mocht het hem niet kwalijk nemen dat hij geen tijd meer had om met haar te gaan wandelen. Wat haar onredelijke afkeer van Sally-Anne betrof, nou ja, die wás onredelijk. Sally-Anne was een aantrekkelijke, levendige, vriendelijke vrouw. En irritant.

Een telefoontje 's middags van Andrew verbeterde haar stemming. Hij maakte stijfjes excuus voor zijn buitensporige reactie op haar nieuws en gaf zelfs toe dat het niet meer dan eerlijk was dat hij de verkoop van het huis voor zijn rekening nam. 'Ik heb een paar makelaars gebeld,' zei hij, 'maar ik wil je niet overhaasten.

Als je ook maar enigszins twijfelt aan je Mallorca-plannen, hoef je het me maar te laten weten, dan stellen we de boel uit. Ik heb Hyacinth gezegd dat we na jouw vertrek altijd in de cottage kunnen gaan wonen, maar ze vindt de ligging te geïsoleerd. Als je werkelijk in mei weggaat, vind ik het geen prettig idee dat het huis leegstaat als er mensen komen om het te bezichtigen.'

'Natuurlijk,' zei Sarah. 'Het is veel beter potentiële kopers rond te leiden als ik er ben om het huis op orde en aantrekkelijk te houden.'

'In dat geval,' zei Andrew, 'zal ik de makelaars vragen je volgende week te bellen. Vind je het erg om ze het huis te laten zien of zal ik zorgen dat ik er ben?'

Sarah, vertederd door dit ongewone vertoon van voorkomendheid zei dat ze ze graag zou ontvangen.

'Dank je. Ik hoop dat je heel gelukkig zult zijn op Mallorca. Dat meen ik. Ik dacht niet goed na toen we elkaar de laatste keer spraken. Eerlijk gezegd zal ik je missen.'

Sarah lachte kort. 'Dat betwijfel ik.'

'Ik meen het. Je vriend Barney is een gelukkig mens. Heeft hij nog iets laten horen sinds je terug bent?'

'Ja, natuurlijk.'

'Mooi. Nou, ik ben blij dat je zo gelukkig bent.'

Sarah, die niet goed wist hoe ze moest reageren op deze nieuwe, vriendelijkere Andrew, besloot dat het beter was om een eind te maken aan het gesprek. 'Andrew, ik moet ophangen. Ik zit midden in een schilderij.'

'Je schilderij! Ik wist dat ik je nog iets moest vertellen. Ze hebben me gevraagd de publiciteit te doen voor een nieuwe nachtclub in Bath. Ik sprak de oprichter van de club en hij vroeg me of ik familie was van Sarah Stagg. Ik vroeg hem waarom en hij begon een lyrisch verhaal over een schilderij van een of andere hond dat jij gemaakt had. Hij zei dat je een serie schilderijen maakt voor de club. Waarom heb je me dat niet verteld?'

'Ik denk dat ik over de gewoonte heen ben om jou alles te vertellen.'

'Ik weet het. Ik wou dat het niet zo was. In ieder geval ben ik erg trots op je. Grappig dat we allebei voor dezelfde man werken.'

'Heel grappig,' gaf Sarah toe. 'En nu moet ik opschieten. Dag, Andrew.' Ze legde de telefoon neer en liep terug naar haar atelier. Ze was Barney zoveel verschuldigd. Als Barney er niet was geweest, zou ze nu kostbare tijd verdoen met het analyseren van Andrews woorden, vruchteloos zoeken naar een teken dat hij van gedachten kon zijn veranderd. Nu was ze tevreden dat Andrew onder de indruk was van haar succes en voelde ze zich aangemoedigd om nog harder te werken.

In de daarop volgende twee weken werd ze zich steeds meer ervan bewust hoe gelukkig ze was dat ze Barney had ontmoet. Zonder Barney zou ze Martins recente bemoeienissen met Sally-Anne moeilijk te verteren hebben gevonden. Tijdens de repetities bleef Sally-Anne aan Martin vastgekleefd. Afgelopen waren de middagborrels, afgelopen waren de wandelingen in het weekend. Sarah kon bijna niet wachten tot het toneelstuk afgelopen zou zijn. 21 maart straalde haar als een baken tegemoet en hield haar overeind in die eenzame dagen.

Op de avond van de 20ste maart stond ze in haar atelier tevreden te kijken naar het werk dat ze had gedaan. De appel was klaar. De banaan begon vorm aan te nemen. Alleen al het kijken naar de banaan deed Sarah naar Barney verlangen. Donderdagavond ging ze naar bed met een extra grote beker warme chocolademelk.

Het vliegtuig had een halfuur vertraging. Sarah, die zich voorstelde hoe ongeduldig Barney zou zijn, holde bijna naar buiten om hem te ontmoeten, keek met gretige ogen naar hem uit. Ze zette haar rode reistas op de grond en ging erop zitten. Het knappe jonge meisje dat in het vliegtuig vóór haar had gezeten werd hartstochtelijk begroet door een emotionele Spanjaard met de slobberigste broek die Sarah ooit had gezien. De bejaarde dame die naast Sarah had gezeten werd afgehaald door een stel van middelbare leeftijd met identieke brillen. Sarah keek op haar horloge. Barney was nergens te bekennen, dus ging ze naar het toilet om zich op te maken en parfum op te doen.

Een halfuur later was er nog steeds geen Barney. Ze zocht een telefoon en belde zijn nummer. Barneys stem klonk, zoals altijd, of hij net wakker was geworden. 'Ik ben er niet. Laat alsjeblieft een boodschap achter.'

Sarah slaagde erin kalm en onbezorgd te klinken. 'Hoi, Barney, het is halfzes. Ik wacht tot zes uur en dan neem ik een taxi. Zie je.'

Om zes uur belde Sarah weer. Ze hoorde dezelfde stem dezelfde woorden zeggen. 'Ik ben er niet. Laat alsjeblieft een boodschap achter.'

Sarah probeerde niet in paniek te raken, slikte en zei: 'Hallo, Barney! Weer met mij! Ik neem een taxi!'

Om twintig over zeven betaalde Sarah de taxichauffeur die tijdens de hele rit opgewekt tegen haar in het Spaans had zitten praten, ongehinderd door het feit dat ze slechts niet-begrijpend kon knikken. Ze liep naar de vertrouwde blauwe deur en zag dat die op een kier stond. Binnen kreeg ze het benauwd van de stank van verschaalde tabak en whisky. Ze zette haar reistas en handtas neer. Een uitpuilende asbak en een bijna lege fles stonden op tafel. Barneys leren jasje lag op de grond. Ze raapte het op en hing het over een van de stoelen. Ze liep naar de keuken. In de gootsteen lag, als een grote bleke slak, het restant van een joint. Ze liep terug naar de zitkamer en keek naar de trap. Toen ging ze naar boven.

Eerst dacht ze dat Barney dood was. Hij lag op zijn buik dwars over het bed, zijn ledematen als een verkeersagent naar alle kanten uitgespreid. Ze hoorde een zacht, onmiskenbaar gekreun en ging haastig naar hem toe. 'Barney?'

Hij hief zijn hoofd een klein eindje op; met bloeddoorlopen ogen keek hij haar dof aan. 'Verdomme!' zei hij. Hij liet zich van het bed rollen en liep naar de badkamer waar ze even later een geluid hoorde dat klonk alsof zijn ingewanden naar buiten kwamen. Ze holde achter hem aan. Iets wat erg veel leek op de inhoud van zijn ingewanden verspreidde zich over de hele vloer van de badkamer. Ze hielp hem weer naar zijn slaapkamer, trok zijn trui over zijn hoofd en sloeg het dekbed terug. Na wat een eeuwigheid leek slaagde ze erin hem in bed te krijgen. Ze rende naar beneden naar de keuken, vond een emmer onder de gootsteen en een fles water in de ijskast.

Toen ze weer boven was, lag Barney nog net zoals ze hem had achtergelaten. Zijn hoofd was naar voren gezakt, zodat het leek of hij een onderkin had. Ze schroefde de dop van de fles en zei: 'Barney, probeer wat water te drinken.'

'Rot op,' zei hij, hij nam een paar slokjes en mompelde weer: 'Rot op.'

'Drink nog een klein beetje,' zei ze. 'Nog een heel klein beetje.' Ze hield de fles tegen zijn lippen en haalde die toen snel weg. Een geluid als het naderen van een ondergrondse trein kwam uit zijn keel omhoog. Onmiddellijk pakte ze de emmer. Die ving de meeste kots op, de rest kwam op Sarahs arm terecht.

Sarah die nooit de stank van braaksel had kunnen verdragen, slikte moeizaam. 'Goed,' zei ze. 'Het is nu weer in orde.'

'Rot op,' zei Barney weer. Hij lag achterover op de kussens, sloot zijn ogen en begon te snurken. Jennifer zou er niet over te spreken zijn geweest. Er droop wat kwijl langs zijn kin dat Sarah niet weg durfde te vegen, uit angst dat hij wakker zou worden.

Ze ging naar de badkamer, liep om de stinkende plas braaksel heen en gooide de emmer leeg in de wc. Ze trok haar trui uit en ving haar spiegelbeeld op boven de wasbak. Ze droeg haar mooiste zwarte beha. Ze kreeg een brok in haar keel en liep naar Barneys kamer om iets te zoeken dat ze aan kon trekken.

Een uur later had ze de vloer van de badkamer en het kleed naast Barneys bed schoongemaakt. Ze had Barneys trui gewassen en de mouw van haar eigen trui uitgespoeld. Beneden leegde ze de asbak en gooide het restje whisky weg. Toen liep ze naar de keuken, vond een schone theedoek, dompelde die in water en wrong hem uit. Ze ging weer naar boven. Barney lag nu luid te snurken en er glinsterde zweet op zijn voorhoofd. Ze maakte zijn gezicht schoon met de doek, veegde het beetje braaksel weg dat naar zijn kin was gedropen en ging toen weer naar beneden.

In de keuken waste ze haar handen en maakte een fles wijn open. Ze schonk een glas in en ging in een van de stoelen bij het haardvuur zitten. De ingelijste foto van Michelle Pfeiffer lag op het rooster, het mooie gezicht verminkt door een grote barst die dwars over het glas liep. Sarah leunde achterover in haar stoel en nam een flinke slok wijn. Ze was te moe om te denken. Ze ging rechtop zitten en dronk de rest van haar wijn of het een medicijn was. Toen zette ze het glas neer en sloot haar ogen.

Ze werd wakker door het smerige geluid van braken boven in de badkamer. Ze rilde, stond op en trok Barneys jasje aan. Ze hoorde naar boven te gaan, maar ze had er genoeg van voor Florence Nightingale te spelen. Ze ging terug naar de leunstoel. Waarom had ze niet eerder gemerkt hoe oncomfortabel die was? Ze dacht aan de bedden in de logeerkamer maar kon de gedachte niet verdragen dat ze Barney zou tegenkomen op de overloop. Toen hoorde ze voetstappen op de trap en haar hart begon wild te bonzen.

Barney zei: 'Wat doe jij hier verdomme?' Hij zag er vreselijk uit. Zijn ogen waren rood, zijn gezicht was wit en zijn haar stond overeind alsof het geëlektrocuteerd was.

Sarah probeerde in zijn vijandige ogen te kijken. 'Om je de waarheid te zeggen,' zei ze, 'heb je me zelf uitgenodigd.'

'Om de dooie dood niet!' Hij kwam beneden en plofte neer in de leunstoel. 'Je hebt gelijk,' zei hij, 'dat heb ik gedaan. Jij bent Sarah.' Hij zag de foto op het haardrooster. 'Verrekt sekreet!' gilde hij. Hij pakte de foto en smeet hem tegen de muur aan de andere kant van de kamer. Glasscherven vielen op de tafel. Hij keek naar Sarah. 'Waar ga jij naartoe?'

Sarah was opgestaan toen hij de foto tegen de muur gooide. Ze meed zijn nabijheid. 'Ik wilde koffie gaan zetten.'

'Je wilde koffie gaan zetten! Ik wil verdomme geen koffie!' Hij stond plotseling op en deed een uitval naar Sarah. Sarah probeerde aan hem te ontkomen, struikelde en verloor haar evenwicht. Ze voelde een hevige pijn toen de rechterkant van haar gezicht tegen de tafel sloeg. Ze zakte op de grond en begon te huilen. Toen Barney naar haar toe kwam deinsde ze achteruit en legde haar handen tegen haar wangen.

Hij knielde naast haar neer, ontnuchterd door de schok. 'Sarah, het spijt me. Ik zal je echt niets doen, het spijt me, het spijt me zo. Ik zal iets halen voor je gezicht, blijf daar, blijf daar.' Hij liep weg en Sarah bleef zitten, heen en weer wiegend om de pijn te bedwingen.

Barney kwam terug met een natte doek en liet haar die tegen haar oog drukken. 'Het spijt me,' zei hij weer. 'Het spijt me verschrikkelijk. Ik zal koffie voor ons zetten. Wil je koffie?'

Sarah knikte maar hield haar gezicht afgewend. Hij begon weer te klinken als de Barney die ze was gaan opzoeken, maar ze kon zich er niet toe brengen hem aan te kijken. Hij ging weer weg en ze liep struikelend naar de vensterbank en bleef ineengedoken in de hoek zitten.

Toen hij terugkwam had hij een zwart T-shirt aangetrokken en zijn haar gekamd. Hij zette twee bekers op tafel en gaf er een aan Sarah voor hij tegenover haar ging zitten. Sarah nam een slokje van de hete koffie en hoestte toen het vocht in haar verkeerde keelgat schoot. Barney keek even naar haar, stond op en verdween naar de keuken. Een paar ogenblikken later kwam hij terug met zijn sigaretten en een asbak. Hij stak er een op en inhaleerde diep.

'Je rookt te veel,' zei Sarah.

'Ik weet het.' Hij draaide zijn gezicht af om de rook uit te blazen. 'Ik had je vandaag van het vliegveld moeten halen.'

Sarah keek op haar horloge. 'Gisteren,' zei ze. 'Inmiddels is het gisteren.'

'Ik wou dat je niet gekomen was,' zei Barney.

Sarah snoof. 'Ik ook,' zei ze.

Barney nam nog een trek van zijn sigaret. 'Ik ben vandaag jarig.'

'Ik weet het.' Sarah stond op en liep naar haar reistas. Ze haalde er een pakje uit en gaf het aan hem. 'Gefeliciteerd.'

Barney pakte het uit. Sarah had een boek gekocht met foto's van Somerset. 'Ik hou van het werk van Don McCullin.'

'Ik dacht,' zei Sarah, 'dat jij zoiets ook zou kunnen doen met je foto's van Mallorca.'

Barney legde het boek op tafel. 'Dank je,' zei hij. Hij nam een flinke slok koffie. 'Ik ben je een verklaring schuldig.'

'Je houdt nog steeds van Odile.'

'Sarah.' Hij bleef staan en wreef over zijn voorhoofd. 'Ik geef veel om je.'

'Dat doet er nu niet meer toe.'

'Dat doet het wel.' Hij bracht de kop naar zijn mond en dronk de rest op. 'Ik zal nog wat koffie halen. Jij ook?'

'Ik heb genoeg.'

Ze keek hem na toen hij naar de keuken liep en wierp toen een snelle blik op de kapotte foto op de grond. Sarah huiverde en wikkelde Barneys jasje strak om zich heen. Hoe had ze ooit kunnen denken dat ze de plaats zou kunnen innemen van een vrouw die er zo uitzag?

Barney kwam terug met zijn koffie en stak nog een sigaret op. 'Ik zag Odile donderdagavond,' zei hij. 'Ze is altijd jaloers geweest. Ze kon het niet verdragen als ik zelfs maar naar een ander keek. Ik vertelde haar over jou en mij. Ik vertelde haar...' Hij beet op zijn lip, hief zijn ogen naar het plafond en schudde zijn hoofd. 'O, verdomme,' zei hij. Hij verborg zijn gezicht in zijn handen en begon te snikken. Sarah bewoog zich niet. Eindelijk hield hij op en veegde zijn ogen af. 'Ik dacht,' zei hij, 'ik dacht dat ze woedend zou zijn. Weet je wat ze zei?'

Sarah schudde haar hoofd.

'"Ik hoop dat je gelukkig zult worden," dat is wat ze zei. "Ik hoop dat je gelukkig zult worden." Ze was me alleen komen vertellen dat ze iemand anders had leren kennen. Ze verwacht een baby, dus ze heeft er geen gras over laten groeien. Ik zou haar die verdomde baby ook hebben gegeven. Maar nee. "Ik hoop dat je heel gelukkig zult worden." Dat is wat ze zei.' Hij keek naar Sarah, maar ze bleef zwijgen. 'Wat zeg je daarvan?'

Sarah streek haar haar uit haar gezicht. Het voelde kleverig, van bloed of van braaksel. 'Wat verwacht je dat ik ervan zeg?' vroeg ze vermoeid. 'Wil je dat ik medelijden met je heb? Je hebt me ge-vraagd om bij je te komen wonen. Ik had nooit verwacht dat je dat zou vragen, maar je deed het. Je vroeg me om bij je te komen, zodat Odile je weer terug zou willen. Dat is wat je me vertelt.'

'Zo was het niet. Ik vond je heel aardig. Ik vind je een heel lieve vrouw...'

'Alsjeblieft! Wil je me dat tenminste besparen! Er is niets verne-derenders dan te horen te krijgen dat je een heel lieve vrouw bent van iemand die van een ander houdt.'

'Ik wist niet wat ik deed. Pas toen ik Odile zag...' Zijn stem stierf weg, hij hief hulpeloos zijn handen in de lucht.

'Pas toen je Odile zag wist je waarom je me gevraagd had met je samen te wonen.' Sarah stond op. 'Ik heb het koud en ik ben moe en mijn gezicht doet pijn. Ik ga in de logeerkamer slapen. Morgen ga ik weg. Ik bedoel vandaag.'

'Dat hoeft niet. Hoe lang had je willen blijven?'

'Ik zou maandag teruggaan.'

'Goed, blijf dan tot maandag.'

'Nee. Ik neem morgenochtend een taxi naar Palma.'

'Doe niet zo mal. Ik breng je. Misschien gaat er geen vliegtuig. Ga maandag.'

'Ik blijf niet tot maandag. Als het moet, slaap ik tot maandag op de luchthaven.'

'Ik heb je geen verdriet willen doen, Sarah.'

'Ik geloof niet dat je ooit aan mij gedacht hebt.' Ze pakte haar reistas en liep naar boven. In de logeerkamer kleedde ze zich uit tot op haar ondergoed en stapte in een van de bedden. Ze hoorde Barney beneden hoesten en een tijdje later naar bed gaan. Ze bleef met open ogen liggen en staarde naar de donkere lucht. Eindelijk, toen de duisternis doorsneden werd met lichte strepen, viel ze in slaap.

Toen ze de volgende ochtend beneden kwam, was Barney aan-gekleed bezig het ontbijt te maken. 'Ik heb de luchthaven gebeld,' zei hij. 'En... mijn god, Sarah, je oog ziet er vreselijk uit, het lijkt wel of je een aframmeling hebt gekregen!'

'Ik voel me ook alsof ik een aframmeling heb gekregen. Wat zeiden ze op het vliegveld?'

'Je boft. Er is een annulering. Om zes uur vanavond gaat er een vlucht naar Bristol.'

'Wil je een taxi voor me bellen? Ik wil nu meteen weg.'

'Alsjeblieft, Sarah! Hoor eens, ik weet hoe je je voelt...'

'Je hebt geen idee hoe ik me voel.'

'Eet tenminste je ontbijt, dan breng ik je daarna naar Palma. Ik bel geen taxi. Je hoeft niet tegen me te praten, ik zal alleen maar rijden. Moet je... moet je niet iets op dat oog doen?'

'Wat? Een papieren zak?'

'Ik heb roereieren voor je gemaakt.'

'Ik wil geen roereieren.'

'Dan kun je ernaast gaan zitten kijken terwijl ik koffie voor je haal.'

Eerlijk gezegd was ze uitgehongerd, want ze had niets meer gegeten sinds de kaassandwich in het vliegtuig. Barney verdween naar de keuken. Ze nam een hapje van de roereieren en at daarna snel de rest op. Toen Barney terugkwam met de koffie, zag hij het lege bord, maar hij zei niets.

Ze liet zich door hem naar Palma brengen omdat ze een taxichauffeur niet wilde blootstellen aan haar toegetakelde gezicht. Zwijgend reden ze door en toen ze bij de luchthaven waren, stapte ze zonder een woord te zeggen uit.

'Sarah,' zei Barney. 'Je hebt nog uren voordat je vliegtuig vertrekt. Wil je niet met me naar Palma? We kunnen ergens gaan lunchen. We moeten praten.'

'Waar zouden we in vredesnaam over moeten praten?' Sarah tilde met moeite haar reistas van de achterbank.

'Ik pak hem wel,' zei Barney. Hij zette de tas op de grond en gaf hem aan haar. 'Ik voel me vreselijk.'

'Dat geloof ik graag. Je hebt een enorme hoop whisky gedronken.'

'Je weet wat ik bedoel. Ik vind het afschuwelijk je zo te zien.'

'Dat is in orde, je hoeft me niet meer te zien. Dag, Barney.' Ze liep naar de luchthaven zonder om te kijken. Ze ging regelrecht naar het toilet en staarde onbewogen naar haar gezicht. Haar rechteroog zag eruit of het geplet was en toen bestempeld met blauwe en gele verf.

Ze liep naar de hal, zocht een stoel en ging zitten wachten op het vliegtuig.

# ...maar het kan wel een tijdje duren voor je weer rechtop staat

Sarah kwam zaterdagavond laat thuis. Het huis rook muf en weinig verwelkomend. De boodschap was duidelijk: Waarom ben je hier? Sarah liet haar tas op de grond vallen in de keuken, nam een glas water en ging naar bed.

De volgende ochtend werd ze hevig transpirerend en rillend wakker. Dat was goed, want dat betekende dat ze ziek was en in bed kon blijven zonder te hoeven denken of iets te doen. Het grootste deel van de dag sliep ze met onderbrekingen. Eén keer hoorde ze de telefoon, maar ze hoefde niet op te nemen. Het antwoordapparaat stond aan en zij was ziek. Ze hoefde met niemand te praten.

Maandag voelde ze zich beverig maar goed genoeg om in haar pyjama en ochtendjas naar beneden te gaan en thee te zetten. Ze slenterde naar het atelier. Ze keek naar het doek met de appel dat tegen de muur stond en naar de banaan op haar ezel.

Ze waren weerzinwekkend; clichékarikaturen van seksuele insinuaties, geschilderd door een gefrustreerde, trieste vrouw van middelbare leeftijd, die heeft afgedaan en nog triester is omdat ze nooit iets voorgesteld had. Ze kon er niet naar kijken. Ze kon er nog geen honderd pond voor vragen, laat staan duizend.

Sarah liep naar de zitkamer, zette de televisie aan en ging op de bank zitten. Een man vertelde haar hoe ze bruidsboeketten moest maken, een vrouw vertelde haar hoe ze haar lichaam moest trainen en een kok, Phil genaamd, vertelde haar hoe ze iets moet maken dat leek op het braaksel op de vloer van Barneys badkamer. Toen keek ze naar het nieuws, dat haar deed beseffen dat ze heel gelukkig was omdat ze op een veilige plaats woonde, ver van bommen en gevechten. Het besef dat ze heel gelukkig was wekte het verlangen om te huilen, maar nu kwam er een ander programma, een talkshow met als gasten een actrice, een komiek en een zanger, die voortdurend bezig waren zichzelf op de voorgrond te dringen. Sarah zette de televisie uit. Overdag naar de tv kijken was alsof je gedwongen een heel grote zak marshmallows gevoerd kreeg. De telefoon ging weer, maar ze was ziek, ze hoefde niet op te nemen. Ze ging naar bed.

Dinsdag werd ze wakker en wist ze dat ze niet langer ziek was. Ze stond op en ging naar de badkamer. De gele kringen onder haar rechteroog waren nu paars. Ze nam een douche, waste haar haar en kleedde zich snel aan.

Beneden was er niets te eten of te drinken. Geen brood, de melk was zuur en zoals te voorzien was, rammelde ze van de honger. Ze zocht een hele tijd naar haar zonnebril en vond die ten slotte in de la van de keukenkast.

Ze was halverwege het tuinpad toen ze bedacht dat ze zich onmogelijk in de dorpswinkel kon vertonen. Ze liep weer naar binnen, pakte haar autosleutels en reed naar de supermarkt in Gillingham, waar ze Clementine Delany tegen het lijf liep, die een volle kar naar haar auto duwde. Dank u, God, dacht ze, heel erg bedankt. Is het een wonder dat ik niet in U geloof?

'Sarah?' vroeg Clementine. 'Ik herkende je bijna niet met die bril!' *(Waarom draag je die bril?)*

'Hallo, Clementine,' zei Sarah.

'Hoe gaat het? Ben je net terug uit Mallorca?'

'Ja,' zei Sarah.

'Wat een bofferd ben je toch! In deze tijd van het jaar zou ik dolgraag ergens anders gaan wonen. Hoewel het de afgelopen week prachtig weer was. Ik heb gisteren drie uur in de tuin gewerkt, de moestuin verzorgd. Hemels!'

'Heus?'

'Een verrukking! Vertel eens: wanneer ga je verhuizen? We moeten een afscheidsfeest voor je organiseren! Is het mei of juni?'

'Mei.' Sarah keek even naar Clementine. Ze kon net zo goed nu meteen over de brug komen. Clementine zou het iedereen vertellen en dan hoefde zij het niet meer te doen. 'Eerlijk gezegd gaat de verhuizing niet door. Mijn vriend en ik hebben besloten dat het misschien toch niet zo goed zou gaan.'

'O, Sarah! Wat spijt me dat! *(Draag je daarom die bril?)*

'Ik heb tijd gehad om erover na te denken,' zei Sarah. 'Het zou geen stand hebben gehouden.' Ze keek nogal ostentatief op haar horloge. 'Ik moet er vandoor. Tot ziens!' Ze liep snel weg en deed een schietgebedje dat ze niet nog een bekende tegen zou komen.

Die middag deed ze wat ze eeuwen geleden al had moeten doen: ze sorteerde alles wat van Andrew was, inclusief zijn boeken en zijn geliefde keramiek. Nadat ze alles in dozen had gepakt, ging ze naar de slaapkamers van de jongens, inspecteerde ook hun laden en legde alle kleren, waarvan ze wist dat ze die niet meer zouden dragen, apart om weg te geven.

's Avonds deed ze wat kaas op brood en liet het te lang in de oven staan. Toen ze het eruithaalde was de kaas een bruine, geribbelde korst. Ze gooide het weg en maakte in plaats daarvan een fles wijn open. Het werd tijd om erover na te denken wat ze zou gaan doen. Was het zelfs wel de moeite waard om opnieuw te beginnen met die schilderijen in de hoop dat ze iets authentieks zou kunnen produceren? Sarah pijnigde haar hersens om een origineel idee te bedenken, maar haar brein bleef pijnlijk leeg.

Een fles later had Sarah diverse opties overwogen en verworpen: ze kon Giles vertellen dat ze haar arm had gebroken en de schilderijen niet af kon maken. Ze kon hem het doek met de appel geven en erop staan dat hij ervoor betaalde of ze kon opbiechten dat ze niet aan de verwachtingen kon voldoen.

De waarheid was dat ze nergens voor deugde. Ze had gedacht dat ze een goede echtgenote was en Andrew had haar verlaten. Ze had gedacht dat Martin en zij goede vrienden waren en hij zag haar niet meer staan zodra Sally-Anne op het toneel was verschenen. Ze had gedacht dat ze een succesvolle schilderes kon worden en ze kon niet eens een sexy appel schilderen. Ze had gedacht dat

Barney een nieuw leven met haar wilde beginnen en ze betekende zo weinig voor hem dat hij vergeten was dat ze hem zou komen opzoeken. Ze had het in alle opzichten mis gehad. Ze was een ongediplomeerd, ongetalenteerd, onaantrekkelijk, oninteressant stuk wrakhout. Ze had twee mooie jongens op de wereld gezet en die hadden haar niet meer nodig. Ze deugde nergens voor, ze was overtollig.

Er werd hard op de deur geklopt en ze verstarde. De inbrekers waren eindelijk gekomen! Jacko had ze bij haar vandaan gehouden, maar Jacko was weg. Andrew was weg. Ben en James waren weg. Barney was weg. Sarah begon te huilen. Waarom ging iedereen weg? Ze bleef halverwege een snik staan. Ze hoorde voetstappen in de tuin. De inbrekers waren in de tuin! Sarah keek wanhopig om zich heen en greep een wapen. Er stond een inbreker bij de achterdeur! Ze kon zijn silhouet zien! O, god, hij deed de deur open, ze kon de knop zien bewegen! Ze hief haar wapen boven haar hoofd, gereed om toe te slaan.

'Sarah?' vroeg Martin. 'Wat doe je met die melkpan?'

Sarah keek hem aan, liet de pan vallen en barstte in tranen uit.

'Stil maar,' zei Martin, en sloeg zijn arm om haar heen. 'Kalm, Sarah, kom zitten.' Hij bracht haar naar haar stoel en ging naast haar zitten. 'Ik wilde je niet laten schrikken. Sorry, ik kon zien dat je in de keuken was en toen je niet opendeed...' Hij zweeg abrupt. 'Wat is er met je gezicht gebeurd?'

'Het is een lelijk gezicht!' zei Sarah huilend. 'En ik ben een lelijke vrouw!'

'Dat ben je niet!'

'Dat ben ik wél. Ik ben lelijk! Jij vindt me lelijk. Je wilt me geen zoen geven!'

'Natuurlijk wil ik je een zoen geven! Vertel me nu eens hoe je aan dat blauwe oog komt.'

'Dat heb ik op Mallorca opgedaan. En ik had een afschuwelijke tijd op Mallorca en Barney wilde me helemaal niet en ik stond maar te wachten op de luchthaven en hij kwam niet en ik was zo gelukkig geweest en ik had een verjaardagscadeau voor hem en hij kwam maar niet zodat ik een taxi moest nemen en ik ben naar zijn huis gegaan en hij was dronken en hij bleef maar kotsen en ik vind het vreselijk als mensen overgeven en ik moest de hele boel opruimen en toen hij niet meer overgaf kwam hij beneden en hij vertelde me... hij vertelde me dat hij van zijn vrouw hield en dacht dat ze bij hem terug zou komen als ze dacht dat ik bij hem kwam wonen. Maar ze wilde hem toch niet terug en toen werd hij kwaad en ik dacht dat hij me zou slaan en ik viel en stootte me tegen die stomme tafel en het deed echt pijn en hij gaf niks om me. En ik ben zo stom geweest, zo stom, zo maf en stom en ik heb iedereen verteld dat ik op Mallorca ging wonen met een fantastische man en ik was zo blij dat niemand meer medelijden met me zou hebben en nu zullen ze me allemaal uitlachen als ik ze vertel dat ik niet naar Mallorca ga en ik geloof dat ik moet overgeven!'

'Sarah, wacht!' Martin greep haar bij de arm en holde met haar naar de gootsteen waar Sarah geluiden begon te maken die leken op wat Barney een paar dagen geleden had geproduceerd. 'Brave meid!' zei Martin. 'Brave meid!' Hij scheurde een stuk keuken-papier van de rol en veegde haar mond af. 'En kom nu zitten.' Ze hoorde hoe hij de gootsteen schoonspoelde en voelde toen dat hij een jas om haar schouders legde. 'Zo,' zei hij. 'Ik heb water voor je gehaald. Niet huilen, Sarah. Alsjeblieft niet huilen!'

'Ik heb net overgegeven! Nu vindt je me vast niet aardig meer!'

'Je houdt evengoed nog wel van mensen ook al hebben ze over-gegeven.'

'Ik hield niet meer van Barney toen hij had overgegeven.'

'Dan denk ik niet dat je echt van hem gehouden hebt. Kom, drink nog wat water.'

Sarah nam nog een slokje water. 'Mijn hoofd doet pijn,' zei ze.

'Dat kan ik me voorstellen.'

Ze keek plotseling op. 'Vertel het niet aan Sally-Anne van mij en Barney.'

'Ik vertel niemand over jou en Barney.'

'Ze zullen het toch wel raden. Clementine heeft het geraden in de supermarkt. Ze hebben het waarschijnlijk al die tijd al gedacht en nu zit ik ook nog met die schilderijen!'

'Wat is er met je schilderijen?'

'Het zijn stomme schilderijen! Ik kan ze niet maken! Ik word verondersteld sexy fruit te schilderen! Ik kán geen sexy fruit schilderen! Het is stom fruit! Wil je mijn stomme stukken fruit zien?'

'Ik vind dat jij naar bed moet. Ik ga direct naar je stukken fruit kijken.'

'Ze zijn in het atelier. Ze zijn stom.'

'Ik beloof je dat ik ze zal bekijken. Denk je dat je nog moet overgeven of kan ik je naar bed brengen?'

Sarah zuchtte diep. 'Je kunt me naar bed brengen.'

Hij bracht haar naar boven, naar haar kamer. Hij pakte de pyjama van haar kussen. 'Kun je die zelf aantrekken of wil je dat ik..?' Hij keek opgelucht toen Sarah haar hoofd schudde. 'Ik ga je water halen.'

Toen ze alleen was worstelde Sarah met haar trui tot ze hem eindelijk over haar hoofd wist te trekken. Ze trok haar pyjamajasje aan over haar beha en stapte in bed. Martin kwam terug met haar glas en zette het op haar nachtkastje. 'Ga maar liggen,' zei hij en hij trok het dekbed omhoog tot aan haar kin.

Sarah keek hem aan. 'Iedereen zal me uitlachen.'

'Niemand om wie je geeft zal je uitlachen. De anderen zijn niet belangrijk.'

Sarah fronste haar wenkbrauwen. 'Waarom kwam je vanavond hierheen?'

'Je was niet op de repetitie. We hebben geprobeerd je te bellen. Ik was bezorgd.'

'Ik was die stomme repetitie vergeten,' zei Sarah. 'Hoe was het?'

'Heel stom.'

Sarah glimlachte. 'Ik vind je aardig, Martin.'

'Ik jou ook. Ga nu maar slapen.'

'Het spijt me dat ik heb overgegeven.'

'Dat geeft niets. Ga maar slapen.'

'Martin?'

'Ja?'

'Ik dacht dat je een inbreker was. Ik wilde je een klap geven met mijn melkpan.'

'Ik ben erg blij dat je dat niet gedaan hebt.'

'Ik ook,' zei Sarah, en ze sloot haar ogen.

# Kijk naar buiten, niet naar binnen

Sarah werd om zes uur met een bonzend hoofd wakker. Ze dronk de rest van het water en besloot dat het enig zinnige wat ze kon doen, was weer gaan slapen. Ze sliep tot elf uur, tilde haar hoofd voorzichtig op van het kussen en merkte tot haar opluchting dat haar hoofdpijn over was. Na een lang bad bleef er alleen nog een licht gevoel van misselijkheid over, wat minder was, hield ze zich streng voor, dan ze verdiende. Ze trok haar ochtendjas aan en liep langzaam de trap af. Op de keukentafel lag een briefje van Martin. 'Ik kom vanavond langs. Blijf alsjeblieft uit de buurt van de melk-pan. Ik heb de schilderijen bekeken. Ik hou niet van appels, maar jouw appel maakte dat ik erin wilde bijten. Ik weet niet wat dat zegt over mij, maar ik weet wel wat het zegt over je schilderij.'

Sarah pakte de doos tissues die naast de broodtrommel stond en zette hem op tafel. Ze trok er een uit en snoot haar neus. Toen rechtte ze haar rug en liep naar het atelier. Ze zette haar stoel op een meter afstand van het doek met de appel, ging zitten en keek er lang en aandachtig naar. Het was goed. Het was echt goed. Oké, de man die haar hiertoe geïnspireerd had bleek niet zo'n inspire-rend karakter te hebben. Oké, ze was niet zo'n aantrekkelijke, be-geerlijke en interessante vrouw, als hij haar een paar dagen lang had laten geloven, toen ze in een roes had geleefd. Het deed niets af aan het schilderij. Tenslotte ging het schilderij over seks en wat zijn fouten ook mochten zijn, Barney was een fantastische min-naar. Of was dat ook maar schijn geweest? Had Barney zelfs geen greintje belangstelling voor haar gehad? Sarah slikte een paar keer en dwong zich haar aandacht te richten op de banaan. Ze kon hem schilderen. Ze zou ze allemaal schilderen. Het alternatief was toegeven dat haar professionele leven een even grote mislukking was als haar privéleven.

Ze hoorde de deurbel en liep snel haar atelier uit. Jennifer stond voor de deur, autosleutels in de hand, gereed om ervandoor te gaan. 'Ik hoef niet binnen te komen,' zei ze haastig. 'Ik ga meteen weer weg als je het druk hebt.' Toen ze Sarahs blauwe oog zag, wendde ze snel haar blik af.

'Kom binnen.' Sarah glimlachte. 'Ik wilde net koffie gaan zetten. Blij dat je er bent.'

Jennifers ontspande. Ze volgde Sarah naar de keuken en trok haar jas uit. 'Voor ik ga zitten,' zei ze, 'mag je me zeggen dat ik me met mijn eigen zaken moet bemoeien, en dan zal ik me niet beledigd voelen. Maar hoe kom je in vredesnaam aan dat blauwe oog?'

Jennifer luisterde geschokt naar Sarahs verhaal. 'En ik dacht dat het allemaal zo romantisch was!' zei ze klaaglijk. 'Die Barney klonk als een held!'

Sarah zette de koffiepot op tafel en lachte spottend. 'Ik weet het. Dat dacht ik ook. Ik was zo naïef. Ik neem aan dat als je op je drieenveertigste nog in helden gelooft, je alles verdient wat er op je afkomt. Ik had moeten weten dat hij niet meer was dan een doodgewone man die...'

'Neem me niet kwalijk, Sarah, maar hij was beslist geen doodgewone man. Een gewone man nodigt een vrouw niet uit om heel Europa over te vliegen en vergeet dan haar af te halen van het vliegtuig. Een gewone man wordt niet walgelijk dronken voordat zijn gast arriveert. Hij klinkt helemaal niet gewoon. Hij klinkt als een genotzuchtige, asociale stumper vol zelfmedelijden.'

'Maar afgezien daarvan is hij erg aardig!' zei Sarah lachend. 'Waarschijnlijk heb je gelijk en mag ik mezelf gelukkig prijzen dat ik aan hem ontsnapt ben.'

'En het zal niet lang duren,' zei Jennifer ernstig, 'voor je dat gaat geloven, dat verzeker ik je!'

'Ik weet het.' Sarah schonk de koffie in. 'Intussen zal ik Andrew duidelijk moeten maken dat ik in mei nog niet uit Shooter's Cottage vertrek. Hij zal me vreselijk zielig vinden! Ik kan het nog niet opbrengen hem nu al op te bellen. Besef je wel dat ik hem gezegd heb dat hij zijn gang kon gaan en het huis verkopen? Hij zal woedend zijn!'

'Doe niet zo mal, Sarah, hij heeft niet het recht om ergens woedend over te zijn! Je hebt alle recht om hier zo lang te blijven als je wilt!'

'Ik weet niet zeker of ik hier wel wíl blijven. Ik weet eigenlijk niets zeker.' Sarah beet op haar lip. 'Vertel nu eens over jou en George. Wat is er aan de hand? Vertel me niet dat je nog steeds niet weet wat er gaande is!'

'Nee,' zei Jennifer langzaam. 'Ik weet het.' Haar ogen dwaalden naar de tuin. 'Kijk eens!' riep ze uit. 'Dat vogeltje op het grasveld! Hij probeert die worm uit de grond te trekken! Hij schudt zo vastberaden met zijn kopje!'

Sarah liet haar kin op haar handen rusten. 'Ik hou van deze tijd van het jaar. Kijk eens naar de zon op die bomen daar. Volgende week om deze tijd zullen ze weer helemaal groen zijn.'

'Ik vind dat het vroeg voorjaar is geworden dit jaar.'

'Ik geloof het ook, ja. Heb je al nagedacht over de aanplant van je tuin?'

Jennifer ving Sarahs blik op en begon te lachen. 'Het was niet mijn bedoeling om tijd te rekken, ik zweer het je. Ik wíl over George praten, maar verwacht niet van me dat ik zinnige dingen zeg, want ik begrijp er allemaal niets meer van, vooral niet na wat jij me net verteld hebt. Niemand schijnt meer te zijn wat ik dacht.'

'Jennifer, wat spookt George uit op woensdagavond?'

Jennifer slaakte een diepe zucht. 'Hij gaat naar kookles.'

'Kookles? George?'

'Ik weet het, ik weet het. Ik was sprakeloos toen hij het me vertelde!'

'Je meent het! Hoe lang?'

'Doe niet zo flauw, Sarah. Even serieus. Weet je waarom hij naar kookles gaat?'

'Ik hoop van harte dat je het me gaat vertellen.'

'Hij dacht dat ik hem wilde verlaten! Dus vond hij dat hij maar moest leren koken. Sarah, als je gaat lachen, zeg ik geen woord meer!'

'Sorry.' Sarah sloeg even haar handen voor haar gezicht tot ze zich redelijk beheerst had. 'Maar het is ook zo'n ongelooflijk praktische reactie!'

'Het is een heel vernederende reactie. Ik bedoel, ik weet dat je een rotperiode hebt gehad met Barney, maar ik ben al zoveel jaar getrouwd met George! Je zou denken dat hij toch wel een beetje van streek zou zijn bij de gedachte dat zijn lieve vrouw hem wil verlaten. Maar nee, hij besluit te leren koken!'

'En de slonzige vrouw?'

'Ze zit op dezelfde cursus. Een paar weken geleden is haar auto gestolen en hij geeft haar telkens een lift.'

'Dus,' vroeg Sarah nieuwsgierig, 'wat ga je nu doen?'

'Hoe bedoel je?'

'Ga je weg bij George?'

Jennifer richtte haar ogen op het plafond alsof ze een antwoord zocht bij een hogere macht. 'Dat vroeg George me ook. Hij bood zelfs aan om weg te gaan en mij het huis te laten.'

'Dat wilde je toch?'

'Ja, nou ja, nu wil ik het niet meer. Ik wilde er een eind aan maken met George omdat hij me nooit voor verrassingen stelde. En nu heeft hij me volkomen verrast. Gisteravond heeft hij een steak and kidney pie gemaakt.'

Sarahs mondhoeken trilden weer even. 'Ik heb altijd gezegd dat George verborgen kwaliteiten heeft.'

'Ja.' Jennifer keek naar Sarah met nieuw respect. 'Dat is zo. Je hebt gelijk, die heeft hij ook. Je had zijn gebak eens moeten proeven: zo luchtig als schuim.' Ze stond op en pakte haar jas. 'Ik moet weg. De meiden krijgen morgen vakantie. Ik zweer je dat die schoolperiodes steeds korter worden.' Ze gaf Sarah een lichte zoen op haar wang. 'Ik vind het heel jammer dat die Barney van je zo'n trieste figuur blijkt te zijn, maar toch ben ik blij dat je in Ambercross blijft. Zonder jou zou het hier niet hetzelfde zijn.'

'Dank je,' zei Sarah, 'en ik ben blij voor jou en George. Ik voel me nu een stuk beter.'

'We geven zaterdag een bescheiden dineetje. Kom je ook?'

'Nee,' zei Sarah. 'Dank je. Zoveel beter voel ik me nou ook weer niet.'


Het was een dag vol verrassingen. 's Middags kreeg Sarah een telefoontje van Andrew. 'Ik heb besloten met Cramptons in zee te gaan,' zei hij. 'Ze hebben een heel indrukwekkende brochure van het huis samengesteld. Ik heb ze gevraagd jou een exemplaar te sturen. Ik zei dat ze volgende week konden beginnen. Is dat goed?'

Sarah haalde diep adem. 'Tja,' mompelde ze. 'Ik...'

'Heb je al een datum vastgesteld voor Mallorca? Wanneer wil je precies verhuizen?'

Sarah kreeg plotseling een beeld voor ogen van Barney die haar hand pakte toen ze uit de kathedraal in Palma kwamen. 'Ik ga niet naar Mallorca,' zei ze.

'Hè? Waarom niet?'

Sarah deed haar ogen open en toen weer dicht. 'Ik ben er dit weekend naartoe geweest. Het bleek...' Sarah slikte moeilijk. Ze wilde per se niet instorten. 'Het bleek dat Barney niet... dat wij niet... Het komt erop neer dat we ons allebei vergist hebben. We hebben afgesproken elkaar niet meer te zien.'

Er viel een lange stilte en toen zei Andrew vriendelijk: 'Sarah, ik vind het heel erg voor je.'

Sarah pakte een tissue en snoot haar neus. 'Niet "ik heb het je wel gezegd"?'

'Ik weet dat je een heel lage dunk van me hebt en daar heb je alle reden toe, maar zelfs ik zou niet zo onbeschoft zijn.'

Sarah wenste dat hij dat wél zou zijn. Daar zou ze veel beter tegen gekund hebben dan tegen dit onverwachte medeleven. Ze snoot weer haar neus.

'Hoor eens,' zei hij, 'ik zal Cramptons bellen en zeggen dat we ons bedacht hebben.'

Sarah aarzelde. 'Weet je dat zeker?'

'Natuurlijk weet ik het zeker. Gaat het wel met je? Zal ik naar je toe komen?'

'Nee, ik voel me best. En ik heb een hoop te doen. Ik heb tot dusver pas één schilderij klaar.'

'Ik zou maar opschieten. De club gaat over drie weken open.'

Sarah glimlachte. Dat leek meer op de oude Andrew. 'Dank je dat je me eraan herinnert. Ik heb mijn uitnodiging al ontvangen.'

'Ik ook. Ik laat je aan je werk. Het spijt me, Sarah. Het spijt me van alles.'

'Mij ook.' Sarah legde snel de telefoon neer. Het was al erg genoeg dat Andrew haar nog steeds aan het huilen kon brengen. In ieder geval zou hij niet te weten komen dát hij het kon.

Martin kwam om zes uur langs en trof Sarah in de tuin waar ze bezig was rozen te snoeien. 'Ik dacht dat je zou schilderen,' zei hij.

'Maak je geen zorgen, ik heb er niet mee afgedaan,' verzekerde Sarah hem. 'Bedankt voor je briefje. Het was precies wat ik nodig had. Trouwens, bedankt voor gisteravond. Ik schaam me vreselijk. Ik drink nooit meer een druppel alcohol.'

Martin lachte. 'Dat zeg ik ook altijd.'

'Ik meen het. Het spijt me echt heel erg. Je moet me afstotelijk hebben gevonden.'

'Dat vond ik. Dat vind ik. Ik kan nauwelijks naar je kijken.'

'Ik zou het je niet kwalijk nemen. Wil je thee?'

'Ik zou het graag willen, maar ik moet nog ergens anders heen. Ik wilde alleen even zeker weten of alles goed ging.'

'Ja hoor. En ik had goed nieuws vandaag. Ik vertelde Andrew dat ik niet naar Mallorca ging en hij zei dat hij de makelaar af zou zeggen.'

'Edelmoedig van hem.'

'Hij was eigenlijk heel aardig. Het bracht me een beetje van mijn stuk. Ik verwachtte niet dat hij aardig zou zijn.'

'Nee,' zei Martin grimmig. 'Dat kan ik me heel goed voorstellen.'

Sarah trok haar tuinhandschoenen uit. 'Wat ik wilde zeggen,' zei ze behoedzaam, 'ik kan me niet erg veel herinneren van gisteravond, maar waarschijnlijk heb ik een paar heel stomme dingen gezegd...'

'Dat heb je niet,' zei Martin. 'Je hebt geen stomme dingen gezegd.' Hij bukte zich om een rozentwijg op te pakken en gooide die in de kruiwagen. 'We moesten in het weekend maar gaan wandelen. De weersvoorspelling is goed. Wat zou je zeggen van zaterdag?'

'Gezellig,' zei Sarah.

'Mooi. Ik zal Sally-Anne vragen of ze ook meegaat.'

'Gezellig,' zei Sarah.

# Wees voorbereid op tegenslagen

Sarah was bezig haar laarzen aan te trekken toen Martin kwam. 'Geen Sally-Anne?' vroeg ze.

'Nee, ik ben bang dat ik alleen ben.'

'Geeft niet!' zei Sarah, zich er schuldig van bewust dat haar zaterdag er plotseling honderd keer beter uitzag. 'Is het geen perfecte dag om te wandelen?'

Dat was het. Niet alleen scheen de zon, het was ook warm. De lammetjes dartelden in de wei, de bomen pronkten met hun bloesems en er hing een zoete, frisse geur in de lucht die alleen Engeland kan voortbrengen. Sarah zei beleefd, zij het niet naar waarheid: 'Het spijt me dat Sally-Anne niet mee kon. Hoe gaat het met haar?'

Martin stak zijn handen in zijn zakken en ontweek een hondendrol aan de kant van het pad. 'Ik weet het niet,' zei hij. 'We zien elkaar niet meer.'

'Martin!' Sarah bleef verbaasd staan en holde toen achter hem aan. 'Wat erg! Ik dacht dat alles zo goed ging tussen jullie. Wanneer is dat gebeurd?'

Martin zuchtte. 'Gisteravond.'

'Gisteravond? Ik begrijp het niet. Iedereen kon zien dat ze gek op je was!'

'Blijkbaar niet,' zei Martin terneergeslagen.

'Dat was ze wél! Ik heb het gezien! Wat zei ze?'

'Ze vindt dat we niet bij elkaar passen,' zei Martin. 'Vind je het erg als we er niet over praten?'

'Natuurlijk niet. Maar ik vind het erg jammer voor je.' Ze pakte zijn arm en keek hem onderzoekend aan. 'Weet je zeker dat je vandaag wilt wandelen?'

Martin lachte dapper. 'Precies wat ik nodig heb,' zei hij. 'Goeie afleiding. Vertel eens over die banaan. Ben je al een beetje opgeschoten?'

Sarah, onder de indruk van zijn stoïcisme, begon een beschrijving te geven van haar laatste creatie. Toen herinnerde ze zich dat ze hem nooit verteld had over haar afspraak met Giles in de National Portrait Gallery en daarna vertelde ze hem over Miriam en Antonio en de wandelingen die ze hadden gemaakt op Mallorca. Ze was net klaar met haar verhaal over het klooster in Valldemossa toen ze bij de pub waren. 'Zoek jij een tafeltje?' vroeg Martin. 'Dan bestel ik de lunch.'

'Ik bestel de lunch,' zei Sarah vastberaden, toen ze zich herinnerde wat hij de vorige keer had besteld. Ze liep naar de bar en vroeg twee *fish and chips* en twee sinaasappelsap. Ze keek achterom naar Martin. Hij had een krant gepakt en was bezig met het kruiswoordraadsel. Hij leek volkomen beheerst, dacht Sarah, feitelijk gedroeg hij zich heel overtuigend als iemand die beslist niet aan een gebroken hart leed. Maar dat was typisch Martin. Hij liet nooit zijn emoties blijken.

Ze liep met de glazen naar de tafel en ging tegenover hem zitten. 'Vertel eens wat over Jean-Pierre,' zei ze. 'Gedraagt Jacko zich een beetje? Of kan ik het maar beter niet weten?'

Martin legde de krant weg. 'Ik wist dat er iets was dat ik je moest vertellen. Jean-Pierre heeft iemand leren kennen en dat is allemaal dankzij jouw hond. Ik kan me geen onwaarschijnlijkere cupido voorstellen.'

'Niks zeggen, laat me raden! Hij heeft een hulpeloze jonge vrouw aangevallen en Jean-Pierre heeft haar gered!'

'Het tegendeel is waar. Het was Jacko die gered moest worden. Jean-Pierre was met hem gaan wandelen in de heuvels. Het was vroeg in de ochtend, er was niemand, dus liet Jean-Pierre Jacko los. Even later hoorde hij hem janken en hij vond Jacko ineengekrompen van angst terwijl een of andere draak bezig was hem te slaan met haar riem.'

'Jacko krimpt nooit ineen!'

'Het was het woord dat Jean-Pierre gebruikte. Hij zei dat Jacko ineengekrompen zat. Jacko was op de spaniël van die vrouw afgevlogen en...'

'Ik kan het me voorstellen!' Sarah huiverde. 'Ik heb gezien wat hij deed met Clementines cavia.'

'Nou, hij kreeg niet de kans in de buurt van de spaniël te komen. En toen kwam ze op Jean-Pierre af.'

'Met de riem?'

'Met haar woorden. Toen ze met hem klaar was, maakte hij nederig zijn excuses. En nodigde haar uit op de thee.'

'Ik had nooit gedacht dat Jean-Pierre het soort man was om thee te drinken.'

'Hij zei dat hij naar de winkel is gegaan om Zwitsers gebak te kopen. De vrouw bleek een hondentrainster te zijn en een expert in zelfverdediging. Jean-Pierre zegt dat ze een schat is. Nou ja,' ging Martin peinzend verder, 'hij zei dat zijn vrouw ook een schat was, dus erg betrouwbaar is hij niet. Nu gaan ze elke dag samen wandelen. Hij zegt dat Jacko de spaniël nu zelfs likt.'

'Als ik die spaniël was,' zei Sarah somber, 'zou ik maar goed uitkijken. Als je je broer weer spreekt, wil je hem dan de groeten van me doen?'

'Ik zal het doen. Hij vindt je erg aardig.'

'Werkelijk?' vroeg Sarah. 'Wat leuk!' Ze voelde zich belachelijk gevleid. Ze bedacht dat ze vorige week om deze tijd op de luchthaven had gezeten met het gevoel dat ze nooit van haar leven meer zou lachen. 'Vind je dat ik een oppervlakkig mens ben?' vroeg ze aan Martin.

'Soms,' zei Martin, 'is het erg moeilijk je gedachtegang te volgen.'

'Ik bedacht net dat ik zo'n heerlijke ochtend heb en toch voelde ik me vorige week diep ellendig. Lijkt dat op een oppervlakkig mens?'

'Helemaal niet. Het bewijst dat je een opmerkelijke veerkracht hebt. Heel prijzenswaardig.' Hij keek afkeurend naar de vis en frieten die gebracht werden. 'Waarom eten we dat?'

'Ik trakteer,' zei Sarah. 'Ik heb de laatste paar dagen alleen maar rottend fruit gegeten. En de banaan blijkt moeilijk te zijn, dus heb ik wat substantieels nodig. Ik eet jouw portie wel op als jij het niet lust.'

'Ik eet het wel,' zei Martin, 'onder protest.' Hij nam een friet en stak die in zijn mond. 'Heel lekker,' zei hij, en hij nam er nog een. Hij merkte dat Sarah naar hem zat te kijken. 'Wat is er?' vroeg hij. 'Waarom lach je?'

'Ik dacht dat je een goed aanpassingsvermogen hebt. Heel prijzenswaardig.'

'Sarah,' vroeg Martin achterdochtig, 'lach je me uit?'

'Ja,' zei Sarah vol genegenheid, 'maar op een heel aardige manier.'

Sally-Anne Furlong was dinsdag niet op de repetitie en om de een of andere reden leek Audrey vastbesloten Martin de schuld te geven. 'Helaas,' zei ze zwaarwichtig, 'heeft Sally-Anne om persoonlijke redenen besloten de functie van souffleuse neer te leggen.' Haar blik viel op Martin. 'Het spijt me dat terwijl we nog slechts drie weken... drie weken... verwijderd zijn van de dag van de première, bepaalde mensen hebben verkozen zich ten opzichte van Sally-Anne te gedragen op een manier die ik alleen maar kan beschrijven als onverantwoordelijk. Gelukkig zijn er een paar mensen in het stuk die begrijpen hoe belangrijk een souffleur is.' Haar ogen bleven rusten op Howard, die reageerde met een bescheiden lachje. Ik heb begrepen dat je Sally-Anne gaat opzoeken om te proberen haar op andere gedachten te brengen?'

'Ja,' zei Howard, 'ik ga morgen iets met haar drinken.'

'Dank je, Howard. Je zult vergezeld worden van al onze goede wensen. En nu, omdat Sarah zich om een onduidelijke reden verleden week niet heeft laten zien...'

'Het spijt me.' Sarah stak haar arm op. 'Ik was ziek. Sorry.'

'Als je het ons zou kunnen laten weten wanneer je ziek bent,' zei Audrey sarcastisch, 'zouden we je dankbaar zijn. Dus, zoals ik zei,

Sarah is verleden week niet verschenen, zodat we niet in staat waren de laatste scène naar behoren te repeteren. Dat zullen we nu dus doen. Ik neem aan, Martin, dat je jezelf nog steeds niet in staat acht Sarah te kussen?'

'Sorry,' zei Martin opgewekt. 'Op de avond zelf komt het wel in orde.'

'Ik kan bijna niet wachten,' zei Audrey op bijna dreigende toon. 'Ik neem aan dat ik op een wonder zal moeten hopen. Gezien je recente gedrag weet ik niet meer wat ik van je kan verwachten. Neem jullie plaatsen in.'

'Het is zo oneerlijk,' fluisterde Sarah tegen Martin. 'Het is niet jouw schuld dat Sally-Anne je niet onder ogen kan komen. Het is niet eerlijk om zo tegen je tekeer te gaan. Ik voel er veel voor om er iets van te zeggen.'

'Niet doen,' mompelde Martin. 'Dan krijgen we alleen maar weer een nieuwe preek, en ik wil graag vóór middernacht thuis zijn.'

Martin, dacht Sarah, was een toonbeeld van hoe je je hoorde te gedragen. Het feit dat hij niet over Sally-Anne kon praten bewees hoezeer hij zich haar afwijzing had aangetrokken en toch was hij afgelopen zaterdag fantastisch gezelschap geweest, was hij waardig blijven zwijgen bij Audreys schandelijk onrechtvaardige aanval en had hij zelfs uitstekend spel laten zien tijdens de repetitie. Als Martin zo stoïcijns kon zijn, kon zij dat ook. Ze zou alle gedachten aan het Barney-debacle uit haar hoofd bannen.

De hele volgende dag werkte Sarah hard aan de banaan. Op woensdag bracht ze tien over zes het laatste beetje kleur aan op het doek en wreef ze over haar pijnlijke rug. Er viel eigenlijk wel iets te zeggen voor alleen wonen. Ze kon nu genieten van een lang bad, zonder een behoorlijke maaltijd klaar te hoeven maken voor een knorrige echtgenoot of verdwijnende kinderen. Ze kon in haar ochtendjas naar beneden gaan in de wetenschap dat ze niets inspannenders hoefde te doen dan een fles wijn te openen om het te vieren, een sandwich te maken en naar slechte televisieprogramma's te kijken.

Ze haalde net een fles uit de ijskast toen er aan de voordeur gebeld werd. Sarah glimlachte en hoopte dat het Martin zou zijn. Ze wilde hem haar banaan laten zien.

Het was Martin niet. Simon Delaney, knap en modieus in een mooi gesneden pak, stond voor de deur met een grote bos bloemen in de hand. Sarah, die zich geneerde voor haar ochtendjas (Clementine zou wijs haar hoofd schudden en zeggen dat die arme Sarah zichzelf verwaarloosde) legde uit dat ze de hele dag geschilderd had en net uit bad kwam.

'Dan spijt het me dat ik je stoor,' zei hij. 'We hadden een conferentie op het werk en ik neem de bloemstukken mee naar huis. Ik dacht dat jij er misschien een zou willen hebben.'

'Wat aardig van je! Wil je even binnenkomen?'

'Weet je het zeker?' Simon veegde zorgvuldig zijn voeten op de deurmat en volgde haar naar binnen.

Sarah nam de bloemen van hem aan en legde ze op het afdruiprek. 'Wat een leuke verrassing! Wil je een glas wijn? Ik wilde net een fles opentrekken.'

'Een klein glaasje.' Hij ging zitten. 'Wat een gezellige keuken,' zei hij. 'Net als jij: warm en vriendelijk.'

Sarah lachte. 'Dank je! Het is altijd mijn lievelingsplek geweest.' Ze maakte de fles open. 'Leuk dat je er bent. Ik voel me altijd een beetje schuldig als ik in mijn eentje drink.'

'Dan ben ik blij dat ik ben gekomen.' Hij keek toe terwijl ze twee glazen uit de keukenkast haalde. 'Clementine vertelde me dat je plannen voor Mallorca niet doorgaan. Ik vind het heel jammer voor je, Sarah.'

'Ach,' zei Sarah opgewekt, 'ik denk dat het zo maar beter is.'

'Ik vind je heel dapper.'

'Aardig van je om dat te zeggen.' Ze gaf hem zijn glas en hief haar eigen glas naar hem op. 'Cheers!'

Hij lachte. 'Cheers.'

Sarah nam een slokje en zette haar glas neer. 'Hoe gaat het met Clementine?'

'Goed. Ze is lid geworden de vogelaarsclub.'

'Heus?' Sarah liep naar de gootsteen en begon een vaas te vullen met water. 'Ik moet de bloemen water geven. Ze zijn zo mooi!'

Simon stond op en kwam naast haar staan. 'Mooi haar heb je,' zei hij. Hij stak zijn hand uit en streek een paar lokken weg die voor haar oog waren gevallen. 'Zo,' zei hij. 'Zo is het beter!'

Sarah voelde zich slecht op haar gemak, glimlachte vaag en hield zich druk bezig met de bloemen. Toen liep ze naar het kachelfornuis om haar handen af te drogen. Tot haar afschuw voelde ze een paar armen om haar middel en een paar handen die in haar ochtendjas probeerden te dringen. Geschrokken en gegeneerd draaide ze zich met een ruk om en trok de kraag van haar ochtendjas stevig om haar hals. 'Simon!' protesteerde ze. 'Wat haal je je in je hoofd?'

Simon greep de stang van het fornuis vast en hield Sarah effectief gevangen tussen zijn armen. 'Je bent een heel aantrekkelijke vrouw,' zei hij zachtjes en probeerde haar te zoenen.

'Ik denk dat je maar beter kunt gaan,' zei Sarah met alle waardigheid die ze op kon brengen, wat niet veel was, omdat Simon zijn knie tussen haar benen geklemd hield. 'Simon! Alsjeblieft!'

Simon haalde zwaar adem. 'Sarah, Sarah, je hoeft tegen mij niet te doen alsof.'

Sarah verzette zich fel. 'Simon, ik doe niet alsof! Wil je me alsjeblieft loslaten!'

Simon pakte haar polsen beet. 'Sarah,' zei hij teder, 'ik weet hoe eenzaam je bent. Je denkt dat niemand je wil hebben en dat is niet waar.' Hij drukte zijn mond op de hare en toen Sarah met een ruk haar hoofd afwendde, lachte hij slechts. 'Sarah! Sarah! Je bent een warme, gepassioneerde vrouw, die op woensdagavond helemaal alleen is.' (Woensdagavond, dacht Sarah, dat verdomde diner!) 'Ik weet wat je verlangt, ik weet dat je je onbegeerd en onbegeerlijk voelt. Daarom ben ik langsgekomen! Ik wilde je vertellen dat je niet alleen bent!'

'Omdat jij er bent.'

'Precies.'

'Op woensdagavond.'

'Als dat je wens is.'

De stang van het fornuis drukte pijnlijk in Sarahs rug. 'Simon,' zei ze. 'Ik weet niet of je dit doet uit een misplaatst gevoel van medelijden, maar ik verzeker je dat ik het heel goed kan vinden met mijn eigen gezelschap en...'

'Sarah,' zei Simon, 'ik zie wat je wilt. Ik zie het in je ogen.' Hij hield haar handen vastgeklemd om de stang en bewoog zich naar voren voor een volgende aanval op haar mond.

'Als je nu niet meteen weggaat,' siste Sarah, 'zweer ik je dat ik het Clementine zal vertellen!'

Dat had effect. Hij liet haar handen los en ging een eindje bij haar vandaan staan. Hij keek haar behoedzaam aan maar Sarah verroerde zich niet. 'Ik denk,' zei hij, zijn das rechttrekkend, 'dat er sprake is van een misverstand. Het spijt me. Ik kwam hier alleen om je wat op te vrolijken.'

'Door seks met me te hebben?'

'Eerlijk gezegd,' zei Simon, aan zijn manchetten trekkend, 'als een vrouw opendoet in niets anders dan een ochtendjas en een glas wijn aanbiedt en uitnodigend glimlacht...'

'Ik kwam net uit bad! Ik had geen idee dat jij hier zou komen! Kan een vrouw een man niet een glas wijn aanbieden zonder dat hij denkt dat ze snakt naar seks?'

'Ik kan alleen maar zeggen,' zei Simon snel, 'dat ik heb gehandeld uit een gevoel van medelijden en genegenheid. Het spijt me als ik je van je stuk heb gebracht.' Hij liep naar de deur.

'Wacht!' zei Sarah. Ze liep naar de gootsteen en pakte de bloemen. 'Ik geloof niet dat ik die nog wil.'

Simon nam de druipende stelen zonder veel enthousiasme aan. 'Ik ga er vandoor,' zei hij. 'Goed te weten dat je positief blijft denken. Dag, Sarah.'

Zodra hij buiten was, smeet Sarah de deur dicht en deed hem op slot. Simon Delanay... het was niet te geloven... Simon Delaney was naar haar toegekomen om seks met haar te hebben! En dan durfde hij nog te beweren dat hij het alleen maar deed omdat hij medelijden met haar had! Wat een walgelijke huichelaar, tenzij hij het werkelijk uit medelijden had gedaan, en dat was een afgrijse-lijke gedachte.

In de drieënveertig jaar van haar leven, inclusief de moeilijke jaren van haar puberteit, had ze nog nooit zoveel vernederingen ondergaan als in de maanden sinds Andrews vertrek. 'Andrew,' zei Sarah tegen het lege vertrek, 'waarom heb je me verdomme in de steek gelaten?'

# Geef goede raad.
## Dat is leuker dan die te krijgen

Sarah had Miriam al weken niet gesproken. Ze had twee keer gebeld om haar te vertellen over Barney, maar beide keren had ze Clive aan de telefoon gekregen die gehaast was en weinig zei. Sarah had het daarna niet meer geprobeerd. Ze wist niet zeker of ze de details van haar vernedering nog wel wilde herhalen.

Maar toen Miriam belde en enigszins behoedzaam vroeg hoe het met haar ging, was het een opluchting het haar te kunnen vertellen. 'Ik had het moeten weten,' zei Sarah. 'Ik bedoel, hij had geen enkele poging gedaan om me terug te zien na die eerste nacht. Het was zo onlogisch dat hij me plotseling vroeg bij hem in te trekken. Ik denk dat ik gewoon bereid was alles te geloven.'

'Barney is een heel aantrekkelijke man,' zei Miriam. 'Als zo'n man je vraagt te komen en het bed met hem te delen, ben je niet erg geneigd zijn motieven in twijfel te trekken.'

'Ja, maar het was allemaal zo irreëel. En in mijn hart wist ik dat. We hebben bijvoorbeeld geen van beiden ooit het woord "liefde" gebruikt. Ik wist dat Barney niet van me hield en ik hield beslist niet van hem. Hoe zou ik dat kunnen? Ik kende hem nauwelijks. Hij maakte me niet aan het lachen, hij stelde me niet op mijn gemak; ik was nooit ontspannen in zijn nabijheid, want ik was altijd zo vol ontzag voor hem. Afgezien van wellust, was het voornamelijk een gevoel van dankbaarheid dat hij bij me wekte. Ik was dankbaar dat hij me zag staan. Dat is geen basis voor een relatie.'

'Natuurlijk niet.'

'Het stomme was dat ik maar bleef zeggen dat het zo irreëel was allemaal! En toen het misliep was ik natuurlijk volkomen van de kaart, maar ik denk dat dat kwam omdat ik me zo'n idioot voelde. Het was vernederend om te ontdekken dat Barney totaal niets om me gaf, het was vernederend om iedereen thuis te moeten vertellen dat mijn grote romance geen romance was, maar afgezien van dat alles denk ik dat ik meer het idee mis van Barney dan Barney zelf. Snap je wat ik bedoel?'

'Ja,' zei Miriam, 'ik snap precies wat je bedoelt.'

'Dus ik hoop,' zei Sarah met een zucht, 'dat ik nu in ieder geval ouder en wijzer ben.' Ze begon zich een beetje ongerust te maken. Ze had minstens tien minuten over zichzelf gepraat en al besefte ze dat ze maar al te blij was dat te kunnen doen, ze wist ook dat de voornaamste reden waarom ze dat deed was dat Miriam nauwelijks iets zei. 'Miriam,' zei ze, 'je bent angstig stil. Is alles in orde?'

'Ik ben zwanger,' zei Miriam.

'Wat?!'

'Ik ben zwanger.'

'Miriam!' Sarah had geen idee wat Miriam verwachtte dat ze zou zeggen. 'Dat is fantastisch.' Ze zweeg even. 'Vind je het fantastisch?'

'Ja. Het is nog heel pril. Ik heb zaterdag pas de test gedaan.'

'O, hemel, wat opwindend! Wat zegt Clive ervan?'

'Clive zegt heel weinig. Feitelijk praat Clive nauwelijks tegen me.'

'Dat komt waarschijnlijk door de schok. Hij draait wel bij. Wacht maar tot hij zijn kind in zijn armen houdt en dan...'

'Het kind is niet van Clive,' zei Miriam.

'Van wie dan?'

'Van Antonio.'

'Hè? Hoe kan het nou van Antonio zijn?'

Miriam zei een beetje korzelig: 'Nou, ik ben met niemand anders naar bed geweest in de laatste paar weken.'

'Ik begrijp het niet! Ben je met Antonio naar bed geweest? Je hebt nooit iets laten merken! Ik had geen idee dat jij en Antonio zo intiem waren geworden. Wanneer is dat gebeurd?'

'Herinner je je nog die tweede keer dat je met Barney meeging? Toen we met z'n allen hadden gegeten?'

'En we jullie tweeën achterlieten in het restaurant? Wil je zeggen dat je die avond met Antonio naar bed bent geweest?'

'Ik vrees van wel.'

'Miriam! Je was altijd zo onhebbelijk tegen hem! Wat ga je nu doen? Zal Clive het kind accepteren? Is hij erg kwaad?'

'Hij heeft het recht niet om kwaad te zijn. Hij heeft opgebiecht dat hij al sinds Kerstmis een relatie heeft.'

'O.' Wat een enorme puinhoop. 'Ik weet zeker,' zei Sarah meer hoopvol dan met overtuiging, 'dat je een oplossing zult vinden.'

'O, die heb ik al gevonden,' zei Miriam. 'Ik ga bij Antonio wonen.'

'Ter wille van het kind?'

'Nee, omdat ik van hem hou.'

'Je houdt van Antonio? Miriam, je hebt hem maar een week meegemaakt...'

'Dat weet ik en ik heb in die ene week meer plezier gehad met Antonio dan met Clive in mijn hele huwelijk! Hij was geestig, hij was aardig, hij was interessant, hij gaf me een goed gevoel.'

'Waarom heb je me dat niet verteld?'

'Ik dacht dat Antonio zich precies zo gedroeg als de mensen verwachten dat Spaanse mannen zich zullen gedragen jegens lichtgelovige, kwetsbare Engelse vrouwen. Ik wist dat ik kwetsbaar was en ik was bereid de werkelijkheid een paar dagen op te schorten en ook lichtgelovig te zijn. En toen ik thuiskwam, schaamde ik me.'

'Omdat je met hem naar bed was geweest?'

'Omdat ik hem miste! En toen begon ik ansichtkaarten te krijgen.'

'Wat voor ansichtkaarten?'

'Van Antonio. Clive was razend. Die kaarten bevielen hem allerminst. Het waren heel lieve kaarten en ze bleven maar komen. Toen begonnen we met elkaar te bellen. Ik wilde je er alles over vertellen, maar toen vertelde Antonio het me van jou en Barney...'

'Je wist het dus?'

'Ja.' Miriam aarzelde. 'Ik wist niet wat ik moest doen. Ik vond niet dat ik jou kon vertellen hoe gelukkig ik was met Antonio terwijl jouw hart gebroken was door Barney. Ik had moeten weten dat je veel te verstandig bent om je hart door zo iemand te laten breken.'

'Heeft Antonio Barney de laatste tijd nog gezien? Hoe gaat het met hem?'

'Hij drinkt te veel. Antonio zegt dat hij altijd te veel drinkt. Daarom heeft zijn vrouw hem verlaten. Je bent er mooi aan ontsnapt.'

'Ik geloof het ook. Weet Antonio het van de baby?'

'Ik was niet van plan het hem te vertellen. Ik bedoel, ik ben pas een paar weken zwanger en op mijn leeftijd kan er van alles gebeuren.'

'Dus je hebt het hem verteld.'

Miriam lachte. 'Aandoenlijk ben ik, hè? Hij wil dat ik onmiddellijk mijn baan opzeg, in het vliegtuig stap en naar hem toe kom. Ik heb hem gezegd dat ik tot aan het eind van het schooljaar moet blijven. Ik wil nu nog niet vooruitplannen. Ik geniet er gewoon van dat ik me weer zo gelukkig voel.'

'Wie had dat kunnen denken?' verzuchtte Sarah. 'We gaan allebei weg voor een vakantie met seks en romantiek en we krijgen het ook nog! Je zult je baby Marcello moeten noemen...'

'Omdat ik Antonio al heb. Leuk, hoor.'

'Ik veronderstel dat ik je, na wat er met mij en Barney is gebeurd, zou moeten vertellen dat je gek bent.'

'Ik voel me niet gek.'

'Ik geloof ook niet dat je dat bent. Nu je het me verteld hebt, snap ik niet dat ik het niet door heb gehad. Jij en Antonio passen zo goed bij elkaar.'

'Dank je. En jij? Gaat het echt goed met je?'

'Ja,' zei Sarah. 'Ik weet dat de mensen vinden dat ik er een zooitje van heb gemaakt. Nou ja, ik héb er ook een zooitje van gemaakt maar ik werk te hard om me daar druk over te maken. Ik denk dat werk de oplossing is. Ik moet gewoon aan het werk blijven. En geen romantische avonturen meer.'

Miriam lachte. 'Dat weet je nooit!'

'O, jawel,' zei Sarah. 'Om te beginnen zijn ze veel te duur. Geen weekendjes naar het buitenland meer voor mij! En weet je, Barney heeft me één ding geleerd: er valt veel te zeggen voor een leven als single!'

# Zorg dat je het druk hebt

In de paar dagen daarop deed Sarah niets anders dan schilderen. De voltooide schilderijen moest ze op 17 april naar de nachtclub brengen, en naarmate die datum naderde, werd ze steeds zenuwachtiger. De appel was goed. Sarah dacht dat hij even goed was als het portret van Raffles. De banaan was oké, maar ze begon in paniek te raken over de perzik en de aardbei. Ze had zichzelf te weinig tijd gegund om ze recht te doen wedervaren. De perzik was zo appetijtelijk als een doorweekte cornflake en de kleur van de aardbei was verkeerd. Het feit dat Audrey in deze uiterst belangrijke week een extra repetitie had ingelast, stoorde haar niet. Na uren achter de ezel te hebben gestaan was ze blij 's avonds ergens naar toe te kunnen, zelfs naar repetities die werden geleid door een steeds kribbiger wordende regisseur.

Het ging niet goed, zei Audrey. Mrs. Danvers moest valser zijn, kolonel Julian minder theatraal in het tonen van zijn twijfel aan Maxims rechtschapenheid. Mrs. De Winter had nog steeds de neiging te zacht te spreken en Maxim was goed als hij stijf en streng moest zijn, maar: 'Je bent slecht in het tonen van je passie, Martin! Waar is de passie? Als je Sarah vertelt dat je Rebecca haatte, klink je alsof je een milde aanval van indigestie hebt. Je bent een gekwelde ziel! Wees gekweld! Feitelijk hebben we van iedereen meer *schwung* nodig. Ik moet jullie bekennen dat ik slapeloze nachten krijg van dit stuk!'

'Ik heb slapeloze nachten van mijn schilderijen,' zei Sarah tegen Martin toen ze na de repetitie op dinsdagavond in de pub zaten.

'Donderdag moet ik ze naar Bath brengen en ze zijn nog lang niet klaar. En wat als Giles ze eens niet mooi genoeg vindt? Wat moet ik dan zeggen?'

'Dan vertel je hem dat hij geen verstand van kunst heeft. Dan pak je je geld aan, gaat naar huis en geniet van je paasweekend.'

'Dat hebben we ook nog,' zei Sarah somber. 'Vrijdag ga ik naar mijn ouders. Mijn moeder zal het hele weekend jammeren over het feit dat Andrew bij me weg is en mijn vader zal me het hele weekend vertellen dat ik met Gerald Hodge had moeten trouwen.'

'Wie is dat?'

'Ik kende Gerald Hodge toen ik nog een tiener was. Altijd als ik zonder vriendje op een party was... en dat was meestal... kwam Gerald naast me staan. Dan leverde hij de hele avond commentaar op wat er om ons heen gebeurde. Als ik probeerde weg te komen, volgde hij me en bleef hij praten. Toen ik op de kunstacademie was, zocht hij mijn vader op en vroeg hem om mijn hand. Hij zei dat hij wist dat we nog erg jong waren en daarom stelde hij een lange verloving voor. Toen ik het weekend thuiskwam, had mijn moeder champagne en zalm gekocht en ze was erg kwaad toen ik zei dat ik nooit met Gerald Hodge zou uitgaan, laat staan met hem trouwen. In ieder geval zag mijn vader een paar weken geleden een foto van hem in de krant. Schijnbaar is hij een stinkend rijke financier of zo, dus nu blijft mijn vader me maar vertellen dat ik met hem had kunnen trouwen.'

'Nou, kennelijk had je dat ook gekund.'

'Dank je, Martin, dat is precies wat mijn vader het hele weekend zal zeggen. Wat doe jij met Pasen?'

'Ik ga naar Parijs. Ik vertrek donderdag.'

'Je gaat naar Parijs!' Sarah dronk haar glas in één teug leeg. 'Echt iets voor jou! Ik zit te kletsen over mijn opwindende weekend in Swindon en jij gaat naar Parijs!'

'Ik ga logeren bij mijn moeder en mijn zus. Met Pasen ga ik altijd naar Parijs.'

'Ik ben nog nooit in Parijs geweest. Ik wou dat ik mee kon.

Pasen in Parijs! Het klinkt zo romantisch!' Ze keek even naar Martin. 'Sorry. Dat was tactloos.'

'O, ja?' vroeg Martin. 'Waarom?'

'Je weet wel. Jij en Sally-Anne.'

'O,' zei Martin. 'Ja, ik begrijp het.' Hij keek of hij iets wilde zeggen, maar concentreerde zich toen op het gladstrijken van het lege pindazakje.

'Ik moet er vandoor,' zei Sarah. 'Het wordt een lange dag morgen.' Ze stond op en hing haar tas over haar schouder. 'Martin, ik wil je alleen zeggen dat ik het echt waardeer... ik bedoel, sinds ik terug ben uit Mallorca ben je zo aardig geweest, je hebt met me gewandeld en zo. Soms denk ik wel eens dat het enige goede dat me is overkomen sinds Andrew me in de steek heeft gelaten het feit is dat jij en ik vrienden zijn geworden.' Ze gaf hem snel een zoen op zijn wang. 'Ik wil alleen zeggen dat ik je dankbaar ben.' Ze lachte verlegen. 'Tot morgen.'

'Sarah?' Martin gooide het zakje in de asbak en stond op.

'Ja?'

Hij aarzelde. 'Veel succes met je aardbei,' zei hij.

Sarah voltooide de aardbei woensdagnacht om tien over één. Ze was te moe om zich af te vragen of hij goed was of niet, het enige wat ze wist was dat ze nooit meer aardbeien zou kunnen eten.

Een paar uur later werd ze wakker met een misselijk gevoel in haar maag en een voorgevoel van onheil. Ze probeerde zich in te denken hoe ze zich moest verdedigen tegen een woedende Giles. 'Het spijt me, Giles, je hebt totaal geen verstand van kunst. Deze aardbei geeft de essentie weer van wat het betekent om een aardbei te zijn en het spijt me als het je niet bevalt en ik zou nu graag mijn geld willen hebben.' Tja, mooi niet dus.

Ze waste haar haar en hield een lange speurtocht in haar klerenkast. Ze wilde er zakelijk, vastberaden en intelligent uitzien en geen van haar kleren leek in deze categorie te vallen. Ten slotte trok ze haar zwarte broek en een van Bens witte schoolhemden aan. Ze speelde met het idee een das te dragen, in de hoop dat ze er dan stoer en macho uit zou zien. Ze knoopte hem om en deed hem onmiddellijk weer af. Ze leek wel een bejaarde bannelinge uit St.-Trinians.

Tijdens de rit naar Bath repeteerde ze haar verdediging. Ze mocht geen twijfel uitstralen. Als zij de indruk wekte dat haar fruit briljant was, zou Giles haar oordeel misschien accepteren. Sarah zette de radio aan. Gloria Gaynor zong: 'I Will Survive,' wat niet het meest bemoedigende voorteken was.

Om twaalf uur stond ze in de nachtclub te midden van een maalstroom van bouwvakkers en binnenhuisarchitecten. Een heel aardig meisje, Abby, was op zoek gegaan naar Giles. Sarah hoopte dat ze hem gauw zou vinden, want haar zelfvertrouwen vloeide sneller weg dan badwater in de afvoer.

'Sarah!' Giles kwam met uitgestrekte hand op haar af. 'Dank je dat je zo mooi op tijd bent. Mag ik je mijn partner voorstellen, Jeremy Strickland.' Sarah gaf Jeremy een hand. Hij droeg een zwarte broek en een wit hemd, net als Sarah. Maar Jeremy zag er sexy en geraffineerd in uit.

'Zo!' zei Giles. 'Mogen we ze zien?'

Sarah slikte moeizaam. Ze had het gevoel dat ze over moest geven en was niet in staat een van de dingen te zeggen die ze had geoefend. Zwijgend haalde ze de deken van de schilderijen en zette ze neer voor de beide mannen. Zwijgend, met over elkaar geslagen armen stonden ze te kijken. Sarah keek met een uitdrukkingsloos gezicht naar hen. In ieder geval slaakten ze geen kreten van afschuw. Ze dansten ook niet van vreugde. Sarah wilde op en neer springen en roepen: 'Zeg wat!' Misschien was Giles telepathisch, want hij keek even naar haar en zei: 'Dank je, Sarah. Ze zullen het heel aardig doen. Ik zal je je cheque geven.'

'Dank je.' Niet op haar gemak bleef Sarah staan terwijl Giles zijn cheque uitschreef. Jeremy was naar de aardbei gelopen. Giles keek haar met een koele glimlach aan. 'Je komt donderdag toch op de opening, hè? De plaatselijke pers zal er ook zijn. Misschien willen ze een paar foto's maken, dus kleed je een beetje glamorous.'

'Ik zal ervoor zorgen.' Sarah pakte de cheque aan, wenste de twee mannen prettige paasdagen en liep de trap op naar buiten. Ze was nog geen kwartier in de nachtclub geweest. Ze kreeg het gevoel van een anticlimax. Al die zorgen en al dat werk en wat was het resultaat? De schilderijen zouden het heel aardig doen! Ze staarde naar de cheque. Ze hield een cheque van vierduizend pond in haar hand! En ze moest iets glamorous kopen. Ze was in Bath, een stad met winkels vol glamour! Ze grijnsde en ging op pad om geld uit te geven.

Op Goede Vrijdag reed Sarah naar haar ouders. Ze arriveerde in een stemming van aanstekelijk enthousiasme, met champagne en paaseieren. Haar ouders, blij met de champagne, lieten Andrew en Gerald Hodge wat ze waren en gingen zelfs zo ver dat ze met enig optimisme over Sarahs toekomst spraken.

Op paaszondag ging de telefoon. Sarahs moeder nam op en was even later druk aan het babbelen. Het moest Andrew zijn, want alleen hij wist dat speciale flirtende gegiechel op te wekken dat uit de hal klonk. Een paar minuten later stak haar moeder haar hoofd om de deur. 'Het is Andrew! Ik heb zo gezellig met hem gepraat! Hij wil je prettige paasdagen wensen!'

Sarah trok haar wenkbrauwen op en liep naar de hal. 'Andrew!' zei ze. 'Prettige paasdagen!'

'Jij ook! En gefeliciteerd met de schilderijen, Sarah!'

'Je hebt het gehoord?' Sarah ging op de onderste tree zitten en legde de telefoon op haar schoot. 'Het belangrijkste is dat ze me het geld hebben gegeven! Ze leken niet zo erg onder de indruk van mijn schilderijen, maar ik heb het geld!'

'Geloof het maar niet, ze vonden ze prachtig!' Sarah had Andrew in lange tijd niet zo opgewonden gehoord. 'Ik heb met Abby gesproken. Je hebt haar op de club gezien, hè? Ze zei dat Giles en Jeremy Strickland erg enthousiast waren.'

'Erg vriendelijk van haar om dat te zeggen,' zei Sarah weifelend. 'Ze keken niet erg enthousiast.'

'Natuurlijk niet. Abby zegt dat ze van plan zijn je een opdracht te geven voor hun club in Londen. Als ze te happig lijken, zijn ze bang dat je prijs omhooggaat. Sarah, dit is geweldig. Jeremy Strickland heeft hopen connecties in de kunstwereld. Je staat misschien aan de rand van een doorbraak. Ik heb altijd geweten dat je er zou komen.'

Dat was iets nieuws voor Sarah, maar ze was te blij met zijn enthousiasme om hem dat te vertellen. 'Ik verheug me erop ze aan de muur te zien. Het is er nu nog een puinhoop. Ik kan gewoon niet geloven dat het volgende week klaar zal zijn.'

'Je komt toch op de opening, hè?'

'Ik heb er een nieuwe jurk voor gekocht!'

'Mooi. Het is belangrijk dat je er goed uitziet. Ik kom laat in de middag. Kom jij met de trein, dan geef ik je een lift naar huis.'

'Weet je het zeker? Dat zou fijn zijn.'

'We kunnen een nabespreking houden in de auto. En we moeten praten.'

'Ik weet het. Ik ben er nu klaar voor om de dingen op een rijtje te zetten. Ik heb thuis alles ingepakt wat ik denk dat van jou is. En wat het huis betreft...'

'Maak je geen zorgen over het huis,' zei Andrew. 'We hoeven nu nog niets te doen. We moeten de dingen niet overhaasten. Ik schijn er nogal een puinhoop van te hebben gemaakt door alles te overhaast te willen doen. Je weet wat ik bedoel?'

'Niet echt, nee.'

'Nou ja, we praten donderdag wel. Hoe gaat het met de repetities?'

'Audrey zegt dat ze slapeloze nachten heeft.'

'Ik heb nog nooit in een stuk gespeeld waarvan Audrey geen slapeloze nachten had.' Andrew lachte. 'Ik kan nu maar beter ophangen. Sarah?'

'Ja?'

'Ik ben erg trots op je.'

Sarah legde de telefoon neer. Ze had te veel tegenslagen ondervonden in haar artistieke carrière om zich te laten meeslepen door Andrews verzekering van toekomstige roem. Ze wikkelde een haarlok langzaam om haar vinger. Het zou veel minder gemakke-

lijk zijn zich niet te laten beïnvloeden door Andrews andere opmerkingen. Was het mogelijk dat het hem begon te spijten dat hij
haar in de steek had gelaten? Begon Hyacinth haar geur en kleur
te verliezen?

# Geniet van het moment

De generale repetitie was een ramp. Mrs. Danvers' rok was te nauw en ze kon hem alleen maar aan met behulp van een gigantische veiligheidsspeld. Claire merkte op (heel terecht, vond Sarah) dat mrs. Danvers niet het soort vrouw was om een rok te dragen die op zijn plaats werd gehouden door een gigantische veiligheidsspeld. Audrey liet de eerste van haar vele uitbarstingen de vrije loop en verklaarde dat er niet van haar verwacht kon worden dat ze haar tijd verdeed met zich zorgen te maken over veiligheidsspelden als ze geconfronteerd werd met iemand van het licht die niets van belichting afwist, en dat Claire, als ervaren actrice, toch boven dergelijke onbeduidende problemen hoorde te staan. Claire antwoordde kribbig dat ze alleen maar boven dit speciale probleem kon staan door één hand op de aanstootgevende veiligheidsspeld te houden en dat het erg moeilijk was valsheid en slechtheid uit te stralen als je je hand permanent op je middel moest houden. Audrey antwoordde dat als ze die man van het licht niet tot de orde kon roepen, niemand Claires veiligheidsspeld zou kunnen zien. Ook dat vond Sarah terecht, want de lichtman bleek inderdaad erg onzeker en richtte de lampen op lege plekken van het toneel zodat de acteurs hun tekst in het donker moesten zeggen.

Ook was er een probleem met het toneel. Dit was de eerste keer dat ze in het gemeentehuis speelden. De decorbouw en zijn team hadden een prachtig decor ontworpen met een echte trap. Helaas liet dat prachtige decor weinig ruimte voor de acteurs. Gewend als ze waren aan de grote ruimte van het repetitielokaal boven de pub, merkten ze dat hun bewegingsvrijheid erg beperkt werd; ze bleven tegen elkaar opbotsen, wat de dramatische spanning geen goed deed. Deze problemen bereikten het hoogtepunt tijdens de scène tussen mrs. Danvers en mrs. De Winter boven aan de trap. Daar stond Claire, zachtjes, als een giftige slang suggererend dat de andere vrouw zich over de balustrade moest werpen, terwijl Sarah, geklemd tussen de trapleuning aan de ene kant en Claires enorme omvang aan de andere kant, nog geen vinger kon bewegen, laat staan haar hele lichaam. Sarah begon te giechelen, wat een nieuwe woedeaanval veroorzaakte van Audrey, waarbij ook nog eens het spotlight als een dronken vuurwormpje over het toneel heen en weer schoot.

Toen het moment van de kus gekomen was, lag Audrey bijna als gebroken op een stoel voor de haard. Martin nam Sarah in zijn armen en zoende haar met de hartstocht van een man die een trein moet halen. Audrey gaf lucht aan de frustraties van die avond. 'Dit stuk,' gilde ze, 'is een aanfluiting. Ik heb er de laatste drie maanden alles aan gedaan om een kunstwerk te produceren en jullie belonen me met het soort acteerwerk dat thuishoort op een lagere school! Ik heb, en ik geloof dat jullie het daar allemaal mee eens zullen zijn, een voorbeeldig geduld getoond, maar er komt een ogenblik waarop ik het niet meer aankan. Ik moet jullie zeggen dat ik mijn handen ervan aftrek. Mijn reputatie ligt te grabbel. En, Martin, als je op jouw leeftijd nog niet weet hoe je een vrouw moet kussen, kan ik je niet helpen. Ik wil er alleen nog maar aan toevoegen dat de inwoners van Ambercross vrijdag hun geld zullen neertellen in de verwachting dat de Ambercross Players hun het gebruikelijke professionele vermaak zullen verschaffen. In plaats daarvan krijgen ze deze farce van een toneelopvoering. Ik moet jullie zeggen dat als het team decorbouwers de laatste paar weken niet zo onzelfzuchtig had gewerkt, ik erover zou denken het stuk te annuleren. Meer zal ik er niet aan toevoegen. Ik kan jullie alleen maar vragen lang en ernstig na te denken over je betrokkenheid bij dit stuk. We hebben morgenavond nog één repetitie en vrijdag is de opvoering. Ik ben aan jullie overgeleverd! Jullie kunnen me óf het einde laten beleven van een – zoals jullie ongetwijfeld met me eens zullen zijn – lange en illustere carrière in het theater, óf jullie kunnen proberen nog iets te redden van deze ramp. We zullen nu het stuk uitspelen en dan gaan we naar huis en proberen wat te slapen!'

Om half elf waren ze klaar en verlieten ze stemmig en zwijgend het gemeentehuis. Niemand durfde iets tegen Audrey te zeggen.

'Ik geef je een lift naar huis,' mompelde Martin tegen Sarah. Hij deed het portier voor haar open en ze wierp hem een snelle blik toe. Hij zag er moe en verslagen uit.

Hij stapte in de auto en startte de motor. Ze gaf hem een troostend klopje op zijn arm. 'Andrew zegt dat Audrey altijd hysterisch wordt voordat een stuk wordt opgevoerd.'

Martin zuchtte. 'Zó moeilijk is ze meestal niet. Ik wou dat ik er nooit in had toegestemd die rol te spelen.'

'Nou, dat spreek ik tegen,' zei Sarah bemoedigend. 'Je speelt geweldig en ik had het nooit kunnen klaarspelen zonder jou als Maxim.'

'Dank je.' Martin lachte kort. 'Ik kan toch al niet goed tegen al die driftbuien, maar zeker niet als ze tegen mij gericht zijn. Dit is de laatste keer dat ik een hoofdrol accepteer.' Hij remde abrupt toen een reusachtige, onhandige das de weg overstak.

'Kijk!' zei Sarah. 'Dat betekent geluk.'

'Sinds wanneer brengt een das geluk?'

'Sinds vanavond!'

Hij lachte. 'Wat ben jij optimistisch! Ik neem aan dat ze je schilderijen mooi vonden?'

'Ja. Andrew belde dit weekend. Hij doet de publiciteit voor de club. Hij schijnt te denken dat ik op het punt sta een succesvolle schilderes te worden!'

'Misschien heeft hij gelijk.' Martin reed Shooter's Lane in. 'Komt Andrew ook op de opening?'

'Natuurlijk. Hij organiseert die. Hij geeft me een lift naar huis.'

'Dat is sympathiek van hem.' Martin stopte voor Sarahs hek.

'Andrew is de laatste tijd erg aardig geweest. Feitelijk...' Sarah aarzelde en pakte haar tas op.

'Feitelijk wat?'

'Het is niets. Waarschijnlijk stel ik me aan. Hij zei alleen iets waardoor ik me afvroeg of hij misschien begon te twijfelen of hij er wel goed aan had gedaan om bij me weg te gaan.'

'O?' Martin zette de motor af. 'Denk je dat hij terug wil komen?'

Sarah schudde haar hoofd. 'Waarschijnlijk vergis ik me.'

'Maar als je je niet vergist? Wat zou je dan doen?'

Sarah haalde haar schouders op. 'Zo ver vooruit heb ik nog niet durven denken. Ik weet het niet. Mijn leven als single is niet zo erg succesvol geweest. Wat vind jij?'

Martin reikte langs Sarah heen om het portier voor haar open te doen. 'Het doet er niet toe wat ik denk. Ik heb er niets mee te maken.'

'Dat weet ik. Ik vroeg alleen je mening.'

'Ik heb geen mening.' Martin draaide het contactsleuteltje om. 'Het is jouw leven. Je moet je eigen beslissingen nemen. Ik ben moe. Welterusten, Sarah.'

Sarah stapte uit. 'Bedankt voor de lift,' zei ze stijfjes.

'Geen probleem.'

Sarah keek hem na toen hij wegreed. Hij was kennelijk van slag door Audreys uitval, maar dat hoefde hij niet op haar af te reageren. Ze wilde dat hij niet zo snel was weggereden, want dat had ze hem graag willen vertellen.

Toen ze naar bed ging voelde ze zich nog steeds geërgerd omdat Martin zo ongewoon kortaf was geweest en toen de slaap weigerde zich over haar te ontfermen begon ze steeds kwader op hem te worden. Hij had tenminste wat meer kunnen meeleven met haar huwelijksproblemen. Hij had een opvallend gebrek aan interesse getoond. Ze had het hem alleen verteld van Andrew omdat ze dacht dat hij een goede vriend was. Als het hem niet kon schelen, dacht ze, draaiend en woelend, dan niet. Ze zou hem niet meer in vertrouwen nemen. Morgen op de repetitie zou ze koel en afstandelijk zijn en hem duidelijk maken dat ze het zich niet aantrok.

Maar de volgende avond maakte Martin zijn onaangename gedrag nog erger door haar niet de kans te geven hem te tonen dat ze kwaad op hem was. Als er één ding erger was dan koel en afstandelijk te zijn tegen een vriend, was het een vriend die nog koeler en afstandelijker was, en het derhalve onmogelijk maakte zelf koel en afstandelijk te zijn. Hij kwam niet één keer naar haar toe en aan het eind van Audreys laatste, waardige peptalk verdween hij in de donkere nacht. Iedereen zou denken dat Sarah de boosdoener was. Het was heel oneerlijk en hinderlijk pijnlijk.

Sarah arriveerde om half negen in de club. Ze was tevreden over haar voorkomen. De jurk was lang, zwart en had een strenge snit met een dramatisch rood motief dat diagonaal zigzagde van de halslijn naar de zoom. Het was het soort outfit dat ze tot een week geleden nooit gedroomd had ooit te zullen dragen, maar het was precies iets waar een vrouw die vierduizend pond betaald krijgt voor vier schilderijen recht op had en Sarah wist dat hij haar goed stond. Ze was Assepoester die in een schitterende jurk eindelijk naar het bal ging.

Sarah stond boven aan de trap en keek naar beneden. Ze zou nooit geloofd hebben dat dit dezelfde plaats was waar ze een week geleden was geweest. De muren hadden nu een donkere olijfkleur en vormden een perfecte achtergrond voor haar schilderijen. Drie enorme roodfluwelen banken stonden op de glimmende houten vloer en er was een grote glazen bar waarachter een knappe jongeman champagne en cocktails serveerde.

De club was vol mensen, die allemaal door elkaar heen schreeuwden om boven het lawaai uit te komen. Sarah bleef even onzeker staan en besloot naar de bar te gaan. Toen ze de trap af liep zag ze haar man, als een prins zo knap in zijn smoking, in een ernstig gesprek gewikkeld met een man in een wit pak en met een paardenstaart. Andrew zag haar en gilde: 'Sarah!' Hij baande zich een weg door de menigte naar haar toe.

'Sarah!' zei hij. 'Je ziet er fantastisch uit! Ik begon al bang te worden dat je verdwaald was. We moeten nu de foto's maken, kom mee.'

Sarah moest tussen Giles en Jeremy in staan onder het schilde-

274

rij van de appel. Ze moesten alledrie lachen naar de camera; daarna een levendig gesprek voeren; vervolgens moesten ze bewonderend opkijken naar de appel, een pose waarvan Sarah vurig hoopte dat die niet in de krant zou komen omdat het een waardeloze foto was waarop ze zelfvoldaan overkwam. Eindelijk zei de fotograaf dat hij tevreden was.

'De hemel zij dank,' zei Giles geprikkeld. 'Als me gezegd wordt dat ik voor de camera moet lachen, krijg ik altijd de neiging mijn tong uit te steken. Sarah, je ziet er beeldig uit.' Zijn stem klonk een beetje verbaasd. 'Hoe vind je je schilderijen hangen? Ze komen goed uit, hè?' Hij knikte naar Andrew. 'Je hebt een heel talentvolle vrouw.'

Andrew sloeg zijn arm om Sarah heen. 'Ik weet het. Ik ben erg trots op haar.'

Hij heeft het ze niet verteld, dacht Sarah, ze denken dat we een koppel zijn. Ze was van haar stuk gebracht omdat Andrew zich als een liefhebbende echtgenoot gedroeg, en bleef een beetje stijfjes staan met een vage glimlach om haar mond.

'Sarah,' zei Jeremy, 'je hebt niets te drinken. Zullen we naar de bar gaan? Er hoeven toch geen foto's meer te worden gemaakt, hè, Andrew?'

Andrew keek op zijn horloge. 'Nee, maar Mary Moss van de *Chronicle* is er, en ze wil je even spreken.'

'Giles, wil jij dat doen? Jij kunt dat veel beter dan ik. Kom, Sarah.'

Eigenlijk wilde Sarah liever niet mee met Jeremy. Hij straalde het soort zelfvertrouwen uit waarop Sarah altijd klunzig en hakkelend reageerde. Na een paar slokjes champagne begon ze zich te ontspannen in zijn gezelschap. Hij was misschien een beetje beangstigend, maar hij nodigde haar ook uit een paar van haar schilderijen naar een galerie van hem te sturen in St. James's in Londen. Sarah voelde haar zelfvertrouwen met de minuut toenemen en toen ze ontdekten dat ze allebei een voorliefde hadden voor de eerste *Star Trek*-serie en voor William Shatner in het bijzonder, vergat ze dat ze zich ooit door hem geïntimideerd had gevoeld.

Ze was bezig Jeremy te vertellen over haar meest geliefde *Star Trek*-aflevering, waarin kapitein Kirk Joan Collins, zijn laatste grote liefde, dood moet laten gaan om te vermijden dat Hitler de oorlog wint, toen Andrew naar hen toekwam. 'Sarah,' zei hij, 'Mary Moss zou je graag even willen spreken.'

Jeremy pakte haar hand. 'Het was heel prettig om met je te praten, Sarah. Ik verheug me al op onze volgende ontmoeting.'

'Ik ook!' zei Sarah vrolijk en liet zich wegvoeren door Andrew.

Andrew glimlachte. 'Was je met hem aan het flirten, mevrouw Stagg?'

Sarah lachte. 'Beslist niet. We zijn allebei fan van *Star Trek*.' Ze was zich bewust van Andrews hand op haar rug terwijl hij haar op bezitterige wijze naar de journaliste bracht.

Sarah had nooit veel van party's gehouden. Ze was de vluchtige, korte conversaties die bij dergelijke gelegenheden vereist waren, niet goed machtig. Er scheen een heel subtiel evenwicht te bestaan tussen het te lang in beslag nemen van het gezelschap van één persoon en het bedenken van genoeg interessante dingen in een tijdsbestek van een paar minuten om je uitnodiging te rechtvaardigen.

Vanavond was het anders, vanavond deed iedereen zijn uiterste best met háár te praten. Als in een roes beleefde ze de ervaring geïnterviewd te worden door een charmante reporter, die haar opvattingen fascinerend leek te vinden; ze kon het aantal mensen niet meer tellen die haar wilden bellen voor een eventuele opdracht. En de hele avond was ze zich bewust van Andrews ogen die haar volgden, haar zochten. Haar nuchtere verstand, een irritant maar permanent onderdeel van Sarahs brein, bleef haar eraan herinneren dat mensen altijd overdreven doen op party's, ze had zelf talloze malen schilderijen de hemel in geprezen die ze banaal of onbegrijpelijk vond. Haar nuchtere verstand zei haar ook dat Andrew alleen zo naar haar keek omdat hij haar nog nooit eerder gezien had als het middelpunt van de belangstelling. Het kon Sarah niet schelen, ze wilde vanavond gewoon plezier hebben.

Aan het eind van de party stapte ze in Andrews auto. Ze voelde zich licht in haar hoofd en aangenaam slaperig. Andrew zag hoe ze haar armen voor zich uit strekte en grinnikte. 'Je ziet eruit als de kat die de muis heeft verschalkt,' zei hij.

Sarah geeuwde. 'Het was een verrukkelijke avond! Iedereen was zo aardig voor me. Jeremy heeft me meer werk aangeboden, hopen mensen hebben mijn telefoonnummer gevraagd. Het leven lijkt plotseling heel opwindend. Een paar maanden geleden dacht ik nog dat mijn leven voorbij was en nu...' Ze zweeg, een beetje verlegen door haar laatste opmerking. 'In ieder geval,' eindigde ze tam, 'is het leven heel leuk.'

Zwijgend reden ze Bath uit toen Andrew vroeg: 'Hoe was de generale repetitie?'

'Vreselijk! Het was een ramp. Kom maar niet kijken.'

'Probeer me maar eens weg te houden. En is die arme ouwe Martin een beetje opgewassen tegen Maxim?'

'Hij is goed.' Ze voelde een vertrouwde steek van ergernis. Martin was niet arm en niet oud.

Andrew lachte. 'Ik krijg de indruk dat hij smoorverliefd op je is.'

'Martin?' Sarah staarde ongelovig naar Andrew. 'Dat meen je niet!'

Andrew grijnsde. 'Natuurlijk wel. Howard zegt dat het iedereen is opgevallen.'

'Als Howard je dat verteld heeft, heeft hij een rijke fantasie! Martin ging met een heel sexy vrouw, Sally-Anne Furlong, zoals Howard heel goed weet. Martin was erg van streek toen ze er een eind aan maakte.'

'Heeft Martin je dat verteld? Sarah, wat ben je toch naïef. Je had het nooit door als iemand avances maakte.'

'Andrew, Martin heeft nog nooit avances gemaakt.'

'Nee, natuurlijk niet. Die man heeft gewoon het lef niet om een vrouw het hof te maken op wie hij verliefd is. Daarom zijn de enige vrouwen die hij ooit krijgt de mannenverslindsters die bereid zijn de eerste zet te doen en de tweede en waarschijnlijk ook de derde. Maar geloof me, die man is gek op je. Sally-Anne Furlong heeft aan Howard verteld dat Martin alle belangstelling voor haar verloor toen jij terugkwam uit Mallorca. Ze zouden het weekend naar Devon gaan. Hij annuleerde het omdat hij met jou wilde gaan wandelen. Sally-Anne was volkomen van streek. Ze kregen ruzie. Ze wachtte tot hij zich zou verontschuldigen, maar dat heeft hij nooit gedaan.'

Sarah zei: 'Hij was heel aardig voor me toen ik terugkwam uit Mallorca. Ik was toen op een dieptepunt. Hij is een heel goede vriend geweest. Zoiets zal Howard nooit kunnen begrijpen.'

'Ik ben ervan overtuigd dat Martin een voortreffelijke vriend is geweest.'

'Andrew, waarom doe je zo hatelijk over Martin?'

Andrew haalde zijn schouders op. 'We hebben niet veel gemeen.'

'Daarom hoef je niet zo onhebbelijk over hem te doen. O, kijk!' Sarah rekte haar hals. 'Wat een prachtige volle maan!' Ze leunde achterover. Haar goede humeur was weer terug. 'Het is heel aardig van je om me naar huis te brengen.'

'Het genoegen is geheel aan mij. En het spijt me dat ik onhebbelijk sprak over Martin. Ik weet dat je erg op hem gesteld bent geraakt. Misschien ben ik een beetje jaloers.'

'Jij jaloers?! Neem me niet kwalijk als ik een holle lach laat horen.' Ze fronste haar wenkbrauwen. 'Heb jij weleens een holle lach geprobeerd? Waarom zeggen ze dat toch? Het kán niet!'

Andrew probeerde een hard, minachtend kakelend lachje. 'Wat zeg je daarvan?'

'Nee. Dat klonk helemaal niet hol.' Ze keek omhoog naar de maan. Hij zag eruit alsof hij hen door de lucht achtervolgde.

'Sarah,' zei Andrew, 'het is prettig om zo met je samen te zijn. Ik heb je gemist.'

Sarah keek hem behoedzaam aan. 'O, ja?'

Andrew hield zijn blik strak op de weg gericht. 'Ik probeer niet me te verontschuldigen. Ik weet dat Hyacinth zich aan me opdrong maar ik had me moeten verzetten. Het liep uit de hand en ik wist niet hoe ik de zaak terug kon draaien. Maar jij en ik waren een goed team, hè?'

'Dat dacht ik, ja,' zei Sarah. De maan scheen tempo te verliezen, de warme, zachte gloed werd gedeeltelijk verduisterd door de bomen.

'En vanavond,' zei Andrew, 'was ik zo trots op je. Het was of de laatste maanden nooit hebben plaatsgevonden. Jij en ik samen tegen de wereld, zoals altijd. Andrew en Sarah.' Hij schakelde plotseling en reed een inham op aan de zijkant van de weg. Hij zette de motor af en draaide zich naar haar om. 'Ik ben een idioot geweest,' zei hij, 'maar één ding is er uit voortgekomen, het heeft me wel duidelijk gemaakt dat ik van je houd.' Hij nam haar gezicht tussen zijn handen en kuste haar. 'Ik hou van je, Sarah.'

'Heus?' vroeg Sarah. 'En Hyacinth dan?'

Andrew streelde haar wang. 'Jij bent de enige,' zei hij. 'Dat ben je altijd geweest.'

# Neem het initiatief

Sarah zag er erg tegenop het Martin te vertellen. Het feit dat ze op het punt stond zich bespottelijk te maken met haar belachelijke poging zich te portretteren als een lieve jonge bruid leek volkomen irrelevant. Al haar aandacht was geconcentreerd op wat ze tegen Martin moest zeggen en hoe ze het hem moest vertellen. De dag leek zich eindeloos lang voor haar uit te strekken. Geïrriteerd door de voortdurende dialogen die zich afspeelden in haar hoofd ('Martin, kan ik je even spreken?'; 'Martin, weet je dat ik Andrew gisteravond heb gezien?'; 'Martin, ik zal je niet lang ophouden maar...') besloot Sarah grote schoonmaak te houden. Om zes uur had ze geveegd, geboend, stof afgenomen, gestofzuigd en gepoetst, tot het hele huis blonk. Haar huis deed haar denken aan haar grootvader die altijd zijn beste pak aantrok voor de kerk. Hij doste zich fraai uit maar kon niet wachten tot hij weer zijn comfortabele oude ribfluwelen broek en wollen trui kon aantrekken.

Toen ze in het gemeentehuis arriveerde bevond iedereen zich in een toestand van onderdrukte opwinding. Audrey droeg haar traditionele première-outfit, een lange gebloemde jurk met een fel turkooizen sjaal met franje. Ze deed haar best haar cast te kalmeren. 'Ik wil dat jullie je vanavond allemaal amuseren. Doe gewoon je best en articuléér, articuléér, articuleer! De zaal is uitverkocht vanavond, maar laat je daardoor niet verontrusten. Leef je in je rol in! Ik sta in de coulissen, klaar om te souffleren als het nodig is, maar natuurlijk zal niemand dat nodig hebben. En nu, voordat jullie je omkleden, moeten we de opstelling na de finale oefenen. Willen jullie allemaal op het toneel komen?'

Iedereen kwam plichtsgetrouw het toneel op. 'Waar,' vroeg Audrey, 'is Martin? Straks komen de mensen al!' Ze hief haar gezicht naar het plafond en riep: 'Martin!' alsof ze hoopte hem in de lucht te zien zweven.

'Ik ben er!' Martin kwam door de voordeur van het gemeentehuis binnen. Hij droeg zijn oude denimbroek en een wit T-shirt en leek merkwaardig kalm voor een man die in minder dan een half-uur het toneel op moest.

'Martin!' zei Audrey streng. 'Weet je hoe laat het is? Kom hier en ga in de rij staan. Luister goed iedereen. Aan het eind van het stuk, als Frith het toneel verlaat, geeft Martin Sarah de kus. Daarna pakt hij haar hand en brengt die aan zijn lippen. Als Steve ziet dat Martin Sarahs hand kust laat hij het doek zakken. Dan vormen jullie een rij en wacht je tot het doek weer wordt opgehaald. Martin, ik wil dat jij in het midden staat naast Sarah. Iedereen moet elkaar een hand geven. Sarah, jij telt tot drie en dan maak je een buiging. De rest voegt zich naar Sarah.'

Martin hees zich het toneel op, ging naast Sarah staan en pakte haar hand.

'Nu!' zei Audrey. 'Goed zo! Een, twee, drie en buig en glimlach naar het publiek. Dank! Gaan jullie je nu verkleden en probeer alles te geven.'

Het was onmogelijk om Martin te spreken te krijgen voor het pauze was. Sarah beet op haar lip en verdween in de kleedkamer voor de vrouwen. Nu de beproeving met Martin tijdelijk was uitgesteld, kon ze het zich veroorloven zich ongerust te maken over het stuk. Een uitverkochte zaal! Ze vergat natuurlijk haar tekst! Het publiek zou haar uitlachen zodra ze het toneel opkwam!

Claire mopperde nog steeds over de veiligheidsspeld. 'Ik ben niet blij met mijn kostuum,' zei ze. 'Ik ben helemaal niet blij. Als ik mijn blouse over mijn taille kon dragen zou het beter zijn. Kijk jij eens,' vroeg ze aan Sarah. 'Is de speld te zien?'

'Nauwelijks,' zei Sarah optimistisch.

'Nou ja, het moet zo maar. Weet je of Andrew vanavond komt?'

'Ja,' zei Sarah blozend. 'Hij komt.'

'O, goed. Hij zal ons in ieder geval de waarheid vertellen. Als hij het goed vindt, weten we dat we het 'm geflikt hebben. Het kan nooit erger zijn dan gisteravond.'

Sarah was er niet zo zeker van. Haar hart begon verontrustend te bonzen. Ze opende haar script en wilde toen dat ze het niet gedaan had. Ze wilde dat ze net zo kalm was als Margaret die rustig in een hoekje zat te breien. De kleedkamers hadden een intercomverbinding met het toneel. Sarah kon het zachte gemompel horen van een massa mensen. 'Ze komen binnen!' zei ze. 'Ze zijn er!'

Claire zei: 'Laten we even door het zijgordijn kijken. Kom je?'

Alles was beter dan in de kleedkamer blijven. Sarah volgde Claire. Achterin zag ze de dominee en zijn vrouw. Luke Everseed en Tracy zaten onderuitgezakt op hun stoelen vooraan en keken verveeld voor zich uit. Jennifer en George zaten drie rijen achter hen en praatten met de kolonel en zijn vrouw. Andrew zat voor hen. Hij zat te praten met Simon en Clementine, terwijl Sally-Anne Furlong aan de andere kant hem taxerend opnam. Sarah liep weg. Ze had genoeg gezien. Haar hart stond op het punt uiteen te vallen van angst. Nu zette de muziek in, wat betekende dat het stuk over vijf minuten zou beginnen. Audrey had Mozarts Requiem gekozen, heel mooi maar nogal depressief. Audrey ging tussen de coulissen staan, de acteurs schraapten hun keel en namen hun positie in. De muziek stopte en het doek ging op.

Het begon. Sarah, die in de coulissen toekeek benijdde het kalme zelfvertrouwen van de acteurs. Nu kondigde de butler aan dat de heer en mevrouw De Winter door het hek gereden kwamen. Sarah kreeg gezelschap van Martin die een kort en kameraadschappelijk kneepje in haar hand gaf. En plotseling veranderde Martin in Maxim, buiten het toneel pratend tegen de butler. Toen kwamen ze op.

Het was een beetje of ze in een zwembad dook en ontdekte dat ze kon zwemmen. Het publiek lachte niet toen ze opkwam, ze vergat haar tekst niet en zelfs het dwalende spotlight deerde haar niet. Het enige moment van paniek deed zich voor toen ze het toneel moest verlaten om zich te verkleden in de jurk voor het bal.

Tijdens de generale repetitie had ze gemerkt dat ze maar zeven minuten had om zich te verkleden. Ze trok de jurk over haar hoofd maar kreeg hem niet omlaag. Sarah vloekte luid. Gelukkig was Claire bij de hand om haar te helpen.

'Dank je,' zei Sarah en deed hen beiden verbaasd staan door haar te omhelzen.

'Je ziet er geweldig uit,' zei Claire. 'Vooruit, ga!' en Sarah ging. Toen het doek viel voor de pauze was het applaus van het publiek luid en spontaan. Sarah kon George horen brullen: 'Bravo!' en lachte.

Achter het toneel zei Audrey tegen de cast dat ze zich moesten verkleden voor de volgende akte en voegde eraan toe dat ze over vijf minuten iedereen wilde spreken in de dameskleedkamer. Audreys kleindochter kwam binnen met koffie en koekjes. Audrey zelf kwam als een galjoen naar Sarah toegezeild. 'Tegen alle verwachtingen in,' zei ze minzaam, 'doe je het uitstekend.'

Sarah vierde het met een rumboon.

De rest van de cast kwam binnengedruppeld en keek ongerust naar hun regisseur. Audrey glimlachte naar iedereen. 'Tot dusver,' zei ze behoedzaam, 'geven we een opvoering die op één lijn staat met de hoge kwaliteit van alle voorgaande producties. Ik ben trots op jullie allemaal. Ik weet zeker,' haar gezicht versomberde even toen haar blik op Martin bleef rusten, 'dat jullie me in de laatste akte niet teleur zullen stellen. Martin, ik heb voor jou slechts twee woorden: de kus.' Martin staarde naar zijn schoenen. 'Je mag de kus in de eerste scène overslaan, maar je móet Sarah aan het eind van het stuk een kus geven.' Ze keek ernstig naar Martin die naar zijn voeten bleef staren. 'Ik weet zeker dat ik van je op aankan. En nu, wat de rest betreft...'

'Sorry,' onderbrak Sarah haar plotseling, zo luid dat het haar zelf net zo verbaasde als de anderen, 'maar ik heb Martin iets heel belangrijks te zeggen. Willen jullie ons alsjeblieft even excuseren?'

Het effect was verbluffend. Het was of ze een muis hadden horen brullen, dacht Sarah. Audreys mond viel open, maar er kwam geen geluid uit. Howard en Claire wisselden een spottende blik.

De laatste twee steken van Margarets breiwerk gleden van haar naald. Martins gezicht was ondoorgrondelijk. Hij zei niets maar stond op en volgde Sarah naar buiten. Sarah ging hem voor naar de mannenkleedkamer en deed de deur achter hen dicht.

'Martin,' zei ze, 'waarom heb je me niet verteld dat Andrew met je vrouw naar bed is geweest?'

Martin trok een stoel dichterbij en ging zitten. 'Dat heeft hij niet gedaan.'

'Vertel me alsjeblieft geen leugens,' zei Sarah. 'Ik kan het niet verdragen als je tegen me liegt.'

'Ik lieg niet.' Hij keek haar recht in de ogen. 'Ik heb ze in de keuken betrapt toen ze elkaar zoenden. Andrew heeft geen seks met haar gehad. Ik weet niet eens of hij het wel zou hebben gedaan. In ieder geval kreeg hij de kans niet omdat ik... ik hem eruitgooide. Waarom dacht je dat hij het had gedaan?'

'Ik probeerde erachter te komen waarom hij zo'n hekel aan je heeft.'

'Nu weet je het. Ik was minder beleefd dan ik had moeten zijn.' Martin stond op. 'Is dat alles? Kan ik nu gaan?'

'Nee. Ga alsjeblieft weer zitten.' Sarah kneep haar handen stevig in elkaar. 'Ik sta op het punt iets heel gênants te zeggen en als ik het nu niet zeg, zal ik nooit meer de moed hebben. Andrew heeft me gisteravond gevraagd bij hem terug te komen...'

'Gefeliciteerd.'

'Hou alsjeblieft je mond, Martin, dit is heel moeilijk voor me en het wordt er niet beter op als jij me in de rede valt. Hij vroeg me gisteravond om bij hem terug te komen. En ik zei dat ik het niet kon. Ik zei dat ik van een ander hield.'

'Barney,' mompelde Martin.

'Wil je nou alsjeblieft stil zijn? Ik zei dat ik van een ander hield. Het gekke is dat ik het niet wist voor ik het zei. Het was tot op dat moment nooit bij me opgekomen. En zodra ik het zei, werd alles duidelijk. De allereerste keer dat Audrey zei dat je me moest kussen, wilde ik niets liever. Ik dacht dat het kwam omdat ik een trieste, wanhopige vrouw was, terwijl het in werkelijkheid veel simpeler lag: ik was gewoon verliefd op je. Ik had het zo druk met me af te vragen waarom Andrew niet meer van me hield, dat ik me nooit afvroeg waarom ik me zo gelukkig voelde als ik bij jou was. Ik wil de rest van mijn leven niet slijten met Andrew. Als ik terugging naar Andrew, zouden jij en ik elkaar niet meer zien. Wat Barney betreft: hij was sexy en hij was amusant, althans voor een tijdje. Hij maakte dat ik me ellendig voelde omdat hij me voor gek zette, niet omdat hij mijn hart brak. Deze laatste paar weken ben ik echt gelukkig geweest omdat jij en ik weer vrienden waren en het ergste van alles, ik was gelukkig omdat je niet meer met Sally-Anne omging. Ik vertel je dit omdat ik nu alles op een rijtje heb gezet, ik kan het niet meer door elkaar husselen. Andrew schijnt te denken dat je misschien... dat je misschien veel om me geeft. Ik weet vrijwel zeker dat hij zich vergist en ik weet vrijwel zeker dat ik me volkomen belachelijk maak en je hoeft niets te zeggen en ik zal het er nooit meer over hebben. Maar ik wil dat je weet dat ik van je hou en je mag het verder vergeten, maar ik moest het een keer kwijt. Dus ga nu maar en kijk me alsjeblieft niet meer zo aan.'

Martins gezicht was tijdens Sarahs hele bekentenis ondoorgrondelijk gebleven. Het was alsof hij de luiken half gesloten had. Hij zei: 'Sarah...'

'Laat maar,' zei ze terneergeslagen, 'je hoeft niets te zeggen.'

'Sarah,' begon Martin weer en werd deze keer onderbroken door een luid geklop op de deur. Margaret stak haar hoofd, met een verontschuldigende en ronduit nieuwsgierige uitdrukking op haar gezicht, om de deur. 'Sorry,' zei ze, 'maar Audrey wilde je laten weten dat het stuk begint.'

'Dank je,' zei Sarah en vluchtte langs hen beiden het toneel op. Ze hoefde nu tenminste even niet meer Sarah te zijn, die altijd alles mis had; ze moest zich concentreren op mrs. De Winter, die onvoorziene stalen zenuwen had.

Ze kon merken dat de laatste akte goed liep. Het publiek volgde alle wendingen met een diepe stilte die heel bevredigend was. Pas toen ze het moment van de kus naderden, voelde Sarah, die wist wat er ging komen of liever gezegd niet ging komen, zich verstijven van spanning. Ze wachtte tot Martin naar voren zou komen om een kus in de richting van haar kin te werpen.

In de coulissen begon ook Audrey zich bezorgd te maken. 'Kus haar, Martin,' drong ze aan. Martin stond op en liep naar Sarah toe. Toen glimlachte hij naar haar en het was een Martin-glimlach, geen Maxim-glimlach. Hij nam haar in zijn armen en kuste haar. Hij kuste haar met zo'n kracht dat Sarah zich voelde wegsmelten als boter in een hete pan. Ze vergat dat ze mrs. De Winter was. Ze vergat dat ze in het gemeentehuis was in aanwezigheid van de inwoners van Ambercross. Ze was zich alleen maar bewust van Martin. Ze had hem eeuwig kunnen blijven kussen, en het was duidelijk dat Audrey dacht dat ze dat zouden doen ook, want ze begon wanhopig te sissen: 'Heel goed, jullie beiden, heel gepassioneerd, maar nu is het genoeg, je kunt nu ophouden, Martin, hoor je? Martin, je kunt ophouden, je moet haar hand kussen en dan zal Steve het doek laten zakken. Hoor je wat ik zeg, ophouden!' Maar Martin hield niet op en hij kuste haar met een zelfverzekerdheid en een passie die het publiek deed opstaan om hen toe te juichen. Iemand, bijna zeker Luke Everseed, floot energiek op zijn vingers.

In de coulissen gilde Audrey: 'Hou op met dat gezoen!'

De held liet zijn heldin los.

'Ik hou van je,' zei Sarah.

In de coulissen viel een verblufte stilte en toen riep Audrey ten einde raad: 'Wil iemand alsjeblieft het doek laten zakken?'

# Dankbetuigingen

Mijn dank aan:

Crysse Morrison, Emily Gerrard en Jill Miller omdat ze me op weg hebben geholpen en me tot aan het eind toe hebben bijgestaan.

Fenella Kemp en Angie Moss voor hun onschatbare adviezen.

Bradley Andrews en Daniel Finch omdat ze me elke keer dat ze me zagen, vroegen of mijn boek af was.

Mijn agent, Teresa Chris, voor haar voorbeeldige geduld.

Ben Holt voor zijn onwankelbare en bemoedigende steun.

Charlie Holt voor het lezen van mijn boek en zijn enthousiasme en voor zijn liefdevolle zorg voor mijn computer als het weer eens nodig was.

David Holt voor praktisch alles.